古典文學研究輯刊

三十編

第 **2** 冊

《水滸傳》縱橫新論(上)

周錫山 著

國家圖書館出版品預行編目資料

《水滸傳》縱橫新論（上）／周錫山 著 -- 初版 -- 新北市：
花木蘭文化事業有限公司，2024〔民 113〕
序 14+ 目 4+222 面；19×26 公分
（古典文學研究輯刊 三十編；第 2 冊）
ISBN 978-626-344-901-5（精裝）
1.CST：水滸傳 2.CST：研究考訂
820.8　　　　　　　　　　　　　　　113009659

ISBN-978-626-344-901-5

9 786263 449015

古典文學研究輯刊
三十編 第 二 冊　　　　　ISBN：978-626-344-901-5

《水滸傳》縱橫新論（上）

作　　者　周錫山
總 編 輯　杜潔祥
副總編輯　楊嘉樂
編輯主任　許郁翎
編　　輯　潘玟靜、蔡正宣　美術編輯　陳逸婷
出　　版　花木蘭文化事業有限公司
發 行 人　高小娟
聯絡地址　235 新北市中和區中安街七二號十三樓
　　　　　電話：02-2923-1455／傳真：02-2923-1452
網　　址　http://www.huamulan.tw 信箱 service@huamulans.com
印　　刷　普羅文化出版廣告事業
初　　版　2024 年 9 月
定　　價　三十編 20 冊（精裝）新台幣 50,000 元　　版權所有・請勿翻印

《水滸傳》縱橫新論（上）

周錫山 著

作者簡介

　　周錫山，上海藝術研究中心研究員。中國《水滸》學會學術委員會副主任、會刊《水滸爭鳴》編委。中國古代文學理論學會監事。上海比較文學研究會名譽理事。福建省老子研究會顧問、鎮江市賽珍珠研究會顧問、撫州市湯顯祖國際研究中心學術委員會委員。

　　在《水滸》學研究方面，已經出版《金聖歎全集》（4 冊 220 萬字，江蘇古籍出版社，1985年；文化部首屆香港「中國書展」重點書，全國古籍整理出版（首批）1978 ～ 1987 優秀著作二等獎、江蘇省出版特別獎（首屆）；16 開法式精裝增訂釋讀本，6 卷 7 冊，萬卷出版公司，2009年）和《貫華堂第五才子書水滸傳》釋評本（萬卷出版公司，2009 年）；《水滸記評注》（《六十種曲評注》本，吉林人民出版社，2001 年，獲中國圖書獎）；《金聖歎文藝美學研究》（上海高校高峰高原學科建設資助項目，上海人民出版社，2016 年）。在上海《新民晚報》連載《水滸新說》（66 篇），多家著名網站連續轉載。中國《水滸》學會「水滸國際網絡」專設「周錫山說《水滸》」專欄，刊發和轉載大量文章。

　　周錫山的首屆首批成果 5 個：

　　（1）1985 年，文化部舉辦香港·首屆「中國書展」重點書。

　　（2）1987 年，國務院古籍整理出版領導小組頒發（首批）1978 ～ 1987 優秀著作二等獎。

　　（3）1999 年，文化部首屆（1979 ～ 1999）文化藝術科學優秀著作獎。

　　（4）2004 年，國家新聞出版總局和上海市人民政府主辦·首屆「上海書展」作者簽名重點書。

　　（5）2017 年，中國社會科學院「創新工程」資助項目、中國社會科學院和中國社會科學出版社「國家級戰略出版項目」——《當代中國學者代表作文庫》首批（10 種）出版項目。

　　（1）（2）《金聖歎全集》（編校，4 冊 220 萬字），（3）（5）《王國維美學思想研究》，（4）《漢匈四千年之戰》（《漢匈戰爭全史》）

提　　要

　　本書是《水滸傳》研究和中國古代文學研究的國內外領先之作，彙集作者自 1981 年至 2024年有關《水滸傳》的全部論文和文章。

　　本書的多篇論文，總體評論《水滸傳》的高度成就：首次論述《水滸傳》在中國和世界文學史上的重要地位和意義，並在思想價值和社會意義、偉大藝術成就和《水滸傳》蘊含的人生智慧諸方面提出系列性的新觀點。本書從多個角度評論《水滸傳》的藝術特色：首次論述《水滸傳》的神秘主義描寫、首次結合《水滸傳》反腐描寫的藝術性探討其真實性，分析和評論《水滸傳》非理智型「推車撞壁」式激烈爭執的精彩描寫。作者是最早運用比較文學方式研究《水滸傳》的學者之一，《〈水滸傳〉在中國和世界文學史上的重要地位和意義論綱》《〈水滸傳〉和〈艾凡赫〉》是最早的著名研究成果。本書分析和評論《水滸傳》的全部重要人物和重要的次要人物，觀點新穎。作為金聖歎研究的權威學者，《金聖歎評批〈水滸傳〉的偉大成果和重大深遠意義》和金批《水滸》的全書評論是其金聖歎研究的重要成果之一。

　　《〈雙典批判〉批判》一文，在國內外學術界首次給《雙典批判》以全面的評論和批判。全文遍及寫作方法、概念掌握、書名和章節標題等，全面分析和批評此書違反基本學術規範的嚴重錯誤；更在中國文化史和世界文化史的寬廣領域，從《三國演義》《水滸傳》深受中國和東亞漢字文化圈日本等國讀者極度欣賞、極受教益的極高思想、文化和藝術成就，結合女性的地位等具體問題，全面論述此書否定偉大的中國傳統文化、偉大的中華民族的嚴重錯誤。

序

佘大平

    周錫山先生的大著出版了，可喜可賀。

    我認為，錫山先生的這部書，在《水滸傳》學術研究的歷史上，佔有相當重要的位置。

    這部書有一個重要研究課題是金聖歎修改並評點《水滸傳》的問題。

    明末清初人金聖歎，將《水滸傳》的投降內容刪除，並加上自己的評點，成為風行 300 多年的「金本」《水滸傳》。新中國成立之初，幾位文史專家為了彙報學習階級鬥爭的成績，將金聖歎打成「反動封建文人」，全面封殺「金本」《水滸傳》。湖北大學教授張國光先生最早提出為金聖歎翻案。

    為此，錫山先生作了更深入的研究。這是這部大著中眾多亮點之一。

    錫山先生這部大著還有一大亮點，是對美國人劉再復《雙典批判》的批判。美國人劉再復說《三國演義》《水滸傳》是中國「最壞」的兩部書。完全是胡說八道。錫山先生對《雙典批判》的批判，不僅大快人心，更重要的是建立了更高的學術研究高地。

    祝賀錫山先生大著出版。

    是為序。

佘大平   2024.3.20

佘大平，湖北大學教授，中國《水滸》學會原會長。

序

石　麟

　　周錫山先生是一位《水滸傳》的資深閱讀者和研究者。他言早在小學四五年級時就已閱讀人民文學出版社 1954 年版的 3 卷本《水滸全傳》，這是他閱讀的首部文學經典著作。他最早正式出席的學術會議是張國光先生操辦的 1981年 11 月在武漢舉辦的「全國首屆《水滸》研討會」。而且，在長江文藝出版社1983 年 8 月出版的《水滸爭鳴》第二輯（全國首屆《水滸》研討會論文專輯）上面，周錫山先生就發表了他的論文《〈水滸傳〉與〈艾凡赫〉》。

　　近日，周錫山先生給我發來微信，囑我給他的由臺灣花木蘭文化公司出版的約 60 萬字的專著《〈水滸傳〉縱橫新論》作序，於是就有了現在大家拿在手上的這部大著上面的這篇拙文。

　　《〈水滸傳〉縱橫新論》近日完成之後，我很快認真拜讀。讀過之後，在欽佩之餘產生了一些感想，贅述於下，請大家批評指正。

　　第一點感受，周錫山先生的《〈水滸傳〉縱橫新論》一書是一種「多視角研究」。

　　該書除了「前言」「附錄」「後記」之外，共分為五大部分：一是「總論」，包括《水滸傳》在中國和世界文學史上的重要地位和意義論綱，《水滸傳》的思想價值和社會意義論綱，《水滸傳》的人生智慧論綱，《水滸傳》偉大藝術成就新論，劉再復《雙典批判》批判等章節。二是「藝術和美學新論」，包括《水滸傳》的神秘主義描寫述評，《水滸傳》反腐描寫的真實性和藝術性探討，《水滸傳》非理智型「推車撞壁」式激烈爭執的精彩描寫，《水滸傳》和《艾凡赫》，《水滸》雜論七則等內容。三是「《水滸傳》人物新論」，分析了史進、魯

智深、林沖、武松、李逵、宋江等人物的某些性格層面，還對「梁山英雄群像」、「女性人物」、「配角人物」進行了研究分析。四是「金聖歎評批《水滸傳》研究」，主要涉及「金聖歎評批《水滸傳》的偉大成果和重大深遠意義」和「金批《水滸》全書藝術評論」兩大問題。五是「《水滸》戲曲研究」，主要是對許自昌的《水滸記》進行了評介，還有一篇是「傅惜華的《水滸傳》戲曲研究及其對 21 世紀戲曲研究的啟示」。

以上五個方面，有文化研究、文學研究、藝術研究、文藝理論研究、社會學研究，還有對文學批評之批評，涉及很多層面，堪稱研究的「多視角」。而且，在很多地方都能看到周錫山先生卓爾不群的見解。

第二點感受，周錫山先生的《〈水滸傳〉縱橫新論》一書的視野非常開闊。這又主要體現在兩個方面：一是中外文學比較研究，二是不同體裁的文學比較研究。

我們不妨先看周錫山先生的幾段言論：

「在以上介紹的世界最早的幾部長篇小說中，僅有《金驢記》和《源氏物語》屬於世界名著。我國的《三國演義》和《水滸傳》雖在兩書之後問世，但在藝術上卻最為成功。特別是《水滸傳》，它是世界文學史上第一部高度成熟的現實主義長篇小說，成書遠在西方第一部高度成熟的現實主義長篇小說《唐·吉訶德》（1605、1615 年出版）之前。」（《總論》之《〈水滸傳〉在中國和世界文學史上的重要地位和意義論綱》）

「《水滸傳》和《艾凡赫》，是中、英兩國反映農民起義題材的傑作，都是大作家的手筆。兩書雖東西相距數萬里，上下相隔幾百年，但在內容和形式上卻有許多驚人的相似之處。又因兩個民族的歷史變遷、心理習慣和文化傳統不同，所以又呈各有千秋，同工異曲之妙。對比研究一下，是饒有趣味和頗有啟迪的。」（《藝術和美學新論》之《〈水滸傳〉和〈艾凡赫〉》）

《金驢記》《源氏物語》《唐·吉訶德》《艾凡赫》《三國演義》《水滸傳》等國內外小說名著，產生地相隔十萬八千里，形成時間也相距數百上千年，這就有了心理習慣、文化傳統的絕大不同，但是，它們又都是「人」類創作的，當然又會具有人性底蘊的共同點。這樣，就形成了諸多作品之間的「同中有異」和「異中有同」的局面和狀況。比較這些相同和相異的東西，正是文學批評的基本任務之一。而將這些處於不同地域、不同國度、不同時間、不同環境中的文學作品進行比較研究，正充分體現了著作者的開闊視野。進而言之，具

有這種開闊視野的研究者，才能在比較中形成鑒別、得出正確的結論。

除了中外文學比較，《〈水滸傳〉縱橫新論》一書還經常將不同文學樣式的作品進行比較。例如，周錫山先生對許自昌的《水滸記》有過專門的研究，於是，將《水滸傳》與《水滸記》進行多維比較就成為必然。且看書中的幾段言論：「《水滸記》與《水滸傳》小說原著相比，具有更強烈更鮮明的政治色彩。」「《水滸記》在人物塑造方面也取得很高成就。與原作相比，新添了孟氏一角，借用了王婆一角並作了全新改造，在戲中都起到應有作用。發展了婆息、張三兩人的性格，具有很強的典型性，並以宋江和他們兩人同為全戲主角，別出新裁。」（均見《〈水滸〉戲曲研究》之《許自昌及其〈水滸記〉》）

第三點感受，《〈水滸傳〉縱橫新論》一書具有強烈的現實感。

「水滸傳縱橫新論」本屬古代文學研究範疇，但任何古代文學作品都可以成為現代社會和現實生活的一面鏡子。而這，也正是我們研究古代文學作品的根本任務之一。這個問題，在周錫山先生的這部專著中也得到了充分的反映，諸如此類的言論在書中比比皆是。聊舉數例：

「一個英雄人物，第一是求善，第二是致用。所謂致用就是解決生活和社會的實際問題，大到治國安邦，小到個人生存，都要有真本領、大本領才能解決實際問題。所以《水滸傳》的情節和人物描寫都非常有實用主義精神。」（《總論》之《〈水滸傳〉的人生智慧論綱》）

「當代的中國人依舊此病常犯，並未改正。每見有人圍觀火災，弄得消防車開不進；圍觀鬧事和抓人，弄得警察難以工作；圍觀外賓，引起人家不滿和反感；甚至圍觀火葬場的車子到居民家中運死人……。真是痼疾難改。」（《〈水滸傳〉人物新論》之《李逵殺看客的舊仇新恨和必要性》）

「武松『再起不來，只在那溪水裏滾』。聖歎又批：『此段不止活畫醉人而已。喻君子用世，每每一蹶之後，不能再振，所以深望其慎之也。』此皆以小見大，以武松為教訓，告誡『用世』諸君即正派的當權者勿有恃無恐，固步自封，驕躁冒失，或經不起財、色的誘惑而貪贓枉法，並於一篇之中三致意焉。這些發揮和引申，是緊密結合分析武松的性格缺陷和具體表現而得出的警世通言，因此毫不離題且又寄意深遠，至今仍有很大的啟示意義。」（《金聖歎評批〈水滸傳〉研究》之《金批〈水滸〉全書藝術評論》）

這就是「古為今用」。我們在評價一部古典名著時，如果能夠結合現實來進行切中肯綮的議論，那就會取得事半功倍的效果，並且讓文學批評真正有

用於世。

第四點感受，《〈水滸傳〉縱橫新論》一書對許多問題進行了全面觀照。

在學術研究中，有些觀念是應該被摒棄和批判的，那就是看問題絕對化或者以偏概全。這樣一種做法，得出的結論往往是片面、膚淺、經不起推敲的。對這種做法，周錫山先生進行了嚴肅的批評：「關於亂殺無辜、亂用暴力問題，《水滸傳》真實寫出農民起義的局限、古代造反者的局限，給當代讀者以啟發和警示。但是我們不能因此以偏概全，將古代的仁義之師全盤否定。而且，拙文《〈水滸傳〉的思想價值和社會意義論綱》指出：有的農民起義『殘民害民，軍紀極壞，等等，都牽涉到農民起義的軍紀問題』。『不僅在古代，現代的戰爭也存在著這個問題。除了極少數仁義之師，即使在正義的戰爭中，遭殃的也往往是平民老百姓。』」（《總論》之《劉再復〈雙典批判〉批判》）

《〈水滸傳〉縱橫新論》一書，不僅批判那種以偏概全的言論和觀點，而且在自身論述中往往體現出看問題全面、透徹的思維方式。請看：

「《水滸傳》現實主義的寫作，在真實正確描寫了農民起義的革命性和不少落後殘忍愚昧的作為。作者主觀上對梁山好漢是欣賞和歌頌的，但作品的真實描寫，暴露了農民起義的局限和錯誤。譬如軍紀壞，亂殺人、甚至吃人；搶奪女人；缺乏文化素質，故而破壞性大，不懂建設。」（《總論》之《〈水滸傳〉的思想價值和社會意義論綱》）

「孫二娘具有兩面性，一面殺人賣人肉饅頭，殘忍而兇惡，一面具有俠義的品格。這個藝術形象具有歷史的真實，社會上具有兩面性的人不少。」（《〈水滸傳〉人物新論》之《梁山英雄群像描繪》）

第五點感受，《〈水滸傳〉縱橫新論》一書有作者理論素養的支撐。

周錫山先生是一位理論素養很高的研究者，這一點，在《〈水滸傳〉縱橫新論》一書的字裏行間，不時會得到體現。例如：

「我在中國和世界學術史上首創了『意志悲劇說和意誌喜劇說』理論。《水滸傳》是意志悲劇和意誌喜劇的典範之作。」（《總論》之《〈水滸傳〉偉大藝術成就新論》）

「《水滸傳》是一部現實主義和浪漫主義結合的藝術巨著，《水滸傳》也非常喜歡運用神秘現實主義和神秘浪漫主義的手法，故而書中也頗多神秘現實主義和神秘浪漫主義的描寫，並取得很好的藝術成就，值得我們探討研究。」（《藝術和美學新論》之《〈水滸傳〉的神秘主義描寫述評》）

第六點感受，《〈水滸傳〉縱橫新論》一書中有不少眼光獨到的理念。

筆者認為，一部好的學術專著，必須具備理論性、知識性、趣味性三者統一的格局。而理論性方面，又集中體現在理論素養與獨到眼光的結合。《〈水滸傳〉縱橫新論》一書中就有不少這方面的例證。

「又可貴者，《水滸傳》在世界文學史上首次以如椽大筆寫出婚外戀的三個特點和一個結局：極精彩，極刺激，極快活，真是『家花沒有野花香』，但是沒有好結果。」（《總論》之《〈水滸傳〉偉大藝術成就新論》）

「宋江自己沒有家室，在古代社會，不孝有三，無後為大。他不娶妻、生子，並非是貧窮或有病，而是『心在別處』，他另有野心，怕有家室家室之累。」（《藝術和美學新論》之《〈水滸〉雜論七則》）

「（梁山泊英雄驚惡夢）這個結尾，學者們有兩種解釋。一是，金聖歎反動，他要將梁山英雄斬盡殺絕，在現實中做不到，就用厄夢來表達自己的這個理想。二是，金聖歎用這個惡夢警告起義者：投降和受招安都沒有好下場，只有造反革命到底，才是正路。文藝作品不像數理化題目，往往沒有明確的答案，多種解釋往往各有其理，不同的看法，只能永遠爭論下去。」（《金聖歎評批〈水滸傳〉研究》之《金批〈水滸〉全書藝術評論》）

《〈水滸傳〉縱橫新論》一書的精彩之處還有很多，時間所限，篇幅所限，只能談以上幾點感受，希望能得到周錫山先生和廣大讀者的批評指正。

2024 年 3 月 24 日於湖北黃石大地花城寓所
石麟，湖北師範大學教授、中國《水滸》學會會長。

序　言

　　《水滸傳》是世界文學史上極少數藝術成就最高的偉大長篇小說之一。

　　《水滸傳》是與《紅樓夢》並列的中國兩大經典小說，但在清代和民國，《水滸傳》在民眾中的影響最大，《紅樓夢》只是在清代的部分知識分子中間流傳，至今還基本如此。還有許多人，例如胡適、錢穆等，對《水滸傳》的評價都高於《紅樓夢》。

　　在漢字文化區的日本和韓國，《水滸傳》的聲譽和影響至今仍都遠大於《紅樓夢》，讀者非常多。在西方，連許多著名漢學家也看不懂《紅樓夢》，因此《水滸傳》的影響也遠大於《紅樓夢》。

　　《水滸傳》的金聖歎評批本是晚明至民國初期的文化經典教材，當時讀者家藏一部。廣大讀者通過閱讀和學習《水滸傳》的金批本，學會了讀書和欣賞的方法。錢穆說：「自余細讀聖歎批」《水滸傳》之前，「讀得此書（《水滸傳》）滾瓜爛熟，還如未嘗讀。」「讀其批《水滸》，使我神情興奮」，後來一再讀金批《水滸》，「每為之踴躍鼓舞」。他進而認為他是通過《金批水滸》學到了讀書、尤其是讀一切經典著作的方法。（《中國文學論叢》，三聯書店，2002 年，第 144 頁）眾所周知，錢穆只有小學學歷，他通過自學成為 20 世紀最傑出的學術大師之一，從他對《金批水滸》的評價和親身體會，可見此書對指導青年學習和欣賞經典著作的重大意義。

　　《水滸傳》早在上世紀 30 年代即由諾貝爾文學獎獲得者、美國女作家賽珍珠首先完成和出版了金聖歎評批的七十一回本的英譯本，在英語世界傳播。

　　在整個 20 世紀，《水滸傳》和金聖歎的研究是熱點中的熱點。20 世紀研究《水滸傳》和金聖歎的學者極多，成果蔚為大觀。尤其在 20 世紀下半期《水

滸傳》和金聖歎的研究成為國家層面的顯學，金聖歎評批的《水滸傳》在五十年代、六十年代、七十年代掀起了三次全國性的批判熱潮。在 1975 年的批《水滸》運動中，《水滸傳》因只反貪官不反皇帝、后三十回描寫接受詔安的投降主義而遭到徹底否定，甚至因「宋江架空晁蓋」的描寫而與篡黨奪權、篡奪最高領導權掛鉤，《水滸傳》受到的專注度之高，遠超所有的中國文學經典，可謂無與倫比。

張國光先生早在 20 世紀 60～70 年代嚴峻的環境中，孤軍奮戰，試圖力挽狂瀾，將《水滸傳》和金聖歎研究引入正規。

進入新時期，張國光先生終於成為《水滸傳》和金聖歎研究的領軍人物，他成為新時期《水滸》學和中國水滸學會的創始人，並做出了最大的學術貢獻。他還熱情提攜後進。我們不少後輩學者的《水滸傳》和金聖歎研究都是在張先生的啟發下進行的，是在他開創的研究道路上進行的。

我於本書出版之際，十分懷念熱心關心和提攜青年學者的張國光先生。

我在近期高興地發現，百度百科「張國光」篇做了更新，張國光先生的基本介紹和評價，都引用了拙著《金聖歎文藝美學研究》的觀點，並注明了出處。內容如下：

> 張國光（1923～2008），湖北大冶人。湖北大學中文系教授，文史研究權威專家，20 世紀 80 年代至 21 世紀初中國人文學科傑出的領軍人物之一。曾任湖北省人民政協第六屆常委。

> 張國光創建並任中國水滸學會第一、二屆執行會長，兼任金聖歎研究會會長，創辦並任會刊《水滸爭鳴》主編，主辦了多屆全國《水滸》研討會。先後創辦了湖北省《水滸》學會，湖北省《紅樓夢》學會，中國《三國演義》學會等多個學會。並任武漢《紅樓夢》學會會長。於 1987 年至 1997 年間舉辦過九次當代紅學研討會暨「毛澤東評《水滸》《紅樓夢》研討會」。張國光在古代文學、史學、歷史地理學、哲學史、文化史、教育史等多個領域，均有獨到的建樹。其所發表的涵蓋中國文史哲學的論著和他所整理的古籍共約1000 萬字。

> 1986 年獲湖北大學教書育人一等獎，1989 年被評為全國教育系統勞動模範，榮獲人民教師獎章，1993 年又榮獲曾憲梓教育基金獎一等獎。

在 1980 年代初終獲成功。至 1980 年代中期，他在繼續引領中
國《水滸傳》學界的研究之同時，在紅學研究方面也進入前列並舉
辦多次研討會。

拙著《金聖歎文藝美學研究》（上海高校高峰高原學科建設資助項目）附論有
「20 世紀文化十大家論金聖歎」，篇幅達 10 餘萬字。按照出生前後和評論金
聖歎成果出版的先後，共評論了胡適、魯迅、周作人、馮友蘭、鄭振鐸、錢
穆、錢鍾書、陳寅恪、郭沫若、張國光十大文化名家。十大家並列比較，即明
顯地反映金聖歎和《水滸傳》研究的最大功臣無疑是張國光先生。

張國光先生創辦的中國《水滸》學會掛靠在他任職的湖北大學，張國光
先生逝世後，其高足佘大平教授、張虹教授先後擔任會長。他們與浦玉生先生
等，將張國光先生創辦和主編的學會會刊《水滸爭鳴》，繼承下來，繼續組織
和團結全國《水滸》研究學者，發表豐碩成果。

筆者的《水滸傳》研究始於 1981 年，是在張國光先生的幫助下開始研究
的。我在讀研究生時期起，得到多位權威學者的關愛，張國光先生就是其中一
位。筆者於 1980 年 11 月在武漢大學舉辦的中國古代文學理論學會第二屆年
會上，因吉林大學教授王汝梅的引薦而結識張國光先生。張國光先生邀請筆者
出席 1981 年在武漢舉辦的首屆《水滸》全國研討會。筆者當時還是在讀的中
國古代文藝理論專業的研究生，當時國內不久前剛開始舉辦學術研討會，會
議極少，能夠參加者很少，因此非常興奮，向大會提交了 2 篇論文——《〈水
滸傳〉在中國和世界文學史上的重要地位和意義論綱》和《〈水滸傳〉和〈艾
凡赫〉》。承蒙業師徐中玉教授（1915～2019）批准我請假與會，並給予報銷差率
費，並應我所請，給大會寫了祝賀信。我還請關愛我的兩位學術權威——趙
景深教授（1902～1985）和譚正璧先生（1901～1991）給大會寫了祝賀信。張國光
先生為《水滸傳》和金聖歎研究，嘔心瀝血、慘淡經營，學術權威朱東潤（1896
～1988）和周谷城（1898～1996）教授聞訊非常讚賞，他們是著名的學者書法家，
應我之請都寫了條幅，書贈張國光先生以示鼓勵。

張國光在 1990 年代為爭取舉辦金聖歎國際研討會和出版《金聖歎研究》，
多次來上海、蘇州奔波，請我陪同。為節約經費，甚至屈尊住在我家簡陋的居
室（拙荊則帶犬子回娘家居住）。可惜當時學術界和高校的經費非常匱乏，接待他
的上海市委和蘇州市的領導也一籌莫展。他還在我的陪同下，到上海書店出
版社與總編俞子林先生（1931～）數次商議《金聖歎研究》事宜，俞總編雖然給

以優惠條件，終因無法籌措出版經費而無奈放棄。

筆者在開始《水滸傳》不久，即於 1982 年起進入金聖歎研究。我從事研究金聖歎研究，和王國維研究一樣，在閱讀原著時，同時進行原作的收集、彙編和校點。在 1980 年完成《王國維文學美學論著集》之後，即收集、彙編並開始校點《金聖歎全集》。當時書籍出版極其不易，名家也多有哀歎。筆者歷經多次曲折，由於文化部將筆者編校的《金聖歎全集》列為 1985‧香港首屆「中國書展」重點書，於 1985 年順利出版 4 卷本《金聖歎全集》。其第一、第二冊為金聖歎評批的《水滸傳》，銷量高達 4 萬冊，江蘇古籍出版社因此而喜出望外，名利雙收。2009 年，在著名民營圖書出版家汪俊先生的策劃下，筆者編校和標點的《金聖歎全集》16 開法式精裝增訂釋評本，於萬卷出版公司出版。同時還單獨出版《貫華堂第五才子書水滸傳》在內的所有的金批經典各書。

自 1987 年起，至 2014 年，筆者陸續發表金聖歎研究包括金批《水滸》的系列論文，2015 年，我任職的上海戲劇學院藝術理論學專業的「上海高校高峰高原學科建設」經費資助筆者在國家級的出版社——上海人民出版社出版《金聖歎文藝美學研究》，篇幅達 55 萬字。

2011 年～2012 年，筆者應邀在上海《新民晚報》發表《水滸新說》系列文章 66 篇。中國水滸學會的「國際水滸網絡」特設「周錫山說水滸」專欄轉載大量拙文。

與張國光先生一樣，筆者也於上世紀 90 年代開始進入紅學研究，並先後出版了《紅樓奴婢》《紅樓夢的奴婢世界》《紅樓夢的人生智慧》和《曹雪芹：從憶念到永恆》，並受到學界和讀者好評。但卻一直沒有機會出版《水滸傳》的研究著作。

今因臺灣花木蘭文化出版公司的美意，筆者得以將有關研究成果，彙編、出版《〈水滸傳〉縱橫新論》，謹致謝忱！

本書為筆者研究《水滸傳》的專著，內有 2 篇是評論他人《水滸傳》研究的評論。一篇是著名學者曲家源先生的《水滸傳新論》評論，一篇是《劉再復〈雙典批判〉批判》。

近年來，學術界對《水滸傳》的評價產生了兩個誤區。一是紅學界不少人獨尊紅學，認為《紅樓夢》是唯一成就高的長篇小說，否定《水滸傳》與《紅樓夢》的並列地位。二是，片面推崇、無限拔高《紅樓夢》，貶低《水滸傳》，

甚至像劉再復的《雙典批判》，非理性地徹底否定《水滸傳》和《三國演義》
的思想意義和文化價值，將兩部偉大著作貶低為「大災難書」，「中國人的地獄
之門」（《雙典批判·導言：中國的地獄之門》）。並進一步荒謬絕倫地徹底貶低和否定
中國人：「中國人如何走進你砍我殺、你死我活、不滿心計權術的活地獄？中
國人的人性如何變性、變態、變質？就通過這兩部經典性的小說。」（同上）將
中國看作「活地獄」。此書的正文和附錄，通過雙典批判徹底否定中國和中國
文化，全書徹頭徹尾全是謬論，我特撰《劉再復〈雙典批判〉批判》一文，
在「2023　全國水滸學學術研討會」作大會發言。這兩篇文章是研究之研究，
同樣是書評，評劉文之文也屬於論文性質，因此放在正文的第一專欄中。

周錫山

二〇二四年三月於上海

目

次

壹、總　論

《水滸傳》在中國和世界文學史上的重要地位和意義論綱

　　《水滸傳》因其巨大的思想意義和偉大的藝術成就而在中國和世界文學史上佔有非常重要的地位。

一、《水滸傳》在中國和世界文學史、文化史上的崇高地位

　　《水滸傳》是與《紅樓夢》並列的兩大經典小說，但在明清兩代，《水滸傳》在民眾中的影響最大，清代產生的《紅樓夢》只是在知識分子中間流傳，至今還基本如此。到了20世紀，還有許多人，例如胡適、錢穆等，對《水滸傳》的評價都高於《紅樓夢》。在韓國、日本，《水滸傳》的聲譽和影響至今仍都遠大於《紅樓夢》，讀者非常多。

　　當今紅學界和一些學者、讀者僅將《紅樓夢》看作是中國古典小說的最高著作，這個觀點是有很大的偏頗的。

　　《水滸傳》的金聖歎批本問世後，在清代成為《水滸傳》不斷出版的唯一版本。清代讀者家藏一部，是清代至民國初期普及性最大的文化經典的教材。很多讀者通過閱讀和學習《水滸傳》的金批本，學會了讀書和欣賞的方法。錢穆說：「自余細讀聖歎批」《水滸傳》之前，「讀得此書（《水滸傳》）滾瓜爛熟，還如未嘗讀。」「讀其批《水滸》，使我神情興奮」，後來一再讀金批《水滸》，「每為之踴躍鼓舞」。他進而認為他是通過《金批水滸》學到了讀書、尤其是

讀一切經典著作的方法。〔註1〕眾所周知，錢穆只有小學學歷，他通過自學成為 20 世紀最傑出的學術大師之一，從他對《金批水滸》的評價和親身體會，可見此書對指導青年學習和欣賞經典著作的重大意義。

《水滸傳》的偉大思想和藝術成就，值得與其他中外其他文學經典做比較研究，從而認識其在世界文學史上的崇高地位。例如，作為描寫和歌頌農民造反的著作，與西方名著如英國司各特的歷史小說《艾凡赫》（林琴南舊譯《撒克遜劫後英雄略》）、德國席勒的劇本《強盜》《威廉·退爾》和俄國普希金的小說《上尉的女兒》等相比較，無疑在各方面都取得了領先的地位。

《水滸傳》早在上世紀 30 年代即由諾貝爾文學獎獲得者、美國女作家賽珍珠首先完成和出版了七十一回（金聖歎評批）本的英譯本，在英語世界傳播。她在獲得諾貝爾文學獎授獎儀式上的答詞，給《水滸傳》以極高評價。

值得注意的是，西方讀者和學者看不懂《紅樓夢》。〔註2〕因此《紅樓夢》在國外沒有影響，而《水滸傳》有重大影響，尤其在韓國和日本，《水滸傳》具有崇高的地位。

二、《水滸傳》是世界上最早的長篇小說之一

世界上最早的長篇小說，楊周翰主編《歐洲文學史》認為是古羅馬佩特羅尼烏斯（？～66）的《薩蒂利孔》，原書有 20 章，今僅存殘缺的第 15、16 章。現存的殘篇，體例不純，時用散文，時插詩歌，又夾雜民間傳說和文體批評，因此多有人認為它不屬於長篇小說範疇，而是小說體裁產生過程中的原始作品。

世界上現存最早的完整的長篇小說是古羅馬阿普列烏斯（Lucius Apuleius，約 123～180）的《變形記》（後改名《金驢記》）。此書是用拉丁文寫的西方文學名著。

〔註1〕 錢穆《中國文學論叢》，三聯書店，2002 年，第 144 頁。

〔註2〕 2008 年 9 月，我與中國比較文學旅法學會會刊《對流》中方人員和《中國比較文學》編輯部一起，與德國著名漢學家、波恩大學中文系主任、德國十卷本《中國文學史》主編顧彬教授討論西方讀者和學者「認為《紅樓夢》太深奧了，看不懂」，「對《紅樓夢》是望而卻步，就是很難看懂」的話題，顧彬說：「我覺得《紅樓夢》非常豐富。我已經看了幾十年了。那時候我看不懂，另外在歐洲，沒有人，除了翻譯家以外，德國和英國的翻譯家以外，沒有人敢研究《紅樓夢》，太豐富了。我看《紅樓夢》，我糊裏糊塗，不知道應該從哪個角度來看。如果我說我看得懂《紅樓夢》，我瞭解《紅樓夢》，我是假的，我吹牛。學這《紅樓夢》的問題，可能是一輩子的問題。」周錫山《與德國漢學家顧彬（Wolfgang Kubin）對話紀要》，《對流》（法國巴黎）第 6 期，2010 年；完整版收入周錫山《中國文學與世界論集》，臺灣花木蘭文化出版公司，2023 年。

最早的中譯本有劉黎亭的譯本，上海譯文出版社 1988 年出版，編入著名的外國文學名著叢書。

所以世界上最早的長篇小說產生於古羅馬。

古希臘繼古羅馬之後，也有了長篇小說作品。《古希臘文學史》：「公元三世紀，傳奇小說頗為盛行。」〔註3〕完整流傳至今的古希臘小說共有 6 部，都是傳奇小說〔註4〕：卡里同《凱勒阿斯與卡利羅亞》、色諾芬《以弗所傳奇，又名哈布羅科斯與安蒂亞》、阿喀琉斯・塔提奧斯《琉基佩與克勒托豐》、朗戈斯《達夫尼斯與赫洛亞》、赫利奧多羅斯《埃塞俄比亞傳奇，又名傑亞根與哈里克列娜》和盧奇安《真實的故事》。另有幾種古希臘傳奇小說因後人的改寫而得流傳：伊安布利斯《巴比倫傳奇》、安東尼俄斯・第歐根尼《圖勒遠方奇異歷險記》、卡里同《凱勒阿斯與卡利羅亞》（中譯本名為《尋妻記》）、朗戈斯《達夫尼斯與赫洛亞》和盧奇安《真實的故事》。

以上作品，作為世界名著的只有《金驢記》（又名《變形記》）。

八百多年後，日本女作家紫式部（約 978～約 1016）完成於十一世紀的《源氏物語》，也是世界名著。

又過了三百多年，在公元十四世紀（相當於我國的元來明初）中西方大致同時出現了幾部長篇小說：意大利薄伽丘（1313～1375）的《菲洛哥羅》和中國的《三國演義》、《水滸傳》和《平妖傳》等。薄伽丘是歐洲文藝復興時期的著名作家，但《菲洛哥羅》一書並不出名，他的代表作是聞名世界的短篇小說集《十日談》。

在以上介紹的世界最早的幾部長篇小說中，僅有《金驢記》和《源氏物語》屬於世界名著。我國的《三國演義》和《水滸傳》雖在兩書之後問世，但在藝術上卻最為成功。特別是《水滸傳》，它是世界文學史上第一部高度成熟的現實主義長篇小說，成書遠在西方第一部高度成熟的現實主義長篇小說《唐・吉訶德》（1605、1615 年出版）之前。

三、世界上最早和成就最高的農民起義小說

《水滸傳》是第一部描寫農民起義、綠林好漢壯烈鬥爭的長篇小說，在思想上和藝術上對後世的影響都非常大。

〔註3〕吉爾伯特・默雷《古希臘文學史》，孫席珍等譯，上海譯文出版社，1988 年版。
〔註4〕參見陳訓明《古希臘長篇傳奇小說》，《中華讀書報》，2003 年 3 月 5 日。

在《水滸傳》問世四百多年後，歐洲才有數名著名作家創作了農民起義題材的文學作品：德國席勒的劇本《強盜》（1780）和《威廉·退爾》（1803）、英國司各特的歷史長篇小說《艾凡赫》（1819）、法國梅里曼的劇本《雅克團》（1828）、俄國普希金《上尉的女兒》（1836）、南斯拉夫奧古斯特·謝諾阿《農民起義》（1877）。

西方最早描寫農民起義題材的是席勒（1759～1805），德國著名詩人、哲學家、歷史學家和劇作家，德國啟蒙文學的代表人物之一。其最著名的劇本《陰謀與愛情》是席勒青年時代創作的高峰，與歌德的《少年維特之煩惱》同是狂飆突進運動最傑出的成果。名作還有歷史劇《瓦倫斯但》三部曲和詩劇《唐·卡洛斯》等。

席勒的處女作劇本《強盜》（1780），是一部反封建反專制的傑作。主人公卡爾是穆爾伯爵的長子，因弟弟弗朗茲謀取繼承權，惡毒誣陷而被父親逐出家庭。離家後他遁入波希米亞森林，成為一夥強盜的首領。他參加盜群，用恐怖手段對統治者進行復仇。當弗朗茲毒害老父、強佔他未婚妻愛米麗亞時，卡爾救出了他們。老穆爾知愛子成了強盜首領，當場氣死；愛米麗亞勸他脫離盜群，重新生活，但受到眾盜的反對。卡爾槍殺未婚妻，並決心為真理而死，離開眾盜，去法庭投案。卡爾仇恨暴政，蔑視法律，同情被壓迫人民，而且想要改造社會，在德國建立一個共和國。劇本強烈地反映出青年席勒在狂飆突進運動時期的民主思想和革命激情。

席勒的最後一部劇作《威廉·退爾》（1803），是嘔心瀝血的傑出創作，描寫與俠盜羅賓遜並列為中世紀歐洲最著名的民間反抗封建統治的象徵性人物、瑞士開國英雄威廉·退爾，和瑞士聯邦農民反抗哈普斯堡政權而獨立的故事。劇本把 1307 年冬瑞士人民結盟推翻奧皇統治的史實和瑞士民間關於退爾的英雄傳說巧妙地結合起來，塑造出一個反抗異族統治和封建統治、進行解放鬥爭的典型。這部劇本於 1804 年 3 月在魏瑪和萊比錫演出時，受到群眾熱烈歡迎，觀眾讚譽這是一部有高度現實意義的愛國劇本，是喚起人民民族意識和反抗外侮的有力呼聲。直到德國 1848 年革命前後，各地劇院也都演出《威廉·退爾》

《艾凡赫》是英國作家沃爾特·司各特創作的長篇歷史小說。

沃爾特·司各特（Walter Scott，1771～1832），爵士，英國著名的歷史小說家和桂冠詩人，一生創作了 30 多部歷史小說巨著，成為英語歷史文學的一代祖師。

　　《艾凡赫》（1819）是司各特最出名的小說，也是他描寫中世紀生活的歷史小說中最優秀的一部。內容為「獅心王」理查東征時失蹤，其弟約翰趁機奪位攝政。撒克遜貴族塞得利克打算聯合本族人恢復王朝。與此同時，理查秘密回國，他得到一些諾曼人和塞得利克之子艾凡赫及綠林好漢羅賓漢等撒克遜人的幫助，終於戰勝約翰，重登王位，肅清叛逆。塞得利克等人也認清了形勢，決定和諾曼統治者合作。

　　小說主人公艾凡赫是撒克遜人，因違背父意與異族統治者交往，並參加了獅心王理查一世率領的十字東征軍，被逐出家門。回國後他借助羅賓漢挫敗了理查一世的弟弟發動的政變圖謀。重新登上王位的理查一世成全了艾凡赫與貴族小姐羅文娜的婚姻。當時撒克遜人民同統治貴族之間的矛盾很尖銳。艾凡赫輔佐理查，調和衝突，緩解尖銳的民族矛盾，成為一個歷盡艱險、勇敢、忠誠、智勇雙全的英雄人物。在民族和社會矛盾的宏偉歷史畫面下，作者將目光從蘇格蘭的歷史轉向英國以至整個歐洲的歷史，巧妙地把個人命運與歷史重大事件結合在一起。

　　作品生動地再現了 12 世紀英國的民族風尚和各階層的生活，反映了 12 世紀英國「獅心王」理查時代盎格魯‧撒克遜人和征服英國的諾曼人之間的民族矛盾，以及統治階層和勞苦人民的階級矛盾，刻畫出貴族的驕奢和人民的苦難。這部小說浪漫主義氣息濃鬱，富有時代氣氛和地方色彩，語言古雅，人物形象豐滿。

　　小說中描寫了俠盜羅賓漢及其夥伴們的活動，在一定程度上反映了英國中古人民反抗封建秩序的鬥爭生活。

　　中國早在 1905 年就出版了林紓和魏易合譯的文言文譯本，譯名為《撒克遜劫後英雄略》。

　　法國梅里曼的劇本《雅克團》（1828），以法國十四世紀著名的「雅克團」農民起義為題材創作。故事發生在包阿錫地方，封建領主紀爾伯‧達蒲萊蒙兇殘橫暴，廣大的農民群眾忍無可忍，在修士若望的啟發和率領下舉行起義，攻克了達蒲萊蒙的城堡，殺死了封建領主，取得節節勝利。在封建統治者的欺騙和英國浪人軍隊的內外夾攻下，起義失敗，缺乏覺悟的農民軍群眾在失敗的災難面前，紛紛抱怨若望修士把他們引到了絕境，最後將他殺死。該劇的主旨在於揭示人民反抗封建領主專制的鬥爭精神，表現了封建暴力下被剝削被壓迫人民進行反抗的必然性和合理性，對人民的革命行動表示了明顯的同

情。〔註5〕

梅里美（1803～1870），法國現實主義作家，劇作家，歷史學家。主要作品有收集出版的劇本集《克拉拉·加蘇爾戲劇集》(包括五個劇本)和歷史劇《雅克團》，有長篇小說《查理九世的軼事》和中、短篇小說《馬特奧·法爾哥內》《攻佔棱堡》《塔曼果》《高龍巴》《卡門》《伊爾的美神》等。

梅里美的小說《塔曼戈》(1829)描寫黑奴反抗白人黑奴販子的鬥爭。這篇小說改編為法國、意大利合拍電影《塔曼果》(1957)，對原作的主題和人物的精神面貌做了很大的改變，以適應 20 世紀反對種族歧視的時代潮流。

俄國作家普希金創作的中篇小說《上尉的女兒》(1836)是俄國文學史上第一部描寫農民起義的現實主義作品。小說採用第一人稱的敘述方式，以貴族青年軍官格里尼奧夫和上尉的女兒瑪麗婭之間曲折而動人的愛情故事為主要線索，把格里尼奧夫的個人命運與普加喬夫領導的農民起義緊密地結合在一起。在不大的篇幅中容納了豐富的歷史畫面和社會內容。刻畫了各種不同階層人物的性格，揭示了他們的心理活動。

普希金（1799～1837），俄國詩人、作家。著名作品有詩體小說《葉甫蓋尼·奧涅金》和《上尉的女兒》等。他在完成《上尉的女兒》的第二年即因決鬥負傷而死。

《上尉的女兒》是俄國文學史上第一部描寫農民起義的現實主義作品。小說採用第一人稱的敘述方式，記敘貴族青年軍官格里尼奧夫和上尉的女兒瑪麗婭之間曲折而動人的愛情故事。格里尼奧夫得到農民起義領袖普加喬夫領導的救助，於是寫及普加喬夫起義。

另有南斯拉夫的克羅地亞作家奧·謝諾阿的歷史小說代表作《農民起義》（1877），作品通過兩戶豪門大族的地產糾紛和農奴忍無可忍起而反抗苛政的鬥爭，再現了 1564 至 1574 年克羅地亞和斯洛文尼亞地區的一次大規模農奴起義，廣泛描寫了當時的社會生活環境和歷史場景，塑造了古貝茨、伊利亞等起義領袖的形象，描繪了這次起義的可歌可泣的歷史性場面，歌頌了兩個民族被壓迫階級的團結戰鬥、不屈意志和愛國精神。小說注重心理描寫，語言新穎明快。

進入 20 世紀，羅馬尼亞作家列布里亞努於 1933 年創作《起義》，是羅馬

〔註 5〕羅大岡《關於農民起義的兩部法國文學作品》，《外國文學研究》，1979 年第 1 期。

尼亞文學中第一部真實反映 1907 年農民起義的長篇小說。1929～1933 年經濟危機時期階級鬥爭尖銳、工人運動高漲、農民問題嚴重，激發作者創作此書。作者勾勒了地主、軍官、官僚政客等的醜惡嘴臉，探究了兩個貴族家庭的生活，和那些注定過著苟且偷生的牛馬生活的農民的命運。

小說記敘起義爆發，表現人民的激憤，同時也夾雜了對農民鎮壓地主場面的自然主義的描寫。老貴族尤加和女地主納吉娜死了。村民們分了地主的財產，還準備分地。然而政府軍隊趕來槍殺了起義者，重新樹立起地主的政權。被打死的老尤加的兒子、年輕的貴族尤加，打算重整家園，對農民們作了一些小小的讓步。從這個形象身上，反映了作者相信守舊的貴族階級還是能夠使國家避免一些社會動盪的，這可以看出作者的思想局限性。

除了農民起義，還有一些作品，如法國福樓拜《薩朗波》反映士兵起義，意大利喬萬尼里《斯巴達克斯》反映奴隸起義。

福樓拜（Gustave Flaubert，1821～1880），法國大作家。他的《包法利夫人》《情感教育》等小說，真實細緻描寫和記錄 19 世紀法國社會風俗人情，並超時代、超意識地對現代小說審美趨向進行探索。

歷史小說是 19 世紀初產生的一種文學樣式，福樓拜記敘士兵起義的《薩朗波》（1862）堪稱歷史小說發展新階段的一部重要代表作。

小說記敘公元前三世紀羅馬和腓尼基人建立的奴隸制國家迦太基之間的戰爭，中間穿插哈密加統帥的女公子、月神女祭師的薩朗波和雇傭軍首領馬多的浪漫愛情故事。最終以雇傭軍流血失敗，和薩朗波婚禮猝死為結局。

《薩朗波》取材於波利亞的《通史》，但福樓拜按照自己的理解，重構了歷史。小說反映了迦太基處於盛極而衰的惡劣社會狀況，統治者一味橫征暴斂，誰稍有延誤或口出怨言，就懲以鐵鐐、十字架等酷刑。如果有些村莊敢反抗，就把該村民賣為奴隸。它對周圍部落大肆搜括，使得那些部落民不聊生。

《薩朗波》描繪古代戰爭，兼具全景式的鳥瞰圖和局部戰鬥的特寫；寫到戰略戰術的具體運用，也寫到各種兵器的交鋒，特別寫到參戰的象群這一特殊兵種。這些描寫生動多姿地再現了古代北非的戰爭場面。

《斯巴達克斯》（1874）是意大利 19 世紀作家拉法埃洛·喬萬尼里創作的長篇歷史小說，講述發生在公元前 1 世紀古羅馬時代的一場聲勢浩大的角鬥士起義。以斯巴達克為首的角鬥士們為爭取自由和尊嚴，奮起反抗羅馬人的暴政，他們英勇頑強地與強大的敵人進行鬥爭，一次又一次地出奇制勝，重創羅

馬軍隊。角鬥士軍隊最終被強大的敵軍包圍並消滅，斯巴達克斯戰鬥到生命的最後一刻。小說真實地再現了兩千年多前那場被壓迫者爭取自由解放的鬥爭，塑造了起義領袖斯巴達克斯的不朽形象。

歷史上的斯巴達克斯起義發生於公元前 73 年至 71 年，是由斯巴達克斯領導的反對羅馬奴隸主統治的大規模奴隸起義，是古羅馬共和國時期最大的一次奴隸起義，曾經席卷整個意大利半島，其人數之多，時間之長，範圍之廣，在古代世界實屬罕見。

拉法埃洛·喬萬尼里（1838～1915），生於羅馬，年輕時在撒丁王國的軍隊裏任軍官，參加過反對奧地利佔領者的鬥爭。後來志願加入加里波第率領的遠征軍，在攻克羅馬的戰役中立下功績。退役後在師範學校教授文學、歷史，同時從事新聞和文學活動。他寫過現代題材的長篇小說、歷史小說、歷史劇、詩歌和研究 1848 年意大利革命的史學著作，其中以長篇歷史小說《斯巴達克斯》最為出色。

與這些西方作品相比，《水滸傳》的思想性和藝術性遠遠領先，是世界文學史上的一個高峰。〔註6〕

四、《水滸傳》的世界性重大影響

《水滸傳》是具有世界性重大影響的文學巨著。

《水滸傳》對日本的影響最大。

在東亞漢字文化圈內的朝韓、越南和日本各國中，文化最發達的日本，繼承中國文化最多，而且文化發展也最繁榮。《水滸傳》在其中也起了重要的作用，因為《水滸傳》是通俗小說，故而在日本民眾中影響很大。例如，日本創界學會會長、國際著名學者池田大作說：「在中國和日本的民間，《水滸傳》與《三國演義》同是最受歡迎的作品。我從青年時代起就在戶田先生創立的『水滸會』這個培養青年的聚會中受到其薰陶，這當然是取自《水滸傳》之名。」並強調：「《三國演義》、《水滸傳》對日本的影響也是很深的。」

日本明治維新期間，北村三郎出版《世界百傑傳》，評述古今一百位英雄豪傑，《水滸》的作者施耐庵也在內，與釋迦牟尼、孔子、華盛頓、拿破崙等人並列。

〔註 6〕盧康華、孫景堯《比較文學導論》（黑龍江人民出版社，1984 年）第 180 頁引用了本文的這些觀點，並給予充分肯定。

　　《水滸傳》傳入日本後，深受日本人之喜愛。先是直接訓讀原文的中國語小說，然後是根據故事用日文改寫，有建部綾足《本朝水滸傳》、仇鼎山人的《日本水滸傳》十卷本，伊丹椿園的《女水滸傳》四卷本、《忠臣水滸傳》十卷本，《忠臣藏》的情節也與它類同，馬琴的名著《里見八大傳》也接受了《水滸傳》的影響；《傾城水滸傳》等也是以它為樣板創作的。

　　直到現代，仍有學者以現代日語將漢文翻譯，如著名漢學家吉川幸次郎、清水茂就將《水滸》譯成現代日語。日本近代文豪吉川英治也有改寫《三國》與《水滸》兩部小說的作品，由於他文筆的精彩，日本讀書界對這兩部小說的興趣至今不衰。平田兼三改編的《水滸傳》歌舞伎在日本上演曾轟動一時，後來還到中國演出，受到中國人民的歡迎。

　　在英語世界，獲諾貝爾文學獎的賽珍珠首先將金聖歎評改本《水滸傳》翻譯成英文，於1933年出版。在賽珍珠認為的中國三大小說經典中，賽珍珠首先選擇《水滸傳》譯成英文。

　　她說：「他們（指中國讀者）對小說的要求一向是人物高於一切。《水滸傳》被認為是他們最偉大的三部小說之一。」〔註7〕在賽珍珠看來，《水滸傳》無疑是向西方讀者展示中國古典小說獨特藝術的最佳選擇。

　　賽珍珠生活的時代正是處在西方對中國的想像和認識最反面、最負面的階段。賽珍珠正是從文化對話的角度和立場，逆「西學東漸」的潮流自覺擔當起「東學西漸」的使命，創作以中國為題材的作品，把《水滸傳》翻譯成英文。

　　對賽珍珠來講，水滸故事是最為中國人民喜聞樂見的，最有群眾基礎的，也最能體現中國人的人性、生活和思想。因此，為了試圖糾正近代以來西方社會對中國的想像和對中國文學的負面認識，為了更真實傳達中國人民特別是底層人民的真實生活、感情和願望，這樣一本從內容到形式，從思想到藝術都堪稱中國古典小說典範的文本，當然成為賽珍珠向西方展示中國小說和中國人的首選。

　　中國小說的外文譯本以《水滸傳》最多。《水滸傳》的外文版以英文版最多，對西方讀者的影響也最大。《水滸傳》的英譯本共有三種，譯名也有三種：All Men Are Brothers（四海之內皆兄弟）、Water Margin（水邊，即《水滸》）和Outlaws of the Marsh（水泊中不受法律保護的人）。賽珍珠的譯本之名即為《四海之內皆兄弟》。

〔註 7〕姚君偉《賽珍珠論中國小說》，南京大學出版社，2012 年，第 121 頁。

在《水滸傳》譯序中，賽珍珠向西方讀者介紹：《水滸傳》是「中國最著名的小說之一」，「雖經歲月流逝，它依然暢銷不衰，充滿人性的意義」。她認為，《水滸傳》是一本最具中國小說特徵的小說。

她在譯序中表達了對梁山好漢「正義的強盜」的肯定態度：「這些人的故事一遍遍地頌揚了勇敢的精神，表達了對窮人和被壓迫者的同情，也發洩了對為富不仁者和無道昏君的不滿，儘管這些人自己從來沒有否定過他們是與國家作對的強盜和叛亂者。」

在晚年，她更是明確地表達了當年翻譯《水滸傳》「主要是因為這部作品揭示了中國人民生活中十分重要的一個方面，我稱之為造反的一面，因為中國歷史上總有造反。的確，造反的權利一直都被認為是一種『不容剝奪』的權利……。由於到當時為止我在中國的全部生活都處在這樣一個時期裏，因此自然而然地會認為《水滸傳》是一部與現實密切相關、乃至於非常重要的作品。」〔註8〕

《水滸傳》的賽珍珠譯本是一本有特點有影響有價值的著名譯本。賽譯《水滸傳》在美國出版後，引起轟動，非常暢銷，之後《水滸傳》又相繼被譯成多種文字，在世界傳播。可以說，賽珍珠在傳播中國文化和文學方面功不可沒，成為「一座溝通東西方文明的人橋。」〔註9〕

賽珍珠在諾貝爾文學獎授獎儀式的講臺上發表了題為《中國小說——1938年12月12日在瑞典學院諾貝爾獎授獎儀式上的演說》長達1萬5千言的長篇演說，宣傳和介紹中國古代小說的偉大成就。她指出：「中國小說是自由的。它隨意在自己的土地上成長，這土地就是普通人民；它受到最充沛的陽光的撫育，這陽光就是民眾的贊同。」〔註10〕

賽珍珠正確指出：中國讀者「對小說的要求一向是人物高於一切。《水滸傳》被認為是他們最偉大的三部小說之一，並不是因為它充滿了刀光劍影的情節，而是因為它生動地描繪了一百零八個人物，這些人物各不相同，每個都有其獨特的地方。我曾常常聽到人們津津樂道地談那部小說：「在一百零八人當中，不論是誰說話，不用告訴我們他的名字，只憑他說話的方式我們就知道他

〔註 8〕唐豔芳《賽珍珠〈水滸傳〉翻譯研究——後殖民理論的視角》，復旦大學出版社，2010年，第114頁。

〔註 9〕姚君偉《姚君偉文學選論》，復旦大學出版社，2007年，第31頁。

〔註10〕賽珍珠《中國小說——1938年12月12日在瑞典學院諾貝爾獎授獎儀式上的演說》，《大地·附錄》，《大地》，漓江出版社，1988年，第1086頁。

是誰。」「因此，人物描繪的生動逼真，是中國個對小說質量的第一要求，但這種描繪是由人物自身的行為和語言來實現的，而不是靠作者進行解釋。」〔註11〕賽珍珠在這裡運用和引用的觀點，實際上也是轉述她翻譯的七十回本金批《水滸》中的金聖歎的觀點：「另一部書，看過一遍即休，獨有《水滸傳》，只是看不厭。無非為他把一百八個人性格，都寫出來。」「《水滸傳》寫一百八人性格，真是一百八樣。」「《水滸》所敘，敘一百八人，人有其性情，人有其形狀，人有其聲口。」〔註12〕金聖歎的人物典型學說早於別林斯基和恩格斯等人的西方典型理論200多年；而聖歎「人有其聲口」的觀點更比高爾基的有關論點要早300年。賽珍珠「只憑他說話的方式我們就知道他是誰」的觀點，給予中國古代偉大長篇小說以最知音的評價。

賽珍珠在諾貝爾文學獎授獎講壇上鄭重宣布她是通過中國小說，尤其是《水滸傳》，學習寫作的。

「我認為中國小說對西方小說和西方小說家具有啟發意義。」她又再三強調：「我就是在這樣一種小說傳統中出生並被培養成作家的。」〔註13〕「恰恰是中國小說而不是美國小說決定了我在寫作上的成就」，從中國小說中學會了寫作小說，「今天不承認這一點，在我來說就是忘恩負義」。〔註14〕賽珍珠獲諾貝爾文學獎的小說《大地》，寫的是中國貧困地區的農民，其中也寫及了造反，所以《水滸傳》無疑是賽珍珠學習寫作的最重要的教材。

賽珍珠是惟一公開表示從中國小說學習並因此而取得自己的創作成就的外裔作家。賽珍珠是極少數翻譯外國文學經典著作的諾貝爾文學獎的作家之一。賽珍珠翻譯的《水滸傳》是其中影響最大的。

《水滸傳》不僅是中國小說中在國外取得影響最大的偉大作品，從《水滸傳》在日本的傳播看，也是世界文學史上對別國讀者影響最大的一部文學作品。

《水滸傳》的思想價值和社會意義論綱

《水滸傳》作為一部經典著作，取得了高度的思想成就，具有巨大的思想意義。

〔註11〕同上，第1089頁。
〔註12〕周錫山編校《金聖歎全集》第一冊，江蘇古籍出版社，1985年，第19、10頁。
〔註13〕賽珍珠《大地·附錄》，《大地》，第1104頁。
〔註14〕賽珍珠《大地·附錄》，《大地》，第1083頁。

　　《水滸傳》以它傑出的藝術描寫手段，虛構了以宋江為首的農民起義發生、發展和失敗的全過程。《水滸傳》的社會意義首先在於深刻揭露了封建社會的黑暗和腐朽，及統治階級的罪惡，說明造成農民起義的根本原因是「官逼民反」。

　　對於《水滸傳》小說主題思想的研究，不少學者從各個角度予以總結和歸納。最常見的有以下幾種：一，以階級觀點出發，有「農民起義」說、「為市井細民寫心」說、「游民」說；二、以創作動機觀察，有「發憤」說、「忠義」說、「悲劇」說；三、以作品主旨的理解，有「忠義」說、「誨盜」說、「忠奸鬥爭」說。也有學者從將小說中主要的文化涵括概括為江湖文化、宗教文化、綠林文化、復仇文化。按照批評者所處的語境和價值立場，並對照小說的內容來看，每種說法都有其合理性。以上各說引起的爭議，從未也不可能獲得統一的認識。

　　《水滸傳》小說主題思想的多元化，說明《水滸傳》的文化蘊含豐富複雜，這在古今中外的小說名著中是罕見的。

　　探索、討論《水滸傳》思想意義的最早著名觀點，是明代思想家李贄《忠義水滸傳序》的論述：

　　　　太史公曰：「《說難》《孤憤》，賢聖發憤之所作也。」由此觀之，
　　　古之賢聖，不憤則不作矣。不憤而作，譬如不寒而顫，不病而呻吟
　　　也。雖作何觀乎！《水滸傳》者，發憤之所作也。蓋自宋室不兢，
　　　冠屨倒施，大賢處下，不肖處上，馴致夷狄處上，中原處下。一時
　　　君相，猶然處堂燕鵲，納幣稱臣，甘心屈膝於犬羊已矣。施、羅二
　　　公身在元，心在宋，雖生元日，實憤宋事。是故憤二帝之北狩，則
　　　稱大破遼以泄其憤；憤南渡之苟安，則稱滅方臘以泄其憤。敢問浅
　　　憤者誰乎？則前日嘯聚水滸之強人也。欲不謂之忠義，不可也。是
　　　故施、羅二公傳《水滸》，而復以忠義名其傳焉。

　　這個精闢論述，對當今的研究影響最大。但我認為，《水滸傳》揭露和批判的朝廷政治和社會壓迫的黑暗，不是暗射宋代，而是針對元代。

　　而從整體觀察《水滸傳》全書，《水滸傳》的高度思想成就，表現了以下的 3 個主題，這是《水滸傳》的獨特成就：

一、敬奉和維護天道，替天行道

　　孔子主張「志於道，據於德，依於仁，游於藝。」(《論語·述而》) 道，即天

道，即天理，天意。儒家經典崇尚天道。「天道」最早出現在儒家經典《周易》和《尚書》中。《易・謙》：「謙亨，天道下濟（普濟）而光明」，（謙卦，亨通。宛如上天之道，能將光明照耀在人間。）天道用充盈來補不足「天道虧盈而益謙」（減少多餘的來補充不足的）。《書・湯誥》：「天道福善禍淫（自然和社會的規則是賜福於善良而降禍於淫佚）。」

天道，是中國五千年文化核心名詞，是中國哲學的重要範疇。天道的基本含義，即萬物的規則、萬物的道理，一切事物皆有一定的規則。

中國古代哲學家大都認為天道具有某種道德屬性，是人類道德的範本，天道是人類效法的對象。世界，必有其規則，是為天道。

在中國古代儒學中天道常與人道相關聯，並認為：天道與人道一致，以天道為本。

如果統治者違背天道，身處黑暗社會中的正義之士，就替天行道，代上天主持公道，即為民除害，幹正義的事業。

《水滸傳》的主題是替天行道。《水滸傳》第七一回：「有日雲開見日，知我等替天行道，不擾良民。赦罪招安，同心報國，青史留名，有何不美。」

《水滸傳》的作者處於元代，這是中國古代最黑暗的一個朝代。《水滸傳》虛構的是宋朝故事，揭發的卻是元朝的政治和社會黑暗。

《水滸傳》宏揚儒家文化，替天行道，行俠仗義，反貪官、殺貪官，懲治無法無天、剝削和殘害百姓的衙內及其幫兇，維護《書・湯誥》：「天道福善禍淫（自然和社會的規則是賜福於善良而降禍於淫佚）」的原則。

歌頌逼上梁山的英雄的「替天行道」式行俠仗義的造反鬥爭。

《水滸傳》描寫梁山好漢，劫富濟貧，即尊奉《易・謙》所說的「天道虧盈而益謙（天道用充盈來補不足，減少多餘的來補充不足的）」，從而達到「謙亨，天道下濟（普濟）而光明」，（謙卦，亨通。宛如上天之道，能將光明照耀在人間。）他們將殘酷剝削農民的地主和貪官的財富，奪來救濟貧窮的民眾。

二、《水滸傳》宏揚了儒道佛文化所主張的德與善

與第一個基本主題替天行道並列的是表現了另一個重要的主題，這個主題是宏揚了儒道佛文化所主張的德與善。

儒道佛三家為主體來看，都以求善為主要目的，主張每個人以德和善為精神信仰，並在此基礎上安頓靈魂，建立價值觀和人生觀。

前已引及，孔子主張「志於道，據於德，依於仁，游於藝。」（《論語・述而》）

在道之後就是德。

更妙的是，孔子感歎「吾未見好德如好色者也（我就沒有見過像喜歡美色一樣喜歡美德的。）」（《論語·子罕》十八）。人們喜愛美色，要高於喜愛美德。於是不少人控制不住自己，為了美色而違背了道德。《水滸傳》就特地塑造了多個不愛美人而崇尚道德的人，如魯達、武松、宋江、石秀等一大批人。

此外，《水滸傳》宏揚中國傳統文化的德、善觀念，不僅描寫了梁山好漢與人為善、助人為樂的事蹟，也描寫了社會上其他各種人等的善良和樂施，如給來往客人免費提供食宿的史太公、劉太公等。

《水滸傳》宏揚善與德的一個重要表現是誠信，誠實守信。《管子·樞言》提出「誠信者，天下之結也」，將誠信看作天下倫理秩序的基礎。孔子強調「民無信不立」「言而有信」，孟子將「朋友有信」列入「五倫」，漢代董仲舒將「信」與仁、義、禮、智並列為「五常」，十分推崇誠信的作用，將誠信視為最基本的社會行為規範。如魯智深與林冲結為兄弟和好友，在林冲落難並生命有憂時，他暗中一路跟蹤發配中的林冲。他不怕得罪高俅，大鬧野豬林，救下林冲，並承諾確保林冲路途安全，一路護送到滄州。

《水滸傳》宏揚善與德的另一個重要表現是以義取利，反對和批判唯利是圖。中華優秀傳統文化主張「見利思義，義然後取」「先義後利，義利兩得」「以義制利」等，崇尚義也兼顧利，把義與利有機統一起來。當大義與小義產生衝突時，小義服從大義，為了國家和民族的大利大義，可以做到捨小利而為大利、捨小義而赴大義。梁山好漢多能做到這些要求。最後，宋江帶領起義軍接受詔安，也是放棄自己的名利，服從當時的大局。

《水滸傳》宏揚德和善，落實到政治層面，描寫和歌頌梁山英雄忠於國家、忠於民族，愛護百姓，為此而不懼生死、勇往直前，不惜犧牲。

《水滸傳》繼承民族優秀傳統文化價值觀念，宏揚中華民族文化心理中的勇氣、血性、剛強和浩然正氣。

三、揭發和批判朝廷和綠林專制政權的黑暗統治、貪污腐敗，歌頌鬥爭精神

《水滸傳》真實細緻地虛構北宋帝王將相等上層統治者因腐敗無能而導致朝政失修，從而引起社會動盪，民眾生活困苦，激起造反，此即「亂自上作」。又將北宋末年的最高統治者宋徽宗寫成一個典型的昏君，重用姦佞，排斥忠良，朝廷各級政權織成一個任人唯親、黑暗腐朽的大網。實際上反映的是

作者所處的元代的黑暗狀況。

《水滸傳》揭露權貴勢要迫害無辜人民，權大於法，冤無處伸的黑暗現狀。高俅陷害林冲時，孫孔目據理力爭，並揭露，「誰不知高太尉當權，倚勢豪強，更兼他府裏無般不做」，孫孔目接說：「但有人小小觸犯，便發來開封府，要殺便殺，要剮便剮，卻不是他家官府！」

住在高唐州的柴進的叔叔柴皇叔，因當朝太尉高俅的叔伯兄弟、知府高廉的小舅子殷天錫，依仗權勢強行霸佔他的花園，而與他理論，反遭毒打病倒在床。

《水滸傳》真實地展現了專制統治下各級官吏和手中僅有小權的獄吏、解差貪贓枉法、賄賂風行的社會風氣和陋習。

《水滸傳》描寫了封建時代壓制和殘害人才的現象。林冲受高太尉壓制時感歎：「男子漢空有一身本事，不遇明主，屈沉在小人之下，受這般醃臢的氣！」（同上，第137頁）林冲發配到滄州後哀歎：「誰想今日被高俅這賊坑陷了我這一場，文了面，直斷送到這裡，閃得我有家難奔，有國難投，受此寂寞。」

《水滸傳》揭露和譴責政治黑暗、官吏腐敗，描寫和歌頌正義人士憐貧惜苦、劫富濟貧、鋤強扶弱的俠義精神。

儘管金聖歎說，《水滸傳》「無美不歸綠林」，而最為奇妙的是，《水滸傳》還真實、細膩描寫造反隊伍建立的專制政權，也會形成貪污腐敗、壓制和排斥人才的醜惡局面。

在智劫生辰綱後，晁蓋等七人商議要去投梁山泊一事。吳用道：「見今李家道口有那旱地忽律朱貴在那裏開酒店，招接四方好漢。但要入夥的，須是先投奔他。我們如今安排了船隻，把一應的對象裝在船裏，將些人情送與他引進。」在社會上辦事需要送禮，做強盜，也要送人情給引進之人。（第十八回）

梁山起義的早期領袖王倫，心胸狹窄，先後拒絕林冲和晁蓋等入夥，林冲看穿「此人只懷妒賢忌能之心，但恐眾豪傑勢力相壓」。他在火併王倫後，對晁蓋等說：「今日山寨天幸，得眾多豪傑到此相扶相助，似錦上添花，如旱苗得雨。」即殺掉王倫、奪取領導權後，即可賢路大開、團結互助，事業才能興亡發達。

四、全面、精確描繪元朝的生存困境：底層百姓衣食艱難，各階層百姓的人身安全缺乏保障等各種社會問題

但這是古今中外一致的普遍存在的問題。即使在世界經濟第一的美國，衣

食艱難的窮人也很多；即使盛世，治安與個人的人身安全也是一個重大的社會問題，遑論亂世。《水滸傳》描寫商人運載貨物經過人跡稀少的荒山野嶺，強人出沒，經常發生殺人越貨的事情。當今社會也如此，在各國偏僻冷落地方，總會有犯罪分子出沒。即使鬧市，綁架和販賣婦女兒童的案件層出不窮。又如當今中緬邊境的緬北地區涉我電信網絡詐騙犯罪，給人民群眾帶來了巨大的財產損失，嚴重破壞了正常的經濟秩序，影響著社會的和諧穩定。〔註15〕2023年，緬北相關地方執法部門共向我方移交犯罪嫌疑人即多達4.1萬名。

有人在百家講壇講《新說水滸》，說宋朝治安不好，這是錯誤的觀點。宋徽宗的北宋時代，屬於「浮華盛世」，而非亂世。日本學者以宋徽宗偷會李師師看宋朝的治安：小說中宋徽宗「頻頻出入青樓而似無半點懼意，這是值得大書特書的地方。這足以說明當時國都開封府風氣之良好，百姓生活之安樂」。〔註16〕

《水滸傳》描寫了農村中黑社會盤踞的曾頭市、祝家莊，私養武裝隊伍，實力強大。梁山義軍煞費苦心才將之消滅。

妓院也是黑社會的一個重要領域，是一個害人的場所。史進在東平府有相好的妓女，他去執行梁山任務時，到妓院落腳，鴇母要去官府告發。烏龜「大伯」認為史進已給許多金銀，「買我們」擔些干係，出賣他似不應該，鴇母罵他：「老畜生，你這般說，卻似放屁！我這行院人家，坑陷了千千萬萬的人，豈爭他一個！」〔註17〕

另如神醫安道全在妻子亡故後，新和建康府一個煙花娼妓——喚做李巧奴——時常往來，正是打得火熱。張順奉命去請安道全為宋江治病，安道全對巧奴說道：「我今晚就你這裡宿歇，明日早，和這兄弟去山東地面走一遭；多只是一個月，少至二十餘日，便回來看你。」那李巧奴道：「我卻不要你去，你若不依我口，再也休上我門！」李巧奴撒嬌撒癡，倒在安道全懷裏，說道：「你若還不念我，去了，我只咒得你肉片片兒飛！」安道全大醉倒了，睡在巧奴房裏的床上。巧奴這時卻接待剛才在江上劫掠張順的截江鬼張旺，張旺將剛才從張順處劫得的金子，孝敬虔婆十兩。幸虧張順發現了這一切，殺了虔婆和巧奴，將安道全救出險境。妓院往往結交匪類，合夥謀害無辜之人。

〔註15〕《打擊「緬北電詐」，中緬警務合作能怎麼開展》，《新京報》，2023-09-08。
〔註16〕〔日〕宮崎市定著《宮崎市定說水滸：虛構的好漢與掩藏的史實》，趙翻、楊曉鐘譯，陝西人民出版社，2008年。
〔註17〕周錫山編校《金聖歎全集》第二冊，江蘇古籍出版社，1985年，第499頁。

五、歌頌農民起義，鼓吹造反有理。但不鼓勵造反，勸阻農民起義

1.全書以北宋末年農民起義的發生、發展過程為主線，通過各個英雄被逼上梁山的不同經歷，描寫出他們由個體覺醒到走上小規模聯合反抗，再到發展為盛大的農民起義隊伍的全過程，表現了「官逼民反」這一封建時代農民起義的必然規律，塑造了農民起義領袖的群體形象，深刻反映出北宋末年的政治狀況和社會矛盾。2.作者站在被壓迫者一邊，歌頌了農民起義領袖們劫富濟貧、除暴安良的正義行為，肯定了他們敢於反抗壓迫、勇於鬥爭的精神。3.客觀上總結了封建時代農民起義失敗的經驗教訓。宋江由於性格的二重性和思想的局限性，在起義事業登上巔峰之時選擇了妥協、招安，最終葬送了起義事業。

國內學術界對《水滸傳》描寫的農民起義，大致有三種觀點．第一種是全盤肯定，認為《水滸傳》是歌頌農民起義、造反有理的革命小說。第二種認為《水滸傳》只反貪官，不反皇帝，有嚴重的思想局限。第三種認為《水滸傳》一百回本和一百二十回本鼓吹投降，是一部反動小說。以上三種觀點有一個共同點，即都認為《水滸傳》的思想意義在於歌頌農民起義，區別是對《水滸傳》描寫農民起義的造反對象和結局的評價，有分歧。

古代敢於歌頌農民起義的小說，很難存世，因此此類作品極少，幾乎只有《水滸傳》。

《水滸傳》和金批儘管都歌頌農民起義，《水滸傳》也是一部勸阻起義的小說，其中隱含著豐富多彩的人生智慧，值得讀者細細品味。周作人說《水滸傳》不誨盜：

> 從前的人們都以《水滸》為誨盜的小說，在我們看來正相反，它不但不誨盜，且還能減少社會上很多的危險。每一個被侮辱和被損害者，都想復仇，但等他看過《水滸》之後，便感到痛快，彷彿氣已出過，彷彿我們所氣恨的人已被梁山伯的英雄打死，因而自己的氣憤也就跟著消滅了。《紅樓夢》對讀者也能發生同等的作用〔註18〕。

周作人的觀點是正確的。明清以來沒有記載說人們因為讀了《水滸傳》而造反。而是有的要造反的人，讀了《水滸傳》，在隊伍組織和軍事指揮方面受到教育和啟發。

〔註18〕周作人《中國新文學的源流》，《周作人散文全集》第 6 卷，廣西師範大學出版社，2009 年，第 60 頁。

《水滸傳》揭示農民起義隊伍如果只反貪官不反皇帝，貪官當道，他們就必然走向失敗。

《水滸傳》作為文藝作品，在描寫農民起義方面，有許多不符合史實的誇張的地方。例如描寫當時北方遍地造反，強盜佔領的山頭林立，都是虛構。史實是北宋造反很少，北宋末年只有山東的宋江和浙江的方臘起義，而且都很快即被撲滅。即使元末發生了多起農民起義，也僅在黃河下游一帶和南方，並未遍及大多數地區。

六、正確全面地描寫了古代社會的世間百態

《水滸傳》的作者深入社會與各階層的民眾的生活，書中描寫的眾多重大問題，正確反映了當時是現實。例如：

1. 古代社會婚姻和愛情生活的真相

《水滸傳》描寫古代社會的婚姻和愛情生活，在寫出真相的同時表達了正確的婚姻觀和對婚外戀的正確認識。

（1）一夫一妻制是普遍性的現象。

即使是衣食無憂的地主，史進的父親史太公、宋江的父親宋太公和劉太公，都沒有小妾，他們在原配夫人亡故後也未續娶。

林沖和張氏伉儷情深。花榮、徐寧、秦明等，甚至包括貪官劉高，都只有夫人而無小妾。

養外室、娶三妻四妾的是少數：一因不少人與妻子感情真摯而深厚，忠於自己的妻室；二因很少人有這個經濟實力，有一些人想娶小妾卻心有餘而力不足；三因不少人怕娶來小妾，家裏矛盾和麻煩多；四因胡適說，中國還有怕老婆的傳統。潘金蓮的主人張大戶也怕老婆，所以那個大戶要纏她，這女使只是去告主人婆，意下不肯依從。那個大戶以此記恨於心，卻倒陪些房奩，白白地嫁與武大。大戶怕老婆，所以不敢強逼潘金蓮，將她嫁給殘疾人作為報復。

（2）妻子對丈夫有不可或缺的幫助作用。

《水滸傳》提出了夫妻關係中，妻子對丈夫的幫助具有不可或缺的重要性，描寫了「表壯不如裏壯」、「妻賢夫禍少」的佳例。

林沖在其中受到侵犯時，原本要去報仇。其妻張氏頭腦清新，堅決反對，將事態限在可控制的範圍。

東京的李小二犯事後，得到林冲的解救。他和妻子一起在滄州開設小酒館，與發配來此的林冲重逢後，他知恩圖報。

負責驗屍的團頭何九叔在西門慶企圖用錢打點收買他時，他不知所措，其妻指點他設法留下證據，既不得罪西門慶，又可在武松查問時提供證據。何九叔道：「家有賢妻，見得極明！」他依計而行，果然消災脫難。

（3）妻子心地邪惡，危害丈夫。

清風鎮知寨劉高之妻，宋江曾救過她，但她卻知恩不報，隱瞞自己受宋江救護的經歷，反而陷害宋江，向官府告發，致使宋江被抓。後花榮等梁山英雄在解救宋江時，將其與其丈夫劉高殺死。

（4）女子有再婚的自由。

王婆提醒潘金蓮古代社會的「初嫁從親，再嫁由身」的婚姻原則（整個古代社會，女人都是有再嫁自由的），充分顯示了女子有再嫁、再婚的自由。

潘巧雲本嫁與王押司為妻，丈夫王押司身故後改嫁楊雄，楊雄對自己的妻子非常尊重和珍惜。

（5）反對和批判婚外戀。

在古代，社會風氣純樸，輿論提倡和保護合法的夫妻，反對尋求婚外戀。因此，婚外戀、婚外情是少數。

《水滸傳》客觀描寫婚外戀的誘惑力，渲染了婚外戀對當事人自感很精彩、很刺激、很快樂的「美妙」場景和心理，但寫出了沒有好下場的必然結果。

《水滸傳》描寫了四對婚外戀即「偷情」，四個女子「偷漢」：潘金蓮和西門慶、潘巧雲和裴如海、閻婆惜和張三，盧俊義的妻子賈氏和管家李固。女子「偷漢」的後果淒慘，這四對情人都慘死。其中張三在閻婆惜死後的下落，《水滸傳》並未做最後交代，許自昌的戲曲作品《水滸記》補寫了他被閻婆惜的陰魂「活捉」而死的下場。

2. 古代各階級的真實面貌

古代階級，自先秦起，地位從高到低，分為士農工商「四民」。《管子·小匡》總結的古代四民，指讀書的、種田的、做工的、經商的。

讀書的士，科舉考試成功，就為官。他們回鄉後就成為鄉宦。科舉落第或不參加科舉考試，有的當隱士。當官有職位的，和沒有當官而有聲望的讀書人，稱為士大大。其中有地產的，即擁有土地的，是地主。

地主中的上層，豪紳，稱為員外。員外原指正員以外的官員，後指地主豪

紳。《水滸傳》中祝家莊的莊主祝太公，就是豪紳，因其欺壓鄉民，屬於土豪劣紳。

地主中的中下層，鄉紳，鄉間的紳士，鄉里的管理者都是讀書人。

鄉紳即士大夫是中國封建社會一個特有的階層，主要由科舉及第末仕或落第士子、當地較有文化的中小地主、退休回鄉或長期賦閒居鄉養病的中小官吏、宗族元老等一批在鄉村社會有影響的人物構成。他們近似於官而異於官，近似於民又在民之上。儘管他們中有些人曾經掌柄過有限的權印，極少數人可能升遷官銜，但從整體而言，他們始終處在封建社會的清議派和統治集團的在野派位置。他們獲得的各種社會地位是封建統治結構在其鄉村社會組織運作中的典型體現。

中國古近代社會，中央政權下面的地方政權只管轄到縣一級，縣以下的鄉村，由鄉紳管理。鄉紳多為地主。《水滸傳》雖然沒有正面描寫鄉紳管理農村的情節，但是書中描寫宋朝的農村是寧靜安全的，顯示了古代中國農村社會安定的真實面貌。

《水滸傳》描寫的地主，正確描繪地主形象，反映了宋代社會的真實階級狀況，其主流都是是好人。

書中的地主，如史進的父親史太公、宋江的父親宋太公、穆太公，魯智深向其借宿的劉太公等，作者都將他們描寫成善良、仁義、可愛的老者。

他們的善良、仁義，小說並未游離始終強調忠於國家、忠於民族，不懼生死、勇往直前。閱讀這樣的作品對於我們繼承民族優秀傳統文化價值觀念，葆有中華民族文化心理中的血性與剛強無疑具有重要的推動作用。

《水滸傳》對地主未做全面的描寫，而是根據情節發展的需要，描寫他們熱情接待過往客人借宿並提供飯食。史太公熱情接待王進母子，王母患病後，讓她在家安心養病。劉太公儘管女兒被強人強逼，淪落為強盜的「壓寨夫人」，心中極為煩惱和痛苦，卻依舊接納魯智深借宿並提供飯食，還好意勸智深不要介入。

這樣的描寫反映了歷史的真實，地主在當時的社會是先進階級，他們大多數是好的，是維護鄉村社會的中堅力量。

《水滸傳》中的英雄不殺地主，是因為他們的主體善良仁義，對當時的農業生產起了至少是維護和管理的作用。在古代，地主階級的產生和存在是歷史的需要，而且地主和農民的身份在不斷的轉換之中（地主富不過三代，第二第三代

或因天災人禍、或因嬌生慣養、好逸惡勞、吃喝賭嫖而破產；或因子女多、子孫多，不斷分割遺產，成為農民或窮人；有的農民勤勞加上善於經營，致富成為地主，有的造反成功成為地主階級的一員）。宋朝是中國文化的最高峰，科技高度發展，政治和社會都比較和諧，尤其是優於明清兩代。宋朝在經濟文化的發展都領先於世界，是當時世界上最先進的國家，而地主階級是當時掌握先進文化的領導階級。

任何階級和階層，大多數是良民，也都有少數是壞人。也有少數地主是惡霸，如祝家莊的莊主父子。《水滸傳》描寫梁山義軍消滅的祝家莊主人，不是因為他們是地主，而是他們反對梁山，欺壓良民。

3.《水滸傳》同情農民的勞作辛苦

《水滸傳》和所有的古近代中外小說一樣，沒有正面描寫農民勞作的辛苦和生活的艱難。但是晁蓋等七雄打劫生辰綱時，白日鼠白勝唱的山歌，則表達了對農民勞作辛苦的深切同情：「赤日炎炎似火燒，野田禾稻半枯焦。農夫心內如湯煮，公子王孫把扇搖。」

這首詩批評貧富差距、閒苦的對比，是農夫唱的山歌，表達農民憂心莊稼失收，和生存艱難：一般有年成的歲月，終日勞作終年辛苦尚可活命，遇到乾旱或水災，就大難臨頭了。現在赤日炎炎，多日無雨，稻禾已經一半枯焦，農夫已經極其著急了。

而地主、官僚的不少子弟，游手好閒，即使用功讀書，也大多過著衣來伸手飯來張口、四肢不勤五穀不分的生活。農民在辛苦勞作時，埋怨這些

但今人對此詩的理解有誤，以為：農民不願意或不甘心種地，痛恨統治階級不勞而獲。實際上當時的農民不會盲目地攀比，此詩批評的是公子王孫，也即無所事事的紈絝子弟，而不是地主和官僚。現在的人，都要做白領，不肯當工人農民，一個社會沒有分工怎麼行？沒有人種地，這個社會還可以維持嗎？古代更是如此。廣大的農民絕不會好高騖遠或者妄想憑空發財而成為地主，更不會妄想做強盜，靠殺人放火來大塊吃肉大碗喝酒。他們的本性是善良的，安分守己的。造反或當盜賊的是絕少數人，否則中國的經濟文化早就搞垮了，民族的發展也不可能。古代的農民對自己的勞苦是認命的。

而古代的地主領導、管理農業生產，官僚則領導和管理國家和地方政權，地主和官僚從事的是腦力勞動，他們非常忙碌，不是游手好閒的公子王孫。所以農民對他們並不痛恨。《水滸傳》中的英雄並不殺一般的地主和官僚，殺的是貪官和惡霸地主。

對於商人，則沒有好感，打劫和殺害他們似乎是應該的，顯示了古代社會對商人的嚴重偏見。

4.《水滸傳》描寫有些沒有文化的底層人們的不良和惡劣表現

《水滸傳》描寫了大量的底層百姓和民眾，有莊客、市民等。《水滸傳》描寫了有些沒有文化的底層民眾的醜惡表現和唯利是圖的種種面目。這是讀書（孔孟老莊）與不讀書的本質區別之一。這些生動描寫印證了《史記·貨殖列傳》「天下熙熙，皆為利來；天下攘攘，皆為利往」的總結和概括。

《水滸傳》也描寫了大量處於底層的軍漢、解差、公人等等，並用明寫和暗寫結合的方法揭露和批判他們欺壓良民、囚犯的惡劣表現。例如當林冲解到滄州肘，他深知監獄腐敗的陋規，主動送差撥銀子，免了一百殺威棒，林冲感歎「『有錢可以通神』，此語不差。端的有這般的苦處。」

《水滸傳》描寫的軍漢和土兵，平時魚肉良民，戰時跟著當官的鎮壓造反，多次被梁山義軍打得大敗，大量傷亡，結局不好。阮小五在劫了生辰綱後反抗官兵圍剿時，自稱「老爺」而罵官兵：「你這等虐害百姓的賊！」

《水滸傳》中描寫了眾多莊客。莊客本是農民，應該善良本分，但書中描寫的多是麻木不仁、狐借虎威、兇狠蠻橫的凶徒。

史進為抵禦少華山強人的侵犯，召集本村的莊戶，組成武裝隊伍準備打仗。眾人都說：「我等村農，只靠大郎做主，梆子響時，誰敢不來？」莊客當然也全體俯首聽命。金翠蓮父女邀請恩公魯智深來家歡宴，趙員外誤以為她紅杏出牆，帶著二三十個莊客前來廝打。這些莊客只知為主子效勞而不問是非，有的麻木不仁，如毛太公的莊客，聽從主子之命，為虎作倀，把解珍、解寶綁送官衙。

如史進莊上有個為頭的莊客王四，此人頗能答應官府，口舌利便，史進派他與少華山強人聯絡。他大受款待後，酩酊大醉，躺倒在半途草地上，被獵戶李吉偷走強盜給主人的信件。他怕史進懲罰，自道：「若回去莊上說脫了回書，大郎必然焦躁，定是趕我出來；不如只說不曾有回書，那裏查照？」李吉將這封信告到官府清賞，官兵秘密出動，包圍史家莊。史進措手不及，只好燒了莊園，放棄地產，逃竄江湖。莊客王四的貪酒和狡猾，害了主人的終身。

魯智深去東京大相國寺途中，錯過宿頭，欲借桃花莊投宿一宵，被莊客斷然拒絕。智深再次相求，莊客道：「和尚快走，休在這裡討死！」智深道：「也是怪哉；歇一夜打甚麼不緊，怎地便是討死？」莊家道：「去便去，不去時便

捉來縛在這裡！」強人強娶劉太公的女兒，今晚就要成親。所以金批說：「莊主苦不可言，莊客已使新女婿勢頭矣，世間如此之事極多，寫來為之一笑。」魯智深大怒道：「你這廝村人好沒道理！俺又不曾說甚的，便要綁縛洒家！」莊客也有罵的，也有勸的。智深待要發作，正巧劉太公走將出來，喝問莊客：「你們鬧甚麼？」莊客道：「可奈這個和尚要打我們。」他們竟然反咬一口。

林冲逃離草料場，途中遇到柴進的守夜莊客，請求烤火。烤火沒有什麼損失，他們同意了。林冲肚饑，又向他們討點酒喝，他們不肯，還呵斥：「去！不去時將來弔在這裡！」林冲打走他們，喝得大醉，被他們叫來眾莊客抓獲。眾莊客把林冲高弔起在門樓下，一齊擁上，狠命的打。柴進聞聲而來，問道：「你等眾打甚麼人？」眾莊客答道；「昨夜捉得個偷米賊人！」金批說：「輕輕加一罪名，天下大抵如此。」

當然在兩宋清平世界，此非普遍性的現象。但莊客是底層無權小民，一旦因某種機緣，也會如此迫害弱者。此類人不讀經書，缺乏仁義教育，有的借著主人的勢利，狐假虎威，乘機害人，也是常有的現象。反倒是史太公、劉太公這些地主，仁厚愛人，樂於助人。

5.《水滸傳》痛恨商人，英雄義士對殺商人、搶劫他們毫不留情。對商人有著偏見

古代輿論認為農業是根本，而商業是末，所以從商是「捨本求末」、「捨本逐末」。農業的收穫，通過地主的手，交給國家的極多，絲毫不敢少繳，交的是糧食，是看得見的最重要活命的物品。因為經商利潤大，甚至很大、極大，儘管風險也大，小商人各地奔走，餐風沐雨，非常辛苦，還時遇野獸和盜賊。但其他人對此沒有體會，只看到他們獲利多；另一方面，又因為缺乏有力的監控機制和手段，有的商人繳稅少，甚至大量地偷稅漏稅，或者利用災害和戰爭，奇貨可居，獲取暴利，故而說「無商不奸」，於是打擊他們，有時還顯得挺有「理由」的，在古代，各階層對他們都沒有好感。所以水滸英雄殺害商人毫不手軟。從今天的眼光看，這是有偏頗的，商人也不能一概而論，商業對社會的發展的貢獻更不能否定。但我們首先要理解古人的觀點和立場，儘管我們可以不同意或反對。

6. 表現農民起義的真相和負面意義，殘害良民

《水滸傳》現實主義的寫作，在真實正確描寫了農民起義的革命性和不少落後殘忍愚昧的作為。作者主觀上對梁山好漢是欣賞和歌頌的，但作品的真

實描寫，暴露了農民起義的局限和錯誤。譬如軍紀壞，亂殺人、甚至吃人；搶奪女人；缺乏文化素質，故而破壞性大，不懂建設。

農民起義成功，並開創和建立了興旺的朝代，只有漢朝和明朝。孟森《明清史講義》指出：「中國自三代以後，得國最正者唯漢與明。匹夫起事，無憑藉威柄之嫌；為民除暴，無預窺神器之意。」（孟森《明清史講義》，中華書局，1981年，第13頁。）

其他的所謂農民起義，殘害百姓，破壞經濟。魯迅對此有清醒的認識，他全盤否定《水滸傳》所寫的農民起義：

> 「俠」字漸消，強盜起了，但也是俠之流，他們的旗幟是「替天行道」。他們所反對的是姦臣，不是天子，他們所打劫的是平民，不是將相。李逵劫法場時，掄起板斧來排頭砍去，而所砍的是看客。一部《水滸》，說得很分明：因為不反對天子，所以大軍一到，便受招安，替國家打別的強盜──不「替天行道」的強盜去了。終於是奴才。

此論目光尖銳，筆力千鈞。針對《水滸》中的英雄以燒殺劫掠為鬥爭手段，而受害的多是平民的大量描寫，魯迅對此持否定批判態度，並因此認《水滸》中的「起義英雄」、綠林豪士（綠林中本領出眾的人物。出自《浙案紀略》）都是強盜。魯迅所說的「平民」，包括農民、市民、貧民，也包括地主。古時不是貴族或官員的人，都稱平民。魯迅對《水滸傳》這樣的評價，牽涉到對於農民起義的總體評價這樣的重大問題。

魯迅嚴斥張獻忠喪心病狂地大肆殺人，《看書瑣記》將「黃巢殺人」與「始皇焚書」並題，剝掉其「農民起義領袖」之桂冠，揭示其殘害百姓的本質。

黃巢率軍包圍、佔領長安，和撤出長安後，沒有糧食，與官軍都靠吃人生存。陳寅恪和俞平伯都有名文，根據史書的可靠記載，在評述韋莊的千古名作、長詩《秦婦吟》時給予揭示和批判。〔註19〕

馬克思和中國多位學者痛斥太平天國的殘民害民，軍紀極壞，等等，都牽涉到農民起義的軍紀問題。

不僅在古代，現代的戰爭也存在著這個問題。除了極少數仁義之師，即使

〔註19〕陳寅恪《韋莊秦婦吟校箋》，《寒柳堂集》，三聯書店，2001年，第 133～140頁；俞平伯《讀陳寅恪〈秦婦吟校箋〉》，《論詩詞曲雜著》，上海古籍出版社，1993年，第419～422頁。又可參見金性堯《韋莊與秦婦吟》，《飲河集》，中國社會科學出版社，1997年，第135～136頁。

在正義的戰爭中，遭殃的也往往是平民老百姓。從二次大戰美軍、蘇軍的表現可知當代軍隊的軍紀和平民在戰爭中的遭遇。

以美軍為例，在諾曼第登陸的美軍在攻打納粹的同時，強姦眾多法國婦女，騷擾百姓之事也很多，給歐洲人民留下不少傷害。盟軍在對納粹德國空襲時，由於德軍對軍事和重工業設施防範甚嚴，美國空軍就決定對德國城市採取所謂「戰略轟炸」，即實施以德國產業工人聚居區為目標的轟炸，目的是為了最大限度地殺傷德國工人，至少也要使他們無家可歸，以使德國的戰爭機器癱瘓下來。在戰後美國空軍領導人仍然認為這個計劃是有效的和正確的。這還算與戰爭的勝負有關，更可惡的是，還有盟軍對既非軍事目標，又非工業目標的德國文化古城德累斯頓的毀滅性轟炸，將這座歷史悠久的文化古城夷為平地，造成了幾十萬德國平民的傷亡，其目的似乎只是為了報復〔註20〕。接著美軍在進攻日本時，以原子彈轟炸廣島和長崎的平民作為對日本軍國主義的迫降的威脅。這不僅喪盡天良，還反而給當今日本某些陰險的人以可乘之機，他們不懺悔當年的戰爭罪責，卻借廣島受原子彈的禍害另做文章，妄圖藉此轉移世界人民對日本軍國主義的清算的視線。

另如，蘇軍攻克柏林後的暴行：德國導演馬克斯・法貝爾布克的《柏林的女人》（2008）就是根據德國女記者同名日記體作品（2003年再版）改編的歷史題材電影，但是更重要的史學研究背景應該是英國軍事歷史學家安東尼・比弗於2002年出版的《柏林：1945年淪陷》〔註21〕該書第二十七章所描述的情景在銀幕上真切地再現，搶劫、強姦、隨意的槍決，而蘇聯軍隊和宣傳機器大量地使用了「解放」這個詞來指稱這段進程，德國人則習慣把這個時刻稱作「零點」。影片中美麗的女記者在一片黃褐色的紅軍背景中孤傲地挺立著一抹普藍，象徵著人性中最深的傷痛。〔註22〕

還有情況比較複雜的平民屠殺情況。德國獲得1999年諾貝爾文學獎的作家君特・格拉斯在其新作《蟹行》中也描寫了這樣的史實：1945年蘇軍潛艇擊沉德國豪華遊輪「古斯特洛夫號」，船上近萬人喪命，其中有4千多個少年兒童。這件比「泰坦尼克號」更大的海難，卻無人敢提及，更不要說將其作為

<hr>

〔註20〕參見王炎《從「虜俘」談「帝國」的內部矛盾》的評論，《讀書》，2005年第1期。

〔註21〕中譯本書名為《攻克柏林》，王寶泉譯，海南出版社，2008年。

〔註22〕參見李公明《在阿諛奉承與……空洞的抗議之間》，上海《東方早報》，2009年7月19日。

小說素材來源。其原因較複雜。儘管如此多生命被海浪吞食，而且又有這麼多無辜兒童，但擊沉者是代表戰爭正義方的蘇軍潛艇；「古斯特洛夫號」又是發動二戰的法西斯納粹德國的船，船上確實載有數千名德軍士兵，包括三百多名德國海軍輔助女兵，她們漂亮嬌媚地戴著有國徽上的鷹的船形軍帽，可最終卻在魚雷爆炸中與船上游泳池的玻璃馬賽克鑲嵌畫一起，成為被撕碎的肢體。評論家認為，對於正義懲罰與人道主義裹脅成一團，「你中有我、我中有你」的這麼件史實，簡單譴責其不講人道、毫無人性，或者讚揚打得好，都必然面臨兩難的尷尬境地。這歷史事件彷彿是為德國那些新納粹主義的光頭黨提供的口實，成為德國左翼正義力量望而生畏的「陷阱」。

《水滸傳》的人生智慧描寫論綱

經典小說《水滸傳》全書通過精美的藝術描寫，提煉和提供全面、深刻、精彩的人生智慧。

一、在政治和軍事鬥爭、社會和人生鬥爭中的智慧

（1）《水滸傳》與歌頌復仇和起義這個基本主題並列的是表現了另一個重要的主題，這個主題是儒道兩家文化所主張的：與人為善、助人為樂。這與快意恩仇一起組成了完整的俠義精神。英雄在救助平民時，須有勇氣和智慧。

魯智深連續無私救人，救女人：金翠蓮、林冲娘子和劉太公女兒。尤其是他預見性的解救林冲的出色智慧和勇氣，使他成為《水滸傳》中日本人氣最高的英雄人物。

《水滸傳》描寫英雄人物的智慧，精彩豐富，例如石秀深入祝家莊探路，尤其是智多星吳用的種種謀劃，等等。

（2）人的一生，要過得有意義，必須要有真本事。人要有一技之長，最好還要有一技之上，要有真本事、大本事。練武、讀書改變人生，才能過好日子。

王倫和吳用，都是秀才，都讀過書。王倫氣量狹小，智慧短少，他領導梁山，德才不配位，事業做不大，還害了自己的性命。吳用足智多謀，無敵於天下。

林教頭和洪教頭，都是教頭。兩人比武，武藝之高下立分。

武大郎和武松是兄弟。一個有本領有氣力，一個一無所能，命運就完全

兩樣。

　　總之，一個英雄人物，第一是求善，第二是致用。所謂致用就是解決生活和社會的實際問題，大到治國安邦，小到個人生存，都要有真本領、大本領才能解決實際問題。

　　所以《水滸傳》的情節和人物描寫都非常有實用主義精神。

　　（3）穩健審慎，不急功近利。善於忍耐，做事要克制忍耐、要忍到底，謀而後動。如遇深仇大恨，「君子報仇，十年不晚」。

　　中華優秀傳統文化視「穩健審慎」為君子之品。老子《道德經》指出：「君子興當穩重」，「慎終如始，則無敗事」。又云：「重為輕根，靜為躁君」「輕則失根，躁則失君」（輕率就喪失了根本，躁動就喪失了主宰）。《禮記・文王世子》曰：「古之君子，舉大事，必慎其終始。」中國古代先賢們特別強調在面對利益和功名時，保持頭腦清醒、保持穩健審慎的心態，不可急功近利。

　　遇事做事，要克制忍耐、謀而後動，既然做了，就要認真徹底但又要功成身退。

　　例如林冲是善於忍耐的大英雄，而楊志殺牛二的教訓，就是韌勁不足，不懂忍耐、拖延，不懂深思熟慮然後動手的行事原則，處事急躁。而且楊志的本事有限，一個潑皮纏住，就無法靠武功擺脫。

　　（4）過了忍耐底線，就應大膽行動，包括大膽報仇。行事和報仇既要徹底，又要有分寸。

　　過了忍耐底線，報仇既要狠毒，又要有分寸。例如林冲是善於忍耐的大英雄，而楊志殺牛二的教訓，就是韌勁不足，不懂忍耐、拖延，不懂深思熟慮然後動手的行事原則，處事急躁。

　　（5）不要造反、造反沒有好下場。如果必須造反，造反要有分寸——只反貪官，不反皇帝；只反貪官和惡霸、惡霸地主，不劫地主。

　　虛假的平等觀念，害人不淺，做人要安分守己，不要盲目攀比。阮氏三雄因為羨慕梁山強盜，打劫、造反，最後陷入死地。

　　（6）造反起義，就要認真徹底，但受招安就會受騙而全軍覆沒、死無葬身之地；又要及時功成身退，這是重要人生哲學、人生原則和人生智慧。

　　（7）與黑暗的權力保持距離，投靠黑暗權力的都沒有好下場。例如楊志投靠梁中書。另如林冲。以林冲的閱歷和眼光，兼之干進的前車之鑒，他對高俅任人唯親、排斥賢能的本質早已看透，但為了保住職務養家，堅持在高俅底

下任職，不及時逃離，結果遭到陷害，家庭毀滅。

林冲被判配後，為了「掙扎回來廝見」妻子，事事儘量忍耐。這個目標頑強地支配著他的言行，使他能正確估量形勢和處境，為了活下去和重見親人而忍氣吞聲，是一種強者的表現。他和妻子的深厚感情和外柔內剛的頑強精神，受到古今讀者的同情和尊敬。後在火燒草料場時，林冲看到陸謙等奉命來追殺，知道忍耐求活已經絕無可能時，林冲就不必忍耐了，他的所有狠勁一起爆發。他毫不猶豫地將其斬盡殺絕。

林冲曾向陸謙吐露心聲：「陸兄不知！男子漢空有一身本事，不遇明主，屈沉在小人之下，受這醃臢的氣！」可見林冲清醒知道自己在高俅底下不可能得到重用，但他沒有別的出路，只能保住目前的職務養家。

某人荒謬絕倫的「新觀點」在百家講壇、中央媒體大行其道：林冲，就是一種被權力體制所侵害的、所侮辱的人格，還造成了他性格上的懦弱，甚至有一點自私，還有想怕馬屁、陞官發財的念頭。他評論林冲的忍耐，「思考的」竟然是：「是什麼讓人懼怕，怯懦、放棄自尊甚至墮落？我的結論是：權力讓人墮落。所以，林冲等人的性格弱點不是個人的弱點，而是全民族的共同的性格弱點，是我們骨子里人人都有的。」〔註23〕這不僅嚴重誤解和貶低林冲，還全盤否定我們的「全民族」，得出「我們人人的骨子裏都有」「權力讓人墮落」這個荒謬絕倫的結論，是無視歷史事實和當今世道的胡說八道。文天祥、瞿秋白面對敵方的威逼利誘，從容赴死，有這個「性格弱點」嗎？我們可以舉出眾多的例子，說明魯迅所讚揚的「民族的脊樑骨」式的人物，代代都有很多。當代也是如此。

（8）教育尤其是文化教育，是決定人的品質、智慧與人生境界的一個重要因素。教育是智慧生長的根本，決定人的一生成敗。正面人物是吳用、公孫勝等人。反面人物如貪官梁中書、劉高等，沒有接受儒家文化中的報國愛民思想，沒有接受儒家的智慧，人生失敗。

（9）缺乏智慧，必然受苦或失敗。《水滸傳》描寫了有些梁山英雄和其他人物缺乏智慧的沉痛教訓。如雷橫與白秀英的無謂爭執，引發命案。

阮氏三兄弟和李逵，或有水上工夫，或能耍板斧。他們都有蠻力，都缺智慧，所以才會有賭博的嗜好，而且在賭博時只會輸得精光，經常陷入錢財的絕境。

〔註23〕《看〈水滸〉，看的就是世道人性》，《中華讀書報》，2009 年 8 月 26 日。

（10）負面智慧（陰謀詭計）的危害和必將失敗的結局。

警惕惡人設局構陷，誣良為盜。

張都監陷害武松假報府內有賊，引誘武松入內捉賊，反咬武松是賊，將他抓獲治罪，置於死地。

張都監陷害武松的方法，是惡人舒展陰謀，公報私仇的一種常用方法，在歷史上有眾多的同類的案例。例如《新唐書》卷九十五·列傳第七《十一宗諸子》記載：二十五年，洄復構瑛、瑤、琚與妃之兄薛鏽異謀。惠妃使人詭召太子、二王，曰：「宮中有賊，請介以入。」太子從之。妃白帝曰：「太子、二王謀反，甲而來。」帝使中人視之，如言，遽召宰相林甫議，答曰：「陛下家事，非臣所宜豫。」帝意決，乃詔：「太子瑛、鄂王瑤、光王琚同惡均罪，並廢為庶人；鏽賜死。」瑛、瑤、琚尋遇害，天下冤之，號「三庶人」。

開元二十五年（737）四月，深受唐玄宗寵愛的武惠妃設局：假報宮中出現盜賊，派人召喚太子李瑛和李瑤、李琚救駕。他們穿上甲冑，身攜武器，急急入宮協助捕捉盜賊。他們剛入宮，武惠妃馬上報告玄宗，說太子和二王謀反，已經全副武裝搶入宮內。玄宗震怒。太子和二王因此而被處置，玄宗派宦官到宮中宣布：廢太子李瑛、鄂王李瑤、光王李琚為庶人，馬上驅逐出皇宮。當天，又下詔，將被廢黜的三個王子在長安城東驛內賜死。

二、在婚姻和家庭生活中的智慧

（1）丈夫及時接受妻子的忠告。

林冲接受妻子張氏的勸說，暫不向高衙內報仇。發配滄州與張氏臨別時，又接受張氏的勸說，放棄「休妻」。何九叔接受妻子的建議，留下西門慶謀害武大的證據，既保護了自己的生命安全，又提供武松報仇的證據。

（2）不要陷入婚外戀，熱衷婚外戀必定產生悲慘結果。

在古代中國，社會風氣純樸，輿論提倡和保護合法的夫妻，反對尋求婚外戀。因此，婚外戀、婚外情是少數。

《水滸傳》描寫婚外戀，渲染了婚外戀對當事人自感很精彩、很刺激、很快樂的「美妙」場景和心理，這樣的描寫反映了生活的真實，表現了人物的心理和性格，組成了精彩曲折的情節，增強閱讀趣味；但寫出了婚外戀沒有好下場的必然結果，起著規勸、懲戒和警示作用。

《水滸傳》描寫了四個女子「偷漢」和四對婚外戀即「偷情」：潘金蓮和西門慶、潘巧雲和裴如海、閻婆惜和張三，盧俊義的妻子賈氏和管家李固。女

子「偷漢」的後果淒慘，這四對情人都慘死。其中張三在閻婆惜死後的最後下場，《水滸傳》並未做最後交代，許自昌的戲曲作品《水滸記》補寫了他被閻婆惜的陰魂「活捉」而死的下場。

（3）避免不匹配的婚姻，不匹配的婚姻，代價沉重。

《水滸傳》描寫不匹配的婚姻的代價和人生教訓。

例如武大作為相貌極其醜陋、身懷殘疾、暗病和不育症的不正常的男子，堅不遵循當時人人熟知、放她自由，他的死於非命固然是兇手的罪責難逃，但他自己不肯放潘金蓮生路，讓她重新嫁一個相配的丈夫，也是他自取滅亡的原因，他本人的失誤也對讀者有很大的教育意義。武大出外快、娶美人的代價具有深刻的人生教訓。

（4）正派的人不要在青樓妓院中鬼混。

社會險惡，正派的人不能在青樓妓院中鬼混。史進對待妓女李睡蘭的愛情觀真摯而執著，結果被鴇母出賣陷害。安道全留戀妓女李巧奴，李巧奴則結交匪類，還力阻安道全到北方為宋江治病，差點壞了梁山大事。

三、《水滸傳》結合英雄好漢的人生經歷和命運，提供重要的人生智慧

《水滸傳》最重要的人物是先後出場的林冲、宋江、武松三人，給以最大的篇幅給以詳盡、精細的描繪，稱為林十回、宋十回和武十回。圍繞這三個主人公，還配上重要的人物，林冲結交的魯智深、宋江的心腹朋友李逵。都是生死之交。另有一位石秀，雖然綽號是「拼命三郎」，但卻是並不肯隨便與人拼命的富有智慧的人物，這是作者十分成功的一個藝術創造。

《水滸傳》以 5 位英雄人物為核心，還有與他們周圍的人結成社會關係網，這些人物的複雜性格、氣質和言行，充分顯示了這些英雄人物的人生智慧和不足。

在林十回中，小說描寫林冲深知自己在高俅手下，「男子漢空有一身本事，不遇明主，屈沉在小人之下，受這醃臢的氣」！只是自己必須要保住職務養家。林冲被判配後，為了「掙扎回來廝見」妻子，事事儘量忍耐。這個目標頑強地支配著他的言行，使他能正確估量形勢和處境，為了活下去和重見親人而忍氣吞聲，是一種強者的表現。他和妻子的深厚感情和外柔內剛的頑強精神，受到古今讀者的同情和尊敬。後在火燒草料場時，林冲看到陸謙等奉命來

追殺，知道忍耐求活已經絕無可能時，林冲就不必忍耐了，他的所有狠勁一起爆發。他毫不猶豫地將其斬盡殺絕。

林冲被迫與洪教頭比武，態度謙恭，不斷退讓，金聖歎讚譽其後發制人的「大智量人退一步法」。與武松打虎時面對老虎進攻而被迫退讓不同，林冲比武時雖然武藝和實力占絕對優勢，卻能主動退讓，智慧高超。

金聖歎精闢評論：「林冲自然是上上人物，寫得只是太狠。看他算得到，熬得住，把得牢，做得徹，都使人怕。這般人在世上，定做得事業來，然琢削元氣也不少。」林冲的忍耐克制，做成兩個大事。第一次，他為上梁山避難，接受王倫的種種苛求，待晁蓋、吳用等到梁山遭拒，他火併王倫，奪了梁山的領導權奉送給晁蓋。第二次，晁蓋去世時，他又奪了梁山領導權，奉送給宋江。

在武十回中，描寫武松此人喜歡喝酒，有時還沉溺於其中而不能自拔。酒要誤事，因為酒力壯膽，人在酒後思維遲鈍，膽子卻特別大，容易做出格的事。武松在鄉村小酒店打店鬧事，在酩酊大醉後出店，步履踉蹌，還和路上相遇的狗嘔氣，結果立腳不穩，跌入淺溪，被狗夾屁股盯住，狂吠「嘲笑」；又被剛才被打走的孔氏兄弟捉去，捆綁拷打，處境極其狼狽。最後如未巧遇宋江而得救，武松難逃死於非命的可悲下場。

武松揚言喝酒能夠打倒敵人，酒喝得越多，力氣和膽量越大，結果敗於黃狗，又被對手活捉，金聖歎指出有識之士雖為蓋世英雄和奇才，不可終恃無恐，必須戒驕戒躁，處事處世小心謹慎，勿過大江大海無虞而因掉以輕心或固執己見而跌入溝壑。而且指出：才華、力氣、權勢、恩寵，任何東西都不可有恃無恐，更何況是酒。

《水滸傳》描寫晁蓋上梁山後，作為山寨之主，缺乏領導的才華，心裏苦惱而焦急，於是輕舉妄動，上陣作戰時中毒箭而身亡。

繼任者宋江，在吳用的有力輔助下，善於組織隊伍、管理山寨、團結眾人、指揮作戰，得心應手，左右逢源。在有意和無意之間，他已經架空晁蓋，奪得了領導權。晁蓋死後，他繼任寨主，梁山事業蒸蒸日上，消滅內亂和外患都所向披靡。可是他因愚忠而接受詔安，將梁山隊伍帶向滅亡。

四、缺乏智慧的英雄好漢提供的深刻人生教訓

例如小說中第一位出場的梁山好漢史進，這位善良豪爽的青年，出身地主家庭，生活優裕，可是他不聽母親的正確教育，不喜歡農田的管理，丟棄了對

他極其有利的祖業。他又不讀書上進，只是喜歡弄槍舞棒，不務正業：武藝只能作為業餘愛好和強身防身的鍛鍊，但即使有高強武藝，除非當教頭或保鏢，或參軍，否則，靠武藝是不能在社會上謀生的。

史進只顧眼前，對人生的前途沒有正確的規劃。他為人善良而單純，片面相信莊客王四，因結交強盜而遭到官府抓捕，他只好燒毀莊園，放棄土地，流落江湖。投奔梁山後，史進更因為武藝不高，智慧不足，吃足了苦頭。

另如雷橫因愚笨，不能化解看戲忘帶錢而被白秀英譏嘲的困境，與白秀英父親發生生死爭執。為此他被綁示眾，他的母親來送飯時，也因平時慣於驕橫，不懂「矮簷底下要低頭」的人生規則，與白秀英發生生死爭執，遭到白秀英痛打，雷橫打死白秀英犯下死罪。

這個故事描寫白秀英父女和雷橫母子都缺乏必要的生存智慧，結果兩敗俱傷，同歸於盡。這是最壞的一種結局。雷橫的逃脫死罪是小說預設的一種僥倖，沒有普遍性的意義。

雷橫母親與白秀英的生死爭執，顯示了強盜母親蠻橫兇狠的特點；而雷橫的脾氣急躁兇狠、蠻橫無理，顯示了他的母親從小縱容嬌慣兒子，不懂管教，甚至她自己的蠻橫性格影響了兒子的成長。這其實是強盜母親的共性。

無論古今中外，家庭教育極其重要。孩子出生後，首先接受的是家庭教育，尤其是父母的言傳身教。

《水滸傳》記敘強盜母親的一個共同缺點是對孩子從小溺愛、縱容，不懂、不做嚴加管教，於是孩子長大後都任性，甚至蠻橫成性。

例如阮氏三雄的母親。吳用來到阮小二家時，阮小二叫道：「老娘，五哥在麼？」那婆婆道：「說不得！魚又不得打，連日去賭錢，輸得沒了分文，卻才討了我頭上釵兒，出鎮上賭去了！」竟然當場摘下母親頭上的首飾做賭資，繼續去賭錢。金聖歎的夾批說：「特寫三阮之為三阮，非一朝一夕之故，其母之縱之者久矣。」嚴斥三阮之母，沒有嚴格教育好兒子，還放縱兒子學壞。兒子不僅不懂仁義道德，對社會上的人事沒有正確的是非觀，又沒有養成嚴謹的生活作風，還賭博墮落，從而更為羨慕強盜的殺人劫財，不懂安分守己的人生原則，是他們經不起外界的誘惑和教唆，徹底墮落，成為強盜的內因。這種母親一味放縱兒子，兒子就更其放肆，連母親頭上的釵兒也討去做賭資，母親照舊姑息放縱。

對照王進，其母從小對他嚴格教育，所以能夠做孝子，做忠臣；對照李逵

之母，則更差，所以李逵做人兇狠蠻橫，酗酒賭錢，不順心就打，金聖歎批評說：「試觀王進母子，而後知求忠臣必於孝子之門，斯言為不誣也。三阮之母，獨非母乎？如之何而至於有三阮也？積漸既成。而至於為黑旋風之母，益又甚矣。其死於虎，不亦宜乎！凡此等，皆作者特特安排處，讀者宜細求之。」這樣的母親給老虎吃掉，真是活該！

金聖歎從阮氏兄弟、李逵沉溺賭博的陋習，批評「強盜母親」溺愛兒子，分析缺乏家教的嚴重危害。賭博害人不淺，富人也往往為之傾家蕩產；姦猾之人藉此騙人錢財，毒化了社會的空氣和人的靈魂。

另有一個女強盜，即閻婆惜，她拿到宋江遺忘在她房間內的招文袋，看到內藏的梁山首領給宋江的感謝信，抓住了這個把柄對宋江實施趁火打劫。她為人任性、張狂，即因其母閻婆所承認的，從小嬌慣女兒。

有的強盜，母親雖然想嚴加教育，父親卻縱容包庇。例如史進的母親，史太公對王進介紹說：「老漢的兒子從小不務農業，只愛刺槍使棒；母親說他不得，一氣死了。（金批：將母而去，此其所以為王進也。嘔死其母，此其所以為史進也。兩兩寫來，對照入妙。）老漢只得隨他性子，不知使了多少錢財投師父教他。」史進的母親對兒子的教育是堅守正道，也是嚴格的，但丈夫不配合，不能行嚴父之責，兒子堅不學好，她又堅持己見，所以被活活氣死了。史太公則放任自流，遂兒子心性。其結果是，史進即使不做強盜，他也不事生產，坐吃山空，家業敗完，自己淪落為窮漢為止。

《水滸傳》還描寫了宋太公教育失敗的教訓，從小不逼他刻苦學習孔孟經書，於是宋江身為小吏，卻野心勃勃；好高騖遠，卻又志大才疏。

五、市井小民的機變智慧和愚笨者的表現

《水滸傳》描寫市井小民富有智慧，如替武松保存和提供證據的鄆哥和何九夫婦、善做自我辯護的賣糕粥老漢王公；描寫唐牛兒替人受過，和武大等因缺乏智慧而陷入絕境，等等。

六、通過歹徒的陰謀詭計描寫，顯示負面智慧的必敗

《水滸傳》關於陰謀詭計的精彩描寫很多，例如梁中故意指派奶公與楊志一起押送生辰綱，暗中予以監視和掣肘；奶公一路與楊志智鬥，用陰險手段挫敗楊志精明的木雨綢繆。

壞人雖擅陰謀詭計，是負面智慧。王婆和奶公之流的負面智慧的兇狠和

毒辣，但最後都搬起石頭砸自己的腳，以失敗告終。

王婆此人「為頭是做媒，又會做牙婆，也會抱腰，也會收小的，也會說風情，也會做馬泊六。」小說精細、精彩地描寫精明刁鑽心狠手辣的王婆穩坐釣魚臺，誘使西門慶大出血本，她賺足外快，才胸有成竹地替他出主意，進一步賺取不義之財。王婆的計謀，針對性強，巧妙而周密，小說精細、精彩地描寫了這個情色事件和王婆前後設計的陰謀、親作導演的全過程。金批說：王婆拿足了銀子，就為西門慶分析和設計「五件事、十分光來。一篇寫刷子撒奸，花娘好色，虔婆愛鈔，色色入畫。」西門慶和潘金蓮都是顧前不顧後的人，害怕但又忽視了武松其人的威力和能量。潘金蓮和西門慶已經嚇得沒有自己的主意，他們面對的這種困境，缺乏應對能力，這時旁觀者清，如及時給以啟示和指導，善良的則可勸阻他們；惡毒的則唆使、鼓動他們繼續作惡。王婆一心只要錢，唯利是圖，像一個作案老手似的具體出謀劃策，指引他們走向罪惡的深淵。結果被武松抓到官府，被判凌遲處死，騙得的銀錢都付之東流，真是竹籃打水一場空。

《水滸傳》的情節和人物的精彩描寫，隱含著豐富精彩的人生智慧，值得我們反覆閱讀和學習。

《水滸傳》偉大藝術成就新論

《水滸傳》從寥寥無幾的文字記載衍化成篇幅宏大、氣勢雄渾的史詩般的小說，展現了作者極其強大的藝術想像力，取得了極高的偉大藝術成就。

《水滸傳》作為中國和世界成就最高的長篇經典小說之一的偉大藝術成就，國內外學者已有大量論著論述，本文就以下三個內容發表新的觀點：一、在常規的《水滸傳》評論領域就特定的角度，闡發自己的新見。二、按照筆者提煉和總結的中國美學對文學藝術作品的四條最高標準和一個特點，評論《水滸傳》的高度藝術成就。三、用筆者首創的美學理論評論《水滸傳》的偉大藝術成就。

一、《水滸傳》高度藝術成就的常規評論中的新見

國內外學者公認的《水滸傳》的高度藝術成就，主要觀點為：

深刻反映廣闊的社會生活；描寫的場面宏闊。

善於描寫人物形象，人物眾多，上至帝王將相，下至販夫走卒，善於運用

誇張、渲染、對比等多種手法和富有特徵的細節描寫，突出人物的性格特點。

在塑造人物時，善於運用現實主義和浪漫主義相結合的寫作手法，描寫人物的典型性格。作者在描寫這些人物在面對命運的抉擇和生死的考驗時，寄寓了豐富的倫理思索與生命體味，體現了作品生命思索的廣度和深度。

敘事工細準確、生動逼真、自然動人。

語言明快洗練、生動準確，富有個性化。

善於用語言和行動反映人物的性格。

人物與情節的串珠式的情節結構，以單線發展為主，每組情節既有相對的獨立性，又互相勾連，全書結構宏偉、精巧而嚴密、完整。情節曲折，引人入勝，文化含蘊豐富而深刻，筆者在有大量的研究成果，拙文再做一些補充。

首先是人物塑造和描寫取得了巨人的成就。

（一）寫出英雄人物的性格的複雜組成，揭示了人性的複雜。

《水滸傳》的多個人物，具有兩重性格，尤以武松為典型。武松的性格豐富複雜，其特點是兩個相反相成的絕端，組成武松的性格，支配其行動：武松的勇武和怯弱，反映在武松怕虎和打虎；武松的仁慈和殘忍，反映在體諒獵戶，但在復仇時濫殺無辜，如張都監家的僕人丫鬟等。武松的端莊和風趣、武松的文雅和粗野；武松的精明和愚鈍，反映在武松醉酒時的大勝和大敗。

又如宋江，他在思維上，也有兩面性。他既善於權術，又缺乏智計。例如他被閻婆拉去家中、和婆惜爭吵時都處於被動地位，唐牛兒來幫助，兩人現場設計的拙劣遁詞，被閻婆一眼識破。

但是他為晁蓋通風報信，他在梁山上拉幫結派、架空晁蓋和掌管山寨事業時得心應手、遊刃有餘。小說還寫出他的運籌帷幄，躊躇滿志和架空晁蓋的必然性和必要性。

作為梁山領袖，宋江的心胸遠大、智謀出眾，結果依舊失敗身亡，寫出他權力政治上的智短力窮，並因此而與所有的能力不足的領袖人物一樣，「廿載浮沉萬事空，年華似水水流東，枉拋心力作英雄」（瞿秋白《浣溪沙》句）。此因作為小吏的宋江，與秀才吳用，讀書少，未能熟讀史書，不知歷史上的教訓。

他對閻婆惜與張三的偷情的心理反應也有兩重性。他聽說張三與婆惜有了私情，毫不介意；但是後來他被劉高拿獲後，用假名敷衍，竟然不假思索地開口就冒稱張三。宋江在緊急中將情敵張三的名字拋給敵方，可見他在潛意識中還是痛恨他的。他在心中對「情敵」張三具有兩面性，既不生氣和介意，又

在心裏深處有著他的陰影。

（二）社會低層的眾生相。

古代文藝作品大多以帝王將相、才子佳人為主角，有時涉及他們的僕人、丫鬟和士兵等，多做簡略敘述，平凡無奇。

《水滸傳》則首次全面描寫各類底層人物，如市民、農民、商人、僧人、打手和教師爺等，尤其是女性市民如何九妻子、李小二妻子和王婆等。有的重彩濃墨地詳細描寫，如王婆，有的比較簡略，但多栩栩如生，或寥寥幾筆即躍然紙上。不少還是首創性的，如首次描寫強盜父母的形象，阮氏三雄的老娘、李逵的老母、宋江的父親等。

從強盜父母的形象描寫顯示了家教的決定性作用，師教的第二決定性作用。善良可愛的青年，因缺乏嚴格正確的家教和師教，毀了一生的前途。

阮氏三兄弟的老娘，向吳用抱怨梁山強人霸佔湖面，兒子不能打魚。小說又寫阮小二連日去賭錢，輸得沒了分文，回家討老娘頭上釵兒做賭資，繼續去賭錢。可見她不懂嚴格教育好兒子，還放縱兒子學壞。兒子不僅不懂仁義道德，對社會上的人事沒有正確的是非觀，又沒有養成嚴謹的生活作風，還賭博墮落，從而更其羨慕強盜的殺人劫財，不懂安分守己的人生原則，這是他們經不起外界的誘惑和教唆，徹底墮落，成為強盜的內因。

李逵之母，則更差，所以李逵做人兇狠蠻橫，酗酒賭錢，不順心就打，有的評論家甚至認為這樣的母親給老虎吃掉，真是活該！

強盜母親的共同缺點是對孩子從小溺愛、縱容，不懂、不做嚴加管教，於是孩子長大後都任性，都懶於生計。

也有例外，史進的母親對兒子的教育是堅守正道，也是嚴格的，但丈夫不配合，不能行嚴父之責，兒子堅不學好，她又堅持己見，所以被活活氣死了。史太公則放任自流，遂兒子心性，一味溺愛。其結果是，史進不務正業，又結交匪類，墮落為強盜。

小說又描寫江湖上的武功教師武技不高，耽誤了學生。史進的師父，本領低劣，入門不正；王進的調教，做了補救，但已經失去成為一流高手的可能。所以史進在梁山無力立功，他只能兩次做臥底，爭取立功，結果不僅沒有完成任務，還兩次被捕，需要別人出力救他。

柴進的洪教頭也武功平常，且態度驕橫，結果在比武時被林冲一棒打翻。

小說還全面描寫了在官府的黑影下，獄吏和公差的兇惡；主人周圍的莊

客的驕橫和狡獪，打手的兇惡。而社會上與官府無關的、與主人無緣相處的一般的市民、農民，大多是善良的。

（三）精彩絕倫的人物語言。

《水滸傳》設計的人物語言精彩，善於通過語言和行動塑造人物的性格。

但是魯迅則錯誤地予以徹底否定，他說：

> 高爾基很驚服巴爾札克小說裏寫對話的巧妙，以為並不描寫人物的模樣，卻能使讀者看了對話，便好像目睹了說話的那些人。（八月份《文學》內《我的文學修養》）

> 中國還沒有那樣好手段的小說家，但《水滸》和《紅樓夢》的有些地方，是能使讀者由說話看出人來的。其實，這也並非什麼奇特的事情，在上海的弄堂裏，租一間小房子住著的人，就時時可以體驗到。他和周圍的住戶，是不一定見過面的，但只隔一層薄板壁，所以有些人家的眷屬和客人的談話，尤其是高聲的談話，都大略可以聽到，久而久之，就知道那裏有那些人，而且彷彿覺得那些人是怎樣的人了。

> 如果刪除了不必要之點，只摘出各人的有特色的談話來，我想，就可以使別人從談話裏推見每個說話的人物。但我並不是說，這就成了中國的巴爾札克。（《花邊文學·看書瑣記》）

《水滸傳》中的眾多人物語言，顯示了世界頂級經典作品的偉大成就。因篇幅所限，本文不再舉例，有興趣的讀者可以參看拙著《金聖歎全集·貫華堂第五才子書水滸傳》的解讀。本書也有《〈水滸傳〉非理智型「推車撞壁」式激烈爭執的精彩描寫》，可見《水滸傳》語言極其精彩之一斑。

（四）《水滸傳》中的詩歌達到極高水平。

據學者統計，《水滸傳》中用律詩絕句共 138 首。其中七言 116 首，五言 22 首。還有多首長詩和詞、賦。四大名著之中，《水滸傳》中詩歌最多，用於景物描寫、戰鬥場面描寫、人物描寫、敘事、說理與勸諫等處。

在古代小說中，《水滸傳》中的詩歌成就最高。真實生動，緊密為人物和情節服務，富於哲理深意。

例如，《水滸傳》引人注目的挑酒人唱歌，多達三首。

第一首是魯智深在五臺山碰上的挑酒人所唱：「九里山前作戰場，牧童拾得舊刀槍。順風吹動烏江水，好似虞姬別霸王。」金聖歎夾批：「不唱酒詩，

妙絕。卻又偏唱戰場二字，拖逗魯達，妙不可當。○第一句風雲變色，第二句冰消瓦解，聞此二言，真使酒懷如湧。○第三句如何比出第四句來，不通之極，然正妙於如此。蓋如此方恰好也。不然，竟是名士歌詩，如旗亭畫壁一絕句故事矣。○天下真正英雄，如魯達、李逵之徒，只是不好淫慾耳。至於兒女離別之感，何得無之？故魯達有灑淚之文，李逵有大哭之日也。第四句隱隱直弔動史進，對此茫茫，那得不飲。」此詩首句「戰場」兩字使百無聊賴、極度酒渴、借酒澆愁的魯智深，挑起心事，他原本是軍官，志在馳騁疆場的，卻在深山古寺中消磨歲月，還求酒不得。金批不但分析此詩之妙和不通至妙，還從「別」字，勾起魯智深想起肝膽好友史進，產生相思之情，更增愁懷，於是更想喝酒，更想借酒澆愁。

第二首是邱小乙所唱。

魯智深來到深山一個廢寺，餓極，他在破壁子裏望見一個道人，頭戴皂巾，身穿布衫，腰繫雜色縧，腳穿麻鞋，挑著一擔兒，一頭是個竹籃兒，裏面露出魚尾，並荷葉托著些肉；一頭擔著一瓶酒，也是荷葉蓋著。——口裏嘲歌著，唱道：

你在東時我在西，你無男子我無妻。我無妻時猶閒可，你無夫時好孤淒！

金聖歎夾批：「並不說擄掠婦女，卻反說出為他一片至情，如近日有諧語云：有人行路見幼婦者，抱持而嗚呵之。婦怒，人則謝曰：我復何必，誠恐卿欲此耳。是一樣說話。○猶閒可三字，說得好笑。」這首「潮歌」讓善良的讀者見識了「強盜邏輯」，而且他搶來的女人不少是有婦之夫。

第三首是晁蓋等七雄打劫生辰綱時，白日鼠白勝唱的：「赤日炎炎似火燒，野田禾稻半枯焦。農夫心內如湯煮，公子王孫把扇搖。」金批說：「挑酒人唱歌，此為第三首矣。然第一首有第一首妙處，為其恰好唱入魯智深心坎也。第二首有第二首妙處，為其恰好唱出崔道成事蹟也。今第三首又有第三首妙處，為其恰好唱入眾軍漢耳朵也。作書者，雖一歌不欲輕下如此，如之何讀書者之多忽之也。」金批指出作者安排唱歌的藝術匠心。

小說還描寫市井小民的絕妙即興創作，如石秀殺了偷情的和尚後，轟動了當地，於是：

前頭巷裏，那些好事的子弟做成一隻曲兒，唱道：「堪笑報恩和尚，撞著前生冤障；將善男瞞了，信女勾來，要他喜舍肉身，慈悲歡暢。怎極樂觀音方才接引，蚤血盆地獄塑來出相？想『色空空色，

空色色空』，他全不記多心經上。到如今，徒弟度生回，連長老涅槃街巷。若容得頭陀，頭陀容得，和合多僧，同房共住，未到得無常勾帳。只道目蓮救母上西天，從不見這賊禿為娘身喪！」

　　後頭巷裏，也有幾個好事的子弟，聽得前頭巷裏唱著，不服氣，便也做只〔臨江仙〕唱出來賽他道：「淫戒破時招殺報，因緣不爽分毫。本來面目忒蹺蹊：一絲真不掛，立地放屠刀！大和尚今朝圓寂了，小和尚昨夜狂騷。頭陀刎頸見相交，為爭同穴死，誓願不相饒。」

　　兩隻曲，條條巷都唱動了。那婦人聽得，目瞪口呆，卻不敢說，只是肚裏暗暗地叫苦。

　　小說描寫兩條巷子的青年「歌詠競賽」，文字自然流動，出言風趣而富有諷刺意味，增添了小說的情節波瀾和歡快色彩，詩歌的語言和意境都十分切合市井碌碌無為、渾噩度日少年的口吻和性格。古代中國民眾的智慧、才華和富於幽默感的形象，躍然紙上。

　　另如白秀英在演出時作為開場引子所唸之詩：「新鳥啾啾舊鳥歸，老羊羸瘦小羊肥。人生衣食真難事，不及鴛鴦處處飛。」鄧雲鄉先生說：「這四句詩選得也極為得體，恰到好處。極有情趣，極為生動地反應了一個年齡雖不大，而江湖閱歷頗深的民間女藝人的內心世界。意態極為高揚，而感情極為深沉，聯繫到人物後面的發展，正顯示了極為深刻的社會內涵。是值得讀者再三思索，萬萬不可忽略掉的。」〔註24〕此詩寫出了超越時代的人生困境，與李煜「問君能有幾多愁，恰似一江春水向東流」一樣，揭示了極為深刻的社會內涵和「人之大患，在其有身」（老子《道德經·第十三章》）的人生真諦、萬古難事。這首小詩，由動人美女令人心醉的嚦嚦鶯聲婉轉唸來，卻是「於無聲處聽驚雷」的大制作。

二、《水滸傳》符合中國美學的四條最高標準和一個特點的偉大藝術成就

　　筆者提煉和總結的中國美學對文學藝術作品的四條最高標準和一個特點，曾評論湯顯祖和莎士比亞的劇作。今依此評論《水滸傳》的高度藝術成就。

〔註24〕　《水滸人物造型》，鄧雲鄉《水流雲在雜稿》，北嶽文藝出版社，1992年，第126頁。

四條最高標準是筆補造化、藝進乎道、悲天憫人和大器晚成。

（一）筆補造化。

筆補造化是文學作品能達到的最高境界之一。《水滸傳》是筆補造化的偉大著作。

造化，意為：自然界的創造者。亦指自然。「筆補造化」，原指筆墨可以彌補自然界的不足。形容筆墨的作用大，筆力高超。這裡的「造化」，指的是自然、自然界。

本文使用此語，「造化」指自然界的創造者，尤指人生、社會人生。

優秀的文藝作品，尤其的天才的經典作品，筆補造化，能夠超越真實的人生、社會人生。也即來於生活，高於生活。《水滸傳》就是這樣的作品。

《水滸傳》所有的人物和情節都是作者虛構的，人物對話和情景描寫全是作者虛構的，都達到筆補造化的高度成就。

例如《水滸傳》中情節描寫的至境和極境，即到達頂峰的高度，金聖歎稱為「奇絕」的「劫法場，偷漢，打虎，都是極難題目，直是沒有下筆處」。（《第五才子書水滸傳·讀法》）

劫法場和徒手打虎，是生活中沒有發生過的故事。武松這樣智勇雙全和李逵這樣天真爛漫的大英雄，是歷史上沒有產生過的人物。《水滸傳》描寫李逵和石秀劫法場、武松打虎，獨此一家，空前絕後，精彩絕倫，就是筆補造化的藝術成就。

作為小說，最能吸引讀者的是以精彩情節為基礎的人物典型性格和典型環境描寫。金聖歎在《讀法》中，分析和總結了《水滸》精彩絕倫的情節描寫和第二次更為奇絕的同題描寫所取得的無與倫比的偉大成就——

至於「偷漢」，現代社會統稱「偷情」，舊上海稱之為「軋姘頭」，今通稱「婚外戀」，最為難寫。此因在愛情小說之中，染指者極多。因描寫者極多，所以最難寫，要寫出特色、寫出新意，極難。《水滸傳》的描寫最精彩，而且具體細膩，針對性強，無人可以模擬。例如單是西門慶追求潘金蓮的前奏——籌劃要請王婆出手相助，就十分費勁：

> 寫西門慶接連數番趲轉，妙於疊，妙於換，妙於熱，妙於冷，
> 妙於寬，妙於緊，妙於瑣碎，妙於影借，妙於忽迎，妙於忽閃，妙
> 於有波磔，妙於無意思：真是一篇花團錦簇文字。
>
> 寫王婆定計，只是數語可了，看他偏能一波一磔，一吐一吞，

隨心恣意，排出十分光來；於十分光前，偏又能隨心恣意，先排出
五件事來。真所謂其才如海，筆墨之氣，潮起潮落者也。（第二十三回
總批）

這些還是「偷情」的前奏，而《水滸傳》還極其擅長正面攻堅，在正式描
寫西門慶與潘金蓮、裴如海與潘巧雲眉來眼去、言語往來到逐漸「入港」的心
理、動作和情景，既歷歷分明、栩栩如生、情深意濃、情景微妙，而又毫無濃
鹽赤醬、淫詞粗語，達到情趣盎然，甚至詩意濃鬱的藝術境界。

西方作家公認西方最傑出的愛情小說，都是婚外戀作品。其中名列第一、
第二的是俄國托爾斯泰《安娜·卡列尼娜》和法國福樓拜《包法利夫人》。另
有法國斯丹達爾（一譯司湯達）《紅與黑》、英國勃朗特《簡愛》、美國霍桑《紅
字》等世界名著。這些小說都以婚外戀為描寫和歌頌的主題，但其描寫「偷
漢」即「偷情」的具體過程，皆淡寡乎味，與《水滸傳》的藝術描寫的差距，
不可以道里計。而眾多的通俗小說極喜敘寫此類內容，又多粗俗、庸俗甚至惡
俗。《水滸傳》的描寫具體、細膩、真切而透徹，卻又筆法乾淨、純潔、含蓄
而明麗。圍繞潘金蓮和潘巧雲的婚外戀描寫，金聖歎用細膩而精彩的評批，揭
示《水滸傳》婚外戀描寫的極高成就，拙著《金聖歎文藝美學研究》已有詳論，
此處不贅。

西方小說在婚外戀「入港」時的描寫都淡寡乎味。例如《包法利夫人》
中，包法利夫人控制不住自己，終於失身的場面，小說描寫魯道爾夫拖著她沿
著一個小池塘走去，兩人僅僅講了兩三句缺乏興味的話兒：

「這樣不對！這樣不對！」她說，「我這樣聽你的話是發瘋。」
「為什麼？……愛瑪！愛瑪！」
「啊！魯道爾夫！……」這年輕夫人把頭伏在他肩上說。
她的衣服和絲絨大衣貼在一起了，她白皙的頸子揚了過去，發
出一聲歎息，她周身無力，滿臉淚水，她用手遮住臉，全身顫動著，
順從了他〔註25〕。

幾句毫無趣味的對話之後，就輕易入港，這樣的描寫與《水滸》中的精彩
場面有天地之分。

又可貴者，《水滸傳》在世界文學史上首次以如椽大筆寫出婚外戀的三個

〔註25〕〔法〕福樓拜《包法利夫人》（張道真譯），外國文學出版社，1989年，第186
頁。

特點和一個結局：極精彩，極刺激，極快活，真是「家花沒有野花香」，但是沒有好結果。500 年後，西方的上述名著，和 20 世紀的《靜靜的頓河》等等，才達到這個高度，但是如前所述，《水滸傳》精彩絕倫的「偷漢」的過程描寫，則無人可及。

　　《水滸傳》（指七十一回本《金批水滸》）全書，是由一連串這樣的精彩描寫連綴而成的，所以全書是處處芳草、字字珠璣，其例不勝枚舉。即如人人皆知不可能發生的神秘浪漫主義主義的故事，例如羅真人戲弄李逵，讓他踏上變成祥雲的手帕，將李逵升至半空；李逵半夜報仇殺人，砍下羅真人首節，明天一看是葫蘆所變；另如高廉念念有詞，指揮紙兵紙馬作戰，都為後世小說所模仿。金聖歎於高廉初用法術時，注說：「念念有詞，喝聲道『疾』八字，耐庵撰之於前，諸小說家用之於後，至今日已成爛熟舊語，乃讀之，便似活畫出一位法官，字字有身份，有威勢，有聲響，有棱角，始信前人描畫之工也。」

　　總之《水滸傳》全書，大量描寫都達到了「筆補造化」的極高藝術成就。《三國演義》《西遊記》也達到「筆補造化」的高度。《三國演義》所記敘的所有戰爭，歷史的記載只有戰爭的名稱、參戰人物姓名和勝負結果，其精彩過程全是小說的虛構；《西遊記》的全部情節都是憑空虛構。兩書也都是領先於世界文學的高峰之作，但在典型環境的細膩描寫和人物性格的典型塑造方面，尤其是「藝進乎道」的最高標準，有所不及，因此只有《水滸傳》和《紅樓夢》是頂峰之作。

　　康德說：「詩人敢於把不可見的東西的觀念」，「或把那些在經驗世界內固然有著事例的東西，如死，忌嫉及一切惡德，又如愛，榮譽等等，由一種想像力的媒介超過了經驗的界限──這種想像力努力達到最偉大東西里追跡著理性的前奏──在完全性裏來具體化，這些東西在自然界裏是找不到範例的」。〔註26〕能完美表現打虎、偷漢、劫法場和林冲逼上梁山所走道路的《水滸傳》，〔註27〕就是這樣的最偉大著作，世界文化史上不可逾越的頂峰著作。

　　（二）藝進乎道。

　　藝進乎道也是文學作品的最高要求之一。《水滸傳》是藝進乎道的偉大

〔註26〕〔德〕康德《判斷力批判》上冊（宗白華譯），商務印書館，1964 年，第 160 ～161 頁。

〔註27〕參見著名作家畢飛宇評論《水滸傳》偉大藝術成就的北京大學精彩講演《〈水滸傳〉〈紅樓夢〉「走」與「走」──小說內部的邏輯與反邏輯》，《鍾山》，2015 年第 4 期。

著作。

《莊子‧養生主》「庖丁解牛」一節首先通過庖丁之口，曰：「臣之所好者道也，進乎技矣。」將技藝與道相聯繫。

清代魏源《默觚》進一步闡發：「技可進乎道，藝可通乎神」；「造化自我立焉」。前兩句可以互通，即技藝可以進乎道，可以通鬼神。通鬼神是中國古代靈感論的探本解釋。

藝進乎道，指能表達哲理、哲學的哲理詩或哲理作品，又指能表達宇宙、人生真理，天地規律的優秀文藝作品。

例如武松打虎出人意料的結局：小說描寫武松可憐獵戶，他們為了捕獲此虎吃盡痛苦，還要自備飯食、工具，生活也貧困之極，於是：

> 武松就把這賞錢在廳上散與眾人，——獵戶。知縣見他忠厚仁德，（金聖歎夾批：一篇打虎天搖地震文字，卻以忠厚仁德四字結之，此恐並非史遷所知也。）有心要抬舉他，便道：「雖你原是清河縣人氏，與我這陽穀縣只在咫尺。我今日就參你在本縣做個都頭，如何？」

金聖歎的這段夾批極為精彩。打虎本是血性的壯舉和血腥的事件，而且是無比激烈的生死搏殺，因此武松打虎是一篇「天搖地震文字」，最後「卻以忠厚仁德四字結之」，如此強烈的反差性的結局，「此恐並非史遷所知也」，連《史記》也寫不出。為什麼《史記》寫不出，因為在歷史上、生活中沒有這樣驚天動地的英雄有此關愛弱勢群體的「忠厚仁德」的義舉。《水滸傳》塑造了這樣的一位英雄，是首創性的偉大成就。《水滸傳》描寫的最為艱險、最為驚人、最為殘酷、最為恐怖的人虎生死搏鬥，竟然是「忠厚仁德」為結局，的確是令人匪夷所思的。

這個描寫是藝進乎道的大手筆。不僅豪俠救人應該如此，順應天命的打天下的英雄，在平定天下時必經過驚濤駭浪、驚天動地的戰爭；平定天下後，必須以忠厚仁德解救百姓。漢高祖即如此，這是出現西漢盛世的本質性原因。

又如，聖歎在「武十回」的最後，即第三十一回的回前總評中說：

> 此回完武松，入宋江，只是交待文字，故無異樣出奇之處。然我觀其寫武松酒醉一段，又何其寓意深遠也。蓋上文武松一傳，共有十來卷文字，始於打虎，終於打蔣門神。其打虎也，因「三碗不過崗」五字，遂至大醉，大醉而後打虎，甚矣，醉之為用大也！其打蔣門神也，又因「無三不過望」五字，至於大醉，大醉而後打蔣

門神，又甚矣，醉之為用大也！雖然，古之君子，才不可以終恃，
力不可以終恃，權勢不可以終恃，恩寵不可以終恃，蓋天下之大，曾無
一事可以終恃，斷斷如也。乃今武松一傳，偏獨始於大醉，終於大
醉，將毋教天下以大醉獨可終恃乎哉？是故怪力可以徒搏大蟲，而
有時亦失手於黃狗，神威可以單奪雄鎮，而有時亦受縛於寒溪。蓋
借事以深戒後世之人，言天人如武松，猶尚無十分滿足之事，奈何
紜紜者，曾不一慮之也！

此回寫武松因酩酊大醉後打店鬧事，出店後步履踉蹌，遭到狗的挑釁，他
忍耐不住，和狗慪氣，結果立腳不穩，跌入淺溪，被狗夾屁股盯住，狂吠「嘲
笑」；又被孔氏兄弟捉去，捆綁拷打，處境極其狼狽。最後如未巧遇宋江而得
救，武松不僅一世英名毀於一旦，且難逃死於非命的可悲下場。小說如是描
寫，表面看起來僅僅想在轉折過渡處造成情節跌宕起伏，故作波折，聖歎則已
巨眼罩見內中的深意，並論證出又一個重要的人生哲理：人生絕不會是圓滿
無缺的，天下之人事也絕不會完美到頂的，即如蓋世英雄和奇才，也有其局限
性，不可終恃無恐，必須戒驕戒躁，處事處世小心謹慎，勿過大江大海無虞而
因掉以輕心或因固執己見而跌入溝壑。聖歎又在此回中描寫武松「恨那隻狗只
管吠」，就手持戒刀追趕時批道：

皆喻古今君子，有時忽與小人相持，為可深痛惜也。夫狗豈足
恨之人，戒刀豈趕狗之具哉。

武松砍狗砍個空，自己反而倒撞下溪去，聖歎說：

其力可以打倒大蟲，而不能不失手於黃狗，為用世者讀之寒心。

武松「再起不來，只在那溪水裏滾」。聖歎又批：

此段不止活畫醉人而已。喻君子用世，每每一蹶之後，不能再
振，所以深望其慎之也。

這裡以武松為教訓，告誡「用世」諸君即正派的當權者勿有恃無恐，固步
自封，驕躁冒失。這些發揮和引申，是緊密結合分析武松的性格缺陷和具體表
現而得出的寄意深遠的警世通言，又可上升為人生和宇宙「福兮禍相依」的真
理，至今仍有很大的啟示意義。

另如白秀英所唸之詩：「新鳥啾啾舊鳥歸，老羊羸瘦小羊肥。人生衣食真
難事，不及鴛鴦處處飛。」此詩藝進乎道，顯示了極為深刻的社會內涵，寫出
了超越時代的人生困境。此詩與李煜「問君能有幾多愁，恰似一江春水向東流」

一樣，揭示了極為深刻的社會內涵和「人之大患，在其有身」（老子《道德經‧第十三章》）的人生真諦、萬古難事。這首小詩，由動人美女令人心醉的嚦嚦鶯聲婉轉唸來，卻是「於無聲處聽驚雷」的大制作。

藝進乎道的優秀作品，皆能以小見大，在具象中蘊含抽象，產生言有盡而意無窮的藝術效果。

（三）悲天憫人。

此語出處為明末清初黃宗羲《朱人遠墓誌銘》：「人遠悲天憫人之懷；豈為一己之不遇乎！」

當今一般的解釋為，悲天：哀歎時世；憫人：憐惜眾人；天：時世。此語指哀歎時世的艱難，憐惜人們的痛苦。《現代漢語詞典》（第五版）解釋為「對社會的腐敗和人民的疾苦感到悲憤和不平」。

這樣的理解是非常片面的。實則上，古人將這裡的「天」，解釋為天命。天命指天道的意志；延伸含義就是「天道主宰眾生命運」，兼含自然的規律、法則。古代名家的有關名句極多。例如——《楚辭‧天問》：「天命反側，何罰何佑。」《史記‧五帝本紀》：「於是帝堯老，命舜攝行天子之政，以觀天命。」陶淵明《歸去來兮辭》：「樂夫天命復奚疑。」韓愈《諍（爭）臣論》：「彼二聖一賢者，豈不知自安佚之為樂哉？誠畏天命而悲人窮也。」歐陽修《新五代史‧伶官傳》：「雖曰天命，豈非人事哉？」羅大經《鶴林玉露》卷六：「且人之生也，貧富貴賤，夭壽賢愚，稟性賦分，各自有定，謂之天命，不可改也。」

而「悲天憫人」的意思不僅是關注和同情人生的艱難困苦，而且同情自然規律決定的人生中的生老病死，還更善於表現、揭露和批評人性的弱點，並給以教育和挽救；尤其是揭發和批判惡人表現的獸性和罪惡，同情被虐害的善良人們，鼓舞起他們在逆境、困境中的生活勇氣和奮鬥精神。

文學藝術要善於表現人的內心，更要教育和拯救人的靈魂。人世間充滿了愛與悲、嫉妒與野心、絕望與生死，《水滸傳》和後來的湯顯祖和莎士比亞都極富同情心和憐憫心，他們都以生花妙筆和斐然文采，全方位地探索、展現了人性，以巧妙驚人的眾多藝術手法，描寫和表達了難以言說的無比深邃和廣闊的心理和情感。他們寫出了人有多偉大高尚，人有多麼深厚的感情，也寫出了人有多殘酷卑鄙，還有更多的平庸和粗俗。

《水滸傳》描寫眾多人物的命運，都達到悲天憫人的境界。

（四）大器晚成。

大器：比喻大才。指能擔當重任的人物要經過長期、曲折、艱難的鍛鍊，所以成就較晚。《老子》（第四十一章）：「大器晚成；大音稀聲；大象無形。」

《水滸傳》是世代積累性的著作，有自宋末到元末明初多位作者寫作、修改、增補而成，施耐庵可能是最後的寫作和整理者，他沒有其他著作，這是他的唯一著作。不管施耐庵編著《水滸傳》時的年齡是否晚年，很可能是在晚年，但《水滸傳》可以說是集體性世代積累性的大器晚成著作。

三、《水滸傳》是意志悲劇和意誌喜劇的典範之作

我在中國和世界學術史上首創了「意志悲劇說和意誌喜劇說」理論。《水滸傳》是意志悲劇和意誌喜劇的典範之作。

我於上世紀 80 年代發端，於 90 年代末發展，在本世紀 10 年代末正式形成「意志悲劇說和意誌喜劇說」理論，在中國和世界學壇首創了「意志悲劇說和意誌喜劇說」美學理論。首創這個理論的《意志悲劇說和意誌喜劇說》等論文〔註28〕這些論文得到上海作家協會、上海美學學會的支持，已由《上海文化年鑒》記載，得到中國古代文學理論學會及其會刊《古代文學理論理論研究叢刊》的高度評價。

意志悲劇的定義是：悲劇主人公本與悲劇處境和結局無關，他（她）為了真理、正義和道義、俠義，利用自己處境和意志的自由，出於疾惡如仇、善意救人（或救國救民）的意志，犧牲自己的生存意志，主動幫助和拯救身陷或深陷悲劇處境的弱者，救出了對方，自己卻因此而陷入悲劇的境地，甚至喪失了自己的生命，造成悲劇的結局，而且主人公對此無怨無悔，視死如歸，這樣的悲劇，可稱之為「意志悲劇」。

西方悲劇的主人公都是被動地陷入悲劇的境地的。西方的命運悲劇、性格悲劇、社會悲劇都是如此。中國悲劇自元雜劇《竇娥冤》《趙氏孤兒》至明清

〔註28〕《王國維曲論三義之探討》，《王國維研究論集》第三輯（1987·首屆王國維國際研討會論文專輯），華東師範大學出版社，1990 年；《論王國維「意志」悲劇說》，中國藝術研究院戲曲研究所《戲曲研究》（首屆中國戲曲論文獎獲獎論文專輯，2001 年）、《上海作家雙年文選（2001～2002）》，上海文藝出版社，2003 年；《意志悲劇說和意誌喜劇說》，《古代文學理論研究叢刊》第 27 輯，華東師範大學出版社，2009 年和上海美學學會《新世紀美學熱點探索》，商務印書館，2013 年。按以上論文皆收入拙著《王國維美學思想研究》增訂版，中國社會科學出版社，2017 年。

傳奇中的眾多名著，都是「劇中雖有惡人交構其間，而其蹈湯赴火者，仍出於其主人翁之意志」（王國維《宋元戲曲考》）的優秀作品。

喜劇一般分為愛情喜劇、諷刺喜劇、風俗喜劇和鬧劇等。也有性格喜劇、風雅喜劇和世俗喜劇等名稱。

筆者確立的「意誌喜劇」，這個名稱和「意志悲劇」一樣，也是一個新的概念，具有特定的定義。意誌喜劇與一般的喜劇不同，一般的喜劇的主人公一般都是被動地處於被嘲笑的地位，喜劇衝突多靠誤會巧合來組成，而意誌喜劇中的主人公像意志悲劇一樣，也因出於正義和道義，主動幫助他人，都是主動地進入喜劇中的可笑腳色或造笑角色，正面的喜劇形象全靠自己的聰明、機智和靈慧，有時還用幽默的言行，愚弄了醜惡的反面的喜劇形象，造成笑料，並取得鬥爭的勝利。意誌喜劇歌頌富於正義感的主人公的幽默、機智、狡黠，尤其是伸張正義的主動精神和為正義而甘願冒險的犧牲精神。

《水滸傳》中，武松和魯智深是意志悲劇的兩大英雄。

金聖歎《讀法》評論《水滸傳》人物，最高級的是上上人物，其中第一個是武松：「一百八人中，定考武松上上。」武松為兄長慘死而報仇，他毫不考慮後果，走向艱難險阻的道路，葬送了終身前途。

第二位是魯智深：「魯達自然是上上人物，寫得心地厚實，體格闊大。」

魯達為什麼受迫害、上梁山？他本來處境還是比較優裕的，他有官職，既有一定社會地位，又有自在快活的生活，經濟上因沒有家室拖累，用錢也比較自由。第二，受到上司的器重和愛護。魯達跌入困境、逆境乃至絕境，全是因為他在正義感和人道精神的驅使下，主動挺身而出，包打不平，拯救無辜弱女（如金翠蓮）而犯了人命案，為拯救落難英雄（如林冲）而開罪了當政權貴所造成的。魯達對此事先毫不猶豫，事發時義無反顧，事後絕不後悔，體現了一種浩然正氣和磊落胸懷。聖歎除在具體情節描寫處作了多次精細、深刻、生動的評批外，還在第二回總評中總結說：

> 寫魯達為人處，一片熱血直噴出來，令人讀之深愧虛生世上，
>
> 不曾為人出力。

魯達的英勇仁愛的言行，張揚我國民族正義志士的正氣，是先秦以來慷慨悲歌精神的繼承和弘揚，維護社會正氣的重要力量。

由於《水滸》非凡藝術魅力和高超的寫作手段，小說竟將魯達從軍官淪為和尚，和尚變為強盜這一每況愈下的極其心酸的人生三部曲表現得轟轟烈

烈，精彩紛呈。

李逵則是意誌喜劇的第一英雄：「李逵是上上人物，寫得真是一片天真爛漫到底。」「只如寫李逵，豈不段段都是妙絕文字」，「寫李逵色色絕倒，真是化工肖物之筆」。

他剛在書中出場，起勁要為宋江弄鮮魚吃，結果與張順水上大戰，狼狽不堪。但是他每逢難事，還是都主動要求出戰。例如他為了幫助梁山喚回公孫勝，與阻擾公孫勝出山的羅真人搗蛋，吃盡苦頭。吳用去詆騙盧俊義上梁山，需要「一個奇形怪狀的伴當和我同去。」說猶未了，只見黑旋風李逵高聲叫道：「軍師哥哥，小弟與你走一遭！」金聖歎批道：「看他出席自薦，便知李逵之奇形怪狀，不惟他人所驚，亦其自家所驚也。」吳用為了引起盧俊義及其下人注意，在故意招搖過市時極其需要轟動效應。果然，吳用假扮算命先生，在北京街上叫喚顧客，奇形怪狀的李逵做他的跟隨童兒，一路行去，「北京城內小兒，約有五六十個，跟著看了笑」。

李逵總是主動要求行動，一心只為完成自己的任務，不以受人嘲笑的狼狽為恥，而其戲劇效果非常強烈。《水滸傳》寫出李逵這樣無可模仿、獨一無二的喜劇人物，真是「寫得真是一片天真爛漫到底」的「絕妙文字」，「寫李逵色色絕倒，真是化工肖物」的大手筆，非天才作家不能為。

四、《水滸傳》是神秘現實主義和神秘浪漫主義的典範之作

筆者已撰《〈水滸傳〉的神秘主義描寫述評》一文，並已收入本書，茲不重複。

五、當今《水滸傳》研究成果舉隅

關於《水滸傳》的偉大藝術成就，近年也有不少學者撰文總結。畢飛宇在北京大學做的講座《「走」與「走」──小說內部的邏輯和反邏輯》〔註29〕，將林冲這個藝術形象的塑造做了精彩的分析和評論。他認為：

> 林冲這個人物寫得實在是好。李逵和林冲這兩個人物的寫作難度是極高的，在《水滸》當中，最難寫的其實就是這兩個人。──寫李逵考驗的是一個作家的單純、天真、曠放和力必多，它考驗的是放；寫林冲考驗的則是一個作家的積累、社會認知、內心的深度

〔註29〕畢飛宇《「走」與「走」──小說內部的邏輯和反邏輯》，《鍾山》，2015 年第 4 期。

和複雜性，它考驗的是收。施耐庵能在一部小說當中同時完成這兩個人物，我敢說，哪怕施耐庵算不上偉大，最起碼也是一流。

施耐庵在林沖的身上體現出了一位一流小說家強大的邏輯能力。這個邏輯能力就是生活的必然性。如果說，在林沖的落草之路上有一樣東西是偶然的，那麼，我們馬上就可以宣布，林沖這個人被寫壞了。

畢飛宇極其仔細具體地分析原作的極其精彩的敘述和描寫，「梨園行當裏頭有一句話，叫『男怕《夜奔》，女怕《思凡》』，這句話說盡了林沖這個人物形象的複雜性，林沖在一步一步地往前走，卻一步步走向了自己的反面，他『走』出去的每一步都是他自己不想『走』的，然而，又不得不走。在行動與內心之間，永遠存在著一種對抗的、對立的力量。如此巨大的內心張力，沒有一個男演員不害怕。」

《水滸傳》描寫林沖「由白虎堂、野豬林、牢城營、草料場、雪、風、石頭、逃亡的失敗、再到柴進指路，林沖一步一步地、按照小說的內部邏輯、自己『走』到梁山上去了。這才叫『莎士比亞化』。在『莎士比亞化』的進程當中，作家有時候都說不上話。」

這位獲得中國文學最高獎「茅盾文學獎」的著名作家，以其本人的創作經驗和精深的理論根基，從林沖「走」上梁山的角度，精彩而深刻地分析和評論《水滸傳》的偉大藝術成就，給我們以很大啟發。

劉再復《雙典批判》批判

劉再復《雙典批判——對〈水滸傳〉和〈三國演義〉的文化批判》，由生活‧讀書‧新知三聯書店於 2010 年出版。此書歪曲和貶低雙典的文化價值，將兩部偉大著作貶低為「造成心靈災難的壞書」，「大災難書」，「中國人的地獄之門」〔註30〕。並進一步荒謬絕倫地徹底貶低和否定中國人：「中國人如何走進你砍我殺、你死我活、充滿心計權術的活地獄？中國人的人性如何變性、變態、變質？就通過這兩部經典性的小說。」〔註31〕將中國映像為「活地獄」。此書的正文和附錄，通過雙典批判徹底否定中國和中國文化，全書徹頭徹尾全

〔註30〕劉再復《導言：中國的地獄之門》，《雙典批判》，三聯書店，2010 年，第 5 頁。
〔註31〕同上，第 6 頁。

是謬論，筆者認為應給予必要的批評，以正視聽。

縱觀劉再復此書，其對雙典的批判是局部的，即所謂僅是文化批判，但此書的大小錯誤太多，如做全面批評，篇幅不容許，也沒有必要，今以舉例方法，圍繞其文化批判，對其三方面的重要錯誤，做一簡要的批判。

一、學術性的錯誤

劉再復的眾多書籍，學術性錯誤頗多。與《水滸傳》和金聖歎有關的，如其《性格組合論》提出「兩重性格」論，並稱此論是他首創的，並在書中舉例批評金聖歎論述性格的單一性。筆者前曾有拙文指出，金聖歎自覺運用兩重性格理論〔註32〕，兩重性格理論應該是金聖歎首創的。

本書中的學術性錯誤僅舉三例。

1. 此書的題目就犯了學術性的錯誤。

此書的正標題為《雙典批判》，副標題為《對〈水滸傳〉和〈三國演義〉的文化批判》，正副標題不在一個層面上，還互相產生了矛盾。「雙典批判」是全面批判、整體批判，而副標題的「文化批判」是局部批判。全面批判包括對其文學和美學的批判，文化批判不包括文學和美學的批判，劉再復也特地在書的開首即聲明，此書不包括文學和美學的批判。因此此書的正標題就必須補正為「雙典的文化批判」，否則就文不對題。現在就是文不對題，而且與副標題有衝突。一本學術著作，書名就犯了基本錯誤，這是一個不容忽視的硬傷。

2. 劉再復申明，他對《水滸傳》與《三國演義》的「所謂批判，是指文化批判，即價值觀批判，不是文學批評」。劉再復及其贊成者宣揚此書的主旨是對雙典做了價值觀批判。劉再復批判的是文化價值，但是承認雙典藝術性很高，那麼雙典就具有很高的藝術價值。一部文學作品的價值，既包含了文化價值、思想價值，又包含了藝術價值。所以本書不能籠統地說是對雙典的「價值觀批判」。這也是一個不容忽視的硬傷。

3. 此書的章節目錄的學術性錯誤。

章節目錄的錯誤頗多，要分析評論，需要很大的篇幅。本文僅舉兩例。

第九章「歷史的變質——政治鬥爭三原則的源頭」，其二級標題為：一、關於政治鬥爭無誠實可言；二、關於結成死黨；三、關於抹黑對手——歷史的

〔註32〕周錫山《金批〈水滸〉宋江論》，《山西師大學報》，1988年第2期；《金聖歎文藝美學研究》，上海人民出版社，2015年，第29頁。

偽形化。

這麼一個章節的標題，有三個錯誤。

①「歷史的變質」，此語不通，令人不知所云。

「歷史」是一個總稱，涉及到過去的事件以及記憶，發現，收集，組織，介紹，以及關於這些事件的信息解讀。「歷史」是過去客觀事實的記載和解讀，它本身不存在變質的問題，後人也不可能將過去的歷史做「變質」工作，而歪曲歷史的陰謀史家，搞的陰謀史學，與「歷史」的本身無關。劉再復沒有批評雙典歪曲歷史，所以不存在任何的歷史的「變質」問題。

歷史還包括使用敘事來檢查和分析一系列過去事件並客觀地確定造成這些事件的因果關係的學科。「學科」本身不可能變質，有人將「學科」「變質」，搞的就不是學科，而是偽學科。劉再復此書沒有批評雙典搞偽學科，因此不存在歷史學科的變質問題。

而劉再復此書承認雙典的描寫，例如殘酷的殺人、吃人肉等血腥描寫，在中外歷史中都是存在過的，沒有歪曲歷史，因此不存在「變質」的問題。

劉再復對「歷史」這個概念的理解錯誤，又兼邏輯混亂，故而這個標題令人不知所云。

②章的正標題與副標題不匹配。「源頭」與「變質」無關。「政治鬥爭三原則的源頭」就是「歷史的變質」嗎？

③二級標題與一級標題「歷史變質」和「源頭」無關。無誠實可言、結成死黨、抹黑對手，是政治鬥爭中三個陰謀手段，不能說是政治鬥爭的「源頭」，更不能說是「歷史變質」。更且雙典並未肯定和讚賞任何陰謀手段。

第十章「美的變質──雙典『女性物化』的現象批判」，美的變質與「女性物化」無關。美的變質，變成了什麼？就是變醜。女性物化的現象，不是醜的表現，不是審美問題，而是社會問題，所以這個標題牛頭不對馬嘴，根本不通。

具體來說，「女性物化」是將女性當做物品來看待的一種思想。這種情況分為男性將女性物化看待和一些女性的自我物化。而劉再復此書談的是雙典的男性作者和雙典中的男性人物將女性當做物品看待。這個「看待」不是審美問題，不是將女性美的看成醜的，而是將人看做物品，物品也有極美的，書中的女性形象多是美人，因此這不是「美的變質」，而是女性的人格和社會地位的變質。

因此這個標題邏輯混亂，不能成立。而且觀點錯誤，雙典在整體上並無女性物化的現象，下文將論述此題。

二、認識論的錯誤

劉再復此書中的認識論錯誤也不勝枚舉，這裡也僅舉三例。

1. 對雙典總體認識的錯誤。

古今中外，各個知識領域中那些最重要的具有指導作用的典範性、權威性的著作，就是經典。

劉再復承認《水滸傳》《三國演義》是兩部經典，而且是文學經典。既然是經典，那麼其價值是必須肯定的。劉再復否定其文化價值，而承認其文學價值。但文學作品的文學價值不是無根之木，其文學價值是與文化價值必然緊密結合的。文學價值必定圍繞著主題思想而產生，因為創作手法、人物塑造（包括女性形象不能用物化的手段來描寫和表現）、情景描寫等，都必須為主題服務，而主題思想必然具有高度的文化價值才可能是正確的。

劉再復申明，他對《水滸傳》與《三國演義》的「所謂批判，是指文化批判，即價值觀批判，不是文學批評」。此言邏輯混亂，觀點錯誤。

2. 對雙典中的女性形象的認識錯誤。

劉再復對中國古代社會有很多非常嚴重的錯誤認識，其中與雙典有關的女性問題的錯誤認識即很嚴重。

此書第三章《「欲望有罪」潛命題批判》，認為《水滸傳》的第二大錯誤是「欲望有罪」也即「生活有罪」，「從而形成小說的婦女觀。中國古往今來對婦女的蔑視、鄙薄、排斥、詆毀，在《水滸》中走到了絕端。」〔註33〕

劉再復對雙典描寫的女性形象認識錯誤，還得到評論者的贊同和支持，反映了反傳統主義對中國古代女性問題的錯誤認識和對中國古代妖魔化的一種表現：

> 縱觀「雙典」中的女性，按照劉先生的說法，「『雙典』是『女性物化』的集大成者。中國婦女的命運，中國婦女的變形、變態、變質，中國婦女如何被剝奪、被壓迫、被摧殘、被殺戮、被吞食、被利用，全都展現在這兩部小說的文本中」。找尋文化的真實原形。〔註34〕

〔註33〕劉再復《雙典批判——對〈水滸傳〉和〈三國演義〉的文化批判》，三聯書店，2010年，第63頁。

〔註34〕谷卿《找尋文化的真實原形》，《博覽群書》，2010年第12期。

　　首先，「中國婦女的命運」，就是「中國婦女的變形、變態、變質，中國婦女」「被剝奪、被壓迫、被摧殘、被殺戮、被吞食、被利用」的狀態，這個論點是全盤歪曲和否定中國歷史，全盤否定中國男性的荒謬觀點。（劉再復此類人著書撰文，往往邏輯混亂、文句不通，前後不連貫。）

　　中國古代女性命運絕大多數不是這樣的，少數「婦女的變形、變態、變質」和「被剝奪、被壓迫、被摧殘、被殺戮、被吞食、被利用」，反傳統主義者津津樂道的當代西方也有，西方的文藝作品有反應，報刊電視有報導，不能單單指責中國。

　　從《詩經》的有關詩歌可知，我國社會自古就推重「與子攜手，與之俱老」、「琴瑟和諧」的美滿婚姻。後世還有「舉案齊眉」的美談。而勝過此類的，趙園《古風妻似友》舉了許多實例，今略抄數例，以見「古代中國士大夫生活中較為詩意的方面」。

　　明末清初歸莊有詩曰：「古風妻似友，佳話母為師。」（《兄子》）據邑志，歸莊書門聯云：「一身寄安樂之窩，妻太聰明夫太怪；四境接幽冥之宅，人何寥落鬼何多！」（《歸莊門符》）不但可感其本人的詼諧，其夫婦相處中的諧趣亦可想。明人、明清間人，以妻為友——至少作類似表述——者，不乏其人。明代茅坤說其婦「暢名理、解文義，當與古之辛憲英、徐淑略相似」；還說「予所共結髮而床第者四十五年，未嘗不師且友之」（《敕贈亡室姚孺人墓誌銘》。按西晉辛憲英，明於識斷；東漢徐淑，能詩）——非但「友」之，且「師」之。晚明葉紹袁在寫給其亡婦的祭文中說：「我之與君，倫則夫婦，契兼朋友」（《百日祭亡室沈安人文》）。該篇中的葉氏與其婦，「或以失意之眉對蹙，或以快心之語相詠；或與君（按即其婦）莊言之，可金可石；或與君謔言之，亦絃亦歌……」（同上）明末清初文壇領袖錢謙益《列朝詩集》說韓邦靖夫婦「詩文倡和，如良友焉」（《韓安人屈氏》）。孫奇逢祭其妻，說：「爾雖吾妻也，實吾友也。」（《祭亡妻槐氏文》）劉宗周為將來與夫人合葬預撰墓誌，說當其婦死，自己哭之曰：「失吾良友！」（《劉子暨配誥封淑人孝莊章氏合葬預志》）

　　再以抗清英雄祁彪佳為例，他是為官嚴正的官僚，又是十足的風雅文人，更是著名的戲曲研究家。《祁忠敏公日記》多則記載與妻商氏遊樂的幸福場景；而婦病，則為其延醫尋藥，求籤問卜，調治藥餌。商氏產一女，祁氏說自己「內調產婦，外理家事」（《自鑒錄》）。商氏產女血崩，祁氏「為之彷徨者竟夜」；其婦「體復不安，彷徨終夜」；連日為其婦治藥餌，外理應酬諸務，「大

之如歲暮交際，細至米鹽瑣屑，皆一身兼之，苦不可言」。這是對其妻切切實實的一份關愛，也是士夫筆下家庭生活的溫馨一幕。明代哲學大家劉宗周也與其婦分擔家務，此類例子頗多，這都是反傳統主義者難以想像的。

中國古近代女性在愛情和婚姻方面，平凡的居多，不幸的也有，過著幸福生活的也有。當代西方也如此。

拙著《民國上海女性四大悲劇和兩大英豪》〔註35〕中編「四大悲劇的歷史和現實背景」第一章「中國婚姻狀況的總貌──四大悲劇的歷史背景」，以十個小節歸納了十種情況：一、中國和西方古近代都是早婚國家，二、中國和西方古近代都流行父母包辦婚姻，三、中國古近代的婚姻狀況優於西方，四、包辦婚姻和自由婚姻各有利弊以及補救方法，五、中國古近代婦女都有再婚的權利，六、中國古近代婦女在家中的地位，七、中國的懼內（怕老婆）傳統及其原因，八、古今中外（都存在）的一夫多妻現象，九、最理想的知音互賞式愛情，十、痛苦後悔式愛情。

受反傳統思潮的影響，人們誤以為中國事事落後，西方事事先進，拙著以歷史和現實的事實論證中國古近代的女性地位高於西方。至於自由戀愛，則只能紙上談兵，只有司馬相如和卓文君這樣的個例，莎士比亞喜劇中的自由婚姻都是私奔到森林裏，靠仙人才能成全。直到現代，按照多年在美歐留學的陳寅恪先生的實地觀察，西方直至近代，婚姻不自由的程度高於中國──

《吳宓日記》介紹陳寅恪在西方的見聞：「陳君細述所見歐洲社會實在情形，乃知西洋男女，其婚姻不能自由，有過於吾國人……」〔註36〕

注意：陳寅恪是在「細述所見歐洲社會的實在情形」，才得出西方不如中國的結論。筆者研究1938年獲諾貝爾文學獎的賽珍珠的論文，以賽珍珠母親為例，論述了現代西方婦女在家中的地位很低的這個比較普遍性的現象。〔註37〕

回到雙典的女性形象描寫，劉再復竟然說雙典中出現的她們，「幾乎沒有一個擁有健全的人性和心靈」，完全歪曲了雙典的描寫事實。

〔註35〕上海三聯書店，2024年即將出版。
〔註36〕吳宓《吳宓日記》第二冊，三聯書店，1998年，第20～21頁。
〔註37〕周錫山《論賽珍珠在中國現代文學史上的地位和意義》，《社會科學論壇》，2009年第5期；《賽珍珠紀念文集》第二輯（2005·鎮江·賽珍珠國際學術研討會論文專集），廣西師範大學出版社，2009年；此文英文版收入英文論文集《中國賽珍珠論集》（*A Collection of Pearl S. Buck Studies in China*）2022卷，江蘇大學出版社，2021年。

　　以《水滸傳》中的女性人物形象為例，最早出場的第一個女性人物是王母，即王進的母親。

　　《水滸傳》第二個女性人物，是沒有出場的隱性人物，史進的母親。

　　第三位是第二個出場的女性人物金翠蓮。

　　我們先分析這三位女性的形象，是否都是「中國婦女」中「被剝奪、被壓迫、被摧殘、被殺戮、被吞食、被利用」的可憐蟲。

　　高俅要挾持私仇迫害王進，王進回家報告母親，母子二人抱頭而哭。娘道：「我兒，『三十六著，走為上著。』只恐沒處走！」王進道：「母親說得是。兒子尋思，也是這般計較。只有延安府老種經略相公鎮守邊庭，他手下軍官多有曾到京師的，愛兒子使槍棒，何不逃去投奔他們？那裏是用人去處，足可安身立命。」當下母子二人商議定了。其母又道：「我兒，和你要私走，只恐門前兩個牌軍，是殿帥府撥來伏侍你的，若他得知，須走不脫。」王進道：「不妨。母親放心，兒子自有道理措置他。」王進找了藉口，將兩人打發出去，當夜母子二人收拾了行李衣服，細軟銀兩，做一擔兒打挾了；又裝兩個料袋袱駝，拴在馬上的。披星戴月逃離東京。

　　王進孝順和尊敬母親，遇到大事，馬上報告母親，傾聽母親的意見。王進老母遇到要滅門的潑天大禍，急得與兒子抱頭大哭，只是人之常情，但她依然冷靜理智，馬上想到硬抗不行，只有躲避，「三十六計走為上計」。兒子立即聽從，並提出去邊關投靠，母親馬上同意，又提醒兒子要引開兩個牌軍，避免引來追捕，才可出逃。

　　王進受到迫害，不是一個人輕快出逃，而是不怕累贅，帶著老母一起逃。王母頗有智慧，王進恭敬的聽從母親的意見。路上讓母親騎馬，自己牽馬步行。

　　以上是王母描寫的第一個階段。第二個階段，王母在路途的遭遇。

　　母子二人，在史太公家借宿時，王進見了便拜。太公連忙道：「客人休拜。你們是行路的人，辛苦風霜，且坐一坐。」王進子母二敘禮罷，都坐定。王母也坐，史太公尊重婦女。王母患病，太公道：「即然如此，客人休要煩惱，教你老母且在老夫莊上住幾日。我有個醫心痛的方，叫莊客去縣裏攝藥來與你老母親吃。教他放心慢慢地將息。」自此，王進母子二人在太公莊上。服藥，住了五七日。覺道母親病奔瘥了，王進收拾要行。太公大喜，教那後生穿了衣裳，一同來後堂坐下；叫莊客殺一個羊，安排了酒食果品之類，就請王進的母親一同赴席。史太公對王母非常尊重、關愛。王進繼續上路時，請娘乘了

馬，望延安府路途進發。

《水滸傳》第二個描寫的婦女是不出場的史進母親。她不出場，不是「被剝奪」與客人相見、歡談、聚餐的權利，而是因為她已亡故了。

史太公告訴王進：「老漢的兒子從小不務農業，只愛刺槍使棒；母親說他不得，一氣死了。老漢只得隨他性子。」

史進的母親在家有發言權和管教權，敢於管教兒子，史太公尊重其這些權益。她因兒子頑劣，不聽教導，氣死。母子兩人因價值觀、人生觀不同而產生分歧。史太公懦弱，是個慈父，讓兒子隨性所欲，但他們是積善之家，可以推斷，他對待夫人也是和善的。小說描寫史進因不聽母訓而步入歧途，大受挫折，表現了鮮明的是非觀。拙文《史進的忠厚老實和善良誠信》已有評論。

總之，王進孝敬老母，老母騎馬，他牽馬步行，千里苦行。史太公禮敬和款待過路客人，也尊重、善待王進母親。

以上的小說的描寫，固然擊穿了劉再復等的謬論，但畢竟是藝術虛構，而劉再復等可以說中國的事實並非如此，並將之上升為歷史：「中國婦女的命運，中國婦女的變形、變態、變質，中國婦女」「被剝奪、被壓迫、被摧殘、被殺戮、被吞食、被利用」的本質性、普遍性的廣度和深度。我們就舉歷史事實講話。

關於千里跋涉，女的騎馬，男的牽馬的史實，以蘇軾的好友章楶（jié，1027～1102，字質夫）為例。他是一位才華傑出的官員和名將。年輕時歷任湖北、成都等多地地方官，政績卓著。後調回京城為官。宋哲宗元祐六年（1091），任職西北前線，多次擊退西夏軍侵擾。接著，在調任應天府（在今河南商丘）、廣州、江淮之後，旋即重返西北為帥臣。紹聖元年（1094），出兵西夏，攻取西夏大片地區，取得戰略主動權。北宋元符元年（1098），於胡蘆河川三戰三捷，襲潰進攻平夏城的夏軍，又奇襲天都山，擒獲西夏驍將嵬（wéi）名阿埋等，俘其家屬。他降宋。夏主震駭。史稱「夏自平夏之敗，不復能軍，屢請命乞和。哲宗亦為之寢兵。楶立邊功，為西方最。」（《宋史·列傳第八十七·章楶傳》）

章楶後任同知樞密院事，為樞密院副長官。樞密與宰相共同負責軍國要政，宰相主政，樞密主兵，也即最高軍事長官。

宋·呂本中《呂氏童蒙訓》記載章楶的一個事蹟：「樞密章公楶謂余曰：某初官入川，妻子乘驢，某自控，兒女尚幼，共以一驢駄之。」

章楶曾對呂本中說，他剛入仕途時任成都府路轉運副使（《宋史·章楶傳》作

轉運使）時，去四川上任，一路上妻兒隨行。他家沒有僕人和丫鬟，也沒有車、轎，千里迢迢，一家四口一路步行而去。妻子騎一匹驢子，他親自在旁牽韁繩；一對兒女年紀尚小，便共乘一驢馱行。

古代清廉官員的節儉，愛撫妻子，令人欽佩！而且，清廉的章粢還買不起馬，只能讓妻子騎驢。而要面子的人，會認為妻子騎驢，自己牽驢護送，是一件丟臉的事情，章粢身居最高軍事長官時坦然告訴朋友這件往事，即顯示了他的胸襟和品質，又說明中國古代優秀男性呵護妻小的事蹟具有普遍性。

再說王進和母親面臨生死難關時，同舟共濟，歷史上此類動人事蹟極多，而且更有男的去死，讓妻子存活的。

仍以祁彪佳為例，他於明清鼎革之際，力圖挽救南明危局，未成。清廷欲招祁彪佳為官，他自沉殉國。自沉前給在山中避難的其妻商景蘭一信告別。商氏詩作中有《悼亡》一首，曰：「公自成千古，吾猶戀一生。君臣原大節，兒女亦人情。……存亡雖異路，貞白本相成。」說得很樸素坦然，丈夫死國，妻子理家，承擔養育兒女、延續家庭生命的重任。她大約死於 1676 年，在丈夫死後生活了超過三十年。同時的黃道周婦蔡氏，於黃抗清殉難後也未從死，且享高年，「撫孤立節，壽過九十卒」（《明末民族藝人傳·蔡玉卿（石潤）》）。古代中國知識界的夫婦倫理和分工，通達公允，堪為世界之表率。五代花蕊夫人《口占答宋太祖述亡國詩》：「君王城上豎降旗，妾在深宮哪得知。十四萬人齊解甲，寧無一個是男兒！」是一種歷史真相，而文天祥、祁彪佳和黃道周死難國事，分配妻子的任務是活下來求生存，是另一種歷史的真相。反傳統者只知西方男子在災難中讓女子先逃，不知中國男子早就有此風度。當然中西也都有品質惡劣的男性，任何事都不能一概而論。

第三位金翠蓮，倒是一個「被剝奪、被壓迫、被摧殘、被殺戮、被吞食、被利用」的女子。她被鄭屠夫霸佔、毆打、侮辱，鄭屠吞沒她的賣身錢，逼著她賣唱賺錢、還「債」。

鄭屠這樣的惡徒，古今中外都有，劉再復蟄居的當代美國也有。可是《水滸傳》有關金翠蓮的三個描寫，說明中國古代女性命運的又一個真相。

①魯達和史進資助她，魯達解救他。魯達為了解救她，丟了官職，淪為流浪者。《水滸傳》描寫的古代社會，不乏救助落難婦女的英雄好漢。小說對土豪強人欺凌、霸佔良家婦女嚴厲批判，讚譽解救受欺婦女的英雄豪傑。小說後來寫到解救遭難婦女並為其報仇的還有李逵。

②書中史太公、劉太公（接待魯智深借宿的房東）、宋太公（宋江之父）等地主員外都是善良人物，喪妻後皆未續娶，也無小妾，這也反映了當時婚姻狀況的一個真相，說明這些地主員外對其亡妻的一種尊重和懷念，欺凌霸佔莊內農婦和家中丫鬟、女傭，古今中外都僅是少數惡霸地主的行徑。

③金翠蓮遇救後，她知恩圖報，救助落難的魯智深。她的丈夫趙員外同意和支持金翠蓮，出錢出力救助魯智深。小說描寫其夫非常疼愛她，明寫他愛屋及烏，因喜歡金翠蓮而救助魯智深。魯智深因金翠蓮通過其夫的救助而逃脫死罪。

《水滸傳》後來出現的女性人物如勸阻林冲休妻的娘子張氏、救助過林冲的滄州酒家李小二的妻子、提醒丈夫留下證據以免受到連累的何九妻子，以及何九聽從其計的感慨：「家有賢妻，見得極明！」這些女子的言行和其丈夫敬重妻子的態度，都駁斥了劉再復污蔑「中國婦女的變形、變態、變質，中國婦女」「被剝奪、被壓迫、被摧殘、被殺戮、被吞食、被利用」的錯誤觀點。

而且人眾是複雜的，婦女和男子一樣，既有善良老實的，也有如王婆這樣奸詐和兇惡的人。

第二，《水滸傳》對正常婚姻是認可的，對建立在忠誠的愛情是歌頌和讚美的。

劉再復此書批評《水滸傳》「由於根深蒂固仇視女性的理念和情節作祟，因此，水滸的主要英雄李逵、武松便形成兩項大特徵，一是嗜殺，二是不近女色，後者成立了英雄的信條」。「在《水滸傳》做，誰不近女色，誰就佔領道德的制高點，誰就是法官。李逵在梁山泊中就是這樣的大法官」〔註38〕

這段話中謬論太多，我們還是先就仇視女性、不近女色是英雄的信條做一個分析。

本文前已論及，《水滸傳》開首寫到的三位女性，就毫無仇視他們的「理念」。《水滸傳》中林冲、花榮、徐寧等多位英雄是有家室的，梁山每次接納新的英雄，都妥善將家眷接上山來，同享快活。史進還將他相好的妓女作為自己婚姻的對象，也要把她接上梁山。至於武松，張都監要將侍女玉蘭許配他為妻，他雖然出于謙讓而婉拒，但張都監又說：「我既出了此言，必要與你。你休推故，我必不負約。」武松就默認了，「當時一連又飲了十數杯酒而告辭。」可見如有合適女子，武松也是願意有家室的。

〔註38〕劉再復《雙典批判——對〈水滸傳〉和〈三國演義〉的文化批判》，第65頁。

　　至於林冲，《水滸傳》描寫他有一個幸福的家庭，妻子是他喜歡的美女。他聞知高衙內欺負妻子，本要去報仇，還把出賣他的朋友陸謙的家打爛。林冲娘子因為高衙內強姦未遂，罪不當誅，她認為丈夫沒必要去持刀拼命，同歸於盡，作無謂的犧牲。因此她勸阻林冲前去報仇，金聖歎表揚她不像有的女子，作死作活要丈夫報仇，認為這樣的妻子「表壯不如裏壯」的典範，具備必要的忍讓之智。林冲有大丈夫之剛烈，娘子有通情達理之繡腸，《水滸》常喜引用這兩句格言：『妻賢夫禍少』。「表壯不如裏壯」。林冲被發配滄州時，自知高氏父子必要置自己於死地，所以要休掉娘子，讓她自由嫁人，不要為了自己而無謂地犧牲青春。但娘子堅決不肯，她誓死忠於愛情，面對這樣真摯深情的妻子，兼之林冲也能夠想到：她即使再嫁，也難逃高衙內毒手，就答應維持婚姻。林冲被判配後，為了「掙扎回來廝見」妻子，事事儘量忍耐。他要掙扎著回家與妻子團圓。後在火燒草料場時，林冲看到陸謙等奉命來追殺，知道忍耐求活已經絕無可能時，林冲就不必忍耐了，他的所有狠勁一起爆發。他毫不猶豫地將其斬盡殺絕，毅然走上造反的道路。

　　再說林冲在滄州無意中與過去相救過的青年李小二重逢，從此常去他的酒店，受到這個知恩圖報的青年的款待，其妻則為他整治縫補衣服，給發配來此的林冲很大的幫助。陸謙自東京來此，約牢城的差撥、管營在李小二酒店秘議，被他看出端倪，派妻子耐心偷聽，立即報告林冲，讓林冲提高警惕。《水滸傳》描寫的這位酒家女子，他們夫婦感情深厚，一起幫助林冲，給人留下深刻的印象，而劉再復卻視而不見。

　　至於《三國演義》，因此書描寫政治鬥爭尤其是軍事戰爭，戰爭讓女人走開，故而女性人物很少。書中出現的幾位貴族婦女的品格和命運，都粉碎了劉再復的謊言。

　　關羽千里走單騎，護送劉備的甘麋兩夫人，敬護備至。

　　另有第三十四回「蔡夫人隔屏聽密語」和第四十回「蔡夫人議獻荊州」，敘述劉表的妻子蔡夫人多次提醒丈夫認清劉備圖謀荊州的言行。歷史上的劉表最初因長子劉琦相貌與自己甚為相像，十分寵愛他，後來劉表讓少子劉琮娶了蔡夫人的侄女為妻，蔡夫人因此喜愛劉琮而討厭劉琦，經常在劉表面前貶低劉琦誇讚劉琮。劉表寵耽蔡夫人，每每信而受之，打算立劉琮為繼承人。小說《三國演義》中，蔡夫人係劉表後妻、劉琮生母、蔡瑁之姐，其宗族皆掌荊州軍務。劉表與劉備敘論時，蔡夫人躲在屏風後竊聽。得知劉備勸劉表立長子劉

琦為嗣，又建議徐徐削弱蔡氏之權後，與蔡瑁商議剷除劉備。劉表重病時，欲立劉琦為荊州之主，蔡夫人大怒，與蔡瑁、張允關閉內外門，不讓劉琦進入。劉表死後，蔡夫人又與蔡瑁、張允假寫遺囑，令次子劉琮為荊州之主，蔡氏宗族分領荊州之兵。

歷史上和小說中的蔡夫人都受到丈夫劉表的寵愛，她有謀略和主見。小說將她改寫成心腸惡毒的婦人。但其尊貴的地位和指導兄弟掌權、行計的事蹟和情節都說明她是超越不少男性的智勇兼具的人物。

還有得到兒子、吳王孫權尊敬和言聽計從的吳國太，《三國志·吳夫人傳》載：「及（其子、孫）權少年統業，夫人助治軍國，甚有補益。建安七年，臨薨，引見張昭等，屬以後事。」小說中，赤壁之戰時，吳國太曾提醒孫權「外事不決問周瑜」。後來吳國太否定周瑜設下的美人計，最終將孫劉婚事促成。劉備劫持孫夫人逃回荊州後，當孫權準備以張昭之計攻伐荊州時，吳國太出面阻止，認為這是張昭在害自己女兒性命。吳國太對兒子有一言九鼎的威信。

吳國太的女兒孫尚香，東漢末年討虜將軍孫權之妹，曾為左將軍劉備之妻。史書《三國志》稱之為孫夫人。民間戲劇稱之為孫尚香。赤壁之戰後，孫權妹妹嫁給了劉備。孫夫人才智敏捷，剛強勇猛，有她兄長們的風範，《三國志·蜀書七·龐統法正傳》：「初，孫權以妹妻先主，妹才捷剛猛，有諸兄之風，侍婢百餘人，皆親執刀侍立，先主每入，衷心常凜凜；亮又知先主雅愛信正，故言如此。」身邊的一百多個侍婢，個個都執刀守衛在她身邊。即便是劉備這等人物，每次進入內房時，也都感到害怕恐懼。小說的描寫與史書相同。

《三國演義》中的這些女性人物，都如此強勢和多智，劉再復此書竟然說雙典中出現的她們，「幾乎沒有一個擁有健全的人性和心靈」，全是顛倒事實的錯誤觀點。

第三，《水滸傳》對婚外戀的描寫是高明的，精彩的。

中國古近代女性在愛情和婚姻方面，平凡的居多，不幸的也有，過著幸福生活的也很多。當代西方也如此。

誠如托爾斯泰在《安娜·卡列寧娜》（智量譯）開首說的：「幸福的家庭都彼此相似，不幸的家庭各有各的不幸。」幸福的家庭既然都彼此相似，因此文藝作品一般不寫或不著重寫幸福的家庭，而多寫不幸的家庭。不幸的家庭各有各的不幸，因此可以不斷寫出新意，吸引讀者閱讀。但是不幸的家庭，造成不幸的最大原因就是「出軌」，即「婚外戀」。婚外戀，上海的稱呼是「軋姘頭」，

《水滸傳》的稱呼是「偷情」。《水滸傳》描寫了三個婚外戀的故事，為了人物形象的塑造服務，是精彩的。

至於《包法利夫人》和《安娜‧卡列寧娜》整部小說寫的是女主人公的婚外戀，還用婚外戀的女主角的姓名用作書名，給予極度歌頌，以劉再復對待《水滸傳》的眼光，他應該也指責這兩部世界經典不寫幸福婚姻，專門寫婚外戀，還讓追求自由愛情的美人死得淒慘。可見劉再復評論文學作品，具有雙重標準。

劉再復此書先說：「兩部經典都在崇尚雄性暴力的同時蔑視、仇視雌性，砍殺和利用女性，從而展示了中國文化最黑暗的一面。」〔註39〕劉再復真正是閉著眼睛說瞎話，危言聳聽。兩書殺的最多的絕對是男性。兩書主要描寫的是造反起義和割據戰爭，都寫了大量的戰爭，在所有的戰爭描寫中，「兩部經典都在崇尚雄性暴力的同時蔑視、仇視」的，絕不是「雌性，砍殺和利用女性」，「蔑視、仇視和砍殺」的都是男性。即使赤壁戰爭，曹操二十萬大軍死傷過半，勝方也有不少犧牲者。兩書中死去的有名有姓的敵我雙方的將領，也大大超過了書中失去的女性人物，何況無名的士兵。

劉再復此書又說：水滸英雄「更是把婚外戀的女人視為頭等罪犯，皆判處死刑送入地獄」。〔註40〕全是違背事實的錯誤觀點。

劉再復此書還說，中國封建社會在「欲」字上「不平等」，也即男女受到不同的處理。〔註41〕

在《水滸傳》中婚外戀的犯事者，不僅女的遭殺，男的也被殺，一律平等。裴如海橫屍街頭、西門慶當街打死。首先要看到最後的結果是男女都死。至於閻婆惜，劉再復讀書不仔細，她不是因婚外戀死的，而是她敲詐不成，要向官府告發宋江通敵。宋江對她的婚外戀抱寬容的放任態度，從來不想追究。像宋江這樣的態度，歷史上有記載的是呂太后與審食其私通，漢高祖劉邦不予細察，因為是劉邦吩咐他在危難中照看呂雉母子，他陪著呂雉關押在項羽的屬地和軍中達兩年之久。劉邦去世後，呂雉的兒子漢惠帝和朝中大臣都公開認可他們的婚外戀。

此外，書中描寫的武松、石秀的殘殺方法，並非僅僅因為她們是女性而被

〔註39〕劉再復《雙典批判——對〈水滸傳〉和〈三國演義〉的文化批判》，第17頁。
〔註40〕同上，第64頁。
〔註41〕同上。

開胸破肚，對她們特別殘忍，而是因為殺西門慶和裴如海都十分倉促，無法「精工細作」，按武松和石秀的性格，有條件的話也會如此對待的。魯達打鄭屠也一樣，只用三拳，必須馬上逃離。可是鄭屠腦漿開裂，與開胸破肚是同樣慘烈的。當然，武松和石秀的行為是惡劣而殘忍的，這是他們的性格造成的，而不是他們仇視女性而給予特殊的「照拂」。

經典作品描寫婚外戀，都達到一個共同的藝術高度，即藝術地寫出婚外戀分外的精彩、刺激和快活，達到「家花不如野花香」的生動境界，但同時也都有一個共同的結局：沒有好下場。所以西方讀書界評為愛情小說第一的《安娜·卡列寧娜》，安娜·卡列寧娜火車臥軌自殺，這種自殺是非常淒慘的；評為第二的法國福樓拜《包法利夫人》，包法利夫人服毒自殺，這種自殺是非常痛苦的。她們這種殘酷、痛苦的結局，從本質上都是與《水滸》的描寫是一致的，劉再復視而不見，還讚譽《紅樓夢》對婚外戀的女性「報以最大的同情。秦可卿雖屬潘金蓮、潘巧雲式的婚外戀者，但她被視為頭號『可人』（可愛的美人），死後給予驚天動地的厚葬，被送入上（應為天）堂。曹雪芹的偉大之處，正是承認人類情慾的權利和情慾的合理性和合法性」。〔註42〕這種將婚外戀抬舉為偉大，固然荒謬絕倫，而劉再復亂評《紅樓夢》也令人吃驚。秦可卿得到人們的尊重和熱愛是因為賈府中地位最高、智慧又最高的長者賈母素知秦氏是極妥當的人，認為她「生得嫋娜纖巧，行事又溫柔和平，乃重媳中第一個得意的人」。（第五回）秦可卿的婆婆尤氏對金榮的姑媽說：「這麼個模樣兒，這麼個性情兒，只怕打著燈籠兒也沒處去找呢。」「她這為人行事，那個親戚，那個長輩不喜歡她？」從她死後託夢給鳳姐，警告家族未來衰亡的走向和自救方法，可見她智慧出眾，她連鳳姐也嚴厲教訓。而她的死是非常淒慘的，因亂倫洩密，沉痛自殺，小說寫得明明白白，劉再復還敢這樣信口開河，竟然說作者歌頌亂倫之戀而寫她的風光出喪。筆者著有《紅樓夢的人生智慧》〔註43〕，已做詳盡分析，此不贅述。

劉再復此書又說，「對於走出婚姻牢籠的『婚外戀』婦女，《紅樓夢》把她們送入天堂，《金瓶梅》把她們送入人間，《水滸傳》則把她們打入地獄」。〔註44〕《紅樓夢》寫秦可卿淒慘自殺，是把她送入天堂，已是純粹的亂說，而

〔註42〕同上。

〔註43〕周錫山《紅樓夢的人生智慧》，北京海潮出版社，2006年、上海錦繡文章出版社，2012年，即將重版。

〔註44〕劉再復《雙典批判——對〈水滸傳〉和〈三國演義〉的文化批判》，第70頁。

與賈璉鬧婚外戀的尤二姐、多姑娘，都被逼自殺，說她們也被送入天堂，豈非純粹的胡說！

劉再復在此書中不切實際地大肆吹捧《紅樓夢》，極力貶低雙典，一再說《紅樓夢》是天堂，雙典是地獄。從人間地獄和天堂的角度評論《紅樓夢》，將《紅樓夢》抬舉為天堂，純屬胡說八道。首先是邏輯不通。一部小說怎麼能成為地獄和天堂？一個人如果上升到天堂，就要投奔或鑽入《紅樓夢》或同類的經典小說中去？如果天堂能接受美好的靈魂，《紅樓夢》有接納的功能嗎？其次是與事實不符，《紅樓夢》裏的人物並非都具有美好的靈魂。即使具有美好的靈魂如晴雯和金釧，她們是死在天堂的嗎？這兩位美女即使不死，如願做了寶玉的小妾，就生活在天堂了嗎？

劉再復的著作中經常自相矛盾。為了抬高《紅樓夢》，他忘了自己前面說過，「中國婦女的命運」，就是「中國婦女的變形、變態、變質，中國婦女」「被剝奪、被壓迫、被摧殘、被殺戮、被吞食、被利用」的狀態，那麼《紅樓夢》中自殺的婚外戀婦女一直是生活在天堂的，非常幸福、榮光，她們難道不是「中國婦女」？

如果說到作者對婚外戀男女雙方的不平等處置，按照劉再復此書的邏輯，《紅樓夢》應該受到劉再復的批判，賈璉活得很滋潤，而與他稿搞婚外戀的尤二姐、多姑娘皆悲慘自殺。西方經典小說照理更應該受到劉再復的批判，而不是《水滸傳》。《安娜‧卡列寧娜》中姦夫沃倫斯基、《包法利夫人》中玩弄她的那些壞人，都活著，而女的都自殺，服毒而死的面容恐怖，這種不爽氣的死，比開膛剖腹更難受；而女主人公死在火車輪子底下，肯定已經開膛剖腹，與潘金蓮開膛剖腹一樣淒慘，福樓拜和托爾斯泰之心是何其毒也！即如《靜靜的頓河》中格里高利一以貫之地深愛阿克西妮婭，但女的在私奔途中吃槍子而死，男的活著回到家鄉。對劉再復來說，這種描寫是真正「不平等」的，劉再復卻都視而不見。劉再復讀書粗疏，記憶力差，所以評論作品顧此失彼，還不乏文不對題和胡言亂語，出版社不應該出版這樣的書。

綜上所述，劉再復關於「中國婦女的命運」，就是「中國婦女的變形、變態、變質，中國婦女」「被剝奪、被壓迫、被摧殘、被殺戮、被吞食、被利用」的狀態，這個論點是全盤歪曲和否定中國歷史，抹黑中華民族的罪惡行徑。在這個基礎上，劉再復此書胡說雙典中出現的婦女，「幾乎沒有一個擁有健全的人性和心靈」，是詆毀傳統經典，誤導中外讀者的荒謬之作！

3. 對中國文化和國民的錯誤認識。

劉再復此書尤其是最後的《雙典閱讀筆記一百則》，對雙典做了毫無根據的錯誤批判的基礎上，又對中國文化和國民做了全盤否定。

例如「對於中國的世道人心，危害最大的不是孔夫子，而是《三國演義》與《水滸傳》。四五百年來，造成中國國民性之黑暗的，不是前者，而是後者。「五四」新文化運動的一大失誤，是把前者作為主要打擊對象，而未把後者作為主要批判對象。放過了劉備、李逵、武松，抓住了孔夫子，放過了張青、孫二娘的人肉飯店，抓住了儒家的『孔家店』。批孔未必能推動新人性的產生，批『三國』、『水滸』卻可以守住道德底線。」〔註45〕

張青、孫二娘的犯罪行為，古今中外都有，在中國古今都不是普遍性的現象。劉備的仁義，李逵、武松嚮往正義的描寫，劉再復予以全部抹煞，並因而上升到中國的文化經典（孔家店）和中國國民沒有道德底線，或者說未能「守住道德底線」，如此污蔑中國，是觸目驚心的。

例如：「三國時期的道德是畸形的，除了對『義』特別敏感之外，對其他的道德品格均缺乏敏感。特別是對誠實、正直、善良這些人類的基本品格更是缺少敏感與敬意。……中國的生存智慧也只往生存『工夫』的方向發展。權術、心術、詭術，均有工夫，但無境界。」〔註46〕此論在毫無根據地否定三國時期基礎上，隨意擴大到中國的「生存智慧」給以徹底否定。按此觀點，中國的生存智慧是錯誤的，完全活該被西方列強用暴力加陰謀手段消滅。

三、方法論的錯誤

《雙典批判》的評論方法都是錯誤的，僅舉三例。

1. 以點蓋面，以偏概全。

《水滸傳》中僅李逵不近女色，他和武松有嗜殺傾向，劉再復就擴大到《水滸傳》全書「由於根深蒂固仇視女性的理念和情節作祟，因此，水滸的主要英雄李逵、武松便形成兩項大特徵，一是嗜殺，二是不近女色，後者成立了英雄的信條」。李逵和武松殺人絕不是「由於根深蒂固仇視女性的理念和情節作祟」，他們並不只殺女人，而是男女都殺。不近女色更沒有成為「英雄的信條」。

〔註45〕劉再復《雙典閱讀筆記一百則》第 25 則，《雙典批判》，第 213 頁。
〔註46〕同上第 94 則，同上，第 244 頁。

至於「在《水滸傳》，誰不近女色，誰就佔領道德的制高點，誰就是法官。李逵在梁山泊中就是這樣的大法官」。〔註47〕則毫無根據，完全是隨意性的錯誤立論。

2. 雙重標準。

雙重標準是指對同一性質的事情，會根據自己的喜好、利益等原因作出截然相反的判斷或行為。

劉再復在書中聳人聽聞地說：「兩部經典都在崇尚雄性暴力的同時蔑視、仇視雌性，砍殺和利用女性，從而展示了中國文化最黑暗的一面。」〔註48〕不僅是對雙典的污衊，也是對中國文化的污衊。中國文化絕沒有這個「最黑暗的一面」。

劉再復在書中又說：如果說，《紅樓夢》是真正的「人」的文化，那麼「雙典」則是「『非人』文化，是人任人殺戮的文化。……集團之外的人不是人，女子不是人，兒童不是人。」〔註49〕中國文化絕沒有這樣的觀點，更沒有這樣的歷史事實。這也是對中國文化的污衊。

具有「『非人』文化，是人任人殺戮的文化。……集團之外的人不是人，女子不是人，兒童不是人」的是美國統治者和歐洲殖民者。

16 世紀後來到美洲的歐洲殖民者帶給當地原住民印第安人是毀滅性的災難。「美國四大國父」中的華盛頓說：「用印第安人的皮可做出優質的長筒靴。」傑斐遜說：「美國必須滅絕印第安人。」林肯說：「美國應每 10 分鐘屠殺一名印第安人。」羅斯福說：「只有死掉的印第安人才是最好的印第安人。」自 1776 年美國宣布獨立後，美國政府先後發動了超過 1500 次襲擊，攻打印第安部落，屠殺印第安人，佔領他們的土地，罪行罄竹難書。1814 年，美國頒布法令，規定每上繳一個印第安人的頭蓋皮，美國政府將獎勵 50 至 100 美元。弗雷德里克·特納在 1893 年發表的《邊疆在美國歷史上的重要性》中承認：「每條邊疆都是通過一系列對印第安人的戰爭而獲得的。」在 19 世紀的近百年時間裏，美國軍隊通過西進運動侵佔了印第安人幾百萬平方公里土地。到了 1900 年，全美印第安人從白人殖民者到來前的 500 萬陡降至 25 萬人。

而中國歷代統治者和漢族人民善待異族、善待俘虜的史實，拙著《漢匈戰

〔註47〕劉再復《雙典批判——對〈水滸傳〉和〈三國演義〉的文化批判》，第 65 頁。
〔註48〕同上，第 17 頁。
〔註49〕同上，第 18 頁。

爭全史》（《漢匈四千年之戰》的升級版）〔註50〕具體記敘漢武帝、唐太宗和漢唐統治者善待匈奴和突厥俘虜之事蹟，並總結中國和漢族人民善良熱情、熱愛和平，又不畏強敵，並最終戰勝之的偉大的民族精神。

前已言及劉再復說水滸英雄「更是把婚外戀的女人視為頭等罪犯，皆判處死刑送入地獄」。事實是水滸英雄將陷入婚外戀的男女都殺，而只讓女人送入地獄的是西方小說。

反傳統主義者和一切錯誤思潮的制作者一樣，評判事物都持雙標。劉再復在書中讚美「奧德賽」之路（回歸）比「伊里亞特」之路（出征）更艱難，尤其是內心的奧德賽之路，它必須戰勝心中賊，必須戰勝各種欲望。又讚美莎士比亞劇本譴責陰謀殺人奪權的麥克白，而無視雙典的勸善殺惡的主旨。對此，本文下面另做分析和評論。

3. 脫離實際，隨意評論。

劉再復此書批判「雙典」之中，英雄文化和女性文化遭到嚴重的異變和偽形化，摧毀生命、踐踏法律、扼殺人性、泯滅誠心成為它們的主題。「英雄」在「雙典」中被簡單地理解和描畫為兇殺暴虐之徒、姦邪狡詐之輩，這與劉邵在《人物志》中定義「英雄」這一概念的說法「聰明秀出謂之英，膽力過人謂之雄」完全不可同日而語。讀者對暴力所持的尊尚通過《水滸傳》對「好漢」行為的「痛快」描述顯得更加合理，在一個大目標的前面，任何個體的犧牲和個性的喪失都是一種可以完全被「好漢」無視的暫時性過程，對渺遠目的的瘋狂追求與對此一目的正義性的盲目崇拜令「好漢」從不關心身邊那些真實存在的鮮活的生命個體——試問這是真英雄該有的行為和思路嗎？黃波先生在《說破英雄驚殺人》一書中《小衙內之死·一種集體無意識》裏極敏銳地指出這一現象：「中國人總愛在某種目的正義的眩惑下迷失，因此不願去追問手段如何。」確然如此，梁山泊山頭上「替天行道」的大旗掩蓋的正是一些「好漢」們瘋狂、無誠、失心的獸性本質。〔註51〕

以上批判雙典的觀點，都不符合雙典的描寫事實，以個別事例擴大到全書的錯誤評論。

此外，劉再復此書全盤否定小說所描寫的謀略，評論者指出：詭術，詐技

〔註50〕周錫山《漢匈四千年之戰》，上海畫報出版社，2004 年、上海錦繡文章出版社，2012 年，《漢匈戰爭全史》，上海三聯書店即出。

〔註51〕暨南大學谷卿《找尋文化的真實原形》，《博覽群書》，2010 年 12 月。

也。原屬歹人的陰謀之伎倆，不值得詳說。但是，讀了劉再復的新著《雙典批判》之後，於驀然回首之際，我發現，中國人的「詭術」裏大有乾坤，甚至隱藏著某些智慧的變異，頗有演繹一番的必要。在《雙典批判》中，面對經典名著《三國演義》和《水滸傳》，劉再復一針見血地指出：「這兩部作品，固然是『大才子書』，但又是『大災難書』。一部是暴力崇拜；一部是權術崇拜。兩部都是造成心靈災難的壞書。」〔註52〕

劉再復及其追隨者不懂兩書描寫反貪官和政治、軍事中的智勇雙全，顯示了中華民族是勇敢的富於智慧的民族，贏得東西方各國讀者的熱愛。兩書全部精彩的內容，全是天才作家的虛構，充溢著狂歡精神和遊戲精神，給了讀者以極大的精神愉悅；中外讀者從中也能學習和汲取智慧，甚至作為商戰的教材。

又有評論者說：「《水滸傳》蘊含太多的精神毒素，其價值取向與現代文明很不合拍，甚至格格不入。比如說，人文精神和法治精神是現代文明的基石。人文精神主要體現為對生命的關愛和尊重，可是大多數水滸人物身上都不具備人文精神，正是這種精神的缺失，使他們成為他人的地獄。貪官污吏且不說，就說梁山泊好漢吧。除了朱仝為小衙內被殺感到傷痛與愧疚外，許多好漢對他人的生命缺乏最起碼的尊重。武松在鴛鴦樓將張都監全家老小趕盡殺絕之後，居然沒有絲毫自責，為殺人報復心安理得；李逵在江州劫法場『只顧砍人，一斧一個，排頭兒砍將去……』他只感覺爽快，像小孩打電子遊戲一樣快樂。至於法治精神，主要體現為尊崇法律和依法辦事。在《水滸》裏面，不管發生了什麼事情，人們不按程序和規則出牌，不借助正當的法律手段解決問題。更多的時候，他們是憑藉哥們義氣和金銀賄賂來「擺平」，這兩招不管用了，就只好訴諸暴力，用拳頭來說話。」〔註53〕

關於亂殺無辜、亂用暴力問題，《水滸傳》真實寫出農民起義的局限、古代造反者的局限，給當代讀者以啟發和警示。但是我們不能因此以偏概全，將古代的仁義之師全盤否定。而且，拙文《〈水滸傳〉的思想價值和社會意義論綱》指出：有的農民起義「殘民害民，軍紀極壞，等等，都牽涉到農民起義的軍紀問題」。「不僅在古代，現代的戰爭也存在著這個問題。除了極少數仁義之師，即使在正義的戰爭中，遭殃的也往往是平民老百姓。從二次大戰美軍、蘇

〔註52〕洪治綱《說詭術》，《中華讀書報》，2011年4月6日。
〔註53〕陳良《〈水滸傳〉，一部有待解毒的名著》，《群言》，2012年第9期。

軍的表現看當代軍隊的軍紀和平民在戰爭中的遭遇。」「以美軍為例,在諾曼第登陸的美軍在攻打納粹的同時,強姦眾多法國婦女,騷擾百姓之事也很多,給歐洲人民留下不少傷害。盟軍在對納粹德國空襲時」,「目的是為了最大限度地殺傷德國工人,至少也要使他們無家可歸,以使德國的戰爭機器癱瘓下來。在戰後美國空軍領導人仍然認為這個計劃是有效的和正確的」。這是劉再復書中深惡痛絕的李逵殺小衙內,逼朱全造反的現代升級版和擴大版。「還有盟軍對既非軍事目標,又非工業目標的德國文化古城德累斯頓的毀滅性轟炸,將這座歷史悠久的文化古城夷為平地,造成了幾十萬德國平民的傷亡,其目的似乎只是為了報復」〔註 54〕。另如,蘇軍攻克柏林後的暴行:德國導演馬克斯·法貝爾布克的《柏林的女人》(2008)就是根據德國女記者同名日記體作品(2003 年再版)改編的歷史題材電影,但是更重要的史學研究背景應該是英國軍事歷史學家安東尼·比弗於 2002 年出版的《柏林:1945 年淪陷》〔註 55〕該書第二十七章所描述的情景在銀幕上真切地再現,搶劫、強姦、隨意的槍決,而蘇聯軍隊和宣傳機器大量地使用了「解放」這個詞來指稱這段進程,德國人則習慣把這個時刻稱作「零點」。影片中美麗的女記者在一片黃褐色的紅軍背景中孤傲地挺立著一抹普藍,象徵著人性中最深的傷痛。〔註 56〕美蘇的軍隊傷害平民的罪行,比《水滸傳》中虛構的農民英雄所做的壞事,要嚴重得多多,規模大得多多。

至於看客問題,看看魯迅是怎麼評論的。20 世紀初,魯迅在日本看教學電影時,「我竟在畫片上忽然會見我久違的許多中國人了,一個綁在中間,許多站在左右,一樣是強壯的體格,而顯出麻木的神情。據解說,則綁著的是替俄國做了軍事上的偵探,正要被日軍砍了頭顱來示眾,而圍著的便是來賞鑒這示眾的盛舉的人們。」魯迅看後極其憤慨和痛心,他說:「凡是愚弱的國民,即使體格如何健全,如何茁壯,也只都做毫無意義的示眾的材料和看客,病死多少是不必以為不幸的。所以我們的第一要著,是在改變他們之精神。」〔註 57〕魯迅看到這次圍觀殺人現象後,受到精神刺激之大,難以言喻。他因此

〔註 54〕 參見王炎《從「虐俘」談「帝國」的內部矛盾》的評論,《讀書》,2005 年第1 期。

〔註 55〕 中譯本書名為《攻克柏林》,王寶泉譯,海南出版社,2008 年。

〔註 56〕 參見李公明《在阿諛奉承與……空洞的抗議之間》,上海《東方早報》,2009 年7 月 19 日。

〔註 57〕 魯迅《吶喊·自序》。

而徹底改變專業方向，棄醫從文，參加並參與領導了改變中國國民靈魂的鬥爭，成為新文化運動的主將。

回到李逵面臨的江州看客，密密麻麻地湧在周圍觀看。李逵劫了法場，要背著宋江迅速撤離，但看客堵著退路不肯讓路，官兵馬上要殺來，李逵只能揮斧殺開一條血路，否則只能束手就擒。魯迅認為圍觀殺人的看客，病死是應該的，與李逵殺死看客的想法是一樣的。

劉再復以研究魯迅起家，卻徹底忘記魯迅關於看客的著名觀點，這樣的學者不能正常著書立說，只能信口開河。

更需要指出的是，劉再復所在的美國發生著名案件，指控「阻礙災難中逃亡，就是有罪」。

新華社 2008-02-05《妨礙人們火裏逃生　攝影師同意賠鉅款》：

新華社北京 2 月 4 日電：2003 年美國羅得島州一家夜總會發生火災，100 人不幸喪生。被指控妨礙人們逃生的一家電視臺和一名攝相師日前與幸存者和受害者家屬達成了賠償 3000 萬美元的暫時性協議。

火災發生在 2003 年 2 月 20 日，原因是一支搖滾樂隊使用的煙花點燃了舞臺四周非常易燃的隔音泡沫。WPRI 電視臺的攝相師巴特勒當時正在這家位於西沃里克的夜總會拍攝有關公共場所安全狀況的情況。受害者的律師指控巴特勒妨礙了人群從前門逃生。

《水滸傳》有描寫吃人和人的內臟的場面，這是真實反映人類古代生活中的「馬克思主義經典作家稱之為『食人之風』的世界性現象」〔註58〕。西方古代直到近代也有同樣的兇惡之人喜歡吃人，文學作品即使童話作品也有記敘和描寫。例如《格林童話》：

佩羅版的睡美人卻還要經受王子將她金屋藏嬌、秘而不宣的考驗，好不容易熬成皇后了還要遭受皇太后的迫害，差點被煮成人肉湯……

（《格林童話》）《檜樹的故事》為了鞭撻後母不惜細緻描寫其屠戮繼子的全過程，「人肉羹」的嗆人氣味充溢字裏行間，這個兇猛的故事歷經六次修訂，仍未被格林兄弟捨棄，倒是托爾金發現後來的選本有時會拿掉或者改寫這一篇；根據《藍鬍子》改編的《菲策爾的

〔註58〕曲家源《水滸傳新論》，中國和平出版社，1995 年，第 63 頁。

鳥》增添了浴盆裏被「砍成碎塊」的屍體；同樣的碎塊也出現在《強
盜新郎》的第二版裏，格林兄弟嗜血之餘甚至沒有失去幽默感，安
排歹徒在碎塊上「撒好鹽」……〔註59〕

關於劉再復說的「這兩部作品，固然是『大才子書』，但又是『大災難書』。
一部是暴力崇拜；一部是權術崇拜。兩部都是造成心靈災難的壞書。」《水滸
傳》是「暴力崇拜」，是「大災難書」。〔註60〕是非常片面的錯誤貶低。《水滸
傳》和《三國演義》描寫的是造反和戰爭，當然有暴力場面和鬥智描寫，古今
中外的同類小說都應該是這樣的。

前已提到劉再復崇拜的西方最早的文學經典、古希臘《荷馬史詩》就是如
此。其主角阿喀琉斯在戰場上是殘暴的，甚至在殺死赫克托耳之後，對他的屍
體百般凌辱，像一個孩子一樣不依不饒。奧德修斯在爭鬥中機智、多謀、狡猾
而又多疑。他對妻子也採用欺詐、試探的手段，甚至對天神也如此。史詩對這
些是當做正面的品質加以歌頌的。這在當時條件下並不算是不正當的行為。恩
格斯曾經指出，全部《伊利亞特》是以阿客琉斯和阿伽門農爭奪一個女奴的糾
紛為中心的。掠奪光榮，敢於掠奪者才是英雄，這種思想傾向顯然適合當時奴
隸主貴族的胃口。

西方文學自《荷馬史詩》到當代名著，描寫智謀和暴力的例子不勝枚舉，
僅舉一例：

法國福樓拜《薩朗波》小說結尾處在處死馬托的場面更是慘絕人寰：人們
一把把拔下俘虜的頭髮，一點點摳掉他的肉，有人用綁著海綿的棍子沾上穢物
往俘虜的臉上拍打，用燒紅的鐵條按在俘虜的傷口上。俘虜昏倒在地後，每次
總被一種新的酷刑逼迫著他們重新站起來。有人把沸油滴到俘虜的身上，還有
人把碎玻璃撒在他們的腳下，最後，一刀剖開俘虜的胸脯，挖出心來。司祭把
俘虜的心高舉起，獻給太陽。

至於劉再復聳人聽聞地說雙典是「大災難書」，極度否定《三國演義》和
《水滸傳》，不僅觀點是荒謬的，而且是違反閱讀效果的事實的——中外古今讀
者對兩書的極度喜愛，青年讀者受到兩書的教育，就有力否定了劉再復這種無
理取鬧的荒謬觀點。國際創價學會會長、日本創價學會名譽會長、國際著名學

〔註59〕黃昱寧《童話「兇猛」？》，上海《東方早報》，2011年1月30日。
〔註60〕劉再復《雙典批判：對〈水滸傳〉和〈三國演義〉的文化批判》，生活·讀書·
新知三聯書店，2011年，第5頁。

者、宗教家、聯合國和平獎和人道主義獎獲得者池田大作（1928～2023）說：

《三國演義》《水滸傳》對日本的影響也是很深的。

在中國和日本的民間，《水滸傳》與《三國演義》同是最受歡迎的作品。我從青年時代起就在戶田先生創立的「水滸會」這個培養青年的聚會中受到其薰陶，這當然是取自《水滸傳》之名。

在取之不竭的浩瀚的中國文學中，《三國演義》是格外閃耀著光芒的作品，我也是從青年時代就一讀再讀的，是深受吸引的讀者中的一個。

我有一個直覺的印象，總覺得《三國演義》和《水滸傳》都是宣揚「王道」的，否定所謂「霸道」，在權勢者的凌辱欺壓下，那種追求「倘有這樣的英雄豪傑」、「倘有這樣的除暴安良之處」，正是在這樣的夢想之中才產生出《水滸傳》——那是真摯地反映出當時民眾的願望的文學作品。

眾所周知，《水滸傳》全書乃是一個虛構的故事，只有其首領宋江遺事在史書中有記載。經過數百年的增改渲染，由民間傳說的英雄故事演變成現在所見到的小說模樣。從寥寥無幾的文字記載衍化成這樣氣勢雄渾的史詩般的小說，無論作者有多麼豐富的想像力，如果沒有一代代群眾的支持，也是不可能得到如此成功的。如果舉例，可把英雄們聚居之地梁山泊看作是人們的理想之鄉，在梁山泊裏有農作、屠宰、養蠶等日常生活的各種描寫。這意味著，《水滸傳》與權勢壓迫無緣而追求自由自主的世界，不正表現了大眾這種內心憧憬的世界嗎？

《三國演義》的魅力根源究竟來自何方？其宏大舞臺是由何處開始的？其人物形象之栩栩如生表現在哪一方面？在談到文學中具體人物的名字時最令人銘刻難忘。至少，我認為這是中國文學傳統中的特質，《三國演義》是最具這個特質象徵意義的作品。它塑造出這樣的人物：智慧之人——諸葛亮，仁德之人——劉備，霸道之人——曹操，剛毅果斷之人——孫權。更有：信義英雄——關羽，真情的豪傑——張飛，英勇的戰將——趙雲，等等。一個個都堪稱是中國在陸孕育出來年氣宇軒昂的人物形象，而每一俱都是一部「史詩」和小說。這部作品長期以來在朝鮮半島和日本受到歡迎，其眾

多的英雄就構成扣人心弦的「史詩」和「小說」吧！

《三國演義》超越了時代，吸引許許多多的人則是不爭的事實。

我的恩師戶田先生也正是運用《三國演義》使我們有機會成長與獲得啟發。指導者論，人間觀、歷史觀——它們一個一個都是我們不可取代的青春的財富。特別是在孔明與劉備所代表的「王道」與曹操的「霸道」相爭的對比之中，恩師曾說過：「諸葛亮、劉玄德是理想主義者」、「《三國演義》中，曹操宛如現實主義者，有一種非要打敗他們那些理想主義者的悲哀。」他的話語鏗鏘有力，至今猶在耳邊迴響。

人們在諸葛亮身上所寄託的思念，正是祈願正義必勝的萬古不易的人類心理啊！〔註61〕

劉再復極度崇拜的《荷馬史詩》的有關描寫揭示了古希臘英雄的陰險殘暴和戰爭的殘酷慘烈，聯合國和平獎和人道主義獎獲得者、國際文化權威學者池田大作的以上言論，徹底粉碎了劉再復及其追隨者污蔑雙典的謬論。

三聯書店作為著名的出版機構不應該出版這種否定傳統經典的拙劣的書籍，並大做宣傳，招搖過市，誤導讀者。

劉再復《雙典批判》可謂滿紙荒唐言，仔細地具體地一一批判，篇幅太大，也無意義，因此本文擇要選擇一些重要的錯誤論點做簡要批評，以正視聽。

〔註61〕《探求一個燦爛的世紀——金庸與池田大作對話錄》，北京大學出版社，1998年，第 297～330 頁。

貳、藝術和美學新論

《水滸傳》的神秘主義描寫述評 〔註1〕

　　本文是筆者首創的「神秘現實主義和神秘浪漫主義的創作方法」的系列論文之一，已經發表的論文有《戲曲中的神秘現實主義和神秘浪漫主義描寫略論》（2008 香港中文大學《「傳統戲曲與小說國際研討會」論文集》，牛津大學出版社，2009年）；《宗璞小說中的神秘主義題材和表現手法試論》（復旦大學宗璞小說研討會論文，法國巴黎：《對流》第 5 期，2009 年）和《〈牡丹亭〉和三婦評本中的夢異描寫述評》（2007・浙江遂昌《湯顯祖國際研討會論文集》，西泠書社，2009 年）；《〈史記〉、〈夷堅志〉和今人名著中的占卜描寫述評》（廬山文化國際研討會論文），已經出版的專著有《神秘與浪漫——文學名著中的氣功與特異功能》（百花洲文藝出版社，1999年）等。

　　神秘主義文藝作品描寫的是妖魔鬼怪、仙法魔法、奇異夢幻、星相占卜和特異功能等。凡是作者和部分讀者對書中描寫的此類內容相信是事實的，屬於神秘現實主義；作者和讀者都認為書中描寫的此類內容不可能是真實的，是藝術想像和虛構的產物，即屬神秘浪漫主義。

　　《水滸傳》是一部現實主義和浪漫主義結合的藝術巨著，《水滸傳》也非常喜歡運用神秘現實主義和神秘浪漫主義的手法，故而書中也頗多神秘現實主義和神秘浪漫主義的描寫，並取得很好的藝術成就，值得我們探討研究。

　　《水滸傳》的此類描寫分為以下五類。

〔註 1〕《水滸爭鳴》（中國水滸學會會刊）第 12 輯，團結出版社，2010 年；中國社會科學院文學研究所「中國文學」網轉載。

一、鬼魂描寫

描寫鬼魂的作品，最常見的是鬧鬼，金聖歎本（下同）第十三回《赤髮鬼醉臥靈官殿　晁天王認義東溪村》介紹晁蓋的來歷時，記敘他的一件鎮伏鬧鬼的往事：「鄆城縣管下東門外有兩個村坊，一個東溪村，一個西溪村，只隔著一條大溪。當初這西溪村常常有鬼，白日迷人下水，聚在溪裏，無可奈何。忽一日，有個僧人經過。村中人備細說知此事。僧人指個去處，教用青石鑿個寶塔放於所在，鎮住溪邊。（金批：亦暗射石碣鎮魔事。）其時西溪村的鬼都趕過東溪村來。那時晁蓋得知了，大怒，從溪裏走將過去，把青石寶塔獨自奪了過來，東溪邊放下。（金批：亦暗射開碣走魔事。）因此，人皆稱他做托塔天王晁蓋。獨霸在那村坊，江湖都聞他名字。」

小說描寫晁蓋膽大氣壯，為征服鬧鬼，反抗僧人幫助鄰村的法力，利用僧人的法力為自己鎮鬼。用這一件奇事，刻畫晁蓋的剛烈性格和行事魄力，說明他在江湖上的威望。

第二十六回《母夜叉孟州道賣人肉　武都頭十字坡遇張青》描繪張青夫婦款待武松，介紹他們殺錯人的後悔，談及他們殺害了一位頭陀後，獲得他的兩把雪花鑌鐵打成的戒刀。一直存放身邊，張青夫婦還感慨：「想這頭陀也自殺人不少，直到如今，那刀要便半夜裏嘯響。」這是鬧鬼的一種表現，卻寫得富於氣勢，既為戒刀生色，此刀即將由張青、孫二娘夫婦贈送武松，也為武松生色。張青夫婦在臨別時贈送武松珍貴的戒刀，成為武松陪伴一生的武器，小說先做有力鋪墊，手法高明。

第二十五回《偷骨殖何九送喪　供人頭武二設祭》描寫武松自東京回來是，其兄武大已經亡故，所以「武松自東京回來時，於路上只覺神思不安，身心恍惚，趕回要見哥哥，金批說：「寫武二路上，便寫得陰風襲人。」揭示這種神秘的心靈感應現象，在書中寫得使人毛骨悚然。

另有鬼魂現身也是常見的情節，此回，另又細寫武松靈前守夜的奇景。作者善於渲染夜半的陰森恐怖，小說寫武松在靈臺前睡不著，半夜，「武松爬將起來，看那靈床子前玻璃燈半明半滅；側耳聽那更鼓時，正打三更三點」。金批：「先寫此兩句，使讀者黑黑魆魆，先自怕人。」接著，只見靈床子下捲起一陣冷氣來，盤旋昏暗，燈都遮黑了，壁上紙錢亂飛。那陣冷氣逼得武松毛髮皆豎，定睛看時，只見個人從靈床底下鑽將出來，叫聲「兄弟！我死得好苦！」武松聽不仔細，（金批：只如此妙，若出俗筆，便從頭告訴一遍，非惟無理，兼令文

章掃地矣。）卻待向前來再看時，並沒有冷氣，亦不見人；自家便一交顛翻在席子上坐地，（金批：好。）尋思是夢非夢，回頭看那士兵時，正睡著。（金批：回睃一句，文勢環滾。）武松想道：「哥哥這一死必然不明！……卻才正要報我知道，又被我的神氣沖散了他的魂魄！……」（金批：借武二口自注一句。）（金聖歎的夾批顯示金聖歎改動了原文，並批評原文不符合生活真實。）《水滸》善於發揮神秘主義的描寫手段，以渲染氣氛，增強情節的波瀾，這裡再一次讓讀者享受到神秘、恐怖氣氛的出色審美效果。

第六十四回《托塔天王夢中顯聖　浪裏白條水上報冤》，先是描寫晁蓋的陰魂出現：

宋江率軍攻打大名府，久攻不下，一連數日，急不得破，宋江悶悶不樂。是夜獨坐帳中，忽然一陣冷風，刮得燈光如豆；風過處，燈影下，閃閃走出一人。宋江抬頭看時，卻是天王晁蓋，（夾批：寫得怕人。）卻進不進，叫道：「兄弟，你在這裡做甚麼？」（夾批：妙絕妙絕，只一句，便將宋江不為報仇之罪直提出來。）宋江吃了一驚，急起身問道：「哥哥從何而來？冤仇不曾報得，中心日夜不安；（夾批：宋江不為晁蓋報仇偏不用他人聲罪，偏是宋江自責，可謂業鏡臺前，神識自首矣。）又因連日有事，一向不曾致祭；（夾批：不報仇已不可說，乃至不致祭，彼宋江之於晁蓋，殆何如也？寫得深文曲筆，妙不可言。○不報仇無明文，自晁蓋死至此凡四卷，皆其文也。恐人讀而不能明正其罪，故特於此寫其自責，而又別添不致祭三字以重之，筆法真止妙絕。）今日顯靈，必有見責。」晁蓋道：「兄弟不知，我與你心腹弟兄，我今特來救你。如今背上之事發了，（眉批：「背上之事」四字定罪分明。）只除江南地靈星可免無事，兄弟曾說：『三十六計，走為上策。』今不快走時，更待甚麼？倘有疏失，如之奈何！休怨我不來救你。」（夾批：句句用宋江私放晁蓋語，乃至不換一句者，所以深明宋江背反之志，實自私放晁蓋之日始也。）宋江意欲再問明白，趕向前去說道：「哥哥，陰魂到此，望說真實！」晁蓋道：「兄弟，你休要多說，只顧安排回去，不要纏障。我便去也。」（夾批：句句用私放晁蓋語，不少一句。）宋江撒然覺來，卻是「南柯一夢」，便請吳用來到中軍帳中；宋江備述前夢。吳用道：「既是天王顯聖，不可不信其有。目今天寒地凍，軍馬亦難久住，正宜權回山，守待冬盡春初，雪消冰解，那時再來打城，亦未為晚。」（夾批：亦不全信天王，妙甚。一見宋江、吳用平日初未嘗以天王為意，一則大軍進退庶不同於兒戲也。）宋江道：「軍師之言雖是，只是盧員外和石秀兄弟，陷在縲絏，度日如年，只望我等兄弟來救。不爭我們回去，誠恐這廝們害他性命。此事進退兩難，如之奈何？」當夜計議不定。

接著描寫宋江在軍中癰疽發作，張順趕至建康府，請神醫安道全前來救治。過長江時，張順因勞累疲乏，在船中沉睡，被強盜捆綁，他連聲叫道：「你只教我囫圇死，冤魂便不來纏你！」他利用人們相信冤鬼報仇的迷信，引誘強盜將他活著丟到江中，而他的水中本領高強，迅即自救脫身。

二、神仙形象

本書楔子《張天師祈禳瘟疫　洪太尉誤走妖魔》敘述洪太尉奉聖旨到江西道教名山懇求張天師做法，祈禳瘟疫。張天師為了考驗洪太尉的誠意，變化了凶虎猛蛇，威嚇這個貪官。

宋江於還道村，遇見九天玄女娘娘，並受贈天書。

這兩個仙、道的形象都生動而精彩，另有羅真人，則更顯精彩，本文有專節論述。

《水滸傳》描寫佛教中的高人，有五臺山文殊院的長老智真。當金翠蓮的丈夫趙員外送魯達到五臺山文殊院出家時，只見首座與眾僧自去商議道：「這個人不似出家的模樣。一雙眼卻恁兇險！」於是首座眾僧稟長老，說道：「卻才這個要出家的人，容貌醜惡，相貌凶頑，不可剃度他，恐久後累及山門。」長老道：「他是趙員外檀越的兄弟。如何撇得他的面皮？你等眾人且休疑心，待我看一看。」焚起一柱信香，長老上禪椅盤膝而坐，口誦咒語，入定去了；一炷香過，卻好回來，對眾僧說道：「只顧剃度他。此人上應天星，心地剛直。（金聖歎夾批：維摩詰經云：菩薩直心是道場，無諂曲眾生來生其國。長老深解此言。）雖然時下凶頑，命中駁雜，久後卻得清淨。證果非凡，汝等皆不及他。可記吾言，勿得推阻。」

魯智深大鬧五臺山，不能再留在此寺了，長老道：「智深，你此間決不可住了。我有一個師弟，見在東京大相國寺住持，喚做智清禪師。我與你這封書去投他那裏討個職事僧做。我夜來看了，贈汝四句偈子，你可終身受用，記取今日之言。」智深跪下道：「洒家願聽偈子。」長老道：「遇林而起，遇山而富，遇州而遷，遇江而止。」

智真長老的這個偈語，即預言，正確預測了魯智深今後的命運。

三、妖魔形象

本書楔子《張天師祈禳瘟疫　洪太尉誤走妖魔》敘述洪太尉不聽勸阻，硬是打開鎮魔封條，結果放出妖魔。小說寫得驚心動魄，是人們熟知的故事。

四、占卜描寫

占卜描寫是小說和戲劇非常喜歡運用的，我已撰寫《〈史記〉、〈夷堅志〉和今人名著中的占卜描寫述評》一文略作梳理和評論。《水滸傳》也寫了占卜，最有趣的是吳用化妝為相士，帶著李逵到盧俊義府中誆騙，誘使盧俊義離家「避難」，從而尋機將他「請」上梁山，逼使其入夥。這次占卜及其前後過程的描寫，具體、細膩、精彩，富於懸念，幽默有趣，具有大手筆的藝術魅力。

另一例是第六十七回《宋公明夜打曾頭市　盧俊義活捉史文恭》第十一段，宋江密與吳用商量，教取關勝、徐寧、單廷圭、魏定國，下山協助。宋江又自己焚香祈禱，暗卜一課。吳用看了卦象，今夜有賊兵入寨。設下伏兵。至夜，史文恭等果然來襲，中計敗歸。曾索在黑地裏被解珍一鋼叉搠於馬下。

另有運用特異功能的預測，見下文。

五、特異功能和仙法魔法描寫

仙法魔法，實際上就屬於「特異功能」的範疇，但施行者不是氣功師，而是仙道和妖魔。《水滸傳》的特異功能和仙法魔法描寫，佳例很多，取得非常高的藝術成就。其重要內容有：

真實有趣的神行太保戴宗

戴宗的外號為「神行太保」，因為他一天能走五百或八百里，具有「神行」的工夫。「太保」則是神巫的古稱。

戴宗原在江州充做兩院押牢節級，是一個看管監牢的小吏。他是吳用的至愛相識。宋江被刺配去江州時，吳用修書給戴宗，讓宋江帶去，拜託他照顧宋江。吳用向宋江介紹戴宗其人說：「為他有道術，一日能行八百里，人都喚他做神行太保。」宋江在江州與戴宗相見時，作者從敘述人的角度再次介紹說：「原來這戴院長有一等驚人的道術：但出路時，齎書飛報緊急軍情事，把兩個甲馬拴在兩隻腿上，作起神行法來，一日能行五百里；把四個甲馬拴在腿上，便一日能行八百里。因此人都稱做『神行太保』戴宗。」

宋江在江州潯陽樓吟題反詩事發後，蔡九知府即命戴宗星夜趕到東京報信。戴宗奉命後「出到城外，身邊取出四個甲馬，去兩隻腿上，每隻各拴兩個，口裏念起神行法咒語來……當日戴宗離了江州。一日行到晚，投客店安歇，解下甲馬，取數陌金紙燒送了。過了一宿，次日早起來，吃了酒食，離了

客店，又拴上四個甲馬，挑起信籠，放開腳步便行。端的是耳邊風雨之聲，腳不點地」。另一次，李逵隨戴宗一同急行，戴宗念念有詞，吹口氣在李逵腿上。李逵因已被戴宗取四個甲馬在兩隻腿上縛了，「故而拽開腳步，渾如駕雲的一般，飛也似去了。那當得耳朵邊有如風雨之聲，兩邊房屋樹木一似連排價倒了的，腳底下如雲催霧趲。李逵怕將起來，幾遍待要住腳，那條腿那裏收拾得住？卻似有人在下面推的相似，腳不點地只管走去了。看見酒肉飯店連排飛也似過去，又不能夠入去買吃」。這裡借李逵的目睹耳聞和體驗感覺，具體生動地描寫人在飛行時的觀感，具有引人入勝的藝術效果。

現當代的學者和讀者一般都認為《水滸傳》中對戴宗「神行」的描寫不是生活真實，而僅是用浪漫主義筆法所表現的藝術真實，在生活實際中是不可能有的。實際上，像戴宗這樣的神行本事，是一種特異功能，歷史上確有這類真人真事，而非全出於藝術虛構。明代即有兩本名著記述此類神行的人物。其一為褚人獲《堅瓠集》所載：

> 成化中，臨清張成，以善走得名，日行五百里。上官命入京師，
> 往返僅七日，善馬弗能逮。足有七毫，每走勢發，足不能住，抱樹
> 乃止。

成化年間為公元 1465 至 1487 年。臨清即今山東臨清縣，距北京近一千二百里，來回共二千四百里。張成日行五百里，恰與戴宗神行的日速相同，故需五日時間走完來回之路程，另用兩天辦公事，則往返僅需七日，良馬也趕不上他。

明末清初的文壇領袖錢謙益是一位大詩人，他在明亡以前的詩文，編為《初學集》。其中有一首七言歌行長詩描寫明末的一位神行奇人「玉川子」顧大愚與馬競賽的事蹟。顧大愚，號玉川子，他從蘇北的淮陰出發，可一日內到達蘇南的蘇州。這首詩的題目奇長，詳細介紹了玉川子其人其事：

> 《玉川子歌·題玉川子畫像》。玉川子，江陰顧大愚，道民也。
> 深目戟髯，其狀如羽人劍客。遇道人授神行法，一日夜行八百里。
> 居楊舍市，去江陰六十里。人試之，與奔馬並馳，玉川先至約十里
> 許。任俠，喜施捨，好奇服。所至，兒童聚觀。亦異人也。

玉川子顧大愚是江陰人，錢謙益的故鄉在常熟縣，現稱常熟市。它們都互相毗鄰，錢謙益親見此人，親聞其事，故而其詩的描寫十分生動具體：

> 玉川子，何弔詭！朝遊淮陰城，暮宿吳門市。萬回不足號千回，

趙北燕南在腳底。剛風怒生兩腋邊，騫驢折著巾箱裏。闊衣袖，高展齒。長鬚奴，赤腳婢。……市兒拍手群追隨，君亦茸茸頗自哆。今年六十五，素絲披兩耳。髮短心尚長，足縮踵猶跂（qí，多出的腳趾）。……

淮陰至蘇州約有千里，一日來回，故稱「千回」。這是詩中的誇張語，實際如題目內所介紹，是一天內由淮陰到蘇州，與奔馬同行比賽，他比馬先到約十里的時間。由於他「好奇服」，即穿闊衣袖的衣服，木底有長齒的鞋子，形貌奇特怪誕，眼眶深凹，鬍鬚堅硬地挺豎著，白髮披在兩耳之上，因此每當他出現時，「兒童聚觀」，「市兒拍手群追隨」，是很自然的事。

至於史書包括正史中的有關此類的記述也很多。《二十四史》中，如《後漢書·方術傳》載費長房「一日之間，人見其在千里之外」。《三國志》說虞翻能一日步行三百里。《晉書》稱單道開一日可行七百里。《隋書》介紹麥鐵杖日行五百里。《明史·程濟傳》說程濟「有道術」，未講明他有何種道術，但明代張芹《備遺錄》記載程濟任四川教諭時，常能一日之間從四川到當時的京城南京一個來回。

可見《水滸傳》中關於戴宗的神行描寫有事實為根據，而並非全是浪漫主義的藝術虛構。戴宗帶李逵一起神行，史書中也有類似的記載。《晉書》記敘單道開在「石季龍時，從西平來，一日行七百里，其一沙彌年十四，行亦及之」。《蓮社高僧傳》描寫這個弟子隨單道開腳後閉眼登程，只覺耳邊風聲沙沙，待睜眼一看，已從西平來到秦州。

而帶人神行疾馳，當代也有特異功能者能做到。史良昭《神功奇形》〔註2〕介紹，有人曾同當代四川一位著名的氣功大師行夜路，數十里途程僅走了十五分鐘，但覺腳履平坦的柏油大道，屢見車燈迎面閃過而不見汽車本身。史良昭認為：「這個例子，很可以幫助我們體味行人進入『超三維空間』境界的感覺。」

公孫勝的陣上鬥法

公孫勝在水泊梁山中是一位特殊人物，他出場時，小說於第十五回回目鄭重標出《公孫勝應七星聚義》，說他主動投奔鄆城東溪村晁蓋，提議劫取生辰綱。他向晁蓋自我介紹說：「小道是薊州人氏，自幼鄉中好習槍棒，學成武藝

〔註2〕史良昭《神功奇形》，上海古籍出版社，1994年，第103頁。

多般,人但呼為『公孫勝大郎』。為因學得一家道術,善能呼風喚雨,駕霧騰雲,江湖上都稱貧道做『入雲龍』。」倒也頗先聲奪人。

劫了生辰綱後,縣裏派兵來追捕。他們都躲避至阮氏三兄弟的石碣村,官兵搶奪漁船,泛水而來,雙方交戰時,公孫勝祭風助戰。那些官兵正在船上歇涼,忽然只見起一陣怪風,從背後吹將來,吹得眾人掩面大驚,只得叫苦,把那纜船索都刮斷了。迎著風,又吹來火船,火乘風勢,燒得官兵無處躲藏,逃到爛泥地裏,都被好漢們用刀搠死。公孫勝呼風的本事,於此初露鋒芒。但與眾人上梁山聚義之後不久,他即辭歸薊州探母。本約定百日後回山,卻因老母無人侍奉,其師羅真人又挽留他繼續修煉,故而未歸。義軍攻打高唐州時,知府高廉靠三百「飛天神兵」和自己的法術兩敗義軍,吳用便提議宋江請回公孫克敵。公孫勝拜別羅真人時,羅真人又授他道:「弟子,你往日學的法術,卻與高廉一般,吾今將授與汝『五雷天罡正法』,依此而行,可救宋江,保國安命,替天行道。……汝本上應天閒星數,以此暫容汝去一遭。切須專持從前學道之心,休被人欲搖動,誤了自己腳跟下大事。」公孫勝回到義軍,次日兩軍對陣,高廉於緊急時又施法術——

> 急去馬鞍轡前,取下那面聚獸銅牌,把劍去擊那裏,敲得三下,只見神兵隊裏捲起一陣黃沙來,罩得天昏地暗,日色無光。喊聲起處,豺狼虎豹、怪獸毒蟲,就這黃沙內卷將出來。總軍恰待都起,公孫勝在馬上早掣出那一把松文古定劍來,指著敵軍,口中念念有詞,喝聲道:「疾!」只見一道金光射去,那夥怪獸毒蟲都就黃沙中亂紛紛墜於陣前。眾軍人看時,卻都是白紙剪的虎豹走獸,黃沙盡皆蕩散不起。宋江看了,鞭梢一指,大小三軍一齊掩殺過去,但見人亡馬倒,旗鼓交橫。高廉急把神兵退走入城。

當晚高廉前來偷營劫寨,他在馬上作起妖法——

> 卻早黑氣衝天,狂風大作,飛沙走石,播土揚塵。三百神兵各取火種,去那葫蘆口上點著,一聲蘆哨齊響,黑氣中間。火光罩身,大刀闊斧,滾入寨裏來。那知梁山義軍早有準備,四面已埋伏兵,高埠處公孫勝仗劍做法,就空寨中平地上刮剌剌起個霹靂。三百神兵急待退步,只見那空寨中火起,光焰亂飛,上下通紅,無路可出。四面伏兵齊趕,圍定寨柵,黑處偏見。三百神兵不曾走得一個,都被殺在陣裏。

最後高廉慌忙地隻身逃命時——

> 口中念念有詞，喝聲道：「起！」駕起黑雲，冉冉騰空，直上山
> 頂。只見山坡下轉出公孫勝來，見了，便把劍在馬上望空作用，中
> 口也念念有詞，喝聲道：「疾！」將劍往上一指，只見高廉從去中倒
> 撞下來。側首搶過插翅虎雷橫，一樸刀把高廉揮做兩段。

公孫勝後用羅真人所授此法再次破敵。他們回梁山前，與芒碭山能呼風
喚雨的樊瑞交戰，梁山方面失利——小說再次運用神秘浪漫主義手法來推動
情節的發展：

> 恰逢公孫勝等前來，此時天色已晚，望見芒碭山上都是青色燈
> 籠。公孫勝看了，便道：「此寨中青色燈籠，便是會行妖法之人在內。
> 我等且把軍馬退去。來日貧道獻一個陣法，要捉此二人」。

> ……樊瑞立在馬上，左手挽定流星銅鎚，右手仗著混世魔王寶
> 劍，口中念念有詞，喝聲道：「疾！」卻早狂風四起，飛沙走石，天
> 昏地暗，日色無光。項充、李袞吶聲喝，帶了五百滾刀手殺將過
> 去。……公孫勝在高處看了，已先拔出那松文古定劍來，中口念動
> 咒語，喝聲道「疾！」便借著那風，盡隨著項充、李袞腳跟邊亂卷。
> （金聖歎批為：「便借那風」四字，讀之絕倒。○古有諸葛借風，不如公孫借風之
> 更奇也。○如此寫公孫道法，真乃脫盡牛鬼蛇神，別成幽溪小澗矣。）兩個在陣
> 中，只見天昏地暗，日色無光，（夾批：即前八字，絕倒。）四邊並不見
> 一個軍馬，一望都是黑氣，（夾批：此句寫此軍。）後面跟的都不見了。
> 項充、李袞心慌起來，只要奪路出陣，百般地沒尋歸路處。正走之
> 間，忽然雷震一聲，兩個在陣中叫苦不迭，一齊噠了雙腳，翻筋斗
> 擷下陷馬坑去。

《水滸傳》的以上描寫非常精彩。幾次陣上鬥法和雙方惡戰，同中有異，
變化多端，且又細膩生動，非大手筆不能為。妙在高廉雖早已指定為必敗無
疑，而其初上陣卻能先聲奪人，如此更顯公孫勝之神威。於高廉初用法術時，
金聖歎注說：「念念有詞，喝聲道：疾』八字，耐庵撰之於前，諸小說家用之
於後，至今日已成爛熟舊語，乃讀之，便似活畫出一位法官，字字有身份，有
威勢，有聲響，有棱角，如信前人描畫之工也。」指出《水滸傳》關於陣上鬥
法的首創性描寫及其高度的藝術成就，後人學爛，讀者熟視此類情節，而反觀
《水滸傳》，仍不能掩其神采，更見《水滸》描寫之高明非凡。《水滸傳》之後

也有名作繼續寫此題材。金聖歎去世後，又過了幾十年，蒲松齡《聊齋誌異》即又寫過陣上鬥法故事。

　　小說描寫有法術者用白紙做成怪獸毒蟲乃至兵馬作戰，一般人絕對認為荒誕不經，純屬浪漫主義的虛構筆法。但史學名著卻認真記載了此類「史實」，認為是實有之事。《二十四史》中的《明史·衛青傳》載唐賽兒「作亂」時，「役鬼神，剪紙作人馬相戰鬥」。谷應泰《明史記事本末》載徐鴻儒部屬張世佩被俘時，從他住處搜出紙人數千張。唐賽兒是明代白蓮教起義軍的著名首領，由於名聲極大，不僅《明史》有記載，《聊齋誌異》和《拍案驚奇》都寫到過白蓮教和唐賽兒義軍用紙做人馬作戰。可見明清的史學家和文學家都信其為真。

　　如果非真，《水滸傳》和《聊齋誌異》等著名小說所描寫的陣上鬥法，非常新穎奇異，可以看作是世界上最早描寫戰爭的科幻作品，要比20世紀的美國科幻巨片《星球大戰》之類不但時間上要早七百多年，在藝術上也完全可以說更勝一籌吧。

　　另有第六十九回《沒羽箭飛石打英雄　宋公明棄糧擒壯士》描寫盧俊義帶兵戰張清，一再失利，宋江帶兵來戰，靠公孫勝的法術取勝：後來張清搶到河邊，都是陰雲布滿，黑霧遮天；馬步軍兵回頭看時，你我對面不見。此是公孫勝行持道法。夾批指出：「何不早行？我欲問之。」公孫勝的法術果然神靈，張清看見，心慌眼暗，卻待要回，進退無路。四下裏喊聲亂起，正不知軍兵從那裏來。林冲引鐵騎軍兵，將張清連人和馬都趕下水去了。聖歎問得好，吳用、公孫勝在盧俊義用兵時，為何一點也不出力，到宋江指揮時卻都盡力而為？可見他們不肯真心幫助盧俊義，而力助宋江獲勝，義軍中的派別鬥爭，通過這個道法運用的描寫，經過金聖歎的揭示而明瞭其中的深意，無疑發人深省。

羅真人的同步思維和氣功移物手段

　　羅真人是公孫勝的本師。「真人」，是道家中「修真得道」或「成仙」的高人。古人所說的「神仙」，即此類人士。小說描寫戴宗攜李逵到薊州敦請公孫勝再次出山，幫梁山擊敗身懷異術的高廉。公孫勝要去稟問本師，於是一起上二仙山。羅真人問明來意後說，公孫勝已脫火坑，學練長生，出家人不管閒事。李逵聽了大怒：「教我兩個走了許多路程，我又吃了若干苦，尋見了卻放出這個屁來！」越想越恨，半夜裏決定摸上山去殺了這老道，逼公孫勝回梁山

幹革命去：

> 李逵推開兩扇亮槅（gé，房屋或器物的隔板），搶將入去，提起斧頭，
> 便望羅真人腦門上只一劈，早斫倒在雲床上。李逵看時，流出白血
> 來，笑道：「眼見得這賤道是童男子身，頤養得元陽真氣，不曾走泄，
> 正沒半點的紅。」李逵再仔細看時，連那冠兒劈做兩半，一顆頭直
> 砍到項下。

他出來時又砍死了一個青衣小道。第二天，戴宗又請公孫勝帶上山去懇告羅真
人，李逵聽了，咬著唇冷笑。誰知上山後依然見羅真人坐在雲床上養性，李逵
著實吃了一驚，把舌頭伸將出來，半日縮不入去，暗暗想道：「昨夜我敢是錯
殺了？」羅真人昨日未理李逵，此時卻問：「這黑大漢是誰？」問知姓名後又
笑道：「本待不教公孫勝去，看他的面上，教他去走一遭。」戴宗拜謝，對李
逵說了。李逵尋思：「那廝知道我要殺他，卻又鳥說！」羅真人道：「我教你三
人片時便到高唐州，如何？」三個謝了……羅真人先取一個紅手帕鋪在石上，
讓公孫勝雙腳踏在上面，羅真人把袖一拂，喝聲道：「起！」那手帕化作一片
紅雲，載了公孫勝冉冉騰空便起，離山約有二十餘丈，羅真人喝聲：「住！」
那片紅雲不動。卻鋪下一個青手帕，教戴宗踏上，喝聲：「起！」那手帕卻化
作一片青雲，載了戴宗，起在半空裏去了。那兩片青紅二雲，如蘆席大，起在
天上轉，李逵看得呆了。羅真人又用一塊白手帕化作白雲，將李逵騙到天上，
他把右手一招，那青、紅二雲平平墜得下來，李逵在上面叫道：「我也要撒尿
撒屎！你不著我下來，我劈頭便撒下來也！」羅真人問道：「我等自是出家
人，不曾惱犯了你，你因何夜來越牆而過，入來把斧劈我？若是我無道德，已
被殺了。又殺了我一個道童！」李逵還想狡賴，羅真人笑道：「雖然只是砍了
我兩個葫蘆，其心不善，且教你吃些磨難！」把手一招，喝聲：「去！」一陣
惡風，把李逵吹入雲端裏。「只見兩個黃金力士，押著李逵，耳朵邊有如風雨
之聲，下頭房屋樹木一似連排曳去的，腳底下如雲催霧趕，正不知去了多少
遠，唬得魂不著體，手腳搖戰。」忽聽得刮剌剌地響一聲卻從薊州府廳屋上骨
碌碌滾將下來。當日正值府尹馬士弘值班，廳前立著許多公吏人等。看見半天
裏落下一個黑大漢來，眾皆吃驚，以為定是妖人。可憐李逵跌得頭破額裂，半
晌說不出話來。馬知府並命取些法物來破妖法——所謂「法物」，原來是狗血
糞尿，將李逵從頭上直澆到腳底下，又將他捆翻毒打，李逵只得招做「妖人李
二」，用大枷釘了，押下大牢裏去，五日後，因戴宗天天苦求，羅真人才把李

逮取回。

《水滸傳》生動描寫羅真人用氣功預測和同步思維手段察知李逵欲圖加害自己的意圖。他預加防範,然後又用氣功移物手段,將李逵送到薊州府衙,讓他跌得半死不活,無力反抗,於是借府尹和衙役之手,狠狠處罰他。這是他對李逵動輒殺人的不良習慣給以警告和教訓。

所謂同步思維,是特異功能者通過發氣與對方交流信息獲悉對方腦子裏的思維情況,包括正在想的事,馬上能同步獲知。並能預測即將發生的事情和被測之人今後的命運和下場。

《水滸傳》關於運用特異功能預測未來之事和人的命運,還有兩次描寫。《水滸傳》一開首描寫天下盛行瘟疫,張天師在江西龍虎山已預知朝廷委派洪太尉來禮請他去東京祈禳瘟疫。魯達在打死鄭屠後,為避官府追捕而上五臺山出家。誰知寺中首座和眾僧一致反對,認為他「形容醜惡,相貌凶頑,不可剃度他,恐久後累及山門」。智真長老上禪椅盤膝而坐,口誦咒語,入定去了。一炷香過,卻好回來,對眾僧說道:「只顧剃度他。此人上應天星,心地剛直,雖然時下凶頑,命中駁雜,久後卻得清淨,證果非凡,汝等皆不及他。可記吾言,勿得推阻!」魯智深大鬧五臺山後,智真介紹他去東京大相國寺,臨別時贈他四句偈子:「遇林而起,遇山而富,遇州而過,遇江而止。」根據小說後來的描寫,其預言皆一一應驗。

《水滸傳》產生於元末,與《三國演義》並列為中國最早的長篇小說經典之作。與《三國演義》所描寫的特異功能事蹟皆取自《二十四史》中的名著《三國志》不同,《水滸傳》的特異功能描寫雖也借鑒前人,但多為首創性的描寫,且文筆生動有趣,具體細膩,故而成為後世小說之楷模。

第六十七回《宋公明夜打曾頭市　盧俊義活捉史文恭》的出色描寫

此回三次運用神秘現實主義和神秘浪漫主義的表現手法,推動情節的發展,增強閱讀趣味,取得出色的藝術效果:

一、吳用用火攻對付史文恭,公孫勝做法,吹出狂風,以助火勢,梁山軍大獲全勝:

> 史文恭卻待出來,吳用鞭梢一指,軍寨中鑼響,一齊推出百餘輛車子來,盡數把火點著,上面蘆葦、乾柴、硫磺、焰硝,一齊著起,煙火迷天。比及史文恭軍馬出來,盡被火車橫攔當住,只得迴避。急待退軍。公孫勝早在陣中,揮劍做法,刮起大風,卷那火焰

燒入南門，早把敵樓排柵盡行燒毀。

二、梁山軍受挫折時，宋江一面與吳用商議，一面占卜預測用兵的凶吉：

> 宋江又自己焚香祈禱，暗卜一課。吳用看了卦象，便道：「恭喜
> 大事無損，今夜倒主有賊兵入寨。」金聖歎的夾批說：「取四人（下
> 山支持）後，又書宋江卜課，寫心上有事人皇惑不定如鑒。○只用
> 「恭喜大事無損」六字答宋江卜課，下卻順便接入下文，妙妙。」

三、史文恭靠千里馬突圍而出，卻被晁蓋的鬼魂「鬼打牆」擋住，最後
被捉：

> 史文恭得這千里馬行得快，殺出西門，落荒而走。此時黑霧遮
> 天，不分南北。（金批：為晁蓋陰魂作引。）約行了二十餘里，不知何處，
> （特書四字，以見此處非史文恭必走之路，而前文之冷調員外，為可醜可恨也。）
> 只聽得樹林背後，一聲鑼響，撞出四五百軍來。當先一將，手提杆
> 棒，望馬腳便打。（宋江冷調員外，而史文恭又偏遇著，妙筆妙筆。○寫史文恭
> 遇盧俊義，先暗寫一番，次明寫一番，皆極其搖曳也。）那匹馬是千里龍駒，
> 見棒來時，從頭上跳過去了。（出色寫馬，妙妙。○冷調員外者，斷不欲其得
> 遇史文恭也；冷調之，而又偏遇之，可謂奇絕；乃冷調之而又偏遇之，而又偏失之，
> 而又重獲之，一發奇絕也。）史文恭正走之間。只見陰雲冉冉，冷氣颼颼，
> 黑霧漫漫，狂風颯颯，虛空之中，四邊都是晁蓋陰魂纏住。（見晁蓋之
> 實式憑於盧俊義也。）史文恭再回舊路，（夾批：殺出西門作一縱，頭上跳過，
> 再作一縱，然後以一句擒之，筆力奇矯之甚。）終於被擒。

史文恭迷路被捉一段，撲朔迷離，又自然真切，可見作者對各種生活實情
瞭解極深，寫作時拈手用來，運用自如，左右逢源，出奇制勝。我們再看年已
九九的著名作家、學者、錢鍾書的夫人楊絳在 2007 年九十六歲高齡時撰寫、
2008 年獲第四屆「國家圖書館文津圖書獎」（據《中華讀書報》2008 年 12 月 31 日報
導）的《走到人生邊上》，記載了「篤實誠樸的農民所講述的親身經歷」：

> 我有夜眼，不愛使電棒，從年輕到現在六七十歲，慣走黑路。
> 我個子小，力氣可大，啥也不怕。有一次，我碰上「鬼打牆」了。忽
> 然地，眼前一片漆黑，什麼都看不見，只看到旁邊許多小道。你要
> 走進這些小道，會走到河裏去。這個我知道。我就發話了：「不讓走
> 了嗎？好，我就坐下。」我摸著一塊石頭就坐下了。我掏出煙袋，
> 想抽兩口煙。可是火柴劃不亮，劃了十好幾根都不亮。碰上「鬼打

牆」，電棒也不亮的。我說：「好，不讓走就不走，咱倆誰也不犯誰。」我就坐在那裏。約莫坐了半個多時辰，那道黑牆忽然沒有了。前面的路，看得清清楚楚。我就回家了。碰到「鬼打牆」就是不要亂跑。他看見你不理，沒辦法，只好退了。〔註3〕

又回憶自己親身遇到「鬼打牆」的經歷：

我早年怕鬼，全家數我最怕鬼，卻又愛面子不肯流露。爸爸看透我，笑稱我「活鬼」──即膽小鬼。小妹妹楊必護我，說絳姐只是最敏感。解放後，錢鍾書和我帶了女兒又回清華，住新林院，與堂姊保康同宅。院系調整後，一再遷居，遷入城裏。不久我生病，三姐和小妹楊必特從上海來看我。楊必曾於解放前在清華任助教，住保康姊家。我解放後又回清華時，楊必特地通知保康姐，請她把清華幾處眾人說鬼的地方瞞著我，免我害怕。我既已遷居城裏，楊必就一一告訴我了。我知道了非常驚奇。因為凡是我感到害怕的地方，就是傳說有鬼的地方。例如從新林院寓所到溫德先生家，要經過橫搭在小溝上的一條石板。那裏是日寇屠殺大批戰士或老百姓的地方。一次晚飯後我有事要到溫德先生家去。鍾書已調進城裏，參加翻譯《毛選》工作，我又責令錢瑗早睡。我獨自一人，怎麼也不敢過那條石板。三次鼓足勇氣想沖過去，卻像遇到「鬼打牆」似的；感到前面大片黑氣，阻我前行，只好退回家。平時我天黑後走過網球場旁的一條小路，總覺寒凜凜地害怕，據說道旁老樹上曾弔死過人。〔註4〕

這是楊絳先生解放後隨夫君錢鍾書入住清華大學時的親身經歷。以上，《水滸傳》和《走到人生邊上》的「鬼打牆」的故事，關於「鬼打牆」的具體描繪和敘述，大致相同，寫作《水滸傳》的大作家之見聞廣博，思路開闊，由此可見。

《水滸傳》七十回本作為全書結尾，其他版本是第七十一回──《忠義堂石碣受天文》描寫梁山聚義的場景：

四月十五日為始，七晝夜好事。日期已近，向那忠義堂前，掛

〔註3〕楊絳《走到人生邊上》前言第 8 頁，商務印書館，2007 年 8 月第一版，2007 年 12 月第 7 次印刷本。
〔註4〕同上「一、神和鬼的問題」，《走到人生邊上》，第 21～22 頁。

起長幡；四首堂上，扎縛三層高臺。堂內鋪設七寶三清聖像。兩班設二十八宿，十二宮辰，一切主醮星官真宰；堂外仍設監壇崔、盧、鄧、竇神將，擺列已定，設放醮器齊備。請到道眾，連公孫勝，共是四十九員。

是日晴明得好，天和氣朗，月白風清。宋江、盧俊義為首，吳用與眾頭領為次拈香。公孫勝作高功，主行齋事，關發一應文書符命；與那四十八員道眾，每日三朝。至第七日滿散，宋江要求上天報應，特教公孫勝專拜青詞，奏聞天帝，每日三朝。卻好至第七日，三更時分，公孫勝在虛皇壇第一層，眾道士在第二層，宋江等眾頭領在第三層，眾小頭目並將校都在壇下，眾皆懇求上蒼，務要拜求報應。是夜三更時候，只聽得天上一聲響，如裂帛相似，正是西北乾方天門上。眾人看時，直豎金盤，兩頭尖，中間闊，又喚做「天門開」，又喚做「天眼開」；裏面毫光，射人眼目，雲彩繚繞，從中間卷出一塊火來，如栲栳之形，直滾下虛皇壇來。那團火壇滾了一遭，竟鑽入正南地下去了。（金聖歎夾批：寫得出奇，遂與誤走妖魔，作一部大書一起一結也。）此時天眼已合，眾道士下壇來。宋江隨即叫人將鐵鍬鐵鋤頭，掘開泥土，跟尋火塊。那地下掘不到三尺深淺，只見一個石碣，正面兩側，各有天書文字。

當下宋江且教化紙，滿散平明，齋眾道士，各贈與金帛之物，以充襯資。方才取過石碣，看時，上面乃是龍章鳳篆，蝌蚪之書，人皆不識。眾道士內，有一人姓何，法諱玄通，對宋江說道：「小道家間祖上留下一冊文書，專能辨驗天書。那上面都是自古蝌蚪文字，以此貧道善能辨認。譯將出來，便知端的。」宋江聽了大喜，連忙捧過石碣，教何道士看了，良久，說道：「此石都是義士大名，鐫在上面。側首一邊是『替天行道』四字，一邊是『忠義雙全』四字。頂上皆有星辰南北二斗，下面卻是尊號。若不見責，當以從頭一一敷宣。」宋江道：「幸得高士指迷，緣分不淺。倘蒙見教，實感大德。唯恐上天，見責之言，請勿藏匿。萬望盡情剖靈，休遺片言。」宋江喚過聖手書生蕭讓，用黃紙謄寫。何道士乃言：「前面有天書三十六行，皆是天罡星；背後也有天書七十二行，皆是地煞星。下面注著眾義士的姓名。」

> 石碣前面書梁山泊天罡星三十六員：（下列名單，略）
>
> 石碣背面書地煞星七十二員：（下列名單，略）
>
> 當時何道士辨驗天書，教蕭讓寫錄出來。讀罷，眾人看了，俱驚訝不已。宋江與眾頭領道：「鄙猥小吏原來上應星魁，眾多弟兄也原來都是一會之人。上天顯應，合當聚義。今已數足，分定次序，眾頭領各守其位，各休爭執，不可逆了天言。」眾人皆道：「天地之意，理數所定，誰敢違拗！」宋江遂取黃金五十兩酬謝何道士。其餘道眾，收得經資，收拾醮器四散下山去了。

宋江和吳用等人，用神道設教的方法，借天命排定先後座次，使得無人可以提出爭議，領袖的地位也靠天確立，無人可以冒犯。

金聖歎評改的七十回本《水滸傳》以增寫的《梁山泊英雄驚惡夢》作為結尾，敘寫盧俊義做惡夢，夢見嵇康，（嵇康字叔夜，金聖歎夾批：影張叔夜字，妙。）「要與大宋皇帝收捕賊人」，將他和梁山所有的一百零八名好漢，全部捆縛、處斬，顯示了梁山英雄接受詔安後的必然下場。

《水滸傳》以「張天師祈禳瘟疫　洪太尉誤走妖魔」，至「忠義堂石碣受天文　梁山泊英雄驚惡夢」止，即以「神秘浪漫主義」的描寫作為全書的起與結。全書充溢著神秘現實主義和神秘浪漫主義的描寫，是《水滸傳》鮮明特色；《水滸傳》的神秘現實主義和神秘浪漫主義的描寫也取得了令人矚目的高度藝術成就。

《水滸傳》反腐描寫的真實性和藝術性探討

作為現實主義的傑作，《水滸傳》深刻而生動地描繪了古代官場和社會的腐敗現象，剖析了其中的深刻原因，是一部精彩的反腐小說。

一、《水滸傳》反腐描寫的全面性

《水滸傳》全面描寫了封建社會的腐敗現象和其本質。

《水滸傳》描寫封建社會的腐敗現象是全方位的。最高層的皇帝，第二層是高官及其家屬，第三層是下級官吏，第四層是衙門底層獄吏解差等。

《水滸傳》描寫皇帝宋徽宗不學無術，因私人愛好踢球，而起用精於毬術的無賴高俅〔註5〕。他重用的高俅、蔡京和洪太尉等都是貪贓枉法、公報私

〔註5〕周錫山編校《金聖歎全集》第一冊，江蘇古籍出版社，1985年版，第36頁。

仇、無才無能、懶於公務、重用私人的壞人。

　　皇帝重用高俅，高俅又重用叔伯兄弟高廉，高廉又帶攜自己的妻舅殷天錫，形成一張大網，奴役百姓。金聖歎總結這批權貴親屬織成的官網說：「小蘇學士，小王太尉，小舅端王，嗟乎！既已群小相聚矣，高俅即欲不得志，亦豈可得哉！」〔註6〕金聖歎將皇帝（即端王）歸入「群小」中去，且明確指出高俅的得勢與禍害天下，其總根子即在端王——即宋徽宗身上，他還認為徽宗重用高俅即是「天下從此有事」之因，「作者於道君皇帝每多微辭焉，如此類是也」〔註7〕。

　　權貴和高官重用自己的後裔，官二代賴父祖勢力而世襲官吏要職。《水滸傳》以蔡京為例，描寫小說描寫太師蔡京安排第九個兒子（蔡九）任江州知府，因為此地錢糧浩大、人廣物裕，太師特給他這個肥缺。此兄雖當知府，對任內應管之事茫無所知，是個十足的公子官，只好對黃文炳言聽計從。他「為官貪濫，作事驕奢」。蔡京又安排女婿梁中書當北京大名府留守司。梁中書作為靠裙帶關係當官的奴才，萬事都由夫人做主。小說寫梁中書在家中與夫人交談，金聖歎對「只見蔡夫人道」一語批曰：「『蔡夫人道』，寫盡驕妻；『只見』，寫盡弱婿。○『蔡夫人道』者，言梁中書不敢則聲也；『只見』者，言蔡中書不敢旁視也。」又批「酒至數杯，食供兩套」曰：「八字寫盡驕妻弱婿之苦。」〔註8〕這樣的官吏如何能為國家辦事？他的最大目標是搜括民脂民膏，孝敬、報答丈人，不令猛將用於邊事，而用來保送自己的贓物。

　　權貴和高官包庇和慫恿衙內為非作歹、殘害無辜。高俅包庇衙內，聽任他強奪林沖妻子，迫害林沖。高俅的叔伯兄弟高廉的妻舅殷天錫，仗勢強佔先朝柴世宗嫡系子孫柴皇城的花園住宅，柴進以為有朝廷發的「丹書鐵券」保護，與其論理，竟被他毆打。柴皇城召其侄柴進回來，繼續與之論理時，又欲毆打柴進，李逵在旁憤極，將其打倒致死。

　　權貴和高官養尊處優、驕奢淫逸，因偷懶、無能而玩忽職守。《水滸傳》開首即寫洪太尉這個貪官，平時養尊處優、驕奢淫逸慣了，朝廷要他為救災出力，他偷懶怕死，不肯承擔應有責任。高俅、蔡京等也如此，所以朝政黑暗，民不聊生；外敵入侵，內亂頻生。

〔註6〕《金聖歎全集》第一冊，第46頁。
〔註7〕《金聖歎全集》第一冊，第48頁。
〔註8〕《金聖歎全集》第一冊，第210頁。

　　權貴和高官陷害無辜、公報私仇。洪太尉因道眾不合己意，便威脅回朝後要報告他們違抗聖旨，金聖歎批道：「看他隨口招出人罪案來，前後太尉一輒也。」後一個太尉，即高太尉。他剛上任就迫害王進，接著陷害林冲，孫孔目據理力爭，並揭露，「誰不知高太尉當權，倚勢豪強，更兼他府裏無般不做」，金聖歎批道：「此一句上不承，下不接，妙絕快絕，言高府中則多犯彌天之罪耳，應殺應剮耳。」孫孔目接說：「但有人小小觸犯，便發來開封府，要殺便殺，要剮便剮，卻不是他家官府！」聖歎批道：「『小小』字妙，『觸犯』字妙，『殺剮』字妙。」〔註9〕

　　迫害良善，卻包庇盜賊。阮小二向吳用抱怨道：「如今該管官司沒甚分曉，一片糊塗！千萬犯了迷天大罪的倒都沒事！」金聖歎夾批表示贊同：「千古同歎，只為確耳。」

　　權貴和高官賣官鬻爵，埋沒人才。於是一般人要當官陞官，既無靠山，只好使錢賄賂。楊志帶一擔錢物，去東京樞密院「使用」，以保官職，金聖歎批道：「文臣升遷要錢使，猶可也，至於武臣出身，亦要錢使，古今一歎，豈止為楊志痛哉！」〔註10〕

　　上層權貴和高官如此，上樑不正下樑歪，地方官員也如法炮製。

　　地方官員辦案也索賄受賄，倚權作惡，踐踏法律。例如孟州知府埋怨張都監等利用自己的權力陷害武松時說：「你倒撰了銀兩，教我與你害人！」金聖歎批道：「於今為烈。」〔註11〕對晚明的司法黑暗現象痛加鞭撻。

　　這種殘害良善的惡行，蔓延到社會的下層。

　　都頭雷橫巡邏時抓獲盜賊嫌疑人，晁蓋取出十兩花銀，送與雷橫，說道：「都頭，休嫌輕微，望賜笑留。」晁蓋又取些銀兩賞了眾士兵。他們就將嫌疑分子釋放了。

　　衙役們下鄉辦事，擾民害民，魚肉百姓，雞犬不寧。阮小五告訴吳用道：「如今那官司一處處動撣便害百姓；但一聲下鄉村來，倒先把好百姓家養的豬羊雞鵝盡都吃了，又要盤纏打發他！金聖歎的批語感慨：「千古同悼之言，水滸之所以作也。」〔註12〕當阮氏一位兄弟「提起鋤頭來，手到，把這兩個做公的，一鋤頭一個」時，聖歎高興得稱讚：「快事快文。○鄉間百姓鋤頭，千推

〔註 9〕《金聖歎全集》第一冊，第 145 頁。
〔註10〕《金聖歎全集》第一冊，第 193 頁。
〔註11〕《金聖歎全集》第一冊，第 459 頁。
〔註12〕《金聖歎全集》第一冊，第 230 頁。

不足供公人一飯也，豈意今日一鋤頭已足。」〔註13〕當阮小二向吳用介紹自己的生涯：「我雖不打得大魚，也省了若干科差。」聖歎感歎說：「十五字，抵一篇《捕蛇者說》。」〔註14〕聖歎平時熟睹公人欺凌農民之舉，他在此一吐其憤慨的抗議。

即使平民也如此。如林冲酒醉時被人拷打，主人家見狀相問，捆打林冲的莊客隨口胡謅：「昨夜捉得個偷米賊人。」聖歎接批：「輕輕加一罪名，天下大抵如此。」〔註15〕

最可笑的是劉太公因強盜要強娶他的女兒，痛苦萬分，他的莊客卻欺凌路過之人。魯智深去東京大相國寺途中，錯過宿頭，欲借桃花莊投宿一宵，被莊客斷然拒絕。智深再次相求，莊客道：「和尚快走，休在這裡討死！」智深道：「也是怪哉；歇一夜打甚麼不緊，怎地便是討死？」莊家道：「去便去，不去時便捉來縛在這裡！」強人強娶劉太公的女兒，今晚就要成親。所以金批說：「莊主苦不可言，莊客已使新女婿勢頭矣，世間如此之事極多，寫來為之一笑。」魯智深大怒道：「你這廝村人好沒道理！俺又不曾說甚的，便要綁縛洒家！」莊客也有罵的，也有勸的。智深待要發作，正巧劉太公走將出來，喝問莊客：「你們鬧甚麼？」莊客道：「可奈這個和尚要打我們。」他們竟然反咬一口。

小說精彩地描寫了元朝無法制觀念和冤假錯案頗多的時代特色。

賄賂成風，世風如此，於是人們辦事都習慣於出錢收買。西門慶懇求何九叔燒屍體時，遮蓋謀殺痕跡，請何九叔喝酒，並去袖子裏摸出一錠十兩銀子放在桌上，說道：「九叔，休嫌輕微，明日別有酬謝。」

甚至做強盜也要賄賂。晁蓋、吳用等人智取生辰綱之後，被官府緝捕。他們商議安身之處，吳用提議去梁山入夥。晁蓋道：「這一論極是上策！只恐怕他們不肯收留我們。」吳用道：「我等有的是金銀，送獻些與他，便入夥了。」金批：「調侃世人語，絕倒。○做官須賄賂，做強盜亦須賄賂哉？」

即如梁山好漢，如武松，他被老奸巨滑的張都監對症下藥，給他大捧特捧，在一迭聲甜言蜜語和好酒好肉的籠絡之下，甘心為他賣命，結果中計，受到陷害。後來被發配孟州城，路經安平寨，與小管營施恩相識。施恩平時也勒索過路平民甚至可憐的賣唱妓女等。他用酒肉款待武松，武松就為他賣命，痛

〔註13〕《金聖歎全集》第一冊，第 288 頁。
〔註14〕《金聖歎全集》第一冊，第 288 頁。
〔註15〕《金聖歎全集》第一冊，第 181 頁。

打蔣門神，為他奪回酒店。武松不問青紅皂白，被人收買，很不應該。

由於權貴和高官腐敗，不僅不少人才受到迫害，而且嚴重的是人才遭到埋沒。林冲受高太尉壓制時感歎：「男子漢空有一身本事，不遇明主，屈沉在小人之下，受這般醃臢的氣！」聖歎批曰：「發憤作書之故，其號耐庵不虛也。」〔註16〕後來當林冲身處英雄末路，「悶上心來，驀然想起（身世）」時，聖歎批：「此四字猶如驚蛇怒筍，跳脫而出，令人大哭，令人大叫。」林冲哀歎：「誰想今日被高俅這賊坑陷了我這一場，文了面，直斷送到這裡，閃得我有家難奔，有國難投，受此寂寞。」聖歎說：「一字一哭，一哭一血，至今如聞其聲。」〔註17〕

魯達打死鄭屠後，官府要辦他罪，小經略相公說：「怕日後父親處邊上要這個人時，卻不好看。」聖歎夾批：「此語本無奇怪，不知何故讀之淚下，又知普天下人讀之皆淚下也。」〔註18〕聖歎對邊患的關切和國家人才的痛惜之情見之於聲淚並下矣。當楊志空懷一身武藝，被高俅逐出不用，「指望把一身本事，邊庭上一槍一刀」的計劃被徹底打破，聖歎批為「痛哭語」〔註19〕也殊替他傷感。他對梁山眾好漢和王進等人的「英雄末路」處境一一同情、感歎，扼腕不平。在小說臨結尾時總評曰：「敘一百八人，而終之以皇甫相馬。嘻乎，妙哉！此《水滸》之所以作乎？……惟賢宰相有破格之識賞，斯百年中有異常之報效，然而世無伯樂，賢愚同死，其尤駁者，乃遂走險，至於勢潰事裂，國家實受其禍，夫而後歎吾真失之於牝牡驪黃之外也。嗟乎！不已晚哉！」〔註20〕討論了人才得失與國家興亡的關係。

腐敗的政府，辦事不力，效率低下。如魯達打死鄭屠後，衙門內拖拖拉拉，最後才「行開個廣捕急遞文書」，聖歎嘲笑說：「半日無數那延，尚自謂之『急遞』，可發一笑。」〔註21〕又如武松被通緝時逃到孔家莊，不少街坊親戚門人來謁拜武松。聖歎說：「官司榜文，有如無物，寫得妙絕。」〔註22〕人們根本不理朝廷通緝要犯的榜文，反而一齊「謁拜」，以一睹風采為快。小說曲

〔註16〕《金聖歎全集》第一冊，第137頁。
〔註17〕《金聖歎全集》第一冊，第184頁。
〔註18〕《金聖歎全集》第一冊，第77頁。
〔註19〕《金聖歎全集》第一冊，第195頁。
〔註20〕《金聖歎全集》第二冊，第506頁。
〔註21〕《金聖歎全集》第一冊，第77頁。
〔註22〕《金聖歎全集》第一冊，第487頁。

曲寫出朝廷已毫無威信，群眾與政府離心離德已到此地步。〔註23〕

聖歎又指出在此貪官污吏兵痞的層層盤剝之下，廣大勞動人民掙扎在飢寒交迫、水深火熱之中。當小說寫到武松自東京歸來後，為亡兄武大奠祭：「喚士兵先去靈床子前，明晃晃的點起兩枝蠟燭，焚起一爐香，列下一陌紙錢，把祭物去靈前擺了，堆盤滿宴」，聖歎從「堆盤滿宴」一語聯想到普天下的窮苦百姓說：「四字一哭。哭何人？哭天下之人也。天下之人，無不一生咬薑呷醋，食不敢飽，直至死後澆奠之日，方始堆盤滿宴一番。如武大者，蓋比比也。」〔註24〕

二、《水滸傳》反腐描寫的真實性

《水滸傳》的反腐描寫，因手段高明、描寫生動，在規定情境中刻畫人物，達到藝術真實的高度成就。

《水滸傳》是現實主義小說，是反映社會現實的力作。《水滸傳》產生於元末明初，對其所處的時代，做了真實深刻的描寫。落後野蠻的蒙古統治集團，奴役漢族人民，尤其將江南的人民打成末等，肆意凌辱。史書的記載和元雜劇的描寫，都顯示元朝吏治黑暗，冤獄遍地。

例如名列元四家首位的黃公望，十二歲時應本縣神童試。青年時代已博及群書，但元初取消科舉，無法實現從政抱負。直到四十五歲（皇慶二年，公元1313年），由浙西廉訪使徐琰引薦，「先充浙西憲吏」（《錄鬼簿》卷下），後在大都為中臺察院掾吏，經理田糧雜務（王逢《梧溪集》卷四）。「吏」在宋元皆非官職，不過是辦事員而已，既無實權，也受官吏壓迫。延祐二年（1315）四十七歲時因上司張閭貪污被查處而受牽連被誣入獄，旋即出獄南歸。於是他一心作畫，成為一代繪畫大師。而元代的冤獄之厲害，由此可知。

李卓吾說：「《水滸傳》者，發憤之所作也。蓋自宋室不競，冠履倒施，大賢處下，不肖處上，馴至夷狄處上，中原處下。一時君相，猶然處堂燕雀，納幣稱臣，甘心屈膝於犬羊已矣。施羅二公身在元，心在宋；雖生元日，實憤宋事也。」（懷林《李卓吾批評〈水滸傳〉述語》）魯迅《中國小說史略》也呼應說：「宋代外敵憑陵，國政弛廢，轉思草澤，蓋亦人情。」〔註25〕

這樣的理解是錯誤的。《水滸傳》借宋代的宋江造反的故事，反映和批判

〔註23〕《金聖歎全集》第一冊，第283頁。
〔註24〕《金聖歎全集》第一冊，第409頁。
〔註25〕魯迅著、周錫山編著《中國小說史略彙編釋評》，上海書店出版社，2015年版，第167頁。

元代的現實。宋代不是這樣的。

《水滸傳》的反腐描寫達到了藝術真實的高度，在小說的規定情境中寫的真實、自然、細膩、生動。實際上是雖寫宋時，實憤元事。元雜劇的公案劇和《水滸傳》反腐描寫符合元朝的歷史真實，即元朝的黑暗統治和社會現實。

《水滸傳》雖然將故事的時間設在宋朝，宋朝並非如小說所寫的那樣黑暗。

小說描寫宋徽宗時期，造反的山頭眾多。除了實力最強、人數最多的梁山，還有二龍山（魯智深、楊志、武松、金眼彪、操刀鬼、菜園子等）、白虎山（毛頭星、獨火星）、桃花山（打虎將、小霸王）、少華山（史進、神機軍師、跳澗虎、白花蛇）、清風山（錦毛虎、矮腳虎、白面郎君）、芒碭山（樊瑞、項充、李袞）、枯樹山（喪門神）等，共 8 座山，後來集中到梁山，共有 108 將。

作者為了構造出竊取生辰綱的有力條件，又說從大名到東京，要經過紫金山、二龍山、桃花山、傘蓋山、黃泥崗、白沙塢、野雲渡、赤松林等，說是都有賊寇出沒。這裡又有 8 座山，除了二龍山、桃花山重複了，還有 6 座山。兩者相加有 14 座山。

有這麼多山，這麼多強盜。如果以為是史實，宋徽宗時期的確極其不太平，是十足的亂世。

實際上當時只有宋江和方臘兩支造反隊伍。他們很快都被撲滅了。而從大名到東京，一路平坦，根本沒有這種高山。宋朝是太平盛世。

宋代的官俸也低，王安石專門向朝廷反映過此事。歐陽修、王安石本因家庭貧困被迫選擇仕途，他們的本志是做隱士，耕讀度過一生。當官後，可以維持家庭生活──養活寡母和弟妹，但還窮，他們每次任職，都要求去外地，因為京師的生活費貴。

宋朝科舉盛行，科舉在宋朝和明清，都基本上是公正的。張豈之先生說：「就我個人體會，科舉制的宗旨是擇優，在眾多的讀書人裏面選拔出最優秀的。其重要的功能在於防劣，防止行為操守不好又沒有學問的人考取，進入政界。有操守、有學問的人可能考中，但操守和智力有問題的人往往很難通過考試入圍，這也許就是科舉制在中國歷史上的重大貢獻。」這是張豈之評論《國之大臣──王鼎與嘉道兩朝政治》一書的評論文章中的一段，這可見近期的書文反映了中國古近代的一個史實是，中國官場並非一片漆黑，全是貪官。

清末有《官場現形記》等反腐小說，從小說裏看，似乎清末官場遍地腐敗，不可救藥。實際並非如此。例如鄒韜奮的祖父鄒舒予，號曉村，曾考中前

清拔貢，先後做過福建永安、長樂知縣，官至延平知府。清光緒二十五年（1899），鄒韜奮的祖父年老告退，其父鄒國珍帶著家眷在福州市做候補官。其祖父不是貪官，所以沒有豐厚的遺產傳給子孫，此時鄒家生活拮据。作為長子，鄒韜奮從小便領略了生活的艱辛與困苦。其母是浙江海寧查氏，係當地一大家族之後，15 歲出嫁至鄒家，也沒有帶來豐厚的嫁妝和財產。她生育三男三女，鄒韜奮居長。韜奮《我的母親》回憶說：

> 「做官」似乎怪好聽，但是當時父親赤手空拳出來做官，家裏一貧如洗我還記得，父親一天到晚不在家裏，大概是到「官場」裏「應酬」去了，家裏沒有米下鍋；妹仔（其家女僕）替我們到附近施米給窮人的一個大廟裏去領「倉米」，要先在廟前人山人海裏面擁擠著領到竹籤，然後拿著竹籤再從擠得水泄不通的人群中，帶著粗布袋擠到裏面去領米；母親在家裏橫抱著哭涕著的二弟踱來踱去，我在旁坐在一隻小椅上呆呆地望著母親，當時不知道這就是窮的景象，只詫異著母親的臉何以那樣蒼白，她那樣靜寂無語地好像有著滿腔無處訴的心事。

鄒韜奮此文回憶當年貧困生活的真實景象，其母貧累交加和貧病交加的困苦景象，描繪真切生動，表現了下層官員的貧困生活。明清的官吏，俸祿極低，清官的生活艱苦。底層官吏更是如此。韜奮之父即如此。

正因底層官吏的貧困，所以韜奮的母親，不僅辛苦製作自家衣褲鞋襪，還要為人家做女紅，以貼補家用：「當我八歲的時候，二弟六歲，還有一個妹妹三歲。三個人的衣服鞋襪，沒有一件不是母親自己做的。她還時常收到一些外面的女紅來做，所以很忙。我在七八歲時，看見母親那樣辛苦，心裏已知道感覺不安。記得有一個夏天的深夜，我忽然從睡夢中醒了起來，因為我的床背就緊接著母親的床背，所以從帳裏望得見母親獨自一人在燈下做鞋底，我心裏又想起母親的勞苦，輾轉反側睡不著，……我眼巴巴地望著她額上的汗珠往下流，手上一針不停地做著布鞋——做給我穿的。這時萬籟俱寂，只聽到滴搭的鐘聲，和可以微聞得到的母親的呼吸。我心裏暗自想念著，為著我要穿鞋，累母親深夜工作不休，心上感到說不出的歉疚。」

也因窮而缺醫少藥，韜奮的「母親死的時候才廿九歲，留下了三男三女。在臨終的那一夜，她神志非常清楚，忍淚叫著一個一個子女囑咐一番。她臨去最捨不得的就是她這一群的子女。」這個淒慘的景象，催人淚下。

明清官員之貧困，反映了中國社會的清正之氣。宋朝也是如此。有權有勢的官員是少數，一般官員無權無勢，是無法貪污的。更何況，即如上層官員，像歐陽修、王安石這樣的清官也很多。

五四以後，反傳統勢力將中國古代妖魔化，其所描繪的中國古代黑暗的景象是不可輕信的。

三、《水滸傳》反腐描寫的藝術性

《水滸傳》的寫作手段極其豐富而高明，語言自然生動而又豐富多彩。即以宋江、林冲、武松被捕入獄，遭受敲詐勒索的景象，就描繪得逼真而生動。

宋江最闊綽，作為衙門小吏他又最熟悉牢獄的情況，所以他被捕時，立即「取二十兩花銀，把來送與兩位都頭做『好看錢』」。將賄賂的錢稱為「好看錢」既形象又幽默。金聖歎抓住「好看錢」三字說：「只三個字，便勝過一篇錢神論。○人之所以必要錢者，以錢能使人好看也。人以錢為命，而亦有時以錢與人者，既要好看，便不復顧錢也。乃世又有守錢成窖，而不要好看者，斯又一類也矣。」〔註26〕力透紙背的嘲諷妙語，令人解頤。

而當林冲解到滄州時，他送差撥銀子，免了一百殺威棒，林冲感歎「『有錢可以通神』，此語不差。端的有這般的苦處。」聖歎批：「千古同憤，寄在武師口中。」〔註27〕後面又批：「此段偏要詳寫，以表銀子之功，為千古一歎。」〔註28〕又在回前總評中說：「此一回中又於正文之外，旁作餘文，則於銀子三致意焉。」聖歎詳敘林冲使銀過程，連表十三個「可歎也」，最後總結說：「只是金多分人，而讀者至此遂感林冲恩義。口口傳為美談，信乎名以銀成，無別法也。嗟乎！士而貧尚不閉門學道，而尚欲遊於世間，多見其為不知時務耳，豈不大哀也哉！」〔註29〕對沒有銀子就寸步難行的金錢社會揭露無餘。聖歎一生未離吳門，一直在故鄉著書，即這段處世箴言的身體力行。

林冲一案中，描寫最精彩的還有兩個押解他的差人董超、薛霸，這是兩個經驗豐富老到的利害腳色。

在林冲發配開路之前，陸謙請兩人到酒肆喝酒，道：「你二位也知林冲和太尉是對頭。今奉著太尉鈞旨，教將這十兩金子送與二位，只就前面僻靜去處

〔註26〕《金聖歎全集》第二冊，第 17 頁。
〔註27〕《金聖歎全集》第一冊，第 165 頁。
〔註28〕《金聖歎全集》第一冊，第 166 頁。
〔註29〕《金聖歎全集》第一冊，第 154～155 頁。

把林冲結果了。」董超道：（金批：一個不肯。凡公人必用兩個為一夥，便一個好，一個不好。蓋起發人錢財，都用此法，切勿謂董優於薛也。）「卻怕使不得；開封府公文只叫解活的去，卻不曾教結果了他。亦且本人年紀又不高大，如何作得這緣故？倘有些兜搭，恐不方便。」薛霸道：（金批：一個肯。）「老董，你聽我說。高太尉便叫你我死，也只得依他；（金批：妙語。不知圖個甚麼，死亦依他也。今人以死博名，類如此矣。）莫說使這官人又送金子與俺。你不要多說，和你分了罷。落得做人情。日後也有照顧俺處。（金批：薛霸賊。既得隴又望蜀，寫小人如畫。）」

他們在陸謙金子收買時，配合默契，應對得當，精通「起發人錢財」的靈通方法。

小說又描寫押送林冲的路途中，兩個公差巧使手段，愚弄和傷害林冲，用滾燙的開水泡壞林冲的雙腳，不僅折磨得他痛苦萬分，還叫他行動不便，無力反抗，便與取他性命。

他們在路上捉弄林冲也善於做好作歹，機心周密，動作熟練，不動聲色。而有趣的是，他們在結果林冲性命之前的最後關頭，特地將指使他們的密人密語，即高太尉和陸謙的陰謀，都講出來，既向解釋了林冲必死的原因，接著又藉此勸導林冲早點受死，作為「長痛不如短痛」的勸慰：「便多走的幾日，也是死數！只今日就這裡倒作成我兩個回去快些。」竟然還「兼顧」雙方的「利益」，真是非常有「說服力」，金聖歎夾批說：「此即是善知識語，細思之，當有橄欖回甘之益。」最後再鄭重重新提醒：「休得要怨我弟兄兩個；只是上司差遣，不由自己。你須精細著」，一再推卸自己的責任。金聖歎夾批說：「惡人殺人，又怕其鬼，每每如此，寫來一笑。」意思是惡人對作為弱者的活人雖然兇惡，但對他們死後成為的鬼，則非常害怕，更怕鬼來報復。不僅小小公差如此，皇帝老子和皇后娘娘也都如此。《舊唐書・玄宗諸子傳》記載，唐玄宗在楊貴妃之前，最寵愛的是武惠妃。武惠妃為了消滅異己，挑唆皇帝將太子和兩個王子廢為庶人，並害了性命。接著「武惠妃數見三庶人為祟，怖而成疾，巫者祈請彌月，不痊而殂。」她被這三個鬼魂纏住，唐玄宗特請巫師做法，她還是嚇死了。古時之人，絕大多數相信受屈而死的鬼魂會向仇人報復的，而善良的人則「日間不做虧心事，半夜不怕鬼叫門。」

這兩個公差在魯智深救出林冲後，他們恭敬相問：「不敢拜問師父在那個寺裏住持？」狡猾地打聽他的來路，回去後可向高俅報告，被智深識破而訓斥。

宋江被捕後，懂得規矩，送上好看錢，免得受苦；林冲被捕後，也懂得規

矩，可是公差受命害他，作者細敘公差接受任務和執行任務的過程；而武松被
捕後，則描寫他不畏強暴，敢於反抗的烈性：

> 武松自到單身房裏，早有十數個一般的囚徒來看武松，說道：
> （夾批：此書凡係一段小文，便要故意相犯，如此文，亦與林冲初到牢城營不換一
> 筆。）「好漢，你新到這裡，包裹裏若有人情的書信，並使用的銀兩，
> 取在手頭，（夾批：並無，故妙。）少刻差撥到來，便可送與他，若吃殺
> 威棒時，也打得輕。若沒人情送與他時，端的狼狽。
>
> 我和你是一般犯罪的人，特地報你知道。豈不聞『兔死狐悲，
> 物傷其類？』我們只怕你初來不省得，通你得知。」武松道：「感謝
> 你們眾位指教我。小人身邊略有些東西。若是他好問我討時，便送
> 些與他；若是硬問我要時，一文也沒！」（夾批：不是寫武松不知世塗，只
> 是自蠱奇峰，為下文生精作怪地耳。）（眉批：林冲差撥管營處都有書信銀兩，武
> 松兩處都無，宋江牢手有節級無，寫出他一個自愛，一個神威，一個機械，各各不
> 同。）囚徒道：「好漢！休說這話！古人道：『不怕官，只怕管。』『在
> 人矮簷下，怎敢不低頭！』只是小心便好。」
>
> 話猶未了，只見一個道：「差撥官人來了！」眾人都自散了。武松
> 解了包裹坐在單身房裏。（夾批：反坐下奇絕。）只見那個人走將入來問
> 道：「那個是新到囚徒？」武松道：「小人便是。」差撥道：「你也是
> 安眉帶眼的人，（夾批：新語。）直須要我開口？說你是景陽岡打虎的好
> 漢，陽穀縣做都頭，只道你曉事，如何這等不達時務！——你敢來我
> 這裡！貓兒也不吃你打了！」（夾批：隨景成趣。）武松道：「你到來發
> 話，指望老爺送人情與你？半文也沒！」（夾批：妙語。然世人都恒道之，而
> 不能知其妙，何者？蓋沒錢至於沒一文，止矣，若夫半文者，乞人亦不要也。偏說
> 半文也沒，蓋云沒之至也。）我精拳頭有一雙相送！（夾批：貓兒不吃打，狗
> 兒或者領卻拳頭去。）碎銀有些，留了自買酒吃！（夾批：自在之極。）看你
> 怎地奈何我！沒地裏到把我發回陽穀縣去不成！」那差撥大怒去了。
> 又有眾囚徒走攏來說道：（夾批：妙波。○此卻與林冲文不同。）「好漢！你
> 和他強了，少間苦也！他如今去，和管營相公說了，必然害你性命！」
> 武松道：「不怕！隨他怎麼奈何我！文來文對！武來武對！」

這段對話風趣幽默。那差撥譏諷武松虎落平陽被犬欺，不要自以為是打
虎英雄，現在連貓兒也沒有資格打了。而武松則回答要錢連半文也沒有。

　　宋江、林冲、武松都先後陷入牢獄，對付獄吏的勒索，三個人三種寫法，有異曲同工之妙。

　　總之，《水滸傳》這部偉大的小說同時也是一部發人深省的精彩的反腐小說。

《水滸傳》非理智型「推車撞壁」式激烈爭執的精彩描寫

　　中國古代小說戲曲名著，隱含著豐富多彩的人生智慧。

　　以四大名著為例，《三國演義》顯現帝王將相的智慧，《西遊記》隱含修行的智慧，《水滸傳》和《紅樓夢》包含了豐富的人生智慧。

　　中國的哲學和人生智慧，儒家推崇中庸之道，反對偏執、頑固、走絕端。道家講究「知其雄，守其雌」，以柔弱勝剛強。都反對不講條件、不審形勢的硬幹。反對無謂的爭執，尤其是「推車撞壁」式的你死我活的激烈爭執。

　　「推車撞壁」式的你死我活的激烈爭執，可分兩種，一種是智慧型的，一種是非理智型的。因篇幅所限，本文只分析非理智型的激烈爭執。

　　非理智型，即人物喪失應有的理智，盲目而衝動地與敵方、對方發生衝突、爭執，從而產生了嚴重的不良後果。

　　四大名著中的非理智型的衝突，往往言語與行動相結合，描寫出精彩的場面、鮮明的性格和生動的語言。

　　在《三國演義》中，最典型的例子有兩個，楊脩與曹操的爭執，關羽與孫權的決裂。

　　楊脩常常與曹操發生分歧，或者曹操自知有失但限於面子不予承認，楊脩在當面或背後點穿，引起曹操不快，雙方的關係陷入僵局。從整體上說，楊脩的才華不及曹操，曹操的智短是局部的，楊脩自持才高，揚才露己，與曹操明裏暗裏激烈爭執，不留退路，終於被殺，很不值得。

　　關羽擔當鎮守荊州的重任，卻違背諸葛亮聯吳抗魏的國策。在吳國主動示好，孫權願娶其女為媳，關羽不僅放棄這個和好機會，還強硬聲稱「虎女不嫁犬子」，挑起「推車撞壁」式、不留後路的衝突，結果中了他所鄙視的呂蒙的計謀，兵敗失地，身首異處，更敗壞了聯吳抗魏的人計，給蜀國帶來無可挽回的巨大損失。

　　《西遊記》中後果最嚴重的非理智型的爭執都發生在唐僧與悟空之間。悟空的火眼金睛每次都認清了漂亮外衣下的妖怪的真相，毫不猶豫地舉起金箍棒，置其死地。唐僧則橫加阻攔，不採理悟空的建議和勸說。雙方為面臨的是否是妖怪而發生激烈爭執，唐僧爭不過悟空，就數次開除悟空，勒令悟空回花果山，自己則陷入絕境，差點被妖怪當補藥吃入腹中。

　　《水滸傳》和《紅樓夢》此類的描寫佳例很多，而且更富於生活色彩，具有無與倫比的原生態的生動性和形象性，展示了兩書作為世界文化史上最傑出的文學巨著的偉大成就。

　　限於篇幅，《水滸傳》僅舉兩例，以見一斑。

《水滸傳》中閻婆惜與宋江的生死爭執

　　宋江被閻婆拖回家中，婆惜則極其冷淡，宋江胡亂度過一夜，凌晨離開時怒氣掩蓋了理智，竟然忘帶裝有梁山感謝信的招文袋。他急忙回去尋找，只見那婆惜柳眉踢豎，星眼圓睜，說道：「老娘拿是拿了，只是不還你！你使官府的人，便拿我去做賊斷！」明知宋江通賊，就兇橫地自稱是賊，以退為攻。宋江討饒道：「我須不曾冤你做賊。」婆惜道：「可知老娘不是賊哩！」宋江聽見這話心裏越慌，已被逼入絕路，軟語懇求：「好姐姐！不要叫！鄰舍聽得，不是要處！」婆惜道：「你怕外人聽得，你莫做不得！這封書，老娘牢牢地收著！若要饒你時，只依我三件事便罷！」宋江道：「休說三件事，便是三十件事也依你！」態度極好，婆惜卻道：「只怕依不得。」此語看似恐嚇語，但結果成真，峰迴路轉，使讀者大感意外。

　　妙在小說先寫宋江只得答應了她的全部條件，她卻一面敲打宋江：自己的姘頭「不強似你和打劫賊通同！」一面反覆強調：「只怕你第三件依不得。」「還有那梁山泊晁蓋送與你的一百兩金子，快把來與我，我便饒你這一場『天字第一號』官司，還你這招文袋裏的款狀！」宋江果然無法答應，因為他只要了一兩金子，婆惜道：「可知哩！常言道：『公人見錢，如蚊子見血。』他使人送金子與你，你豈有推了轉去的？這話卻似放屁！『做公人的，那個貓兒不吃腥？』『閻羅王面前須沒放回的鬼！』你待瞞誰？便把這一百兩金子與我，值得甚麼？你怕是賊贓時，快熔過了與我！」婆惜對公人的貪贓的認識是對的，但此時又是錯的，小說寫出了生活的無比複雜性。宋江道：「你也須知我是老實的人，不會說謊。你若不相信，限我三日，我將家私變賣一百兩金子與你，

你還了我招文袋！」婆惜冷笑道：「你這黑三倒乖，把我一似小孩兒般捉弄！我便先還了你招文袋，這封書，歇三日卻問你討金子，正是『棺材出了討挽郎錢！』我這裡一手交錢，一手交貨！你快把來兩相交割！」宋江道：「果然不曾有這金子。」婆惜道：「明朝到公廳上，你也說不曾有金子！」金聖歎對婆惜的怒斥多次批道：「駭人。」

　　兩人的爭執簡捷明快，迅即推車撞壁，雙方同時被逼入絕境，一個喪失理智叫喊「黑三郎殺人」而被殺，喪失理智的宋江做出殺人滅口的下下策，試圖用殺人死罪來挽救通敵死罪，結果是罪上加罪，從此亡命江湖，走上了不歸之路。

雷橫和白秀英的生死爭執

　　《水滸傳》描寫雷橫出差回來在街上閒走，偶然進入勾欄看戲，剛坐下不久——

> 　　鑼聲響處，那白秀英早上戲臺，參拜四方。拈起鑼棒，如撒豆般點動。拍下一聲界方，念出四句七言詩道：
> 　　新鳥啾啾舊鳥歸，老羊羸瘦小羊肥。
> 　　人生衣食真難事，不及鴛鴦處處飛！
> 　　雷橫聽了，喝聲采。

　　鄧雲鄉先生說：「這四句詩選得也極為得體，恰到好處。極有情趣，極為生動地反映了一個年齡雖不大，而江湖閱歷頗深的民間女藝人的內心世界。意態極為高揚，而感情極為深沉，聯繫到人物後面的發展，正顯示了極為深刻的社會內涵。是值得讀者再三思索，萬萬不可忽略掉的。」〔註30〕為什麼說「萬萬不可忽略掉的」，是因為《水滸傳》所描寫的優秀女性中，這位京城東京來到山東大膽闖蕩江湖的優秀女演員，她首次登臺賣藝的第一首定場詩就做了主題揭示。

　　這一首詩歌引出了一個精彩的故事。這個故事描寫白秀英父女和雷橫母子都缺乏必要的生存智慧，結果兩敗俱傷，同歸於盡。這是最壞的一種結局。雷橫的逃脫死罪是小說預設的一種僥倖，沒有普遍性的意義。我們來看這個故事：

> 　　白秀英拿起盤子，指著道：「財門上起，利地上住，吉地上過，

〔註30〕鄧雲鄉《水流雲在雜稿》，北嶽文藝出版社，1992年，第126頁。

旺地上行。手到面前，休教空過。」白玉喬道：「我兒且走一遭，看官都待賞你。」白秀英托著盤子，先到雷橫面前。雷橫便去身邊袋裏摸時，不想並無一文。雷橫道：「今日忘了，不曾帶得些出來，明日一發賞你。」白秀英笑道：「『頭醋不釅二醋薄。』官人坐當其位，可出個標首。」雷橫通紅了面皮，道：「我一時不曾帶得出來，非是我捨不得。」白秀英道：「官人既是來聽唱，如何不記得帶錢出來？」雷橫道：「我賞你三五兩銀子，也不打緊；卻恨今日忘記帶來。」白秀英道：「官人今日眼見一文也無，提甚三五兩銀子！正是教俺『望梅止喝』，『畫餅充饑』！」白玉喬叫道：「我兒，你自沒眼，不看城裏人村里人，只顧問他討甚麼！且過去問曉事的恩官告個標首。」雷橫道：「我怎地不是曉事的？」白玉喬道：「你若省得這子弟門庭時，狗頭上生角！」眾人齊和起來。雷橫大怒，便罵道：「這忤奴，怎敢辱我！」白玉喬道：「便罵你這三家村使牛的，打甚麼緊！」有認得的，喝道：「使不得！這個是本縣雷都頭。」白玉喬道：「只怕是『驢筋頭！』」雷橫那裏忍耐得住，從坐椅上直跳下戲臺來揪住白玉喬，一拳一腳，便打得唇綻齒落。眾人見打得凶，都來解拆，又勸雷橫自回去了。勾欄里人一哄盡散了。

雷橫是都頭，平時耀武揚威、託大慣了，所以平時不帶錢，可以白要或者賒欠；所以進了勾欄，就自然而然地在「青龍頭上第一位坐了」，在劇場裏佔據了最好的位子，成為最貴重的看客，照例要頭一個給錢，給大錢，以示氣派。誰知竟然沒有帶錢，一文莫名，使對方大失所望，已經給白秀英造成強烈的心理反差，十分惱怒。而雷橫不懂什麼道歉和反覆道歉，還居高臨下、大大咧咧地開空頭支票：「明日一發賞你」。他不是先表示歉意，一則他平時託大慣了，二則他瞧不起戲子，不肯道歉，在眾人面前又要充好佬，說「明日賞你」，已經感到態度極好了。白秀英的指責和諷刺也有道理，平時看白戲的地痞惡霸見慣了，照理不敢硬要，現在是相好的管轄之地，口氣就不自覺地強硬了起來，拿不到錢，就充分抒展口才，冷嘲熱諷，恰切有力，逼得對方下不了臺。雙方都是硬碰硬，終於動手打了起來，這也是雷橫平時兇橫慣了，講不過就打。這次可惹了禍。而當白玉喬罵雷橫「狗頭上生角」時，「眾人齊和起來」，可見眾人對雷橫這種表現也是不滿的。

白秀英辛苦演出，一分收入也沒有，應徵了她剛才唱的「人生衣食真難

事」的人生真理。她就到相好知縣那裏去告狀。知縣立即為她伸冤，本處縣裏有人都和雷橫好的，替他去知縣處打關節。怎當那婆娘守定在縣內，撒嬌撒癡，不由知縣不行；立等知縣差人把雷橫捉拿到官，當廳責打，取了招狀，將具枷來枷了，押出去號令示眾。那婆娘要逞好手，又去把知縣行說了，定要把雷橫號令在勾欄門首。第二日那婆娘再去做場，知縣卻教把雷橫號令在勾欄門首。

白秀英年輕貌美，色藝雙絕，她闖蕩江湖，要被惡霸盜匪欺凌霸佔，她被縣令霸佔，雅賊總要比惡賊稍許好一些，像鄭屠對金翠蓮，強要和蹂躪了她的身子，又讓自己的凶妻將她打罵出門，還追討沒有付過的典身錢，殘酷剝削她的賣唱錢，還不出錢就不斷地羞辱責罵。可是白秀英自感排頭硬，即背景硬，懲治對方，要做絕。自己要足面子，不給自己留一點退路。接著——

> 人鬧裏，卻好雷橫的母親正來送飯；看見兒子吃他絣扒在那裏，便哭起來，罵那禁子們道：「你眾人也和我兒一般在衙門裏出入的人，錢財真這般好使！誰保得常沒事！」禁子答道：「我那老娘聽我說：我們卻也要容情，怎禁被原告人監定在這裏要絣，我們也沒做道理處。不時便要去和知縣說，苦害我們，因此上做不得面皮。」那婆道：「幾曾見原告人自監著被告號令的道理！」禁子們又低低道：「老娘，他和知縣來往得好，一句話便送了我們，因此兩難。」那婆婆一面自去解索。一頭口裏罵道：「這個賊賤人直恁的倚勢！我自解了！」那婆婆那裏有好氣，便指責道：「你這千人騎，萬人壓，亂人入的賤母狗！做甚麼倒罵我！」白秀英聽得，柳眉倒豎，星眼圓睜，大罵道：「老咬蟲！乞貧婆！賤人怎敢罵我！」婆婆道：「我罵你，待怎的？你須不是鄆城縣知縣！」白秀英大怒，搶向前，只一掌，把那婆婆打個踉蹌，那婆婆卻待掙扎，白秀再趕入去，老大耳光子只顧打。這雷橫已是銜憤在心，又見母親吃打，一時怒從心發，扯起枷來，望著白秀英腦蓋上，只一枷梢，打個正著，劈開了腦蓋，撲地倒了。眾人看時，腦漿迸流，眼珠突出，動彈不得，情知死了。

雷橫的母親也不是好貨，平時也是個凶貨。所以開口就責怪兒子的同事，開口就罵原告，而且罵得兇狠兇橫，從「賊賤人」到有一連串定語的「賤母狗」，她用封建道德觀念藐視淪落風塵的可憐女性，借這個道德和社會地位的優勢

辱罵對方,罵得煞根,罵到對方的心裏,她才感到煞氣。而且,她違背「矮簷底下要低頭」的古訓,激化兒子與對方的矛盾,是非常愚蠢的。因為即使受欺,此時也要問情原由,適當忍耐,合理調解,君子報仇十年不晚。她要當場對抗,報仇。白秀英對付這種罵語,被打中要害,即使伶牙俐齒也無法辯護,只有動手打,才解恨。雷橫此時陷入絕境,母親被打,情理難容,還手,以後還要受到更大的報復。他怒極之下喪失理智,還來不及考慮後果,就出手。他們雙方做人本來就缺乏分寸,他先動手打對方父親,她再動手打對方的母親,雙方以暴對暴,不斷火上加油,這時傷人性命,原在理中。如果換一個讀過書的師爺,就不是這樣的經過和結局了。

他們沒有樹立在某種特定的情況下正確的「吃虧就是便宜」(語言吃虧、面子吃虧或者錢財吃虧)的人生哲學。這個人生原則看似消極,實質積極,體現了中國智慧中的最高思維水平。

與之相對比,史太公、劉太公等人,與人為善、助人為樂的人生哲學,就是這種人生原則的一種積極體現。受到無理責怪,也能和顏悅色地檢討、解釋。

這個片段將沒有文化、缺乏道德修養的雙方的爭吵、毆鬥到鬧出人命的過程寫得歷歷分明、合情合理。雙方都有理,雙方都蠻橫;雙方都不懂退一步海闊天空,都不懂要有忍讓精神,「無故遭辱不驚」的境界更其離得遠。結果陷入絕境。從藝術上來說,從歡快的戲劇表演的場面,到爭執、暫停、懲治、雙方性命相搏的場面,轉換自然,而且每一個場面都描寫得細膩生動,歷歷如繪,使讀者猶如親臨其境,而又精練。人物語言、性格和情節的發展互相生發,恰到好處,完美酣暢。完全是世界一流的傳世經典的水平。與《紅樓夢》寫的場景、性格和語言,異曲同工,各呈千秋。

《水滸傳》和《艾凡赫》〔註31〕

《水滸傳》和《艾凡赫》,是中、英兩國反映農民起義題材的傑作,都是

〔註31〕原刊中國《水滸》學會會刊《水滸爭鳴》第 2 期(1981·武漢·首屆全國《水滸》研討會論文專輯),長江文藝出版社,1983 年。《艾凡赫》,過去在中國以林紓所給的譯名《撒克遜劫後英雄略》(林紓、魏易譯《撒克遜劫後英雄略》,上海商務印書館,1913 年版)蜚聲文壇,實際上英文的原名是《艾凡赫》(Ivanhoe),今從原名。本文的引文採用劉尊棋、章益譯《艾凡赫》,人民文學出版社,1978 年版。

大作家的手筆。兩書雖東西相距數萬里，上下相隔幾百年，但在內容和形式上卻有許多驚人的相似之處。又因兩個民族的歷史變遷、心理習慣和文化傳統不同，所以又呈各有千秋，同工異曲之妙。對比研究一下，是饒有趣味和頗有啟迪的。

一、施耐庵與司各特

施耐庵是我國元末明初時的作家，他的生平事蹟缺乏可靠的歷史記載，但無疑地是一位大小說家，具有革新的精神。他敢於直筆控訴統治階級的罪惡，揭示出「亂自上作」、「官逼民反」的真理；在寫作技巧上採取前人未用過的許多手法，給文學界帶來一股清新、活潑的氣息，為中國後來的現實主義小說開闢了道路。

司各特（Walter Scott，1771～1832），名華爾特，英國詩人，歷史小說家。他先以寫詩聞名，政府甚至要給他桂冠詩人的封號，為他所拒絕。他雖是個貴族，且有二級男爵的頭銜，可是他青年時代即深入蘇格蘭民間做過調查研究，收集過大批民間歌謠。他瞭解人民疾苦，同情勞動人民，生前死後都深得人民愛戴，是英國最著名的歷史小說家。

司各特的歷史小說豐富和發展了歐美十九世紀的文學，對後世影響很大，著名作家如英國的薩克雷，狄更斯、史蒂文生，法國的雨果、巴爾扎克，俄國的普希金和美國的庫柏等，無不受其重要影響。

司各特也愛寫農民起義、人民鬥爭題材。從他創作第一部歷史小說《威弗利》（1814）起，緊接著在《清教徒》（1816）、《羅伯羅依》（1817）、《羅沁中區的心臟》（1818）、《艾凡赫》（1820）等多部著作表現或涉及到此類題材。但他在思想上有不及施耐庵之處：施耐庵，身為地主階級知識分子，卻能在一定程度上突破階級偏見，揭露批判地主階級的罪惡，在作品中帶有明顯的想實施開明政治的理想。司各特是資產階級作家，而政治思想卻比較保守，竟然留戀已被資本主義破壞的宗法社會，故而他的批判矛頭有時反而不如施氏尖銳。故司氏諸作的政治影響，遠不及《水滸》。但他也有勝過施氏之處：施氏只有《水滸》一書傳世，他卻有三十一部長篇小說，還有不少詩歌，可稱為多產高質的大作家。

二、宋江和羅賓漢

宋江和羅賓漢（Robin Hood）的起義都發生在十二世紀，不過一個是在世紀

初,一個是在世紀末。宋江起義在中國膾炙人口,羅賓漢起義震動英倫三島。羅賓漢出身自由農,因不堪封建壓迫、逃進謝爾武森林,成為「不受法律保護的人」。許多同樣受封建主、騎士和僧侶壓迫、欺凌的農民、手工藝者,團結在他的周圍。他們出沒綠林、城鎮,搶劫財主、騎士、僧侶,扶助貧苦無告的人民,並和追捕他們的官兵、僧侶進行頑強而機智的鬥爭。羅賓漢最恨那廷根的州官和騎士蓋·吉士邦,他不願給國王服務,還射吃國王領地上的鹿,但他並不以國王為敵。他是一個神箭手,有勇有謀,生性豪邁。他手下著名的夥伴有綽號稱小約翰的瘦高個兒,力大無窮的快活僧人杜克,美妙的歌手艾倫和羅賓漢的女友、多情的瑪利燕女郎等人。

羅賓漢和他的夥伴們得到英國勞動人民的厚愛而被傳唱不休,在十四、五世紀時為最盛行。到十五世紀時產生了一本《羅賓漢歌謠》(今存約四十首),這是西方中古時期成就最大的歌謠作品之一,直到文藝復興,十九世紀還時常為作家所採用。高爾基評價說:「……民謠所寫的羅賓漢是一個諾爾曼壓迫者的不知疲乏的敵人,居民的寵兒,貧民的保衛者,是個誰需要他幫助他就到誰身邊去的人。」(《羅賓漢歌謠》俄譯本序)

可見宋江和羅賓漢起義有許多相同或相似處,羅賓漢亦頗有英國「及時雨」之風度。

但也有一些不同點。首先是起義規模不同,羅賓漢隊伍小、活動範圍也小;宋江原以三十六人橫行齊魏,據推知後來至少發展到成千人。小說寫羅賓漢一夥側重於聚義之後,而宋江起義的菁華閃耀於上山之前。宋江和他的部下前期對封建統治者的打擊比羅賓漢大,但後期有受招安、征方臘這類投降敵人和自相殘殺之蠢舉,也有抵抗外侮的壯舉,而羅賓漢則無。

三、《水滸傳》和《艾凡赫》

為了在將兩書比較時敘述方便起見,下面先談兩書的不同之點:

其一、水滸的故事在南宋和元兩代流傳於民間,後發展成說書和戲劇藝術,並用話本和劇本的形式記錄下來,特別是元曲中的水滸戲,已經文人精心加工,不乏優秀之作。施耐庵在情節的構思和語言的通俗兩方面,都批判繼承了宋元說書和元代戲曲的藝術成果,並加以提煉和再創造。

我國傳統的「發憤著書」、「不平則鳴」等文學理論,也深刻地影響了施耐庵。傑出的文藝批評家金聖歎在《水滸傳》第六回批道:「發憤著書之故,其號耐庵不虛也。」可謂一語破的,真不愧為施耐庵的知音。《水滸傳》散發出

濃厚的戰鬥氣息，在下層知識分子和勞動人民中，引起很大的共鳴，乃至越出文學範圍，影響到歷次農民起義，對國家的歷史和政治產生了雖屬間接的、但卻是巨大的影響，其根本原因也在於此。

《艾凡赫》則不然。在它之前只有內容簡單的歌謠，沒有同題材的說書和戲劇作前導〔註32〕，因此描寫農民英雄事蹟的情節比較單薄，不很曲折。這當然也與作家不把這個內容作為作品的主線而予以全力刻畫也有關係。所以《水滸傳》寫出起義的全過程，並把這個全過程作為寫作的主要內容，而《艾凡赫》則只寫其局部，並把它僅作為小說的副線，將羅賓漢作為艾凡赫的陪襯。

西方古代文論比較側重於模仿與再現客觀世界。故而司各特注重於再現歷史，不強調作品的戰鬥作用，在這方面的影響不可和《水滸傳》相比擬。但是在此書以前，西方長篇小說已有數百年發展的歷史，積累了相當豐富的創作經驗，不像《水滸傳》在中國當時還純屬篳路藍縷之作，所以在掌握長篇小說這個藝術形式方面顯得成熟些和成功些。另外，中西長篇小說的特點不同。中國是章回體，適應中國讀者的民族心理和欣賞習慣，喜歡故事有頭有尾，一貫到底；西方小說常以一個或數個事件為中心，圍繞這中心來展開情節；或者以主人公的某段經歷來表現他的命運。這樣寫就能突出重點，乾脆利落，以適應西方讀者的心理和習慣。《水》《艾》兩書各自體現了自己民族文學的特點和他們的長短處。

其二，《水滸傳》全面、深刻地反映了後期封建社會的各個方面，生活氣息非常濃厚。如打獵、經商、開店、做道場、辦喪事、走江湖，乃至小販叫賣、手工勞動、家庭起居，無不生動、真實，用具體化的描寫，組成一幅完整的全景色的巨畫，給水滸英雄提供了寬廣的舞臺，也就是寫出人物活動和發展的歷史背景和典型環境。

《艾凡赫》也通過艾凡赫的冒險、戀愛經歷，反映出薩克遜領主和諾曼貴族的鬥爭，中間穿插了獅心理查和約翰親王兄弟間的權力鬥爭，薩克遜人民與諾曼封建主之間的民族和階級矛盾，還有基督教徒和猶太人之間的民族矛盾和宗教之爭。作者也給讀者描繪了生動而廣闊的歷史畫面，寫出了典型環境。

〔註32〕英國人並無「說書」藝術，有的論者看到《艾凡赫》新譯本有「說書的人講到這裡」云云，便以為英國也有「說書」，此純係誤會。譯者這樣譯是也受了《水滸傳》影響而故意套用這種稱呼，以示其俏皮。譯書中如稱脫克為「和尚」，稱羅賓漢為「寨主」，皆同此例。英國何來和尚，何來「寨主」？此乃譯者求俏皮又深受《水滸》影響之故也。

　　《艾凡赫》也寫了統治階級壓迫人民的暴行和宗教界的黑暗。但從全書來看，對階級壓迫很少有形象的揭露，小說裏竟大段引用起學術著作來，以抽象議論代替具體描寫，未免有煞風景。縱觀全書，小說對社會生活反映的深廣程度上，用典型性的形象來反映階級壓迫的普遍性方面，皆不及《水滸》遠甚。而且因此書重點不在羅賓漢，而在艾凡赫，故而提供羅賓漢情節一線的背景較模糊，而提供艾凡赫的背景較全面。

　　兩部小說都譴責挑起民族矛盾、造成民族壓迫的罪魁禍首，但對這些歷史罪人的態度卻迥然不同：施耐庵認為要鬥爭，用武力平定；司各特主張應調和，以妥協求和。

　　在描寫、反映農民起義時，兩書都寫到了精彩的武藝表現（如羅賓漢和花榮「百步穿楊」式的技術）、攻打城堡（如宋江們三打祝家莊和羅賓漢們進攻別夫的城堡）、打家劫舍和扶助窮人弱者。但這裡除了前面指出的，羅賓漢一線在書中內容單薄外，另外由於中國封建社會歷史長，同在十二世紀，中國的社會比英國發達，鬥爭也就更複雜得多；又由於中國農民鬥爭的歷史長，經驗豐富，所以小說中描寫的宋江起義隊伍，在組織形式和鬥爭形式上都要遠高於羅賓漢的隊伍。羅賓漢們還帶有濃厚草莽英雄氣息，宋江們則不同，他們有訓練有素的軍隊，軍隊中有精於文韜武略的謀士和將軍指揮。各隊戰士和他們的頭領分工明確，有的造兵器，有的建山寨，有的管錢糧，有的做耳目。他們有明確的政治綱領，有精熟的戰略戰術，所以進退有據，所向無敵。他們善於網羅人才，發展隊伍，孤立和打擊敵人。這是一股成熟的政治力量和軍事隊伍。這是中國農民起義波瀾壯闊的規模和功勳卓著的業績的真實反映。西方農民起義的政治、軍事、組織水平，跟中國相比是望塵莫及。因此，《水滸》起了歷史上農民革命的鏡子作用，有很大的認識意義。《艾凡赫》則相形見絀。

　　奇妙的是，小說中寫的中、英兩國的農民起義都不反對王權，都不直接反對皇帝。這是兩位作者對歷史的誠實處，同時也暴露出兩位作者都有擁護王權的保守思想。但是，施耐庵身處封建社會，那時，資本主義制度還未產生，所以有這種思想是歷史的必然，沒有這種思想倒反而出現違反歷史唯物主義的「奇蹟」了。因此不可深責；而司各特則生活於當時世界上資本主義最發達的國家，竟還有這種保守思想，不免削弱了他自己的進步性和作品的戰鬥性，令人可惜。

　　《艾凡赫》很注重細節描寫，環境描寫，而《水滸傳》則不大注意這些，

這是一個缺點。但根據其他書籍的記載，和流傳下來的如《清明上河圖》等繪畫及別的文物，我們也知道宋代生活較為翔實的情況。

其三、《水滸傳》最主要的人物是宋江。水流千轉歸大海，小說中的各種人物和事件都像眾星托月般地圍繞著宋江的形象塑造而展開，緊緊扣住作品的主題。宋江胸有大志，深謀遠慮，愛國憂民，功高望重。這是作者心目中理想的國家棟樑。但作者對宋江熱愛而不偏愛，理想化而不神聖化。他寫宋江貌不驚人，身無絕技，命蹇運乖，屢遭挫折。但他有劉邦式的奇才，雖不善將兵而善於將將。根據歷史真實，作者寫宋江受了招安。但作者在這個形象中注入了自己的階級偏見，著力表現宋江尚未舉義，就預早想把招安立為人生宗旨；而他又是頭腦清醒的現實主義作家，故而忍痛割愛，老老實實地寫出應有的結局，讓自己心中理想人物中了奸臣、政敵的詭計，只好自殺身亡，一命嗚呼。這好像普希金違背自己的意願讓塔吉雅娜結婚，托爾斯泰忍痛含淚讓安娜．卡列尼娜自殺一樣。不是既身手不凡又忠於藝術的大文豪，是落不下這樣的筆頭的。

《艾凡赫》的主人公是艾凡赫和羅文娜，最重要的是艾凡赫，因此連書名也取之於他的名字。但遺憾的是作家沒把這兩位主角寫好，陷入寫濫了的英雄美女的套子，成為西方文學史上著名的敗筆。換做別人，一部書把主角寫壞了，這部書就不可救藥了。但司各特這部寫壞了主角的小說不僅沒有倒下去，而且是他作為大作家的最著名的代表作，他用了什麼妙手回春的高招呢？他把兩位第二流人物寫得有血有肉活靈生現，令人難忘，作為前述缺陷的補救。這就是疾惡如仇、機智勇敢的人民英雄羅賓漢和聰慧美麗、善良勇敢的猶太姑娘蕊貝卡。

由於本文討論的重點是農民起義，所以這裡不談蕊貝卡，專談羅賓漢。

小說的重大場面一共有五個：一、阿什貝的比武，二、綠林綁票，三、進攻別夫的城堡，四、第二次綁票，五、蕊貝卡受誣被判火刑，艾凡赫和獅心王理查趕來將她救出。

羅賓漢共出場了三次。第一次在比武時他化裝成莊戶人洛克司雷來觀看，在第三天他在射箭比賽中施展百步穿楊的絕技，擊敗了不可一世的約翰王的親信。第二次是攻打反動貴族別夫的城堡，羅賓漢和他的全隊人馬在理查王和塞得利克的組織指揮下，英勇作戰。攻下城堡後，羅賓漢們到牧場去分戰利品。第三次是反動勢力在密林中對理查王進行突然襲擊，準備綁架、暗害他。

正在危急關頭羅賓漢率部下趕到，經過激烈戰鬥，擊敗敵人，救出國王。

小說中的羅賓漢一出場就先聲奪人，他在大庭廣眾之下指斥猶太高利貸者艾薩克吸窮人的血，他故意頂撞驕橫拔扈的約翰王，當眾影射王朝的祖先，狠煞了這位想在公眾面前耀武揚威一番的兇神惡煞的威風。比武中，讓約翰王及其親信當場出醜，並驕傲地拒絕獲勝的獎金。進攻城堡時，他部署隊伍井井有序。他處理事情賞罰分罰分明。作者生動形象地刻畫出這麼一個智勇雙全，具有高風亮節的義士形象。

但由於小說只是寫了羅賓漢起義的幾個片段，所以作家遠未能描畫出這位英雄的全貌。另外，由於篇幅的限制，英國歷史條件（特別是農民運動不夠發達和成熟）的限制，加上對羅賓漢被迫為盜的原因，不是靠生動、曲折的「逼上梁山」式的具體描繪，而是用抽象議論來代替，這就使作家也無法豐富飽滿地寫好這個人物。羅賓漢作為起義中的領袖人物在原書中頗有光彩，但與宋江相比，難免黯然失色了。

兩書中政治上的最主要人物，除了起義一方的兩位首領外，還有兩位帝王。一是宋徽宗，一是獅心王理查。這兩位帝王倒也屬於無獨有偶的一對，有很重要的相似之處。小說裏寫宋徽宗「是個聰明俊俏人物，「琴棋書畫，無所不通；踢球打彈，品竹調絲，吹彈歌舞，自不必說」。但他耽於享樂，又缺乏政治才能，疏於治國，是個亡國的昏君。小說裏寫理查是「一個地道的遊俠，憑著個人的膂力，到處漂流，最愛到那最危險的去處，卻放著國家大事不問，也不考慮自己的安全」（中譯本，第 406 頁）。在獅心王的身上充分體現著一個遊俠騎士的性格，但對於國計民生攸關的重大決策反而看作無足重輕。

中、英兩個帝王，弓馬文藝武藝雖佳，都是荒於治國之昏君，兩位作者對兩個帝王都持批判態度，但施耐庵批判鋒芒尖銳，且寫具體事實揭露（如嫖妓、重用壞人等），而司各特筆調含蓄溫和，多用抽象議論表述，其思想和藝術效果就有高下之分。

其四、兩部小說都是文學史上的力作，在藝術上各具匠心、有同有異，也各有優劣處。

首先兩書在語言上所達到的高度成就應該重視。《水滸傳》的語言平易、通俗，但又經過千錘百鍊，豐富而又生動，寥寥幾筆就能繪聲繪色，極富表現力；人物語言的高度個性化。這是中國讀者所熟悉的。

《艾凡赫》則善於用明快通達的語言來寫人敘事，又能用豐富生動、精細

入微的文字來描繪人物肖像和自然景色。《艾凡赫》的語言和對話則有古希臘悲喜劇和莎士比亞的雄辯、幽默和華麗的特色。

由於中西美學思想的傳統不同,《水滸傳》的描寫講究「神似」,不強調形似,體現了以虛帶實的特色。如《水滸傳》的對人物肖像的描寫,不作非常具體的介紹,但寥寥幾筆,即可讓讀者看到人物的「尊容」。如寫李逵只有「一個黑凜凜大漢」半句,但讀了全書,這位好漢鮮靈活脫、生龍活虎的完整形象,卻清晰地浮現在我們眼前。如寫風景,林教頭風雪山神廟一段寫大雪,只要「那雪下得緊」五個字,就令魯迅讚歎。至於寫心理活動,書中妙例更多。如宋江殺閻婆惜前後一反小心謹慎、寬厚待人的常態,而頓萌殺心時一系列內心激烈鬥爭,讀後,令人歎為觀止。

西方美學思想講究形似,即摹仿,再現,並從形似、再現中再寫出典型性來,偏向於以實帶虛。《艾凡赫》在這方面也頗有成就。如書中對蕊貝卡美麗容貌和形象的精細描繪,可與俄國擅寫女性肖像和形象的大師岡察洛夫、屠格涅夫媲美,而他對英國田野風光,房屋城堡的描寫,也使我們有身臨其境的親切之感。但總的來說,此書的心理描寫遠遠比不上《水滸傳》。

至於兩書的情節,則都很生動曲折,跌宕多姿,引人入勝。與之相適應,兩書在菁華處的結構都很嚴謹,隨著故事情節的開展、人物性格的發展而環環緊扣,作了精心的安排。但兩書的結構也都有鬆散之處。《水滸傳》也許因為七十回以後有許多處是別的作者增添或續寫的吧,它的後半部結構散亂,且和前半部聯繫不緊密;而《艾凡赫》作者貪多圖快,喜歡信筆所之,有時還是口述,由人筆錄,這就未免顧此失彼,經常出現疏忽與漏洞,為論者所屢譏。

另外《水滸傳》用語言和行動來刻畫人物的性格,而《艾凡赫》喜用大段的議論和描寫來反映人物和事件。

《水滸傳》還有一個妙處為《艾凡赫》和中外其他許多名著所缺少的,那就是全書有許多事件的描寫充滿了辯證法的哲理。除了毛澤東同志所舉的「三打祝家莊」這個在故事內容和情節上閃現辯證法光輝的著名範例外,筆者再舉兩個把辯證法用在寫作上的例子。一是寫武松打虎過程中,三次寫到武松心中害怕,這就寫出了武松既神奇而又平凡的兩面,揭示了生活本身的邏輯。把勇敢與膽怯辯證地統一在一個人彼時彼地的心理狀態和性格特徵中,這樣寫並不影響人們對武松勇力過人的讚歎。

　　又如武松氣呼呼、急匆匆拿著刀到獅子橋酒樓去找西門慶復仇。西門慶本事不及武松，又沒有思想準備，赤手空拳，處絕對劣勢，武松殺他，好比虎與貓鬥，有什麼精彩之處？但作家自有妙法，他寫武松報仇心切，氣壯而心粗，缺乏細緻，一腳被對方將刀踢飛。西門慶見開打得手，心中就不怕了。這樣雙方搏鬥就比較精彩，武松打贏他，也倍顯光采。作家懂得寫作時將矛盾雙方力量的消長作有變化的調動，先揚後抑，抑後再揚，就使文章有了波瀾。

　　施耐庵在寫作中有意識地使用辯證法，這與他有較清醒的政治、哲學頭腦分不開。他又能將此法不露聲色、天衣無縫地用在寫作中，一個古代作家能這樣做，很了不起。

　　在西方文學史上，《艾凡赫》是歷史小說。

　　歷史小說當然允許也必須有虛構，但虛構絕對不能違背歷史真實。

　　而司各特則時有失實之處，特別是他把資產階級人道主義、對敵人的「寬容」精神硬賦於中世紀的人物，豈不大悖事理。眾所周知，人文主義、人道主義的旗幟是針對中世紀的殘酷、野蠻、黑暗才在文藝復興時期開始高舉起來的。

　　最後還要指出的是，這兩部小說都是現實主義和浪漫主義比較完美結合的傑作。《水滸傳》雖以現實主義小說著稱，但書中帶有濃厚的浪漫主義色彩。不要講武松打虎、魯智深倒拔垂楊柳是浪漫故事，就是義軍中的主要領袖也是被高度理想化的。《艾凡赫》像作者其他歷史小說一樣，一方面接受了十八世紀後半期以「恐怖和神秘」為特點的哥特派前浪漫主義的影響，有的地方如死人復活還表現出消極浪漫主義的痕跡，但另一方面也繼承和發揚了英國啟蒙時期的現實主義。這表現在書中真實地再現了英國中世紀的歷史畫面，真實地寫出了反動統治者的兇惡和愚蠢，看到人民力量的偉大和強大。

　　正如高爾基指出的那樣，一個作家或一部作品兼有現實主義和浪漫主義往往是這個作家或作品高度成熟的一種標誌。《水滸傳》和《艾凡赫》都是值得我們反覆認真揣摩、借鑒的這樣的好作品。

《水滸》雜論七則

《水滸》英雄的四大主角、十大人物和兩大事件

　　《水滸》英雄的四大主角是林冲、宋江、武松。還有晁蓋。

十大重要人物為：史進、魯達、楊志、李逵、石秀、吳用、花榮、戴宗、張順、盧俊義。

兩大事件：智取生辰岡（3回），三打祝家莊（3回）。這兩大事件內涵豐富精彩，影響深遠。

四大主角、十大重要人物，在書中所佔篇幅最多和較多的有：

林冲，第六回至第十一回，共6回；第十八回梁山火併，人稱林十回，實際共7回。

宋江，第十七、十九至二十二回，第三十一回至第四十一回，宋十回共有16回之多。

武松，第二十二回至第三十一回，共10回。武十回，實至名歸。

史進，第一、第二、第五回，第六十八回；共4回。

魯達，第二至第八回止（跳過第七回），共有6回。在第五回，史進又出現，而第六、第八回（第七回目錄出現魯智深，卻並沒有寫到他；第八回目錄沒有提到他，卻描寫他出救林冲），魯智深與林冲都是主角。至第十六回，魯智深再次出現，魯智深共有7回給以突出表現，與林冲大致相等，在《水滸傳》中是繼林冲、宋江、武松之後的最重要的人物形象。

楊志，第十一、十二、十五、十六回，共4回。

李逵，第三十七、三十九、四十二回，第五十一至第五十三回，第六十回，共7回。

石秀，第四十三至第四十五、第六十一回，共4回。

吳用自十三回起，貫穿全書。

晁蓋在書中的描寫並不多，他作為主角，是因為他是智取生辰綱的發起人和領導人，是梁山前期的領袖。

英雄落草是否皆為「逼上梁山」？

《水滸傳》第一階段出現的英雄，到江州劫法場、小聚義後，多已落草。史進、魯達、林冲、楊志、武松，五位好漢都上山造反了，只有宋江因種種原因還不肯落草、造反。

《水滸傳》描寫英雄落草的千古名言是「逼上梁山」。

這五位英雄，史進並沒有人逼他造反，是他自己喪失原則，結交匪類，被官府發現後，不聽勸說，執迷不悟，幫助強盜抗拒，結果流落江湖，最後上山造反。

魯達也沒有人逼他造反。他是為了幫助弱女報仇，誤傷人命。而鄭屠雖然歹毒，欺凌弱女，但尚不致有死罪。魯達打死他後，為避殺人償命，忘命江湖。如無此事，也不會為救林冲後得罪高太尉。即使得罪了高太尉，也可以隱居江湖，並不是非造反不可。

武松是私設公堂，殺人報仇，犯下死罪，然後為惡勢力頭目施恩效勞而得罪另一派勢力更大的黑勢力並中計吃冤枉官司，然後又報仇殺人，陷入絕境，只好造反。

楊志本來堅決不肯造反，他誤殺地痞惡霸牛二后，已經擺脫了困境，從本質上說，是智劫生辰綱的強盜逼他造反。另外也是貪官梁中書以鉅資孝敬巨貪級的丈人蔡京，又用人不當，造成楊志不應有的失敗，從而陷入絕境。但楊志本人也有失誤，如果他像不少良將打仗時身先士卒那樣，也帶頭挑重擔，並以重賞鼓勵——而不是靠重罰來逼迫——重賞之下必有勇夫，士兵就聽從他的指揮，從而順利到達東京了。

只有林冲是在高俅父子不依不饒的連續迫害下，才被迫造反，從而逼上梁山的。

於是論者就有了爭議。有的說只有林冲是真正逼上梁山的，其他人不是。有的說，是黑暗社會的迫害，他們只好逼上梁山。都未抓準要害。

但《水滸傳》的確是描寫他們「逼上梁山」的，那麼是誰逼的？根據小說的描寫，一、他們中的有些人是命運逼的。如史進、武松和魯達。小說將他們的命運描寫得驚心動魄、精彩絕倫。二、有些人是貪官逼的，如林冲、楊志，後期的魯智深也如此，他為救助林冲而惡了高太尉，小說描寫得很深刻，具有很大的思想、社會意義。魯達和楊志之所以造反，還是貪官逼迫和命運不佳相結合的結果。他們原本是朝廷軍官，都是對朝廷忠心耿耿、身懷高超武藝的高級人才。但是貪官和命運將他們推到了反面，令讀者惋惜。

《水滸傳》只反貪官，不反皇帝。宋徽宗雖然昏庸，重用了姦臣，但宋朝整體上還是和諧社會，國家的根基沒有搖動，當時的宋江、方臘起義迅即被鎮壓，不是金兵南下，北宋還會有轉機的，南宋能夠生存，文化和經濟還很繁榮，即是一證。

至於宋江本就未受迫害，他要造反，原因複雜；他後來上了梁山，梁山和朝廷糾結的形勢就更其複雜了。

《水滸傳》以高明的記敘，寫出「逼上梁山」的複雜性。

《水滸傳》酒醉誤事事例

《水滸傳》一而再、再而三描寫酒醉誤事的人生教訓。

史進的莊客王四酒醉失落信件，連累主人史進丟失家園，亡命天涯。

魯智深在五臺山兩次大醉闖禍，嚴重損壞寺廟，自己也丟失了存身之地。

林冲酒醉被莊客擒獲拷打，差點丟了性命。

武松酒醉後與黃狗憋氣，跌倒而爬不起，被仇人抓獲，差點喪命。

宋江在潯陽江酒樓醉後寫反詩，差點喪了性命。

揚雄酒醉洩露石秀的密告，損傷了友誼。

安道全醉酒後被妓女劫持，差點誤了正事。

《水滸傳》描寫多個醉酒事件，內容精彩，推動情節發展和變化，且含義豐富。

《水滸傳》的相犯

金聖歎《第五才子書水滸傳》的讀法說：

> 《水滸傳》章有章法，句有句法，字有字法。人家子弟稍識字，便當教令反覆細看，看得《水滸傳》出時，他書便如破竹。

> 江州城劫法場一篇，奇絕了；後面卻又有大名府劫法場一篇；一發奇絕。

> 潘金蓮偷漢一篇，奇絕了；後面卻又有潘巧雲偷漢一篇，一發奇絕。

> 景陽岡打虎一篇，奇絕了；後面卻又有沂水縣殺虎一篇，一發奇絕。真正其才如海。

> 劫法場，偷漢，打虎，都是極難題目，直是沒有下筆處，他偏不怕，定要寫出兩篇。

金聖歎稱這樣的寫法為「有正犯法：如武松打虎後，又寫李逵殺虎，又寫二解爭虎。」

相犯，題材相同。《水滸傳》許多題材偏要重複寫，甚至寫三遍，但人物各異，情節不同，匠心獨運，犯中求避，在共性中發揚個性，在相似中求差異，文筆「無一字一畫相同」，各呈千秋，異曲同工，美不勝收。

書中正犯的題材主要有：

武松打虎與李逵殺虎；解珍解寶捕虎。

潘金蓮偷情與潘巧雲偷情，閻婆惜與張三偷情，盧俊義老婆賈氏偷情。

李逵和梁山好漢江州劫寨與石秀獨自大名府劫寨。

清風寨劉高和大名府粱中書過元宵燈節。

宋江江中吃板刀麵和張順揚子江被縛扔江。

戴宗尋公孫勝和吳用尋盧俊義，都用李逵做伴當。

鄆哥尋西門，極似唐牛尋宋江。

二解越獄，史進又要越獄。金聖歎說，史進「此回忽然以『月盡』二字，翻空造奇，然後可知最狹窄的題目，其中都有無數異樣文字，只有大才才能洗發出來。」

宋江通風報信的嚴重後果

宋江，祖居山東鄆城縣宋家村人氏。為他面黑身矮，人稱黑宋江；又且馳名大孝，仗義疏財，人稱孝義黑三郎。父親宋太公和兄弟宋清在村中務農，守些田園過活。他在鄆城縣做押司，刀筆精通，吏道純熟；更兼愛習槍棒，學得武藝多般，平生只好結識江湖上好漢：但有人來投奔或求助他的，熱情相陪，盡力資助，揮金似土！每每排難解紛，只是周全人性命。時常散施棺材藥餌，濟人貧苦，賙人之急，扶人之困。以此，山東、河北聞名，都稱他做及時雨；猶如天上下的及時雨，能救萬物。

何濤趕來鄆城縣抓賊，宋江接待他，問清案情，吃了一驚，肚裏尋思道：「晁蓋是我心腹兄弟。他如今犯了迷天大罪，我不救他時，捕獲將去，性命便休了！」心內自慌，嘴上故意罵晁蓋幾句，騙他在茶坊等候。利用這個時間差，宋江卻自槽上了馬，牽出後門外去；袖了鞭子，慌忙的跳上馬，慢慢地離了縣治；出得東門，打上兩鞭，急奔而去；（金批：只一上馬，寫得宋江有老大權術，其為群賊之魁，不亦宜乎？）沒半個時辰早到晁蓋莊上。宋江對晁蓋道：「哥哥不知。兄弟是心腹弟兄，我捨著條性命來救你。如今黃泥岡事發了！白勝已自拿在濟州大牢裏了，供出你等七人。濟州府差一個何緝捕，帶著若干人，奉著太師府鈞帖並本州文書來拿你等七人，說你為首。天幸撞在我手裏！我只推說知縣睡著，且教何觀察在縣對門茶坊裏等我，以此飛馬而來，報導哥哥。『三十六計，走為上計。』（金批：大書此語，以表晁蓋之入山泊，正是宋江教之也。）若不快走，更待甚麼？我回去引他當廳下了公文，知縣不移時便差人連夜下來。你們不可耽擱。倘有些疏失，如之奈何？休怨小弟不來救你。」晁蓋連聲道謝，宋江道：「哥哥，你休要多話，只顧安排走路，不要纏障。我便回去也。」晁蓋

還要宋江見過眾英雄，宋江略講一禮，回身便走，（金批：真乃人中俊傑，寫得矯健可愛。）囑付道：「哥哥保重！作急快走！兄弟去也！」宋江出到莊前上了馬，打上兩鞭，飛也似望縣來了。回到縣裏，又勸知縣日間抓人要走漏消息，放到夜間去抓，給晁蓋留下充裕的逃跑時間。

宋江冒險通風報信，為的是收買晁蓋之心。他結交天下好漢，一是靠銀子，二是感情投資。感情投資的方法很多，冒險救人即是關鍵的一種。

宋江這個舉動後果嚴重：為救幾個強盜，當地的治安造成很大震盪，官兵圍剿時騷擾和損害了鄉民，影響了正常的生產；維護治安的官兵全軍覆沒，這一切都造成很多家破人亡的人間悲劇。此後，要支付很大的社會成本，才能修復生活的平靜和安寧。

宋江家破人亡的起因

宋江給晁蓋通風報信，為了一小撮強盜的活命，斷送了眾多人的性命。前後二千多個士兵死光，他們的父母、妻、兒無人贍養，人亡家破。宋江後來見了公文，心內尋思道：「晁蓋等眾人不想做下這般大事！劫了生辰綱，殺了做公的，傷了何濤觀察；又損害許多官軍人馬，又把黃安活捉上山；如此之罪，是滅九族的勾當！雖是被人逼迫，事非得已，於法度上卻饒不得，倘有疏失，如之奈何？」他還只為朋友著想。有人會說：這些官兵和公人欺壓百姓，死了活該。這些士兵和公人有的（不會是全部）有時（不會天天、經常）欺壓百姓，因為他們缺乏嚴格的教育與制度，但多數不是壞人。國家危機時，還是需要有兵丁上陣。他們的性命難道應該在內戰中丟失，而讓遼、金野蠻的鐵蹄入侵時則缺乏兵力抵禦？

宋江自己沒有家室，在古代社會，不孝有三，無後為大。他不娶妻、生子，並非是貧窮或有病，而是「心在別處」，他另有野心，怕有家室之累。

可是因為命運的播弄，宋江也即將面臨家破人亡的結局，而且造成人亡的兇手，就是他自己。這正是通風報信，害別人家破人亡的一種報應。

宋江的家室，遠從京師來──這一家兒從東京來，原本嫡親三口兒。夫主閻公，有個女兒婆惜。閻公平昔喜好唱曲，自小教得女兒婆惜也會唱諸般耍令。年方一十八歲，頗有些顏色。三口兒因來山東投奔一個官人不著，流落在這鄆城縣。不想這裡的人不喜風流宴樂，因此不能過活，在這縣後一個僻靜巷內權住。昨日閻公因害時疫死了，這閻婆無錢津送，沒做道理處，央及王婆

做媒,嫁女葬夫。宋江資助了棺材錢,閻婆見宋江未討娘子,為答謝宋江的資助,情願將女兒給他。宋江依允了,安頓了閻婆惜娘兒兩個在那裏居住。沒半月之間,打扮得閻婆惜滿頭珠翠,遍體綾羅。又過了幾日,連那婆子也有若干頭面衣服。端的養的婆惜豐衣足食!初時,宋江夜夜與婆惜一處歇臥,向後漸漸來得慢了。宋江是個好漢,只愛學使槍棒,於女色上不十分要緊。這閻婆惜水也似後生,況兼十八九歲,正在妙齡之際,因此,宋江不中那婆娘意。

一日,宋江不合帶後司貼書張文遠,來閻婆惜家吃酒。張三是眉清目秀、齒白唇紅、學得一身風流俊俏、平昔只愛去妓館的酒色之徒,與酒色娼妓婆惜馬上勾搭成奸。

宋江風聞此事,半信不信。雖是小妾,她背著自己偷漢,是可忍孰不可忍?但宋江胸懷大志,小不忍則亂大謀,肚裏尋思:「又不是我父母匹配妻室。他若無心戀我,我沒來由惹氣做甚麼?我只不上門便了。」自此有幾個月不去。閻婆累使人來請,宋江只推事故不上門去。

宋江這樣息事寧人的態度,照理應該百事無礙了。可是「無巧不成書」,劉唐那天送來晁蓋的感謝信和一百兩金子的謝禮,宋江收下了感謝信,也象徵性地收下一兩金子,表示對晁蓋的謝意心領了,其餘金子都令劉唐帶回,堅決不收。宋江不僅不貪財,他還為梁山著想:山寨的事業剛開始,需要用錢。接著他非常謹慎地勸劉唐馬上離開,趕快回梁山,防備被這裡的公人發現而出意外。他為對方著想,想得非常周到。可是他剛送走劉唐,就在半路上撞上「丈母」閻婆,被閻婆硬拖回家去,他剛才留下的「通敵」證據——晁蓋的感謝信還來不及藏好,就被閻婆偷走,留下了極大的禍患,成為家破人亡的導火線。

宋江視閻婆惜為無物,讓她自生自滅。他不懂妻賢夫禍少,而不關心、愛護自己的女人,讓她在家中自怨自艾,壞了心態,進而心懷怨恨,會造成禍害。果然,他因缺少識人的眼光,引狼入室,將張文遠帶回家喝酒,給了他勾引閻婆惜的機會,閻婆惜與他偷情,徹底毀了家庭。宋江對閻婆惜缺乏警惕,不知閻婆惜已對他懷恨在心,行事粗疏,落下招文袋,將通敵的把柄落入閻婆惜手中。宋江遇到突發的變故,缺乏處置能力,終於將事變發展到不可救藥、生死搏殺的程度,最後竟然淪落為殺人犯,在連累幫他蒙混過關和脫逃的唐牛兒被官府問做成個「故縱凶身在逃」,脊杖二十,刺配五百里外之後,亡命天涯,吃盡苦頭。

九天玄女贈送宋江的天書竟然無用

眾英雄好不容易在江州劫法場，救出宋江，擁戴著宋江上了梁山。宋江又出新花樣，說老父在家鄉可能會被官府抓去，性命不保，要親自去接老父上山。

宋江一人乘天黑，偷偷進入宋家村，敲後門，弟弟宋清出來開門，說：日裏夜間，有一二百官兵巡視，監視、管定了他們父子。宋江嚇得連門也不進，轉身就要逃回梁山。剛摸黑走到還道村，就被官兵追上圍住。宋江無路可逃，慌亂中避入一個古廟。追兵到廟中搜索，宋江得到神佑的庇護，官兵受到驚嚇，倉皇撤離。

宋江躲在神廚中，忽見兩個青衣小童，邀請宋江轉過後殿側首一座子牆角門，走過水橋，來到一個大殿。宋江在驚恐中一看，殿上金碧交輝，點著龍燈鳳燭；兩邊都是青衣女童，持笏捧圭，執旌擎扇侍從；正中七寶九龍床上坐著九天玄女娘娘，身穿金縷絳綃之衣，手秉白玉圭璋之器，天然妙目，正大仙容。娘娘稱他為宋星主，賜他仙酒、仙棗。宋江共飲過三杯仙酒，三枚仙棗，再拜道：「臣不勝酒量，望乞娘娘免賜。」殿上法旨道：「既是星主不能飲酒，可止。」並令：「取那三卷『天書』賜與星主。」娘娘法旨道：「宋星主，傳汝三卷天書，汝可替天行道。星主全忠仗義，為臣輔國安民；去邪歸正；勿忘勿泄。」（金聖歎的夾批嘲笑說：只因此等語，遂為後人續貂之地。殊不知此等，悉是宋江權術，不是一部提綱也。）宋江再拜謹受。娘娘法旨道：「玉帝因為星主魔心未斷，道行未完，暫罰下方，不久重登紫府，切不可分毫懈怠。若是他日罪下酆都，吾亦不能救汝。此三卷之書可以善觀熟視。只可與天機星（指吳用）同觀，其他皆不可見。（金批戳穿說：寫宋江用權詐，獨不敢瞞吳用，其筆如鏡。）功成之後，便可焚之，勿留於世。」金批揭穿說：「從來相傳異書，悉以此語為出身之路（利用之後，假稱燒掉，不讓人們看到天書的真相而銷毀滅跡），思之每欲失笑。」

宋江之類玩弄權術之徒，假稱自己是星宿下凡，謊說自己遇到仙女，處事得到仙女所贈的「仙書」的指導，欺騙眾人對他俯首帖耳，言聽計從，確保自己的權威。這種事情，騙得了別人，騙不了同樣精於權術的吳用，所以宋江只與他一人共享「天書」。

後來宋江雖說與吳用「終日看習天書」，而唯一一次依靠「天書」用於作戰的實踐是，攻打高廉的高唐州。高廉用妖法取勝，吳用說「若能回風返火，便可破敵」。宋江聽罷，打開天書看時，第三卷上有「回風返火破陣」之法。宋

江大喜，用心記了咒語並密訣，整點人馬，搖旗擂鼓，殺進城下來，結果大敗
虧輸，還被高廉趕殺二十餘里。好不容易用上了「天書」，卻毫無屁用。

　　《水滸傳》多次描寫出人意料的結果。如武松手持哨棒上山，小說多次
寫哨棒，到老虎撲來時，武松心慌，揮棒打虎，卻打在樹枝上，棒斷而虎則無
恙，武松赤手空拳地面對猛虎三襲，極其狼狽和危險。宋江拿到天書後，威懾
群雄，他煞有介事地閱讀、研究，還與吳用兩人終日看習，身處惡戰險境時，
天書竟然無用，只有《水滸傳》敢這樣寫。讀者如果嘲笑，寫了半天，天書竟
然無用，那麼為什麼要寫宋江喜得天書、勤奮看習？究竟是騙人還是騙鬼？
這樣的寫法，想落天外，出人意料之外而不入情理之中，只有大手筆才能如此
搞笑，給趙括的後輩以辛辣的諷刺。

參、《水滸傳》人物新論

典型人物新論

《水滸傳》塑造的多位英雄，達到典型人物的藝術高度。其中最重要的人物是林冲、武松和宋江，給以最大的篇幅，人稱林十回、武十回和宋十回，作酣暢淋漓的藝術描寫。另有全書開首描寫的史進和魯智深，梁山義軍的領袖晁蓋，也是書中的主要人物。

史進的忠厚老實和善良誠信

《水滸傳》開首描寫的第一個英雄是王進，第一個梁山英雄是史進。兩人是師徒關係，而名字還恰巧相同。

《水滸傳》開首描寫的第一個梁山英雄史進，是一位非常可愛的青年英雄，他的忠厚老實和善良誠信，可以看做是梁山好漢的一個標兵。

他出生於一個善良忠厚的家庭，父親史太公救助王進母子，讓王進老母在家長期養病。

王進因路上因錯過宿頭，借住史家莊，受到史太公的熱情款待。老母年邁奔波，路上受了風寒病倒，只能滯留在史家，又得到史太公的真誠關心和幫助。感激之餘，王進願意點撥、指導史進的武藝，作為一種報答。金聖歎特地將兩人做了對比，揭示了《水滸傳》描寫兩人的深意。

人各有志，史進不安心務農，不喜歡農田的管理，丟棄了對他極其有利的祖業。在古代社會，耕讀之家是高尚而又有前途的。他既不學習農事，又不讀

書上進，只是喜歡弄槍舞棒，不務正業：武藝只能作為業餘愛好和強身防身的鍛鍊，但即使有高強武藝，除非當教頭或保鏢，或參軍，否則，靠武藝是不能在社會上謀生的。

史進只顧眼前，對人生的前途沒有正確的規劃。為此他的母親予以管教，他不聽，父親過於溺愛，任他自由。父母兩人的意見不一，孩子就教育不好，他的母親因此被氣死。其母死後，就更沒有人管教他了。在古代社會，他不接受正確的家庭教育，不繼承父業，又不學真本事，所以，即使他不當強盜，農田管理不好，最終會破產而坐吃山空，「富不過三代」，也必然窮困潦倒，人生前途灰暗無望。

再說史進在窮鄉僻壤，即使學武，遇不到武藝高強的師父，只學得一些花拳繡腿，還志高氣傲，井中觀天，目空一切。他幸虧遇到落難而路過此地的王進，因為種種機緣湊巧，才讓王進看到他武藝的不濟，又因其父的真摯熱情、與人為善才使王進熱情主動地願意給以指導。

經過王進的調教，史進的武藝大進，也即有了一些真本事。但畢竟只有相處兩個月，史進來不及學到王進的全部本領，更何況他缺乏幼功——學習任何文武的技藝，沒有幼功是無法成為技藝高深的人才的，更何況王進走後，史進還是依舊缺乏正確的練功方法和途徑，只會打熬氣力。所以史進的武藝至多屬於中下等。

在梁山英雄中，與一流高手武松、林冲、魯達等相比，史進的武藝是差得相當遠的，故而地位不高，處境不佳。史進更因為武藝不高，吃足了苦頭。

史進善良真摯，被朱武的苦肉計和他與陳達、楊春的義氣所打動，與他們結成生死之交。

史進莊上有個為頭的莊客王四，此人頗能答應官府，口舌利便，滿莊人都叫他做「賽伯當」。可就是此人，酒醉壞事，還隱瞞不報，終於被官府獲悉史進通敵。官方好言勸說，史進不肯出賣朋友，幫助朱武等人突圍，於是只得放棄地產、毀了家園，亡命江湖。

他講究信義，為了他們，在官兵捕捉時，不惜毀了家宅、丟棄產業，從一個處於社會上層衣食無憂的莊園主跌落為流落江湖、四處漂泊、無所歸依的可憐的流浪者。對此他都無怨無悔。

《水滸》對北宋時期地主莊園的描寫生動細緻。史家村外景，通過王進的眼睛描寫道：

當時轉入林子裏來看時，卻是一所大莊園，一周遭都是土牆，
牆外卻有二三百株大柳樹。看那莊園，但見：

前通官道，後靠溪岡。一周遭楊柳綠陰濃，四下裏喬松青似染。
草堂高起，盡按五運山莊，亭館低軒，直造倚山臨水。轉屋角牛羊
滿地，打麥場鵝鴨成群。田園廣野，負備莊客有千人。家眷軒昂，
女使兒童難計數。正是：家有餘糧雞犬飽，戶多書籍子孫賢。

這樣美麗的農莊和豐腴的土地，史進毫不猶豫地拋棄了。這真正是為朋
友兩肋插刀！

史進「一時間要救三人，放火燒了莊院。雖是有些細軟家財，粗重雜物，
盡皆沒了」！成了亡命天涯的可憐的流浪漢，他還是慷慨助人。他獨自行了半
月之上，來到渭州，邂逅魯達，又巧遇學習武藝「開手的師父」李忠，三人到
潘家酒樓喝酒聚談。當魯達為救助在這個酒樓賣唱的落難女子金翠蓮，卻身
邊沒有多帶錢。他去身邊摸出五兩來銀子，放在桌上，看著史進道：「洒家今日
不曾多帶得些出來；你有銀子，借些與俺，洒家明日便送還你。」史進道：「直
甚麼，要哥哥還。」去包裹裏取出一錠十兩銀子放在桌上。金聖歎夾批：「十
兩。○史進銀，多似魯達一倍，非寫史進也，寫魯達所以愛史進也。」在職軍
官拿出五兩銀子，他是坐吃山空的人，竟然出手就是十兩。

魯迅說：「老實是無用的別名」。史進過於老實，不懂計謀，不識歹人，三
次吃了大虧。

第一次，史進因為過於老實，不能識人，用人不當，重用王四。王四還不
是歹人，只是個做事不踏實的不牢靠的下人，但即使這次不出事，史進信任和
重用這樣華而不實的人，早晚要吃大虧。

第二次，史進奉命潛入華州時救助受欺凌的弱女，卻因缺少計謀，救人不
成，自己反被抓入牢中。

第三次，進大名府臥底，又過於老實地信任壞人，將自己臥底的任務向對
方透底，結果被老鴇出賣，被官府抓去。

不過，史進作為青年英雄人物，他品格優秀，善良真摯，豪爽闊綽，樂於
助人，所以魯達與他一見之下就結成生死之交。

他在流浪途中，還應魯達的要求，毫不猶豫地慷慨贈送素不相識的歌女
金翠蓮十兩銀子。

在蜈蚣嶺，他不顧自己安危，幫助魯智深聯手戰勝強敵、頑敵。

　　總之在上梁山前，在淪落江湖的險途上，他還可以居高臨下，救助別人。因此在心理上他還有優越感的。他的忠厚老實和善良誠信，使他樂於助人，受恩的人們向他表示感激之情，讓他在心理上得到安慰和滿足。

　　可是人生詭異無常。他上了梁山之後，反而陷入了不能擺脫的困境，煩惱之極。

　　他在梁山上的困境，小說並未明寫，但是我們可以從字裏行間分析：

　　為什麼他上了梁山反而苦惱？就是因為他缺少謀略，武藝一般，故而上梁山後，未曾立功。尤其是他的武藝不高，所以在梁山的歷次戰役中，沒有立下戰功。

　　史進在梁山多年，未能為梁山事業做出應有的貢獻，與別的英雄相比，相形見拙的情勢，讓一貫心氣頗高、很想要強的青年英雄，心中充溢著尷尬、憂慮、羞愧和自責，真正是度日如年啊！

　　史進一直在心中思考、盤旋著各種可能性，苦思冥想如何發掘和發揮自己的力量，為梁山立功，做一個英雄。於是——

　　他只能主動承擔危險的救助和臥底的任務。《水滸傳》描寫史進兩次臥底，可是他因智謀和武功不夠，都被敵方活捉。

　　第一次即史進奉命潛入華州救助受欺凌的弱女，卻因缺少計謀，救人不成，自己反被抓入牢中。結果救人不成，自己還要梁山派人相救。為了救他，魯智深也被敵人抓去。

　　第二次，梁山義軍攻打東平府時，史進因舊日與城中娼妓李睡蘭往來情熟，故自告奮勇，向宋江請命，願潛入城中，借他家裏安歇。約時定日，便爬去更鼓樓上放起火來，裏應外合。

　　史進入城後與李睡蘭久別重逢，他一見面，不做任何試探和考驗，就絕端信任對方，親熱萬分，情意綿綿地告訴她：「我實不瞞你說：我如今在梁山泊做了頭領，不曾有功。如今哥哥要來打城借糧，我把你家備細說了。我如今特地來做細作，有一包金銀相送與你，切不可走漏了消息。明日事完，一發帶你一家上山快活。」他老實地告訴心愛的人，自己上了梁山後，「不曾有功」，所以這次前來臥底，爭取立功。

　　他注重情誼和信義，他竟不嫌妓女身髒，以情誼為重，在對方沒有提出要求的情況下，要救助這個妓女，要帶她去山上做押寨夫人，與她做永久夫妻，一心要讓她得到快樂和幸福。而且愛屋及烏，設想周到，要帶她一家上山快

活,真正是以愛情為重。

史進忠誠於愛情,但他過於善良和老實,以君子之心度小人之腹,沒有摸透一般商女尤其鴇母的本質,像救助落難情郎的李亞仙和蘇三、慧眼識珠的梁紅玉、赤心資助情人的敫桂英、《賣油郎獨佔花魁》中的莘瑤琴和怒沉百寶箱的杜十娘這樣重情重義的妓女,千年難遇。他竟然將自己身負的秘密使命和梁山的重大機密,直言相告,好心地想及早讓這個女子對自己放心,想及早讓她知道今後美妙的前景,他一心一意為對方著想。

那女子是個沒有心機、缺乏智慧和靈性的蠢貨,她的心中藏不下秘密,承擔不了心理負擔,就與鴇母等商議。

鴇母的老公、烏龜大伯說:「梁山泊宋江這夥好漢,不是好惹的;但打城池,無有不破。若還出了言語,他們有日打破城子入來,和我們不干罷!」

他知道梁山的厲害,但鴇母完全只看眼前利益,是一個鼠目寸光、見識極短但又兇惡蠻橫的雌老虎,罵道:「老蠢物!你省得甚麼人事!天下通例,自首者即免本罪!你快去東平府裏首告,拿了他去,省得日後負累不好!」大伯道:「他把許多金銀與我家,不與他擔些干係,買我們做甚麼?」虔婆罵道:「老畜生!你這般說,卻似放屁!我這行院人家坑陷了千千萬萬的人,豈爭他一個!你若不去首告,我親自去衙前叫屈,和你也說在裏面!」她竟然理直氣壯地伸張害人有理,連自己老公也翻臉不認。這個凶婆子倒富於智謀,於是且叫女兒款住他,休得「打草驚蛇」,吃他走了,一面報告官府。

瞬息之後,數十個做公的搶到樓上,將史進捉去。史進武藝不佳,所以不能像武松、魯智深那樣能夠突圍,他連做公的也打不過,結果束手就擒。

史進畢竟是一條真正的好漢,所以受盡嚴刑拷打,史進沒有口供,關入死牢。幸虧梁山義軍攻入,救出史進。他兩次沒有完成任務,還靠梁山相救。

從史進這位慷慨仁義、忠誠老實的青年英雄的身上,《水滸傳》教導我們三個重大的人生教訓:

一、一個人要在世上做人,必須要有本領,要有真本領、大本領。否則好人總是倒楣,也不可能在社會上立足、做出成績,不可能得到較高的社會地位,不可能過衣食無愁的好日子。

二、一個人幼時什麼都不懂,全靠要有好的家教。史進的家長善良忠厚,他就培養成為一個善良的人。可是他的父親不懂對兒子要嚴格、嚴屬的教育,使史進沒有學會應有的生產和生活的技能;不懂找好的教練訓練兒子,故而

史進的武藝不精，一生難以出頭。

金聖歎從阮氏兄弟、李逵沉溺賭博的陋習，批評「強盜母親」溺愛兒子，分析缺乏家教的嚴重危害。賭博害人不淺，富人也往往為之傾家蕩產；姦猾之人藉此騙人錢財，毒化了社會的空氣和人的靈魂。

史太公溺愛兒子，兒子因此而傾家蕩產，淪落江湖。幸虧上了梁山，否則史進在江湖上飄蕩，何日得了？

三、一個人要讀書明理，通過讀儒道兩家的經典和史書、小說，增長人生的智慧。害人之心不可有，防人之心不可無。老實忠厚，但富有智慧，就能做好事，做大事。

反過來，一個人的能力有大小，命運有好壞。第一名只有一個，三鼎甲也只有三個。一支隊伍總需要大量平凡的追隨者，不能人人都當超人的英雄。因此，只要忠厚善良，老實本分，並正確估量自己的能力和身處的形勢，就能夠心地陽光、安分守己、心滿意足地度過自己的一生。吃虧就是便宜，史進善良的一生，沒有枉殺過人，沒有算計過人，因此是君子坦蕩蕩的一生。他這樣的好人，和魯智深、武松等人一樣，是梁山的中流砥柱，是正義的象徵，是梁山事業的真正的創建者和光輝形象的體現者。

一部《水滸傳》，梁山一百零八將，以史進開始，就先聲奪人地以無用卻善良、無功卻忠誠的陽光青年的光輝照耀全書。而且妙在完全不寫史進在梁山的苦惱和焦慮，不寫史進在梁山的尷尬和狼狽。作者只是跳躍式地將史進一生中的幾件故事，客觀地敘述，甚至是波瀾不驚地表現冰山下洶湧的海水。結果讀者都會公正地承認：史進還是一位出色的英雄。於無聲處聽驚雷，這才真正是偉大作家的手筆，世界文化史上無與倫比的英雄史詩《水滸傳》的光輝風範。

魯智深的蒼涼人生和行事瀟灑幽默

魯智深是最受讀者尊敬的一位英雄。在日本也是如此。

魯智深因其慷慨救人，具有自我犧牲精神，成為梁山好漢中品格最為高尚的獨行俠。日本研究家說：「如果在現代日本的《水滸傳》讀者中做一個人氣指數的問卷調查，大概名列榜首的是魯智深。」（佐竹靖彥《梁山泊——水滸傳一〇八豪傑》）如果說武松在中國的名聲最大，那麼魯智深的威望在日本最高。

魯智深行俠，為了兩個女性而犧牲了自己的一生。

　　魯智深救助的第一個女子是素昧平生的賣唱歌女金翠蓮。他在酒樓上，耐心而仔細地聽取和詢問金氏父女受鄭屠欺騙和凌辱的情況，闊綽地資助他們銀兩，讓其回鄉。第二天一大早就到旅店，坐在客店的板凳上苦守2個時辰（實足4個小時），盯住鄭屠的幫兇店小二，不讓他去報訊，讓金氏父女從容逃離。這一切都顯得粗中有細，粗人偏細，並有「救人須救徹」的細心和耐心。

　　魯智深第二個救助的女子是林冲的妻子張氏。魯智深與林冲初交為友的當天，林冲即接報娘子正被高衙內纏住要非禮，他急匆匆離去，魯智深馬上帶著跟隨他的一幫潑皮，趕去相救，後來又要為林冲復仇。林冲被發配滄州時，魯智深偵知高衙內與其爪牙密令解差，要在半途暗害林冲，他暗中一路相隨，救下林冲的性命。

　　這次相救，表現了智深另一個性格特點：機警敏銳。他尋找林冲不著，但「見酒保來請兩個公人，說道：『店裏一位官尋人說話。』以此，洒家疑心，放你不下。恐這廝們路上害你，俺特地跟將來。見這兩個撮鳥帶你入店裏去，洒家也在那店裏歇。夜間聽得那廝兩個，做神做鬼，把滾湯賺了你腳，……洒家見這廝們不懷好心，越放你不下。」他先預感這廝路上要加害林冲，後耳聽兩個公人做神做鬼，預知他們不懷好心，而他自己如影隨身地緊跟著他們，卻令三人毫不察覺；而兩個公人假裝恭問身份，智深馬上察知其動機，智深笑道：「你兩個撮鳥，問俺住處做甚麼？莫不去教高俅做甚麼奈何洒家？」對歹徒警覺萬分。

　　智深暗中跟隨林冲，竟至於不遠千里，護送林冲。當林冲問道：「師兄今投那裏去？」金聖歎說：林冲此問非常可憐，正如渴乳之兒，見母遠行，寫得令人墮淚。魯智深道：「『殺人須見血，救人須救徹。』洒家放你不下，直送兄弟到滄州。」他救助別人不僅心細，而且方方面面負責到底，認真實踐他那「救人須救徹」的原則。聖歎驚歎：「天雨血，鬼夜哭，盡此二十三字。」當荒山走盡，滄州已近，智深手揮禪杖，松樹橫飛，公差咋舌之際，他叫聲：「兄弟保重！」即擺手拖杖，飄然而去。聖歎批道：「來得突兀，去得瀟灑，如一座怪峰，劈插而去，及其盡也，迤邐而漸弛矣。」金聖歎用形象生動的警句，形容出智深的品性特點和行為風格，揭示斯人性格和感情中鬱勃萌動著的不盡詩意。

　　魯智深本是一個軍官，過著吃穿不愁、酒肉隨意的瀟灑日子。為了救助金翠蓮，還為她報仇，不慎打死鄭屠，為逃避人命官司，做了和尚，過著毫無前

途、度日如年、難熬的清苦生活。又為了救助張氏和她的丈夫林冲，惡了高太尉，連和尚也做不成，終於淪落為強盜。

魯達對於救助別人而犧牲自己，事先毫不猶豫，事發時義無反顧，事後絕不後悔，體現了一種浩然正氣和磊落胸懷。聖歎除在具體情節描寫處作了多次精細、深刻、生動的評批外，還在第二回總評中總結說：

> 寫魯達為人處，一片熱血直噴出來，令人讀之深愧虛生世上，
> 不曾為人出力。孔子曰：「詩可以興。」吾於稗官亦云矣。

魯達的英勇仁愛的言行，張揚我國民族正義志士的正氣，是先秦以來慷慨悲歌精神的繼承和宏揚，維護社會正氣的重要力量。金聖歎指出魯達英雄行為的教育意義和榜樣作用，聯想我國當今社會壞人作惡弱者受凌，常常缺乏挺身而出、伸張正義的好漢、強者，說明至今仍有現實意義。

我們要知道如此瀟灑的魯智深，自己剛走完從軍官魯達成為和尚魯智深的辛酸進程。

由於《水滸》非凡藝術魅力和高超的寫作手段，小說竟將魯達軍官淪為和尚，和尚變為強盜這一每況愈下的人生三部曲表現得轟轟烈烈。魯達本人因其自覺的人生選擇原則而毫無怨尤，還反而感到無比痛快。理應旁觀者清的讀者也受主人公本人情緒的強烈感染而感到淋漓痛快。

當小說熱鬧地寫出魯達出家時儀式的隆重，盛況的熱烈，物品準備之豐富，「長老叫備齋食，請趙員外等方丈會齋。齋罷，監寺打了單帳，趙員外取出銀兩，教人買辦物料。一面在寺裏做僧鞋、僧衣、僧帽、袈裟、拜具。……」聖歎指出：「特詳之語，寫得魯達出家可涕可笑。要知以極高興語，寫極敗興事，神妙之筆。縫匠攢造新進士大紅袍，新嫁娘嫁衣裳，極忙。攢造新死人大斂衣衾，新出家袈裟拜具，也極忙。然一忙中有極熱，一忙中有極冷，不可不察。」此批聯想豐富，對比強烈，筆力犀利地指出魯達的人生悲劇。魯達入寺後在佛門清規束縛下，形同囚犯，失去人生自由，生活水平嚴重下降——不能吃喝酒肉，害得魯達苦極。

這還是魯達個人的不幸和痛苦，魯達這樣的英雄落難，更是國家和民族的悲哀。當小種經略相公聽說魯達犯了人命案時，他哀歎：「魯達這人原是我父親老經略處的軍官，……怕今後父親處邊上要這個人時……」魯達在寺院的晨鐘暮鼓中消磨年華，閒殺英雄，國家卻損失了一個優秀的人材。

魯智深在五臺山福地藏身，次年二月他離了僧房，信步踱出山門外立地，

看著五臺山，喝采一回。他雙眼欣賞的是雄渾蒼勁的五臺山，兩耳欣賞的是挑酒漢子挑人心弦的山歌：「九里山前作戰場，牧童拾得舊刀槍。順風吹起烏江水，好似虞姬別霸王。」這一切泛起智深心中的蒼涼情感。《紅樓夢》第二十二回描寫賈母為薛寶釵生日舉辦慶宴時，賈母又命寶釵點戲，寶釵點了一齣《魯智深醉惱五臺山》，這折戲又名《山門》或《醉打山門》，是崑劇中非常有名的花臉戲。寶玉批評她只好點這些戲，寶釵搶白他，並告訴他這折戲的好處：「你白聽了這幾年戲，那裏知道這齣戲的好處，排場又好，詞藻更妙。」寶玉還不領會，寶釵就告訴他此戲之妙，尤其是《寄生草》一曲更美。寶玉請她將唱詞念給他聽，寶釵當場念道：「漫搵英雄淚，相離處士家。謝慈悲、剃度在蓮臺下。沒緣法，轉眼分離乍。赤條條，來去無牽掛。那裏討，煙蓑卷單行？一任俺、芒鞋破缽隨緣化！」寶玉聽了，喜的拍膝搖頭，稱賞不已，又贊寶釵無書不知。這部崑劇深切酣暢地表達了魯智深走上五臺山和離開五臺山的蒼涼與悲涼。

與他悲蒼的人生境遇相反，他的行為風格則瀟灑幽默。或者說，魯智深身處自己的蒼涼人生，處事講話極為瀟灑幽默。

他向鄭屠尋釁時，要他細切 10 斤精肉、10 斤肥肉，消遣了這個惡徒一個上午，還要細切寸金軟骨，逼他忍無可忍，才三下結果他的性命。挑釁的心思獨特嚴密而幽默，刁難、消遣惡賊的時間特長，而消滅他的時間極短，極為爽利。金聖歎讚揚魯達為人氣象闊大，並評魯達打壞人的特色說：「一路魯達文中皆用『只一掌』，『只一拳』，『只一腳』，寫魯達闊綽，打人亦打得闊綽。」

魯智深為了營救金翠蓮和林冲妻子張氏兩個女子，做了和尚和強盜。他在做和尚之後，儘管自己的生活陷入困境，在五臺山被「開除」，到東京的途中，又連續救助兩個女子。他先是成功解救劉太公的女兒，勸說小霸王周通放棄逼婚，後來又在荒山荒寺中搭救被搶的女子。

智深途中艱苦萬分，為肚饑覓食，來到一座瓦官廢寺，看到飛天藥叉丘小乙買肉歸來，就跟他進入裏面，撞見生鐵佛崔道成和被他們霸佔的女子。智深與這兩個賊徒相鬥，因肚饑不敵，只得退走。在赤松林巧遇史進，兩人互道別後經歷，史進拿出乾糧，當下和史進吃得飽了，再返回，聯手殺了兩個惡賊，那女子和廟中的老和尚都已自殺，就燒了瓦官寺。兩人廝趕著行了一夜後分手，史進回少華山，智深前往東京。

智深自己已經落難，艱苦趕路，前途叵測，途中甚至還食宿不繼，他依舊

不顧自身的危難，不斷出手救助弱女子，一路奔波，一路行俠。

與之相對照，那賊道丘小乙買肉而歸，一路唱著「嘲歌」道：「你在東時我在西，你無男子我無妻。我無妻時猶閒可，你無夫時好孤凄！」並不說自己擄掠婦女，卻反說出為她「一片至情」，小說描寫強盜的強橫邏輯和自得心理，精微入妙。《水滸傳》精彩地寫出了強賊的這種幽默和瀟灑與魯智深相比，就有真假和高下之分：

魯智深救桃花村劉太公的女兒，聲稱「說因緣」，卻是將新房燈火全滅，在漆黑一片中，脫得赤條條地躲在婚床帳中冒充新娘。等強盜新郎摸到自己這個冒牌新娘的肚皮時，揪住新郎一頓痛打，痛快爽利而又幽默。

他曾經鄙視李忠小氣，要他資助金翠蓮時拿出的銀子太少，當場丟回給他。魯智深在桃花山上又遇到這位不闊綽的朋友及其夥伴周通，李忠、周通在送別他時竟要他在山上空等，他們當場下山去打劫過路客商，搶奪不義之財給魯達作盤纏。魯達獨個坐在酒席上，場面十分難堪，想到「這個不是把官路當人情，只苦別人？」魯達想到此地，怒不可遏，毅然決定：「洒家且教這廝吃俺一驚！」於是他打翻小嘍囉，席卷桌上金銀器皿，從後山滾下，來個不辭而別。強盜搶過路人，作為過路人的魯智深搶強盜，正是以其人之道還治其人之身，浩浩落落，爽利灑脫而幽默。

他初到東京大相國寺，對付要掀他入糞池的潑皮，是引誘他們上前實施他們的預謀，而自己卻先下手為強，將他們踢下糞池。用的還是還治其身的幽默。

史進為救民女被貪官華州賀太守拿獲，智深急得不吃不喝不睡，不聽武松的再三勸阻，非要獨自去解救，結果寡不敵眾，也被抓獲。他卻在受審時不僅不給口供，竟然反而斥罵審官：「你這害民貪色的直娘賊！你敢拿倒洒家！我死也與史進兄弟一處死，倒不煩惱！只是洒家死了，宋公明阿哥須不與你干休！俺如今說與你：天下無解不得的冤仇！你只把史進兄弟還了洒家；玉嬌枝也還了洒家，等洒家自帶去交還王義；你卻連夜也把華州太守交還朝廷！量你這等賊頭鼠眼，專一歡喜婦人，也做不得民之父母！若依得此三事，便是佛眼相看；若道半個不的，不要懊悔不迭！如今你且先教俺去看看史家兄弟，卻回俺話！」魯智深反而審判貪官，還給予教育，指點出路，最後還宣布只要痛改前非，給他寬大處理。賀太守聽了，氣得無法回答，只能「做聲不得」，這個場面豈不幽默萬分，不禁令人莞爾。魯智深這時身陷囹圄，性命難保，他卻一

點不憂慮自己的處境，一心為史進和落難的女子著想，理直氣壯、義正詞嚴地
訓斥貪官，瀟灑萬分，真是一位豪情萬丈的大英雄。

林冲忍耐的必要性和深度智慧

林冲是八十萬禁軍教頭，武藝一流。但他前去救護妻子，發現加害者為上
司高太尉螟蛉之子高衙內，就放了他。智深帶潑皮前來救助，他反而勸慰智
深，講了自己在高俅手下謀職的無奈。兩人的心靈相通，智深深為理解。

高衙內在陸謙等策劃下，將林冲娘子騙來，再次妄圖凌辱。林冲聞訊趕
去，救回娘子。他將陸謙家打得粉碎後，儘管每天去尋陸謙報仇，但沒有打、
殺高衙內的意念。中計買寶刀並被高俅陷害，無辜入獄，在富有正義感的人士
暗中幫助下，才逃脫死罪，充軍滄州。至此為止，他始終不敢反抗高俅和高衙
內，一味低頭忍耐。

有人在中央電視臺「百家講壇」作「新說水滸」，竟然說：林冲，就是一
種被權力體制所侵害的、所侮辱的人格，還造成了他性格上的懦弱，甚至有一
點自私，還有想怕馬屁、陞官發財的念頭。

這種觀點是站不住腳的，實際情況是：林冲如果為了妻子與高俅父子直接
衝突，一則對方官高權重，父子倆都有衛兵、保鏢，要報仇是雞蛋碰石頭，是
沒有可能性的。即使武松也打不進朝廷貴官的深宅大院。二則，妻子並未受
辱，對方沒有得逞，未犯死罪。殺，理由不足；打高衙內，雖一時痛快，但這
樣就與對方結成死仇，自己必被陷害，那麼妻子怎麼辦？她沒有自己保護，豈
非陷入了任人宰割的絕境？由此可見，林冲的忍耐是必要的。這是保護妻子、
將禍害控制到最小的唯一選擇。

此時的林冲沒有必要殺人，殺高衙內或陸謙，從而陷入殺人償命的死罪。

在陸謙的策劃下，陸謙將林冲騙出，高衙內第二次妄圖欺凌林冲的妻子。
林冲打毀陸謙的家，力圖懲罰陸謙的做法是有理有節的正確做法。林冲原與
陸謙是好友，他出賣自己，林冲打他師出有名，也能達到遏制高衙內邪念的
效果。

林冲娘子也具備必要的忍讓之智，因為高衙內強姦未遂，罪不當誅，她認
為丈夫沒必要去持刀拼命，同歸於盡，作無謂的犧牲。金聖歎表揚她不像有的
女子，作死作活要丈夫報仇，認為這樣的妻子使林冲的家庭「表壯不如裏壯」，
這才是符合實際的深刻見解。

可是此人在中央臺「百家講壇」紅了以後，在接受記者採訪時，再次狠批

林冲：「是什麼讓人懼怕，怯懦、放棄自尊甚至墮落？我的結論是：權力讓人墮落。所以，林冲等人的性格弱點不是個人的弱點，而是全民族的共同的性格弱點，是我們骨子里人人都有的。」〔註1〕如此貶低林冲，並全盤否定我們的「全民族」，得出「我們人人的骨子裏都有」「權力讓人墮落」這個荒謬絕倫的結論，是無視歷史事實和當今世道的胡說八道。文天祥、瞿秋白面對敵方最高當局的威逼利誘，從容赴死，有這個「性格弱點」嗎？我們可以舉出眾多的例子，說明魯迅所讚揚的「民族的脊樑骨」式的人物，代代都有很多。當代也是如此。

林冲對高氏父子忍耐，對方還要置他於死地，這是常規思維的始料所未及的。但以林冲的閱歷和眼光，兼之王進的前車之鑒，他對高俅任人唯親、排斥賢能的本質早已看透，林冲曾向陸謙吐露心聲：「陸兄不知！男子漢空有一身本事，不遇明主，屈沉在小人之下，受這醃臢的氣！」只是自己必須要保住職務養家。但是他不肯將妻子奉上，論者怎可貶低林冲的人格和胸懷！林冲在梁山如果殺王倫，奪首領，然後接受招安，陞官發財易如反掌，他無此念頭；火拼王倫後，將首領位置拱手讓給晁蓋，後來也從不爭位置，有功不居，更反對接受招安，堅持造反，不要陞官發財。

林冲有大丈夫之剛烈，娘子有通情達理之繡腸，《水滸》常喜引用這兩句格言：『妻賢夫禍少』。「表壯不如裏壯」。而林冲夫婦表裏俱壯，相得蓋彰之妙，深為聖歎所讚賞。聖歎批出林冲娘子的美德良知，不僅讓讀者體會作品描寫的高明和這個人物形象的成功，而且更突出權貴和惡勢力迫害、凌辱她的罪惡，她因丈夫入獄，父親年邁而死，缺乏保護，在高衙內的凌逼下，最後被逼上弔自殺的可悲與可痛，從而為達到全面揭露、否定統治階級中的貪贓枉法狠毒之徒和社會中的黑暗一面這一最高目的而有力服務。小中見大，無中生有，聖歎評批的藝術匠心往往在這種無字之處見出精神，真如聖歎高度評價原作有這個優點一樣。

林冲被發配滄州時，自知高氏父子必要置自己於死地，所以要休掉娘子，讓她自由嫁人，不要為了自己而無謂地犧牲青春。但娘子堅決不肯，她誓死忠於愛情，面對這樣真摯深情的妻子，兼之林冲也能夠想到：她即使再嫁，也難逃高衙內毒手，就答應維持婚姻。林冲被判配後，為了「掙扎回來廝見」妻子，事事儘量忍耐。

〔註 1〕 《看〈水滸〉，看的就是世道人性》，《中華讀書報》，2009 年 8 月 26 日。

林沖到滄州牢營後，被差撥「罵得一佛出世，那裏敢抬頭答應」，「林沖等他發作過了，去取五兩銀子，陪著笑臉告道」，——聖歎急批：「雖是搖出奇文，然亦實是林沖身份。」如果反抗，被折磨或暗害而死，是不值得的。林沖在發配到滄州入牢後千般忍耐的目的是，堅韌地要掙扎著，爭取回來，與妻子團圓。這是林沖愛妻護妻的最佳選擇。這個目標頑強地支配著他的言行，使他能正確估量形勢和處境，為了活下去和重見親人而忍氣吞聲，是一種強者的表現。他和妻子的深厚感情和外柔內剛的頑強精神，受到古今讀者的同情和尊敬。

樹欲靜而風不止，林沖本想在滄州安然活命，高太尉卻派人前來追殺。

林沖在滄州遇到當年出錢救助的一個初犯偷竊的青年。這個青年改邪歸正，自東京流落到滄州後，在酒家打工勤謹，安排的好菜蔬，調和的好汁水，來吃的人都喝采。他有這份手藝，是幹活勤謹，又善於學習——在自己的這一行中處處做有心人，才能做到的。他因此有了一份家業，開酒店安然過活。給年輕的初次輕微犯法者的適當挽救，對影響和改造人的心靈往往是非常有效的。《水滸》的這段描寫，揭示了這個重要的原則和經驗，具有首創性。林沖在滄州無意中與他重逢，從此常去他的酒店，受到這個知恩圖報的青年的款待，其妻則為他整治縫補衣服，給發配來此的林沖很大的幫助。陸謙自東京來此，約牢城的差撥、管營在李小二酒店秘議，被他看出端倪，派妻子耐心偷聽，立即報告林沖，讓林沖提高警惕。敵人藏在暗處，林沖不知敵方如何行動，只能冷靜地應對。

後在火燒草料場時，林沖看到陸謙等奉命來追殺，知道忍耐求活已經絕無可能時，林沖就不必忍耐了，他的所有狠勁一起爆發。他毫不猶豫地將其斬盡殺絕。

林沖的善於忍耐的性格，也反映在平時待人接物儒雅敏慎彬彬有禮，即使遇到洪教頭這樣狂妄自大盛氣凌人的蹩腳教師爺，他的對話和行為也謙恭有禮（金批「儒雅之極」）。兩人比武開打時，洪教頭咄咄逼人，來個「把火燒天勢」（金批：「棒勢也驕憤之極。」）林沖則吐個「撥草尋蛇勢」，聖歎贊道：「棒勢亦敏慎之至」，顯示了「大智量人退一步法」、先禮後兵的為人器度和鬥爭風度。待正式交量時林沖一棒就將洪教頭掃倒地上，這時才真正反襯出林沖忍耐和忍讓中所含的力量和智慧。

林沖在絕境中逼上梁山，更顯示了忍耐的韌勁。

　　他初上梁山，要想落草，結果被王倫一再堅拒，最後只好接受一個條件，三日之內殺得一人，弄個「投名狀」來。三日內，林冲與小嘍羅住在一起，向他們討飯吃，受盡冷落。林冲勉強留在梁山後，甘願屈居末位頭領。可是當晁蓋等七人劫了生辰崗同上梁山又遭王倫拒絕時，林冲看到時機成熟，就主動聯絡晁蓋、吳用等消滅王倫，奪了梁山的權。林冲還主動承擔手刃王倫的任務，此時，他的言語行動智勇雙全，虎虎有威。他嚴厲批評王倫：「這梁山泊是你的，你這忌賢妒能的賊，不殺了，要你何用！你也無大量大才，也做不得山寨之主！」接著「林冲把桌子只一腳踢在一邊，搶起身來，衣襟底下掣出一把明晃晃刀來」，聖歎讚美：「有山崩海立，風起雲湧之勢。」小說形容林冲持刃之雄姿「搦（nuò，握，捏）的火雜雜」林冲又宣布：「我今日以義氣為重，立他（指晁蓋）為山寨之主」」金批：「不是勢利，不是威脅。不是私恩小惠，寫得豪傑有泰山岩岩之象。」盛讚小說完美寫出林冲為復仇、造反而善於長期忍耐的「一生大胸襟」和大丈夫能屈能伸的大氣魄，從忍耐中透出堅韌不拔的力量、智慧和精神。

　　此後，林冲在梁山上，總是衝鋒在前而從不居功。此外，他還有幾個特殊貢獻。

　　梁山軍為了打敗高廉的連環馬戰陣，用計賺徐寧上山入夥。眾位頭領在商議時，林冲說，徐寧原是他的東京舊友和同僚。於是在宋江勸降徐寧時，林冲也把盞陪話道：「小弟亦到此間，兄長休要推卻。」（第五十五回）林冲受盡高俅欺凌和追殺，家破人亡，故而非常想多招募人材，一起造反，而徐寧又是舊友，就更想留他在梁山了。徐寧最後願意留在梁山效力，林冲的舊情和勸說，顯然起了頗大的作用。

　　第五十九回描寫晁蓋不聽宋江和眾人勸阻，硬要親自率軍攻打曾頭市。但很少有人願意隨晁蓋出征，於是晁蓋特點梁山初結義的好漢豹子頭林冲第一。接著，初戰出場的即是林冲。次日兩軍混戰，曾家軍馬一步步退入退村裏。林冲、呼延灼，東西趕殺，卻見路途不好，急退回收兵。林冲看出對方誘敵之計，決不上當。接著，晁蓋要劫寨，林冲反對晁蓋去冒險，小說「一路詳寫林冲獨諫」，只有林冲的頭腦最精明，正是一位智勇雙全的英雄人物。晁蓋不聽勸諫，堅持前去，林冲要代他去冒死涉險，情誼深重。晁蓋非要自去，果然中計受了重傷，林冲等村口引軍接應，兩軍混戰，直殺到天明，各自歸寨。林冲見晁蓋傷重，叫扶上車子，便差劉唐、三阮，杜遷、宋萬，先送回山寨。

金批指出：極寫林冲交情。也寫出林冲臨危不亂，指揮若定的才華。

晁蓋回梁山後，已經危在旦夕，當日夜至三更，晁蓋暴斃，臨終囑咐宋江：「賢弟莫怪我說：若那個捉得射死我的，便教他做梁山泊主。」晁蓋歸天後，宋江只是大哭，眾人只是帶孝，只有林冲卻把枝誓箭，就供養在靈前。山上全體帶孝，宋江每日領眾舉哀，無心管理山寨事務。結果是林冲的頭腦最清醒，是他，與吳用，公孫勝並眾頭領商議立宋公明為梁山泊主，諸人拱聽號令。次日清晨，林冲為首出面，敦請宋江為山寨之主。又是林冲開話，推翻晁蓋「捉得射死我的，便教他做梁山泊主」的錯誤命令，擁戴宋江為山寨之主，勸說諸人恭聽號令。

林冲在梁山上兩次發揮了重大作用。第一次，林冲手刃王倫，奪了權，奉送給晁蓋；所以這一次，只有他有資格帶頭，只有他有威信帶頭，丟開晁蓋的遺言，再次奪權，將大權奉送給宋江，帶頭擁戴宋江為梁山之首。群龍無首是危險的，為了梁山大局，林冲大公無私，敢作敢當，智勇雙全，情義雙重，抬舉宋江坐了第一把交椅。林冲是梁山興亡和內部穩定的第一功臣，所以金批說：「山寨定鼎之功，實惟武師始終以之，章法奇絕人。」既指出林冲巨大而獨特的貢獻，又揭示小說描寫這兩個過程之精彩，給讀者以很人的指導。

金聖歎對林冲的總評是：「林冲自然是上上人物，寫得只是太狠。看他算得到，熬得住，把得牢，做得徹，都使人怕。這般人在世上，定做得事業來。」指出其先忍為了後發，忍勁中飽含了非凡毅力及雄渾剛勁之力。

武松為什麼被評為第一英雄

金聖歎評武松為《水滸》英雄的「第一人」，「一百八人中，定考武松上上」。為什麼？我認為其答案是：

首先，武松是個打虎英雄，但他不靠蠻力，而是用智慧獲勝。

武松初遇老虎時，他遠不是老虎的對手。當武松打斷哨棒，處境極為狼狽之時，老虎四次主動進攻，武松都只能躲避。第一次武松閃在大蟲的背後，第二、三次，閃在一邊。第四次，武松已來不及閃開，在慌忙中，只好儘量往後跳，結果跳了十步遠，「那大蟲咆哮，性發起來，翻身又只一撲，撲將來。武松只是一跳，卻退了十步遠。那大蟲恰好把兩隻前爪搭在武松面前。武松將半截棒丟在　邊，兩隻手就勢把大蟲頂花皮胳口膡兒揪住，　按按將下來」。那兜橫的大蟲撲下來時，「恰好」把兩爪搭在武松面前，老虎落地時虎頭的位置

比較低，而且向下的衝力餘勢未盡，老虎的頭還在往下衝，又正好衝在武松的面前，武松才能「就勢」將虎頭按住予以痛打。這樣巧的、對武松有利的形勢，是武松運氣好，才能得到的。所以英雄的成功，往往並不全靠自己的本領和智慧戰勝，有時也須敵手出現失誤，對方的失誤，就是己方的運氣。當然，善於發現和抓住對方失誤，還要靠智慧和本領，武松就是如此。他這時膽大力大，進攻的方向正確：對著老虎的門面和眼睛踢了許多腳，使它頭昏眼花，喪失反擊的能力，又打它的頭頂五七十拳，擊中要害，才能制其死命。老虎死時，武松也「使盡了氣力，手腳都軟了」。武松就正好只有這一點力氣，必須要老虎自己湊到他的面前挨揍，才能打死它。《水滸》就這樣真實、精細地寫出武松與大蟲的力量的對比，描繪武松打虎的艱難和僥倖，在這個基礎上表現武松大難不死、戰勝強敵的智慧、膽量和勇力。所以金聖歎讚譽《水滸傳》「寫武松打虎，純是精細」；「武松文中，一撲、一掀、一剪都躲過，是寫大智量人，讓一步法。」

武松力大過人。安平寨天王堂前三五百斤重的那個石墩，他只一抱，輕輕地抱將起來；雙手把石墩只一撇，撲地打下地裏一尺來深。武松再把右手去地裏一提，望空只一擲，離地一丈來高；雙手只一接，輕輕地放在原舊安處，面上不紅，心頭不跳，口裏不喘。

第二、武松與武大情誼深厚，他為兄長報仇的壯舉令人感動。

武大被殺，從東京回來的武松倉促間毫無線索和頭緒。他單槍匹馬，完全靠自己的智慧、冷靜和堅韌努力，準確而迅速地破獲這個兇殺案，完美取得罪犯的犯罪證據，抓獲和殺掉全部兇手，不留任何遺憾地為兄長報仇，其決心和能力皆令人佩服之至。

武松精明幹練，他在偵查武大命案時，先尋到何九叔，取到了物證，縣令不准他的訴狀後，他在家中巧設公堂，審清案件。在審理前，先考慮好審案的人證。這些人證不易集中，他將王婆呼喚到家中，然後請來四鄰到場：這邊下鄰開銀鋪的姚二郎姚文卿；對門請兩家，開紙馬鋪的趙四郎趙仲銘，賣冷酒店的胡正卿。那人原是吏官出身，便瞧道有些尷尬，那裏肯來，被武松不管他，拖了過來，卻請去趙四郎肩下坐了。王婆隔壁賣餶飿兒的張公，姚二郎肩下坐地。武松請到四家鄰舍並王婆，和嫂嫂共是六人。武松撥條凳子，卻坐在橫頭，便叫士兵把前後門關了，只煩高鄰做個證見。金蓮、王婆招認了，他請胡正卿從頭至尾都作了紀錄，還叫她兩個都點指畫了字，又叫四家鄰舍畫了名字，然

後才報仇殺人。

武松善於在實踐中學習,他在縣裏當都頭,很快就通過實踐和旁聽而暗自學會了偵查、辦案、審案的順序、制度和方法。他殺了西門慶、潘金蓮兩個兇手,將策劃者王婆押到官府招供後,處以極刑。

第三,武松痛打蔣門神、鴛鴦樓殺張都監等貪官污吏,還大書:「殺人者,武松也!」光明磊落,氣派非凡。他心思細密,預料押解他的差人會中途結果他的性命,就先下手為強,在飛雲浦殺了他們。

第四,武松的寧折不彎的剛烈性格和見機行事的靈活性,所顯示的超人勇氣和智慧,令人讚歎。

武松在安平寨,差撥因他不送錢而破口大罵:「你也是安眉帶眼的人,直須要我開口?說你是景陽岡打虎的好漢,陽穀縣做都頭,只道你曉事,如何這等不達時務!你敢來我這裡!貓兒也不吃你打了!」這個差撥嘲笑譏諷武松也夠幽默的,語言尖刻有力:你在外面是打虎英雄,你不要神氣,在我這裡你什麼也不是,連「老虎的師父」貓也沒有資格打。牢子、獄卒都是折磨犯人的好手。而被關在監獄的犯人,不管以前是高官還是大俠,已經落入任人宰割的地步,被整死絕無證據可查,當今都有「躲貓貓」之類的冤死,號稱極其尊重人權的美國,監獄醜聞也頗多,更何況古代。

協助劉邦打天下,誅滅呂氏集團的主將,西漢漢文帝時官至太尉、丞相的絳侯周勃,晚年被免官回封地家居,被人告發他要反叛,入獄後獄吏漸漸欺凌侮辱他。周勃拿千金送給獄吏,獄吏才在木簡背後寫字給他,提示他翻案的途徑。後來平反,朝廷恢復他的爵位和食邑。絳侯出獄以後說:「我曾經率領百萬大軍,可是怎麼知道獄吏的尊貴呀!」

他的兒子,平定吳楚七國之亂,屯兵細柳的名將周亞夫,也官至太尉,晚年也因冤案而入獄,在獄中五天不吃飯,吐血而死。早年許負為他看相,說他雖然身為丞相和太尉,「將會餓死」。可見他半是絕食,半是受獄卒虐待而死。

漢代德治最好的文景之治時代,官至極品的周勃、周亞夫父子都受到獄中的虐待,何況他人?

清代桐城派名家方苞有《左忠毅公逸事》和《獄中雜記》,尤其是《獄中雜記》具體敘寫監獄內犯人的慘狀。可見《水滸傳》描寫獄中犯人向武松介紹獄卒折磨、凌辱和弄死犯人的情況,絕非向壁虛構。

但是武松不怕。面臨獄卒的勒索和恐嚇，武松道：「你到來發話，指望老爺送人情與你？半文也沒！（金批：妙語。然世人都恒道之，而不能知其妙，何者？蓋沒錢至於沒一文，止矣，若夫半文者，乞人亦不要也。偏說半文也沒，蓋云沒之至也。）我精拳頭有一雙相送！（金批：貓兒不吃打，狗兒或者領卻拳頭去。）碎銀有些，留了自買酒吃！看你怎地奈何我！沒地裏到把我發回陽穀縣去不成！」（金批：絕倒語，非武松說不出。）面對一百殺威棒，武松道：「都不要你眾人鬧動；要打便打，也不要兜拖！我若是躲閃一棒的，不是打虎好漢！從先打過的都不算，從新再打起！我若叫一聲便不是陽穀縣為事的好男子！」「要打便打毒些，不要人情棒兒，打我不快活！」

虎落平陽受犬欺，林沖、宋江等，進入監牢都忍氣吞聲，主動送上銀子，用軟語祈求免打，雖然大丈夫能屈能伸，但也未免顯得窩囊，只有武松大義凜然，寧折不彎。

後來張都監用計，污衊武松為賊，知府令那牢子獄卒拿起批頭竹片，雨點的打下來。武松情知不是話頭，只得屈招做「本月十五日一時見本官衙內許多銀酒器皿，因而起意，至夜乘勢竊取入己。」他知道貪官比獄中的污吏權力更大，心更狠毒，這次如果硬挺，必定要柱死棒下，而屈打成招，留下性命，還可報仇。這是他精明過人的另一種表現，是大丈夫能屈能伸的精神體現。他在這時表現的韌勁，忍勁，可與林沖媲美。

武松因菜園子張青寫書與他，要他投奔二龍山寶珠寺花和尚魯智深那裏入夥，他與宋江在孔家莊分別後，即去二龍山。後來呼延灼進攻梁山失敗，逃到青州慕容知府處，慕容知府要他掃清桃花山，桃花山不敵呼延灼，向二龍山求救。魯智深、楊志、武松三大頭領親自帶隊，逕往桃花山來救助。三山約請梁山一起攻打青州，獲勝後同上梁山聚義。魯智深要去少華山探望史進，宋江派武松同去。來到少華山，史進救助畫匠王義和他被華州賀太守強奪去的女兒玉嬌枝，被捉拿，監在牢裏。魯智深聽了當場要去殺賀太守，武松道：「哥哥不得造次。我和你星夜回梁山泊去，報宋公明，領大隊人馬來打華州，方可救得史大官人。」智深不聽，武松再勸道：「便打殺了太守也怎地救得史大官人？武松卻決不肯放哥哥去。」（金批：寫魯達不顧事之不濟，寫武松必求事之必濟，活提出兩個人。）智深夜半自去，武松道：「不聽人說，此去必然有失。」智深果然被抓。梁山大軍來救助，打破華州，救出智深。武松的冷靜和智慧，對好友的真誠，皆由此可見。

此後武松作為梁山的步軍頭領，參加了多次戰役。梁山攻下曾頭市，活捉並處置了史文恭後，宋江就忠義堂上與眾弟兄商議立梁山泊之主。吳用推他為尊，宋江假意謙讓，要推盧俊義為首，盧俊義不允，吳用勸說，然後以目暗示眾人，李逵、武松、劉唐、魯智深等大鬧。當時，武松見吳用以目示人，也上前叫道：「哥哥手下許多軍官都是受過朝廷誥命的，他只是讓哥哥，如何肯從別人？」武松在關鍵時刻的表現總是出色的。

後來，武松與梁山英雄跟隨宋江先大敗童貫、高俅的圍剿，他也是頭腦清醒地反對招安的少數英雄之一。梁山受招安後，武松只好隨大流也隨宋江征遼國、打王慶、破方臘。

在攻打方臘時，梁山好漢死亡七十二人，只剩下三十六人。武松雖然未死，卻受了重傷。起先，他殺了方貌，施恩和孔亮作戰時淹死，武松念起舊日恩義，也大哭了一場（第一百十三回）。

宋江進攻睦州，與方臘作戰時，連受挫折，宋江被圍，魯智深和武松一路殺來相救。會妖法的包道乙見武松使兩口戒刀，步行直取鄭彪。包道乙便向鞘中掣出那口玄元渾天劍，從空中飛下，正砍中武松左臂，血暈倒了。魯智深救下武松，武松醒來，已自左臂砍得伶仃將斷，一發自把戒刀割斷了（第一百十七回）。武松壯士斷臂，自救性命。

梁山軍剿滅方臘後全軍回到杭州，在六和塔駐軍。魯智深與武松在寺中一處歇馬聽候。魯智深圓寂後，宋江看視武松，雖然不死，已成廢人。武松對宋江說道：「小弟今已殘疾，不願赴京朝覲。盡將身邊金銀賞賜，都納此六和寺中，陪堂公用，已作清閒道人，十分好了。哥哥造冊，休寫小弟進京。」宋江見說：「任從你心！」武松自此，只在六和寺中出家，後至八十善終（第一百十九回）。在造反者自相殘殺的戰爭中，武松因敵方用妖法而受重傷，成了殘疾人，卻因此未進京邀功任官，當官的梁山好漢最後全被害死，武松得以善終。

本來有驚世武功的武松，因敵方的妖法而成了無用的殘廢，他毫無怨言，毫不沮喪，其心理極其堅強，說明他是一個勝不驕傲、敗不氣餒，能屈能伸的大丈夫。他急流勇退，不要官職，不要名利，一心修道，在「人生古來七十稀」的時代，能得八十高壽。他既能轟轟烈烈，又能清靜無為的人生志向和思想境界，在梁山群英中顯得卓然鶴立，光輝照人。

武松以上超越了其他英雄的卓特表現，給讀者留下極其強烈的印象，於是成為名聲最大的英雄人物。

武松性格的兩面性和重大啟示

武松此人的性格複雜，他的每一個突出性格都有兩面性，並給讀者以重大啟示。

武松既勇武又怯弱。這充分體現在武松打虎之前是很怕虎的，而非常怕虎的武松成了打虎英雄。

武松不信酒家山上有虎的警告，冒失上山後，「讀了印信榜文，方知端的有虎」，心中已有怯意。所以他第一個心理反應不是「明知山有虎，偏向虎山行」，而是「欲待轉身再回酒店裏來」。但又怕店家恥笑，「存想了一回」，嘴裏給自己打氣說：「怕甚麼鳥！且只顧上去看怎地！」實是心存僥倖，認為不會這麼倒楣，真的就與虎冤家路狹、對面相遇了。正因如此，當虎真的出現時，武松缺乏心理準備，不禁失聲驚呼「啊呀！」嚇得從青石上翻將下來，氈笠兒滾落，酒都作冷汗出了。這是第二次強烈地露出怕虎的心理。金聖歎批道：「叫聲『阿呀』，翻下青石來，一時手腳都慌了，不及知氈笠落在何處矣，寫得入神。」正因怕虎，所以心慌意亂，這才會哨棒打不著大蟲，而是打著枯樹，折做兩截，這是第三次露出怕虎的心理。武松好不容易打死此虎，下山時又遇「二虎」，他至此不禁失聲哀歎：「阿呀！我今番罷了！」這已是他第四次暴露怕虎的心理了。金聖歎連批：「嚇殺」。還多次批道：「有此一折，反顯出武松神威」，並在回前總評一面讚頌景陽崗上「人是神人，虎是怒虎，風沙樹石是真正虎林」，一面進一步分析說：

> 讀打虎一篇，而歎人是神人，虎是怒虎，固已妙不容說矣。乃其尤妙者，則又如讀廟門榜文後，欲待轉身回來一段，風過虎來時，叫聲「阿呀」，翻下青石來一段；大蟲第一撲，從半空裏攛將下來時，被那一驚，酒都做冷汗出了一段；尋思要拖死虎下去，原來使盡氣力，手腳都蘇軟了，正提不動一段；青石上又坐半歇一段，天色看看黑了，惟恐再跳一隻出來，且掙扎下崗子去一段；下崗子走不到半路，枯草叢中鑽出兩隻大蟲，叫聲「阿呀，今番罷了」一段。皆是寫極駭人之事，卻盡用極近人之筆……

武松打虎，是被動的，他並沒有主動徒手打虎的實力和勇氣，「明知山有虎偏向虎山行」的志氣和勇氣是沒有的。但是武松卻先在酒店裏，錯將酒家的好意當作惡意，責怪酒家騙他留宿，半夜可以謀財害命，誇下海口說自己不怕老虎。他將話講盡說絕，這種為硬撐面子而說大話，不留退路的言行，本是貌

似強大實則虛弱的性格表現。他上山後真知有虎，心裏害怕，本想回店，又怕：「我回去時，須吃他恥笑，不是好漢，難以轉去。」金聖歎批道：「以性命與名譽對算，不亦異乎？」即對其死要「好漢」面子，不肯認錯，乃至用性命來賭名譽的冒險行為頗露譏諷。

武松喜歡聽人家的好話，這是他心靈怯弱的一個重要表現。正因有此性格弱點，老奸巨滑的張都監對症下藥，對他大捧特捧，在一迭聲甜言蜜語背後，設巧計陷害武松。

張都監一見武松，對武松道：「我聞知你是個大丈夫，男子漢，英雄無敵，敢與人同死同生。我帳前現缺恁地一個人，不知你肯與我做親隨梯已人麼？」武松跪下，稱謝道：「小人是個牢城營內囚徒；若蒙恩相抬舉，小人當以執鞭隨鐙，服侍恩相。」武松歡喜，心裏尋思道：「難得這個都監相公一力要抬舉我！」此時武松在甜言蜜語欺騙之下，甘願做貪官鷹犬。

中秋良夜，張都監請武松與內眷一起喝酒，令玉蘭唱曲，還說要將玉蘭許配武松為妻。當夜後堂大喊有賊，武松大獻殷勤，提了一條哨棒，逕搶入後堂裏來。結果武松自己反而被當賊捉拿，張都監看了大怒，喝罵道「你這個賊配軍，本是賊眉賊眼賊心賊肝的人！」押送到官府，武松剛要辯護，那牢子獄卒拿起批頭竹片，雨點的打下來。武松情知不是話頭，生性剛烈的他，只得屈招做賊。馬上押進死牢，手腳都被釘住。武松的勇武就無用武之地，只能任人宰割了。

這也顯示了武松此人既精明又愚鈍。武松每逢受到武力威脅的時候，顯得萬分精明。武松在孫二娘黑店不吃蒙汗藥，很精明；他在飛雲浦對付殺手謀害時，也很精明。可是武松在對付高明的成套的陰謀詭計時，十分愚鈍。在上流社會的場面中，如在張都監中秋家宴上，則手足無措，不敢言語。他在張都監之流的恭維面前不識歹人的面目。

武松既仁慈又殘忍。武松對人，既忠厚仁德，善良仁慈，也有狠毒過頭的一面。

武松因打虎而受賞時對知縣說：「小人聞知這眾獵戶，因這個大蟲受了相公責罰，何不就把這一千貫給散與眾人去用？」「知縣見他忠厚仁德」，就抬舉他一個都頭之職。聖歎批道：「一篇打虎天搖地震文字，卻以『忠厚仁德』四字結之，此恐非史遷所知也。」後來武松在張青店中不肯讓孫二娘殺害無辜的解差，聖歎又表揚他：「武松仁慈。」

可是武松在鴛鴦樓上、張氏府內所殺十九人中，有多人是善良的馬夫、丫環，與武松無怨無仇。武松誅及無辜，的確狠毒。

武松既端莊又風趣。他的端莊嚴肅和機靈幽默，兩者各有表現，又統一在他的性格整體中。這突出地反映在武松對婦女的態度中。武松對親嫂潘金蓮謙恭有禮，不苟言笑。同桌喝酒時，金蓮的一雙眼直看著武松，武松吃她看不過，只低了頭，不予理會，用敬而遠之的手段抵制她勾引、調笑的輕狂舉動。金蓮勾引武松不成，還遭到武松的斥責，於是她在武大處反咬一口，說武松欺負她，「用言語來調戲我」。武松知道哥哥對自己的信任，故而對哥哥只不做聲，只是將行李從武大家搬走，回到縣裏去住。武大詢問原由，他道：「哥哥不要問。說起來，裝你的幌子。你只由我自去便了。」金蓮此時在旁喃喃吶吶地罵，武松一聲不唁，由她瘋罵。他為了哥哥的名聲，為了不擴大事態，不使哥哥家庭破裂，不做任何解釋，用嚴肅端莊和莊嚴沉默，遏制金蓮的風騷輕狂和老羞成怒的猖狂，還儘量給金蓮留下臉面，給她改過自新的機會，順利止住了紫石街小窩內的風浪。

在張都監府中的中秋夜宴時，看到有女眷在場，他吃了一杯酒就想離席迴避。張都監挽留他，又令玉蘭唱曲、斟酒，「武松哪裏敢抬頭？起身遠遠地接過酒來⋯⋯」他在彬彬有禮之中夾著拘謹慎遠的神態，小心翼翼，局促不安，唯恐失禮失態。

可是他在十字坡酒店初會孫二娘時卻一再用言語調戲、挑逗說：「我見這饅頭餡內有幾根毛，一像人小便處的毛一般⋯⋯」「娘子，你家丈夫卻怎地不見？」「憑地時，你獨自一個須冷落。」接著又用勾引的語氣說，希望酒色「越渾越好」，「只宜熱吃」，「我從來吃不得寡酒，⋯⋯」這與武松平時莊重的風度截然相反，因為武松深知此婦居心不良，故意用風話麻痹對方，避過暗算，克敵制勝。他假裝蒙汗藥發作，直挺挺躺在地上，孫二娘自以為得計，不斷笑罵武松：「這個賊配軍正是該死！」「由你奸似鬼，吃了老娘的洗腳水！」雙方格鬥時，武松惡作劇地耍弄孫二娘。他暗中施力，兩個漢子扛他不動，引孫二娘來，讓她輕輕地將自己提起來。武松就勢抱住這個婦人，把兩隻手一拘拘將攏來，當胸前摟住，卻把兩隻腿望那婦人下半截只一挾，壓在那婦人身上，只見她殺豬般也似叫將起來。他要用這種調笑的方法教訓這個張狂兇狠地殺人越貨、賣人肉饅頭的黑店老闆娘。

在快活林為施恩報仇時，他故意假裝酒醉，尋釁鬧事。他一進酒店，見到

櫃內女子，就坐在櫃身相對的一付坐頭上坐了，把雙手按著桌子上，不轉眼地看那婦人。還調戲這位女店主——蔣門神的小妾說：「過賣，叫你櫃上那婦人下來，相伴我吃酒。」酒保喝道：「休胡說！這是主人家娘子。」武松道：「便是主人家娘子，待怎地？相伴我吃酒，也不打緊！」用此法激怒蔣門神，逼令他前來打鬥，達到復仇的目的。聖歎在此等處強調：「寫武松便幻出無數風話，於是讀者但覺峰回谷轉，又來到一處勝地。」提請讀者欣賞武松滑稽詼諧的幽默感，讚揚《水滸》作者刻畫人物個性的婀娜多姿變化多端的藝術手段。

武松最初粗野，後又發展為穩重有禮。

武松原先為人如何？武大曾埋怨他說：「我怨你時，當初你在清河縣裏，要便吃酒醉了，和人相打，時常吃官司，教我要便隨衙聽候，不曾有一個月淨辦，常教我受苦。」到柴進莊上後，積習難改，「但吃醉了酒，性氣剛，莊客有些管顧不到處，他便要下拳打他們，因此滿莊裏莊客沒一個道他好。眾人只是嫌他，都去柴進面前告訴他許多不是處。」宋江因在暗處而不小心踏飿了火鍁柄，火星濺到武松面上，武松不分青紅皂白，馬上跳起來打人，其平日性格之粗暴和急躁由此可見。

宋江結識武松後，「每日帶挈他一處飲酒相陪，武松的前病都不發了。」聖歎接批：「何物小吏，使人變化氣質』。」於是武松具備了眾英雄的種種優點。金聖歎說：

> ……然則《水滸》之一百六人，殆莫勝於宋江。然而此一百六人也者，固獨人人未若武松之絕倫超群。然則武松何如人也？曰：「武松，天人也。」武松天人者，固具有魯達之闊，林冲之毒，楊志之正，柴進之良，阮七之快，李逵之真，吳用之捷，花榮之雅，盧俊義之大，石秀之警者也。斷曰第一人，不亦宜乎？

聖歎將武松看作是集梁山群英優秀性格之大成的人物，同時他的性格又有複雜的兩面性：仁慈而又殘忍，勇敢而又怯弱，端莊而又風趣，有時智慧過人卻有時糊塗愚蠢透頂等等。

當然，由於受到的教育還是不夠，他的野性未能徹底根除，故而有時傷及無辜、殺人過多，有時還因酗酒而闖出大禍。

武松醉酒時的大勝和大敗，更給千古讀者以重大啟示。

武松此人喜歡喝酒，有時還沉溺於其中而不能自拔。金聖歎在「武十回」的最後，即第三十一回「武行者醉打孔家莊」的回前總評中評價武松癡迷於

酒說：

> 此回完武松，入宋江，只是交待文字，故無異樣出奇之處。然
> 我觀其寫武松酒醉一段，又何其寓意深遠也。蓋上文武松一傳，共
> 有十來卷文字，始於打虎，終於打蔣門神。其打虎也，因「三碗不
> 過崗」五字，遂至大醉，大醉而後打虎，甚矣，醉之為用大也！其
> 打蔣門神也，又因「無三不過望」五字，至於大醉，大醉而後打蔣
> 門神，又甚矣，醉之為用大也！雖然，古之君子，才不可以終恃，
> 力不可以終恃，權勢不可以終恃，恩寵不可以終恃，蓋天下之大，曾無
> 一事可以終恃，斷斷如也。乃今武松一傳，偏獨始於大醉，終於大
> 醉，將毋教天下以大醉獨可終恃乎哉？是故怪力可以徒搏大蟲，而
> 有時亦失手於黃狗，神威可以單奪雄鎮，而有時亦受縛於寒溪。蓋
> 借事以深戒後世之人，言天人如武松，猶尚無十分滿足之事，奈何
> 紜紜者，曾不一慮之也！

　　酒要誤事，因為酒力壯膽，人在酒後思維遲鈍，膽子卻特別大，容易做出格的事。武松因酒醉後冒險上山，終於與虎狹路相逢。這次是僥倖的險勝。後來大醉後痛打蔣門神，則因雙方實力懸殊。而此回描寫武松因在路過的鄉村小酒店中買不到肉吃，打店鬧事，打走鄰桌自帶雞、肉享用的客人後，他搶來鄰桌的酒肉大快朵頤。酩酊大醉後出店，步履踉蹌，還和路上相遇的狗嘔氣，結果立腳不穩，跌入淺溪，被狗夾屁股盯住，狂吠「嘲笑」；又被剛才被打走的孔氏兄弟捉去，捆綁拷打，處境極其狼狽。最後如未巧遇宋江而得救，武松難逃死於非命的可悲下場。小說如是描寫，表面看起來僅想在轉折過渡處造成情節跌宕起伏，聖歎則已巨眼洞見內中的深意，並推論出又一個重要的人生哲理：人生絕不會是圓滿無缺的，天下之人事也絕不會完美到頂的，即如蓋世英雄和奇才，也有其局限性，不可終恃無恐，必須戒驕戒躁，處事處世小心謹慎，勿過大江大海無虞而因掉以輕心或固執己見而跌入溝壑。而且指出：才華、力氣、權勢、恩寵，任何東西都不可有恃無恐。

　　聖歎又在此回中描寫武松「恨那隻狗只管吠」，就手持戒刀追趕時批道：「皆喻古今君子，有時忽與小人相持，為可深痛惜也。夫狗豈足恨之人，戒刀豈趕狗之具哉。」

　　武松砍狗砍個空，自己反而倒撞下溪去，聖歎說：「其力可以打倒大蟲，而不能不失手於黃狗，為用世者讀之寒心。」

武松「再起不來，只在那溪水裏滾」。金聖歎又批：「此段不止活畫醉人而已。喻君子用世，每每一蹶之後，不能再振，所以深望其慎之也。」

此皆以小見大，以武松為教訓，告誡「用世」諸君即正派的當權者勿有恃無恐，固步自封，驕躁冒失，或經不起財、色的誘惑而貪贓枉法，並於一篇之中三致意焉。這些發揮和引申，是緊密結合分析武松的性格缺陷和具體表現而得出的警世通言，因此毫不離題且又寄意深遠，至今仍有很大的啟示意義。

這個典型事例充分說明了武松性格中的勇武和虛弱的兩面性，真實描繪了這個複雜動人的人物形象。

真正要做到智慧過人，性格剛毅而又堅韌，必須要熟讀儒道兩家經典，作為人生的指導，才能永遠立於不敗之地。

李逵殺看客的舊仇新恨和必要性與合理性

李逵是一個堅定的革命派，是堅定反對招安、投降的英雄之一。

可是魯迅先生對《水滸》和李逵頗有不滿之處，他曾說過：

> 「俠」字漸消，強盜起了，但也是俠之流，他們的旗幟是「替天行道。」他們所反對的姦臣，不是天子，他們所打劫的是平民，不是將相。李逵劫法場時，掄起板斧來排頭砍去，而所砍的是看客。一部《水滸》，說得很分明：因為不反對天子，所以大軍一到，便受招安，替國家打別的強盜——不「替天行道」的強盜去了。終於是奴才。（《三閒集·流氓的變遷》）

魯迅批評李逵劫法場時不分青紅皂白，大砍看客，傷害無辜，表面上看起來似乎有一定道理。近年，在中央電視臺「百家講壇」講《水滸傳》出名的周思源先生，在魯迅的這個觀點上，做了發展，進一步批評李逵殺看客，看客是平民，他因此而認為《水滸傳》描寫的不是農民起義，是強盜而已。

魯迅和周思源的觀點都是似是而非，甚至非常錯誤的。

《水滸傳》描寫李逵兩次遭到看客的圍觀，李逵與看客結下了舊仇新恨。

第一次，李逵在江州的長江上，被張順引入水中，兩人在江心搏鬥，江岸邊早擁上三五百人在柳陰底下看；都道：「這黑大漢今番卻著道兒！便掙扎得性命！也吃了一肚皮水！」宋江、戴宗在岸邊看時，只見江面開處，那人把李逵提將起來，又淹將下去；兩個正在江心裏面，清波碧浪中間；一個顯渾身黑肉，一個露遍體霜膚；兩個打做一團，絞做一塊。江岸上那三五百人沒一個不

喝采。金聖歎在此感歎並發揮說：「每見人看火發喝采，看杖責喝采，看廝打喝采，嗟乎！人之無良，一至於此。願後之讀者，其一念之。」

是呀，李逵被張順撳在水中，口吐白沫，兩眼上翻，看上去頗有幾分性命之憂，岸上眾人毫無同情惻隱之心，反而當作精彩表演，放下正事不做，大看其熱鬧，圍觀喝采；而且往往倚強欺弱，嘲笑弱者，喪失心肝。聖歎認為這樣的舉動和行為缺乏良心和良知（「無良」），希望人們讀此「一念之」而改正。

後來，在宋江和戴宗的勸說下，張順再跳下水裏，赴將開去。李逵正在江裏探頭探腦，狼狽地假掙扎赴水。張順早赴到分際，帶住了李逵一隻手，自把兩條腿踏著水浪，如行平地；那水不過他肚皮，淹著臍下；擺了一隻手，直托李逵上岸來。江邊的人個個喝采。宋江看得呆了半晌。張順，李逵，都到岸上。李逵喘做一團，口裏只吐白水。

李逵和張順上岸後，是在圍觀的看客的議論紛紛、叫好喝采中離開江岸，到琵琶亭上去相聚說話的。李逵從來沒有被人打敗過，今日不僅大敗，而且被看客圍住看笑話，心中怎能不怨恨？

第二次，宋江和戴宗馬上要被正法、開斬，六七十個獄卒早把宋江在前，戴宗在後，推擁出牢門前來。押到市曹十字路口，團團槍棒圍住。在法場上，宋江和戴宗兩個面面廝覷，各做聲不得。宋江只把腳來跌，戴宗低了頭只歎氣。兩人極其狼狽。此時，江州府看的人真乃壓肩疊背，何止一二千人。

緊要關頭，十字路口茶坊樓上一個虎形黑大漢，脫得赤條條的，兩隻手握兩把板斧，大吼一聲，卻似半天起個霹靂，從半空中跳將下來，手起斧落，早砍翻了兩個行刑的劊子，便望監斬官馬前砍將來。眾士兵急待把槍去搠時，那裏攔得住。眾人且簇擁蔡九知府逃命去了。

梁山好漢立即背起宋江和戴宗，大家一齊殺開血路。只見那人叢裏那個黑大漢，輪兩把板斧，一味地砍將來。晁蓋便叫背宋江、戴宗的兩個小嘍囉，只顧跟著那黑大漢走。當下去十字街口，不問軍官百姓，殺得橫遍地，血流成渠。推倒顛翻的，不計其數。眾頭領撇了車輛擔仗，一行人盡跟了黑大漢，直殺出來。

小說明明寫著他們殺的既有劊子手、監斬官和軍官，也有百姓，即看客。魯迅看書不仔細，記憶不真切，竟說「李逵劫法場時，掄起板斧來排頭砍去，而所砍的是看客」。竟然說李逵殺的全是看客，只殺看客，而不殺官兵。這是魯迅議論的第一個錯誤。

第二個錯誤是錯批李逵殺看客。我們要認清：即使李逵殺了這些圍觀的看客，也因為看客們也十分可惡。這些看客不分是非，亂看熱鬧，宋江和戴宗狼狽就戮之時，他們前來當免費的好戲看，為統治者的反動氣焰助威和喝彩。李逵和梁山好漢劫法場時，還要繼續「看白戲」，層層圍觀，還不肯離開。李逵當時如不殺掉幾個頑固觀看的看客並嚇走其餘，李逵背著宋江被看客堵住四周，無法逃離現場，他根本無法救出宋江戴宗。弄不好貽誤時機，自己還要反遭敵方擒獲。而且靠近李逵的前面幾排看客，被後面的層層看客堵住，前面的看客要逃也無法逃，要讓也無法讓，李逵不殺了面前的看客，後面的看客就繼續圍觀，不肯離開，李逵和梁山好漢根本無法救出宋江和戴宗並及時安然撤離。他們只好先殺看客，然後撕開血路，及時逃離。

由此看來，李逵殺看客既是必要的，也是合理的。這些看客本是助長反動氣焰、滅宋江和戴宗兩個英雄威風的統治者的幫兇，這時繼續包圍李逵他們，阻礙他們的及時撤退，繼續做統治者的幫兇，殺這些看客就是殺統治者的幫兇。而且不殺幾個雞給猴看，其他看客怎肯一哄而散，從而讓出血路，讓李逵他們逃離？

但需指出的是，李逵殺看客，這個說法是不準確的。李逵並非殺看客，他並沒有特地留下來專門殺看客，並將看客殺光。他只是為了迅速逃離而揮斧殺開血路，將擋路的看客劈了一批、嚇走了一批。

對於看客們的可惡，對國民喜歡圍觀的惡習，魯迅本來也是十分痛恨的。上世紀初，魯迅在日本看教學電影時，「我竟在畫片上忽然會見我久違的許多中國人了，一個綁在中間，許多站在左右，一樣是強壯的體格，而顯出麻木的神情。據解說，則綁著的是替俄國做了軍事上的偵探，正要被日軍砍了頭顱來示眾，而圍著的便是來賞鑒這示眾的盛舉的人們。」魯迅看後極其憤慨和痛心，他說：「凡是愚弱的國民，即使體格如何健全，如何茁壯，也只都做毫無意義的示眾的材料和看客，病死多少是不必以為不幸的。所以我們的第一要著，是在改變他們之精神。」（《吶喊·自序》）魯迅看到這次看客圍觀殺人現象後，受到精神刺激之大，難以言喻。他因此而徹底改變專業方向，棄醫從文，參加並參與領導了改變中國國民靈魂的鬥爭，成為文化革命的主將。

因此，魯迅自己早就說這些「毫無意義的示眾的材料和看客，病死多少是不必以為不幸的」，卻又指責李逵殺「賞鑒（統治者殺害造反者）這示眾的盛舉的」看客，是自相矛盾的，也是錯誤的。更且前已言及，李逵他們殺的不僅是

看客，也有軍官，也即官兵。（魯迅經常自相矛盾，常有「英雄欺人」的言論，筆者在別處批評過，茲不贅述。）

中國人喜歡做看客的這個壞習慣一直沒改正，自魯迅初見看客之後，二、三十年過去了，中國人依舊故我。1930 年代住在上海的魯迅又再次寫道：「假使有一個人在路旁吐一口唾沫，自己蹲下去，看著，不久準可以圍滿一堆人……」（《花邊文學‧一思而行》）魯迅還曾指出中國人不要倚強欺弱，要尊重失敗者，尤其是頑強鬥爭到底而壯志未遂的失敗者，譬如看人賽跑，不嘲笑跑在最後一個而堅持跑到底的人，那麼中國就有救了。魯迅對中國人喜歡圍觀，尤其在圍觀中不分是非曲直，既不站出來伸張正義，還多倚強笑弱也是深惡痛疾之極的。

當代的中國人依舊此病常犯，並未改正。每見有人圍觀火災，弄得消防車開不進；圍觀鬧事和抓人，弄得警察難以工作；圍觀外賓（1950～1970 年代外國人來華和在華者非常少，外國人出現在上海馬路上，民眾群起而跟著圍觀，當做稀有動物般欣賞，這是當時的一個奇觀），引起人家不滿和反感；甚至圍觀火葬場的車子到居民家中運死人……。真是痼疾難改。

總之，《水滸傳》和魯迅教導我們：不做無聊的看客是重要的人生智慧。如果正好路過而看到有些情況，就為受害者和警方作證，而不是做無聊的看客，甚至妨礙公務。

更何況，按照現代的觀念和法律，為了看熱鬧而圍觀不僅是錯誤的，有時甚至是有罪的，即使為了工作，影響人家逃命，也有罪。請看下面這則重要報導——

> 新華社 2008-02-05《妨礙人們火裏逃生　攝影師同意賠鉅款》：
>
> 新華社北京 2 月 4 日電：2003 年美國羅得島州一家夜總會發生火災，100 人不幸喪生。被指控妨礙人們逃生的一家電視臺和一名攝相師日前與幸存者和受害者家屬達成了賠償 3000 萬美元的暫時性協議。
>
> 火災發生在 2003 年 2 月 20 日，原因是一支搖滾樂隊使用的煙花點燃了舞臺四周非常易燃的隔音泡沫。WPRI 電視臺的攝相師巴特勒當時正在這家位於西沃里克的夜總會拍攝有關公共場所安全狀況的情況。受害者的律師指控巴特勒妨礙了人群從前門逃生。

這就是現代意識中對出於善良目的而留滯現場的新聞工作者的正確評價。

宋江與晁蓋的領袖素質和智慧之短長

宋江作為一個義軍領袖，他的確具有領袖人物應有的素質和智慧。

首先，他慷慨大度，平時關心和資助弱者，熱情接待和幫助來訪的豪傑，人稱「及時雨」。

第二，他善於開導和教育人。例如，武松起初喝醉酒就打人，性格暴躁，雷同於古今中外所常見而為人們一致嫌惡的市井閒漢、鬧事醉鬼而已。宋江在柴進莊上結識武松後，「每日帶挈他一處飲酒相陪，武松的前病都不發了。」金聖歎接批：「何物小吏，使人變化氣質。」《水滸傳》在這裡的精彩之處是，在人們極易一眼滑過而不予應有注意的「相陪」兩字背後，卻大有文章。宋江在「相陪」中加緊對武松開導、教育，讓武松受到從未有過的人生教誨。金聖歎靈眼覷見「相陪」一詞中的豐富含義，短短一語批出其中奧妙，同時高度評價宋江的赤誠、熱情、平等待人和體貼入微，溫暖了多年備受冷落、被社會歧視拋棄的武松的寂寞、孤獨、苦悶的心。武松激發了原有的善良本性，從此不再隨便急躁、發怒、打人，變得穩重、知禮、識理和處事冷靜。聖歎之意，武松並非天生就是英雄，是宋江的友情、啟蒙和教育，改變了武松的氣質，這就揭示了英雄成長和性格發展的必然過程。

第三，富於智慧。

宋江善於處理特發事件。例如何濤趕來鄆城縣抓賊，宋江接待他，問清案情，吃了一驚。他一面肚裏尋思救晁蓋，一面嘴上故意罵晁蓋幾句，騙何濤在茶坊等候。利用這個時間差，宋江急馬前去相救。宋江騎馬出城時，先是慢慢的走，故意做出沒有急事的樣子，待出城門後，無人見到他了，立即疾奔而去。

沒半個時辰早到晁蓋莊上。宋江對晁蓋簡要介紹案發情況，同時建議：「『三十六計，走為上計。』若不快走，更待甚麼？我回去引他當廳下了公文，知縣不移時便差人連夜下來。你們不可耽擱。」

宋江不僅通風報信，而且在一路飛奔而來時，腦子也在飛速思考，代晁蓋設想了他應該採取的行動，故而一見面就能提出建議，給予指點。

晁蓋連聲道謝，宋江道：「哥哥，你休要多話，只顧安排走路，不要纏障。我便回去也。」晁蓋還要宋江見過眾英雄，宋江略講一禮，回身便走。他不理晁蓋的禮節，教他盡快出逃，並　再囑咐和催促：「哥哥保重！作急快走！兄弟去也！」宋江出到莊前飛馬回縣。

回到縣裏，他從容帶著何濤去見知縣，又假裝為知縣著想，故意勸知縣說：日間抓人要走漏消息，放到夜間去抓。這就給晁蓋留下充裕的逃跑時間。

宋江冷靜謹慎，思維嚴密，設計周到，用這一系列應對突發事件的合理和及時的措施，成功幫助晁蓋等從容出逃，也保證了自己的安全。宋江在全書一出場，他的出色智慧和魄力就得到強而有力的表現。

劉唐為晁蓋前來送感謝信和謝金，宋江也盡快打發他回去，避免官府發覺。

由於古代相信神仙和天命，宋江就利用九天玄女的「天書」來牢籠群雄。最後又用石碣「天書」排定一百零八人的座次，免得大家爭搶地位。

可見宋江在處理政務時，非常聰明，頗有權術。

但是在處理別人急事時智慧過人的宋江，在處理自己日常的緊急應對時，則非常愚笨，尤其是犯事被抓後，宋江往往驚慌失措，應對失誤。

他粗心大意地失落招文袋，被閻婆惜拿著證據，敲詐勒索，他應對失策，最後竟然只能殺人滅口，陷入了絕境。這固然是閻婆惜漫天要價的過分，但宋江塞住她的嘴巴，將人綁起來，爭執中將她刺傷也無可厚非，然後逃走，根本沒有必要陷入命案，在通敵死罪之後再犯殺人死罪。宋江殺人後，接著又中了閻婆的緩兵之計，竟然被她騙到縣衙門前，當眾拿獲，狼狽之極，也麻煩之極。如無唐牛兒正好相遇，上前救助，宋江絕無可能脫險。儘管他這次當場逃脫，可是害了無辜青年唐牛兒的一生，無疑增加了自己的一個罪孽。

宋江後來被劉高拿獲後，用假名敷衍，竟然冒稱張三。宋江在緊急中不暇思索，用上了「情敵」張三的稱呼。「張三」不能算作正規的人名，張三的本名是張文遠。宋江看上去就像一個頗有身份的人，怎麼能用「張三」這樣的稱呼。他沒有想到，這個假名不僅沒有能保護自己，反而連累了花榮——他不知宋江的口供，又無法串供，結果編了另一套謊言，兩人牛頭不對馬嘴，落入了劉高的陷阱，害得花榮也被當反賊抓。

他在江州潯陽樓題了反詩被抓獲後，驚慌失措，竟然拙劣地裝瘋，狼狽到吃大便的程度，結果依然被識破，在打得死去活來之後，只得招認謀反大罪。

宋江每次愚蠢的行動的結果都是連累和傷害了幫助他的人。別人為他付出了極大的代價，他只得到暫時的解脫；他所犯的錯誤的後果，還要靠更多的人的幫助，克服巨大的困難才能遇難呈祥。

所以宋江適合於當領袖，但不適合做具體工作。

宋江上山在之後，成為梁山的第二把手，實際是最高領袖，就萬事得心應

手了。他領導有方，在吳用等人的幫助下，將山寨治理得井井有序，興旺發達。

宋江每逢用兵之時，總能充分利用吳用的智慧和眾頭領的才華，戰無不勝。即使暫時受到挫折的祝家莊之戰，一打、二打不成功，他善於總結經驗教訓，虛心聽取別人的建議，終於三打獲勝。

宋江作為坐第二把交椅的首領，因此而威望高於坐第一把交椅的晁蓋。宋江在山寨裏，像最高領導一樣發號施令，從不事先徵求晁蓋的意見，眾好漢則言聽計從，無人敢於違反或反抗。

宋江上梁山時，晁蓋已經坐上了第一把交椅。晁蓋本人雖然是一個英雄人物，但與宋江相比，他缺乏「替天行道」的大志和領導義軍的能力。

晁蓋當年在搶奪寶塔時有一股蠻勁，對付鄰村鄉民，他的智慧與魄力綽綽有餘。後來在雷橫手中救出劉唐時，對付底層的官府爪牙，聰明伶俐，言語和行動都充滿機心。

在智劫生辰綱的行動中，因為晁蓋是富豪，有家園和足夠的才力可以提供密談、聚會的場所和資金，他就成了群雄之首。但是整個行動，從計謀到具體實施的指揮，都是吳用做的。官兵圍剿，也是吳用出謀劃策和具體指揮。上梁山奪權，也是吳用的在謀劃一切。這一階段的鬥爭，實際領袖是吳用。

上梁山後，晁蓋作為富豪可以提供的條件，已經沒有意義。他本人的素質、智謀和勇武，都缺乏優勢，他缺乏作為義軍領袖的所有的資本。

實際上小說首次介紹晁蓋時，已經暴露了他的致命缺點：「原來那東溪村保正姓晁，名蓋，祖是本縣本鄉富戶，平生仗義疏財，專愛結識天下好漢，但有人來投奔他的，不論好歹，便留在莊上住；若要去時，又將銀兩齎助他起身；最愛刺槍使棒，亦自身強力壯，不娶妻室，終日只是打熬筋骨。」可見晁蓋此人不讀書、不會思考，只愛練武。練武的層次不高，只是「身強力壯」、只知「打熬筋骨」。而更大的問題是，「但有人來投奔他的，不論好歹，便留在莊上住；若要去時，又將銀兩齎助他起身」。金聖歎在「不論好歹」後批道：「斷定晁蓋。○活畫出晁蓋有粗無細來。」晁蓋不識人，不會識別人的好歹，也不知應該識別人的好歹，故而「不論好歹」地收留所以投奔他的人，並給以資助。

晁蓋當上了梁山首領，卻因無能而碌碌而為，與宋江相比，相形見拙。可惜他缺乏自知之明，又缺乏林冲的胸襟，不能自省：自知不是當領袖的料，就拱手讓賢。他貪位戀棧，連和他一起上山的吳用也只能拋棄他，改與宋江心

投意合。

梁山上事無鉅細,都是宋江與吳用在管理、策劃;每個軍事行動,多數英雄積極加入,作戰則都是宋江與吳用在指揮、謀劃。晁蓋無所事事,還自以為自己是當然的領袖,天真得可以。

宋江被閻婆抓到衙門去的時候,被黃文炳識破反詩、只能拙劣地裝瘋的時候,智短力竭,何其狼狽,但他在籠絡、引導、領導群雄時,則得心應手,左右逢源。他對眾多英雄有過關心和幫助,而晁蓋相當無能,因此——

一個小事精明,大事糊塗;一個小事笨拙,大事精明,誰適宜當造反的強盜魁首,亂世為王,其答案不問自明。

於是晁蓋在梁山上早已經勢單力薄,眾多英雄都已被吸引和團結在宋江的周圍,宋江成功地、自然而然地架空了晁蓋。所以晁蓋在山上指揮不動人,他親自攻打曾頭市而出征時只有二十個頭領幫助出力:呼延灼、徐寧、穆弘、張橫、楊雄、石秀、孫立、黃信、燕順、鄧飛、歐鵬、劉唐、阮氏三雄、白勝、杜遷、宋萬。金聖歎夾批說:「點至後半,忽然是最初小奪泊人,章法奇絕人。」晁蓋要親自去劫寨,他對林冲道:「我不自去,誰肯向前?(金批:前寫宋江下山,一時廳上廳下一齊願去,何至令晁蓋作如許語?深文曲筆,處處有刺。)」晁蓋劫寨點的十個頭領是:劉唐、呼延灼、阮小二、歐鵬、阮小五、燕順、阮小七、杜遷、白勝、宋萬。也多是他的舊人。晁蓋中箭,卻得三阮,劉唐,白勝五個頭領,死拼將去,救得晁蓋上馬,殺出村中來。金批說:「十個人入去,卻偏是五個初聚義人死救出來,生死患難之際,令人酸淚迸下。○單寫初聚義五人死救晁蓋,便顯出滿山人無不心在宋江,而視晁蓋如無也。深文曲筆,妙不可言。」

從此戰的過程看,宋江也應該架空晁蓋。宋江每次勸阻晁蓋出征,由他率兵出戰,每次都最後獲勝。而晁蓋則一戰就敗。他智力短淺,無力勝敵,又剛愎自用,不聽智慧出眾赤膽忠心的林冲的勸說,一意孤行,終於自取滅亡。

晁蓋臨死不悟,他以最高領袖心態指定:為他報仇的做山寨之主。不考慮此人的德才和資歷能否當山寨之主,他帶著政治幼稚病而死,還至死不悟。此舉明顯排斥第二把手宋江,但他屍骨未寒,他的忠實部下林冲卻帶頭擁戴宋江,眾人在吳用的策劃下一致擁護,無人理睬晁蓋的這個誓言。這是現實的選擇。這既是林冲識時務者為俊傑的卓越表現,也是對晁蓋不顧大局、個人至上、自作多情的無情諷刺。

因此，宋江架空晁蓋具有必然性和必要性。此因實際鬥爭的需要和進行，只要大多數人走正路，革命隊伍中就會形成自然的領導中心。宋江即使不是有意的，不管有意還是無意，他已經架空了晁蓋。

宋江在梁山上充分發揮了自己的智慧，他是梁山義軍稱職的領袖。但是以宋江的才華，他還不足以當上整個國家的領袖。領導和治理整個國家的政治智慧的短缺，使他帶領全體人馬在節節勝利的情況下，招安投降，走向最後的滅亡。

易中天先生曾代為宋江設計對付高俅和朝廷的不敗和必勝的策略，是高明的。我認為更重要的是，宋江缺乏李逵和武松等堅持和多次提醒、要求的「殺到東京，奪了鳥位」，「做大宋皇帝」的魄力和志向，也缺乏這個才華——藝高才能膽大，如果有了這個才華，就會自然產生相應的大志。於是宋江就只能在無力打倒高俅、蔡京之流的貪官的前提下，爭取招安，反而落入貪官們的魔掌，從而自取滅亡。

在《水滸傳》中，宋江有兩個結局。一個是七十回本的《金批水滸》的結尾，宋江的結局圓滿，梁山泊英雄大結義：

最後，宋江看了眾多頭領，卻好一百單八員。（夾批：大結束語，如椽之筆。）宋江開言說道：「我等弟兄自從上山相聚，但到處，並無失，皆是上天護佑，非人之能。今來扶我為尊，皆託眾弟兄英勇。」夾批說：「至此竟一句攬歸自己，更不再用推讓，宋江權術過人如此。」這無疑是對權術過人的宋江的誅心之論，宋江至此基礎雄厚，不必再自謙自抑，大權在握，躊躇滿志，故而大言炎炎，顧盼自雄了。宋江多年的處心積慮，慘淡經營，方能後發制人，卵翼豐滿，權勢蓋天，王倫、晁蓋等人如何相及！

宋江此時在事業上發展到頂峰，躊躇滿志，得意洋洋。

這個結局在一百回本、一百二十回本中也有，但這僅是梁山事業的第一階段的結局。另一個結局是其受招安後的第二個結局，也即最終的結局。這時，經過征遼國、王慶等大獲全勝之後，與方臘火拼，部將大部分陣亡、病故，宋江帶著李逵等接受詔安，皆被毒死。宋江的最後結局，與他江州酒後題詩說的「敢笑黃巢不丈夫」一樣，他也落入與黃巢一樣覆滅的下場。

瞿秋白《浣溪沙》說：「廿載浮沉萬事空，年華似水水流東，枉拋心力作英雄。　湖海棲遲芳草夢，江城辜負落花風，黃昏已近夕陽紅。」可以作為宋江和一切宋江式人物的精切寫照。與宋江嚮往的事業相比，宋江還是志大才

疏，智慧不足以勝任。德才不夠而居高位，即「德不配位」，必然下場不好。

但是，宋江儘管失敗了，宋江儘管是一個失敗的英雄，我們還是高度肯定他曾經擁有的梁山事業，讚美他帶領群雄反對貪官，試圖改變惡濁世界，力圖幫助貧困的百姓，「替天行道」的種種努力。這就是《水滸傳》描寫梁山起義和宋江等英雄的深遠意義。

梁山英雄群像新論

《水滸傳》描寫一百零八將，除了用筆最多的林沖（林十回）、武松（武十回）和宋江（宋十回），魯達和史進是全書最早出現的人物，意義特殊之外，其他諸多英雄人物也各有特色。其中比較重要的還有 21 人。

劉唐兩次送信的不同後果

《水滸傳》善於描寫同一人物的兩次相似事件，卻能做到同中有異，各盡其妙。

赤髮鬼劉唐武藝和智力一般，他在梁山軍中沒有什麼作為。《水滸傳》著力描寫的是劉唐上梁山前後的兩次送信，精彩地描寫了他兩次送信的環境、氛圍和人事、心理變化，從而給讀者留下了深刻的印象。

劉唐特來向晁蓋報知蔡太師生辰綱的信息，他路上喝酒誤事，不能及時趕到晁蓋處，醉倒在荒山野廟，處境危險。雷橫與士兵在月色迷蒙的黑夜，神鬼莫測的荒山孤廟中，拿著火一齊照將入來。只見供桌上赤條條地睡著一個大漢。夜幕中孤廟的陰森恐怖的氛圍，增添了官兵對相貌怪異的陌生人的恐懼和懷疑。劉唐不是賊，被當作賊捉；他正想與晁蓋合夥做賊，竟被有鄉紳財主身份的晁蓋將他救出，官兵以為他們都是良民，他們卻接著一起商議做盜賊。生活就是這樣錯綜複雜，神奇詭秘。

晁蓋一面款待官兵大吃酒肉，一面到門房觀察所抓的「小賊」，問知情況，就假稱是劉唐的舅舅，將他救下，送雷橫十兩花銀，又賞了眾土兵，以了此事。雷橫等走後，劉唐向晁蓋報告生辰綱信息，建議晁蓋搶奪這筆財富。晁蓋安排他在客房歇息，他卻拿了一把樸刀追趕雷橫，要討還晁蓋給他的那十兩銀子。劉唐殺回馬槍，路截雷橫，出乎人的意料，但又合情合理。金批讚揚這段描寫「放過晁蓋，再從劉唐身上生出文情，有千丈游絲，縈花黏草之妙。」劉唐自忖：「我著甚來由苦惱這遭？只因耐雷橫那廝平白地要陷我做賊，把我

弔這一夜！想那廝去未遠，我不如拿了條棒趕上去，齊打翻了那廝們，卻奪回那銀子送還晁蓋，也出一口惡氣。此計大妙！」但劉唐武藝有限，兩人在大路上廝拼了五十餘合，不分勝敗。晁蓋趕來，喝開劉唐，讓雷橫等回去。晁蓋帶著吳用、劉唐一起回莊，一起商議打劫生辰綱。

晁蓋等因宋江的通風報信而及時出逃，在梁山安定後，派劉唐送一百兩黃金，給以重謝。那一日將晚，宋江從縣裏出來，只見一個大漢，頭帶白范陽氈笠兒，身穿一領黑綠羅袍；（金批：白笠黑襖，為月下出色，然在蒼然暮色中，更怕人。）身跨腰刀，背著大包；走得汗雨通流，氣急喘促。宋江帶他到僻靜小巷酒樓上的僻靜閣兒詢問來意，收下來信和一兩金子，略問情況後馬上離了酒樓，出到巷口，分付今後「再不可來此間，做公的多，不是耍處。我更不遠送了，只此相別。」此時天色黃昏，是八月半天氣，劉唐見月色明朗，拽開腳步，望西路便走，連夜回梁山泊來。這次劉唐身為盜賊，是冒死前來，故而小心謹慎，所以在夜幕的掩護下乾脆利落地完成了任務。

阮氏三雄落草為寇的動機、本領和結局

阮小二、阮小五、阮小七三阮兄弟，連正式的名字也沒有，身處最底層，卻因打魚和水上工夫的技藝十分出眾，被譽為「阮氏三雄」。

三阮靠打魚為生，打魚不能致富，只能勉強度日。梁山泊作為強盜窩後，山上強盜不准人到梁山泊打魚，阮氏兄弟不能打魚，生活陷入了絕境。他們又嗜好賭博，兼之不善計算，賭運又差，常賭常輸，經濟上陷入赤貧。

吳用說三阮「義膽包身，武藝出眾，敢赴湯蹈火，同死同生，只除非得這三個人，方才完得這件事」。建議勸誘三阮入夥，一起打劫生辰綱。他還親自上門去游說。

三阮落草的動機單純，只求暢意吃喝。他們窮怕了，窮急了，非常羨慕有吃有喝瀟灑自在的人。沒有別的出路，即使做強盜也行，所以羨慕梁山上的強人，阮小五道：「他們不怕天，不怕地，不怕官司；論秤分金銀，異樣穿紬錦；成甕吃酒，大塊吃肉：如何不快活？我們弟兄三個空有一身本事，怎地學得他們！」阮小七甚至說：「『人生一世，草生一秋！』我們只管打魚營生，學得他們過一日也好！」阮小二道：「如今該管官司沒甚分曉，一片糊塗！千萬犯了迷天大罪的倒都沒事！（金批：千古同歎，只為確耳。）我兄弟們不能快活，若是但有肯帶挈我們的，也去了罷。」他們本想上梁山入夥，但聽說「王倫心地窄

狹，安不得人，前番那個東京林冲上山，嘔盡他的氣。王倫那廝不肯胡亂著人，因此，我弟兄們看了這般樣，一齊都心懶了」。他們一直痛感無人能夠賞識他們的本領，提攜他們走搶劫致富道路，所以吳用介紹晁蓋等欲劫生辰綱，邀請他們入夥，雙方一拍即合。

武松為武大祭祀時，把祭物去靈前擺了，堆盤滿宴，金批說：「四字一哭。哭何人？哭天下之人也。天下之人，無不一生咬薑呷醋，食不敢飽，直到死後澆奠之日，方始堆盤滿宴一番，如武大者，蓋比比也。」有的窮人羨慕強盜，願意落草做強盜，即因終身貧困，心裏有一股嚮往暢意吃喝，享受豐裕物質生活的強烈願望。

三阮想當強盜，還因為：「如今那官司一處處動撣便害百姓；但一聲下鄉村來，倒先把好百姓家養的豬羊雞鵝盡都吃了，又要盤纏打發他！（金批：千古同悼之言，《水滸》之所以作也。）如今也好教這夥人奈何那捕盜官司的人！那裏敢下鄉村來！（金批：作者胸中悲憤之極。一路痛恨強人，乃說到官司，便深感之，筆力飄忽夭矯之極。）若是那上司官員差他們緝捕人來，都嚇得屎尿齊流，怎敢正眼兒看他！」官兵怕強盜，做強盜的風險成本就小，這就更鼓勵有些人大膽當強盜。平時受官司的欺壓，當了強盜還可以出口惡氣，反過來氣氣官司。

何濤並捕盜巡簡在抓獲白勝後，帶領五百官兵，到石碣村一帶捉拿阮氏三雄。他們但見河埠有船，盡數奪了，做自己的「戰船」。三阮早就逃離，他們就在附近搜捕，還深入湖中搜尋。先見阮小五一人單舟飛馳而來，唱歌嘲罵官兵。他見放箭來，拿著樺揪，翻筋斗鑽下水裏去，（金批：來時來得出奇，去時去得出奇。）眾人趕來跟前，拿個空。後來又見阮小七單舟飛馳而來，也唱歌嘲罵官兵。官兵追上去，這阮小七和那搖船的飛也似搖著櫓，口裏打著呼哨，串著小港汊中只顧走。眾官兵趕來趕去，看見那水港窄狹了，無法追趕。接著遇到阮小二，只見他提起鋤頭來，手到，把這兩個做公的，一鋤頭一個，（金批：快事快文。鄉間百姓鋤頭，千推不足供公人一飯也，豈意今日一鋤頭已足。）翻筋斗都打下水裏去。何濤見了吃一驚；急跳起身來時，卻待奔上岸，只見那隻船忽地搪將開去，水底下鑽起一個人來，（金批：只是一兩個人，寫得便如怒龍行雨，其鱗爪有東現西沒之勢。）把何濤兩腿只一扯，撲通地倒撞下水裏去。這幾個船裏的卻待要走，被他趕將上船來，一鋤頭一個，（金批：索性快事。）排頭打下去，腦漿也打出來。這何濤被水底下的這人倒拖上岸來，就解下他的搭膊來捆了。眾兵都在爛泥裏慌做一堆。說猶未了，只見蘆葦東岸兩個人引著四五個打魚的，都手裏明晃晃

拿著刀槍走來；（金批：只是兩個人引著四五個漁人，寫得便如左邊一陣相似。）這邊蘆葦西岸又是兩個人，也引著四五個打魚的，手裏也明晃晃拿著飛魚鉤走來。（金批：亦只是兩個人引著四五個漁人，寫得便如右邊一陣相似。）東西兩岸四個好漢並這夥人，（金批：兩岸合來，連中間一人，只是公孫勝、晁蓋、阮小五、阮小二、阮小七耳，寫得便如兩軍合入中軍相似。不惟當時官軍在暗裏，疑他有千軍萬馬，便是今日讀者在亮裏，也疑他有千軍萬馬，作者才調如此。每見近代露布大文，寫得印板相似，便令千軍萬馬反像街漢廝打，因歎人之才與不才，何啻河漢。）一齊動手，排頭兒搠將來。無移時，把許多官兵都搠死在爛泥裏。五位好漢引著十數個打魚的莊家，把這夥官兵都搠死在蘆葦蕩裏。

五百官兵被阮氏三雄的「水軍」一舉全殲。三雄入夥梁山後，作為梁山水師的主力之一，也是百戰百勝。可惜在宋江錯誤接受招安、進攻方臘時，阮小二兵敗自刎而亡，阮小五被殺，只有阮小七生還。阮小七以後命運如何？

明末清初時陳忱著《水滸後傳》長篇小說，又名《混江龍開國傳》《三續水遊傳》，八卷四十回。全書共四十回，主要寫梁山英雄中尚存的李俊、燕青等三十二位英雄再度起義，由反抗貪官污吏，轉為反抗入侵的金兵，懲治禍國通敵的姦臣、叛將，最後到海外創立基業。

阮小七在征方臘後，被削除官職，重回碣石村打魚。因懷念在梁山泊的歲月和眾弟兄，到忠義堂基址憑弔，遇曾隨陳太尉來招安現署濟州知守印的張乾辦上山尋事。他一怒之下將張痛打，當張夜間帶兵來捉時，又殺了張，然後投奔登雲山，與顧大嫂、鄒潤等重新聚義。他與眾人一道，幫助扈成奪回被惡霸毛太公之孫搶去的財物，打破登州城，殺了楊太守，再次樹起「替天行道」的大旗，一如在梁山泊，但取貪污不義之財，不殺孤寡無罪之輩。又打退登、青、萊三路兵馬會剿，劫救被官府捉拿的黃信，使「官軍魂—飛魄喪，不敢正眼相覷」後與嘯聚飲馬川的李應等會合，奪得金兵打造的戰船百艘，出海投李俊，開創新的事業，做了暹羅國兵馬正總管，武烈將軍。

另有京劇《打漁殺家》，則描寫阮小七的晚年生活窮困而艱難，結局悲慘。他幸虧有一個女兒相陪，但女兒以後的婚嫁、生活，他已經無力顧及。請看父女兩人的生活狀況：

蕭桂英（內唱）搖櫓催舟似箭發，

蕭恩（內白）掌穩舵！（蕭恩、蕭桂英同搖船上。）

蕭桂英：滾滾江水翻浪花。貧窮人家無冬夏，父女打魚度生涯。

蕭恩（白）：兒啊！父女打魚在江下，貧窮哪怕人笑咱！桂英兒
掌穩舵，父把網撒，（蕭恩撒網，提網。）

蕭恩：可歎我年邁蒼蒼氣力不加。

蕭桂英（白）：爹爹年邁，這河下生意不做也罷。

蕭恩（白）：唉，本當不做這河下的生意，怎奈囊中無鈔，怎生
度日呀！

蕭桂英（哭）：喂呀！

蕭恩：昨夜晚吃醉酒和衣而臥，稼場雞驚醒了夢裏南柯。二賢弟
在河下相勸於我，他叫我把打魚事一旦丟卻。我本當不打魚家中閑
坐，怎奈我家貧窮無計奈何！清早起開柴扉烏鴉叫過——叫過來飛
過去卻是為何？將身兒來至在草堂內坐，桂英兒看茶來為父解渴。

　　這就是英雄遲暮，英雄末路的慘況。這樣的續作，精彩描繪了阮小七晚年
的景象。《打漁殺家》和描寫林冲的《野豬林》等京劇名作，唱詞優美，意境
蒼涼，曲調動聽，取得世界一流的藝術成就，與《水滸傳》原作交相輝映，都
是優美和壯美兼具的天才之作。

林冲買刀和楊志賣刀

　　金聖歎《水滸傳》讚歎林冲買刀和楊志賣刀的描寫，都以寶刀結成奇彩，
將寶刀前後照耀林冲和楊志：「兩位豪傑，兩口寶刀，接連而來，對插而起，
用筆至此，奇險極矣。」這實在是太難寫了！可是兩處竟然寫得沒有一句、甚
至沒有一個詞相同，「譬如東（嶽）泰（山）西（嶽）華（山），各自爭奇」，各呈
千秋。

　　那天林冲與智深同行到閱武坊巷口，有一條大漢，穿一領舊戰袍，手拿一
口寶刀，插著草標兒，立在街上，口裏自言自語說道：「不遇識者，屈沉了我
這口寶刀！」林冲只顧和智深說著話走。於是那漢跟在背後道：「好口寶刀！
可惜不遇識者！」林冲只顧和智深走著說話，那漢又在背後說道：「偌大一個
東京，沒一個識得軍器的！」林冲聽得說，回過頭來。那漢颼的把那口刀掣將
出來，明晃晃的奪人眼目。林冲接在手內，同智深看了，吃了一驚，（金批：四
字寫出英雄神氣。）失口道：「好刀！你要賣幾錢？」後來還價至一千貫買下。金
批說：還過刀錢，便可去矣，卻為要寫林冲愛刀之至，卻去問他祖上是誰。那
人云：「若說時辱沒殺人。」此句答語餘墨淋漓，但又惜墨如金。

這是林冲買刀。楊志賣刀，則另有一番風景。

生辰綱被劫後，楊志在客店裏使盡了盤纏，只好將祖上留下的寶刀，拿去街上貨賣，好做盤纏，投往他處安身。當日將了寶刀，插了草標兒，在馬行街立了兩個時辰，並無一個人問。將立到晌午時分，轉來到天漢州橋熱鬧處去賣。忽見兩邊的人突然逃開，當下立住腳看時，只見遠遠地黑凜凜一條大漢，吃得半醉，一步一顛撞將來。原來是京師有名的破落戶潑皮，沒毛大蟲牛二，專在街上撒潑、行兇、撞鬧，連為幾頭官司，開封府也治他不下，以此，滿城人見那廝來都只能躲了。

卻說牛二搶到楊志面前，就手裏把那口寶刀扯將出來，纏住他反覆無理取鬧，還要奪這把寶刀，楊志不肯，他鑽入楊志懷裏，揮拳襲擊。楊志拿他沒辦法，盛怒之下，一時性起，殺了這個兇悍的惡霸。

小說描寫牛二反覆糾纏的胡鬧過程，真切而細膩，生動而形象，活畫出一個醉了酒的無賴潑皮的嘴臉、性格和言行。京師裏的這個潑皮，鬧得街市不寧，不僅市民聞風而逃，連堂堂京城的官府也無可奈何，充分顯示了古今中外常見的人群的複雜，社會的複雜。

楊志遇到牛兒束手無策，顯示了他的三個弱點：一、性格急躁，缺乏耐心。二、缺乏計謀，只會硬拼。三、只善於馬上武藝，適合打仗，卻不善近身格鬥，不會摔跤擒拿。所以他給牛兒纏住後，竟然一籌莫展，無法脫身，只能怒極而亂施殺手。這便是楊志失手殺死人命、陷入絕境的原因。

楊志比武與宋軍的威力

《水滸傳》第十二回《青面虎北京比武》，寫出古代將軍的高強武藝和騎術、比武的緊張熱烈氛圍：

楊志先與周謹比槍法，獲勝後比箭。當時將臺上早把青旗麾動，楊志拍馬望南邊去。周謹縱馬趕來，望楊志後心颼地一箭。楊志聽得背後弓弦響，霍地一閃，去鐙裏藏身，那枝箭早射個空。周謹再去壺中急取第二枝箭來，搭上了弓弦，覷的楊志較親，望後心再射一箭。楊志聽得第二枝箭來。卻不去鐙裏藏身：那枝箭風也似來，楊志那時也取弓在手用弓梢只一撥，那枝箭滴溜溜撥下草地裏去了。楊志的馬早跑到教場盡頭；他霍地把馬一兜，那馬便轉身望正廳上走回來。周謹也把馬只一勒，那馬也跑回，就勢裏趕將來。去那綠茸茸芳草地上，八個馬蹄，翻盞撒鈸相似，勃喇喇地風團兒也似般走。周謹再取第三枝

箭，盡平生氣力，眼睜睜地看著楊志後心窩上只一箭射將來。楊志聽得弓弦響，紐回身，就鞍上把那枝箭只一綽，綽在手裏。

　　將臺上又把青旗麾動。周謹拿了防牌在手，拍馬望南而走。楊志在馬上把腰只一縱，略將腳一拍，那馬潑喇喇的便趕。楊志先把弓虛扯一扯，周謹在馬上聽得腦後弓弦響，扭轉身來，便把防牌來迎，卻早接個空。周謹的馬早到教場南盡頭，那馬便轉望演武廳來。楊志的馬見周謹馬跑轉來，那馬也便回身。（金批：前文楊志把馬一兜，周謹亦把馬一勒，今俱不用，而馬便自轉回，寫戰馬性情，出神入化。蓋前文雖帶敘馬，而意在箭，今文帶敘箭，而意在馬，此作者爐錘之妙也。）楊志早去壺中掣出一枝箭來，搭在弓弦上，心裏想道：「射中他後心窩，必至傷了他性命；我和他又沒冤仇，洒家只射他不致命處便了。」一箭正中周謹左肩，周謹翻身落馬。

　　接著周謹的師父索超忿怒，輪手中大斧，拍馬來戰楊志；楊志逞威，撚手中神槍來迎索超。兩個惡戰五十餘合，不分勝敗，梁中書看得呆了。兩邊眾軍官看了，喝采不迭。陣前上軍士們遞相廝覷，道：「我們做了許多年軍，也曾出了幾遭征，何曾見這等一對好漢廝殺！」李成，聞達，在將臺上不住聲叫道：「好鬥！」

　　楊志和索超的武藝精湛，智謀出眾，小說描寫他們比武的場面，精彩而細膩，氣氛熾熱而激烈。小說中眾多宋將如關勝、秦明、徐寧等的作戰場面都如此。史實記載「胸中自有甲兵十萬」的范仲淹大勝西夏，「撼山易，撼岳家軍難」的岳飛、韓世忠和梁紅玉夫婦大勝金兀朮，元軍統帥蒙哥死在四川小城陣前，可見宋朝軍力強大。其先後敗於遼、金、元，最後亡國，皆因最高統治集團的腐敗無能，不圖進取，而非無人勝任將帥、兵力不足或士兵窩囊。

楊志的精明和梁中書的愚蠢

　　梁中書派楊志押送生辰綱時，楊志立即答應：「只不知怎地打點？幾時起身？」（第一段，不敢不去。）（括號內是金批，下同。）梁中書道：「著落大名府差十輛太平車子；帳前十個廂禁軍，監押著車；每輛上各插一把黃旗，上寫著『獻賀太師生辰綱』；每輛車子，再使個軍健跟著。三日內便要起身去。」楊志馬上說去不得，請別差英雄精細的人去。（第二段，忽然去不得，文勢飄忽。）梁中書奇怪他為何推辭不去？楊志介紹：「今歲途中盜賊又多；此去東京又無水路，都是旱路。經過的是紫金山、二龍山、桃花山、傘蓋山、黃泥岡、白沙塢、野

雲渡、赤松林，（數出八處險害，卻是四虛四實。）這幾處都是強人出沒的去處。他知道是金銀寶物，如何不來搶劫！枉結果了性命！」梁中書說多派軍校防護送去便了。楊志道：「便差一萬人去也不濟事；這廝們一聲聽得強人來時，都是先走了的。」（借事說出千古官兵，可惱可笑，言者無罪，聞者足戒。）梁中書道：「你這般地說時，生辰綱不要送去了？」（寫來天生是梁中書口中語，又寫得飄忽。）楊志又稟道：「若依小人一件事，便敢送去。」（第三段，依了一件事，又便去得，飄忽之極。眉批：忽然去得，忽然去不得，凡四段翻騰跳躍，看他卻是無中生有。）「若依小人說時，並不要車子，把禮物都裝做十餘條擔子，只做客人的打扮；行貨也點十個壯健的廂禁軍，卻裝做腳夫挑著；只消一個人和小人去，（此語可哀）卻打扮做客人，悄悄連夜上東京交付，恁地時方好。」

梁中書準備大張旗鼓、大搖大擺地送上生辰綱，炫耀自己和丈人的身價和財富。楊志則對江湖狀況和強盜心理瞭如指掌，建議喬裝改扮，低調秘密、不動聲色、神不知鬼不覺地行動。楊志深知梁中書對此事絕不會放心，提出「只消一個人」同去，即讓梁中書派一個心腹全程監視督促。可是梁中書竟然派奶公謝都管和兩個虞候一同去。楊志告道：「恩相，楊志去不得了。」（第四段，忽然又去不得了，飄忽如此，異哉！）梁中書問原因，他說，他們都是「夫人行的人，又是太師府門下奶公，倘或路上與小人別拗起來，楊志如何敢和他爭執得？（是。不惟楊志爭執不得，依上二句，想相公亦爭執不得。）若誤了大事時，楊志那其間如何分說？」

梁中書靠丈人當高官、任要職，智力平庸。所以他習慣單向思惟，見楊志強調困難就以為「生辰綱不要送去了？」而楊志英雄精細，把後文許多別拗爭執，因而失事，隱隱都算出來，可見本來是可讓吳用算計落空的。但梁中書卻說「這個也容易」，命他們三人聽從楊志即可。

朱仝與雷橫的性格和表現

朱仝和雷橫是鄆城縣尉司管下的兩個都頭：馬兵都頭朱仝管著二十匹坐馬弓手，二十個士兵；他身長八尺四五，有一部虎鬚髯，長一尺五寸；面如重棗，目若朗星，似關雲長模樣；人稱美髯公；原是本處富戶，仗義疏財，學得一身好武藝。步兵都頭雷橫管著二十個使槍的頭目，二十個兵；他身長七尺五寸，紫棠色面皮，有　部扇圈鬍鬚；膂力過人，能跳三二丈闊澗，人稱插翅虎；原是打鐵匠人；後來開張碓房，殺牛放賭；雖然仗義，只有些心地褊窄，也學

得一身好武藝。

他們兩個專管擒拿賊盜，和晁蓋與宋江都是密友。知縣為防梁山義軍侵犯，派兩人各帶本管士兵人等，各出西門和東門，分投巡捕。雷橫路過靈官殿上，見了一個大漢睡在供桌上，眾士兵上前，把條索子綁了，準備解去縣裏取問。雷橫不問青紅皂白，隨便抓人，粗心而魯莽。到晁蓋莊上吃點心時，又粗心大意，放任晁蓋與赤髮鬼劉唐密談和商議，輕信晁蓋的解釋，把已經抓到手的盜賊輕易放走。

知縣派他們兩人去圍捕晁蓋時，兩人都有心要救晁蓋，但互不通氣。金批說，到了晁蓋莊上，朱仝有朱仝心事，雷橫有雷橫心事，兩人都爭取到後門守候，讓對方攻入前門。朱仝強調「晁蓋莊上有三條活路，我閒常時都看在眼裏了」，所以適合打後門。他賺雷橫去打前門，自己在後門故意大驚小怪，聲東擊西，要催逼晁蓋及時逃走。他放走晁蓋一夥，還特地關照：「我怕雷橫執迷，不會做人情，被我賺他打你前門，我在後門等你出來放你。你見我閃開條路讓你過走？你不可投別處去，只除梁山泊可以安身。」他假裝追趕，實際是護送晁蓋逃走，然後假裝失腳跌倒，追趕不及。此段精細描寫朱仝、雷橫二人，各自要放晁蓋，而朱仝巧，雷橫拙，朱仝快，雷橫遲，便見雷橫處處讓過朱仝一著。

奉命抓捕宋江時，朱仝把定前門，讓雷橫先入內細細搜查，雷橫一無所獲，朱仝再進去搜查，他搜不到，就不令人疑心了。實際上他暗知宋江所藏地窖的秘密，還與藏在地窖中的宋江密談，建議和商議宋江盡快出逃，然後也假裝細搜但無所得，並故意提議抓宋太公回去交差，使雷橫對自己不生懷疑，雷橫反對，他就順水推舟，兩人回去報告知縣說：「莊前莊後，四圍村坊，搜遍了二次，其實沒這個人。宋太公臥病在床，不能動止，早晚臨危。宋清已自前月出外未回。因此，只把執憑抄白在此。」此段再次精彩描寫朱仝、雷橫二人，各自要放宋江，而朱仝細，雷橫粗，朱仝算計全面，雷橫粗枝大葉。因此朱仝有能力成功解救晁蓋和宋江，如果單靠毫無心機的雷橫，就困難了，即使硬救，也會留下破綻。

柴進接納江湖好漢的目的

柴進熱心接納江湖好漢，在江湖上名聲極大。他先後接納了落難中的林冲、武松和宋江。《水滸傳》中的這三大主角都到過他的莊上，受到他的款待。

　　林沖在野豬林獲救後，找到柴進莊上，恰逢柴進外出。他失望離去，進行了半里多路，巧遇柴進：騎一匹雪白卷毛馬，生得龍眉鳳目，齒皓朱唇；三牙掩口髭鬚，三十四五年紀……他聽說前面來了林沖，滾鞍下馬，飛奔前來，說道：「柴進有失迎逆！」就草地上便拜。林沖連忙答禮。柴進攜住林沖的手，同行到莊上來，立即設酒宴款待林沖，恰巧洪教頭入內，藐視林沖，柴進安排林沖與他比武，將他打倒在地。柴進留林沖在莊上一連住了數日，好酒好食相待。臨行，柴進又置席面相待送行；又寫兩封書，讓林沖給滄州大尹和牢城管營、差撥，請他們看覷教頭。又捧出二十五兩一錠大銀送與林沖；也送兩個公人銀子，柴進送出莊門作別：「待幾日，小可自使人送冬衣來與教頭。」

　　林沖殺了陸謙等人、火燒草料場後，被莊客抓去，正巧落到柴進莊上。柴進又款待他，並送他逃往梁山：當日先叫莊客背了行李出關去等。柴進卻備了三二十匹馬，帶了弓箭旗槍，駕了鷹鵰，牽著獵狗，一行人馬多打扮了，卻把林沖雜在裏面，一齊上馬，都投關外。把關軍官說：「滄州大尹行移文書，畫影圖形，捉拿犯人林沖，特差某等在此把守；但有過往客商，一一盤問，才放出關。」柴進笑道：「我這一夥人內，中間夾帶著林沖，你緣何不認得？」軍官也笑道：「大官人是識法度的，不到得肯夾帶了出去。請尊便上馬。」柴進就這樣送走了林沖。

　　宋江投奔柴進時，他大開中門隆重迎接，見了宋江，拜在地下：「端的想殺柴進！天幸今日甚風吹得到此，大慰平生渴想之念！多幸！多幸！」宋江答道：「久聞大官人大名，如雷貫耳。今日宋江不才，做出一件沒出豁的事來；弟兄二人尋思，無處安身，想起大官人仗義疏財，特來投奔。」柴進聽罷，笑道：「兄長放心；遮莫做下十惡大罪，既到敝莊，俱不用憂心。不是柴進誇口，任他捕盜官軍，不敢正眼兒覷著小莊。」宋江便把殺了閻婆惜的事一一告訴了一遍。柴進笑將起來，說道：「兄長放心。便殺了朝廷的命官，劫了府庫的財務，柴進也敢藏在莊裏。」

　　前已言及，宋江在柴進莊上巧遇武松。武松因脾氣暴躁，拳打莊客，大受冷遇。宋江每日帶挈他一處，飲酒相陪，武松的前病都不發了。不久武松回鄉，宋江與他依依惜別。

　　柴進接納好漢有其深謀遠慮：他的祖先是被建立宋朝的趙匡胤發動陳橋兵變篡掉皇位的後周皇帝，他準備造反，滅掉宋朝，為祖先報仇。但是他志大才疏，一事無成。

張青和孫二娘夫婦，賣人肉饅頭人的兩面性

武松闖蕩江湖，結識的第一個好漢是宋江，接著便是張青和孫二娘夫婦。

武松淪落為殺人犯，被公差押著去充軍，路過孟州道十字坡邊看時，為頭一株大樹，四五個人抱不交，上面都是枯藤纏著。看看抹過大樹邊，早望見一個酒店，門前窗檻邊坐著一個婦人：露出綠紗衫兒來，頭上黃烘烘的插著一頭釵環，鬢邊插著些野花。見武松同兩個公人來到門前，那婦人便走起身來迎接，──下面繫一條鮮紅生絹裙，搽一臉胭脂鉛粉，敞開胸脯，露出桃紅紗主腰，上面一色金紐。──說道：「客官，歇腳了去。本家有好酒、好肉。要點心時，好大饅頭！」在這個賣人肉饅頭的黑店中，武松識破機關，擊敗孫二娘，不打不成相識，武松與張青、孫二娘夫婦成為結拜兄弟和生死之交。

張青介紹本店三不殺：第一是雲遊僧道，他不曾受用過分了，又是出家的人。第二是江湖上行院妓女之人，他們是衝州撞府，逢場作戲，陪了多少小心得來的錢物；若還結果了他，那廝們你我相傳，去戲臺上說得我等江湖上好漢不英雄。第三是各處犯罪流配的人，中間多有好漢在裏頭，切不可壞他。

張青善良而理智，不欺負弱者，也非常珍惜江湖上好漢的聲譽，非常難得。孫二娘魯莽，一次麻翻了魯智深，被張青救出；只可惜了一個頭陀，長七八尺，一條大漢，也把來麻壞了！如今只留得一個箍頭的鐵界尺，一領皂直裰，一張度牒在此。還有兩件物最難得：一件是一百單八顆人頂骨做成的數珠，一件是兩把雪花鑌鐵打成的戒刀。想這頭陀也自殺人不少，直到如今，那刀要便半夜裏嘯響。

武松在血濺鴛鴦樓，殺了張都監等十九人後，連夜出逃，一時困倦，棒瘡發了又疼，因行不得，投一小廟裏權歇一歇，卻被四個搗子綁縛，拖到村裏。他們是張青的手下，張青發現是武松，解救下來，再次盛情款待。可是官府搜捕得緊，排門挨戶，張青只恐明日有些疏失，介紹武松投奔魯智深、楊志佔領的二龍山。孫二娘怕路上武松被認出而落網，就讓武松穿上被殺頭陀的衣服，拿著他的度牒，掛上數珠，剪去頭髮，化妝成一個行者，帶著他留下的戒刀出行。

武松臨行，張青又分付道：「二哥，於路小心在意，凡事不可託大。酒要少吃，休要與人爭鬧，也做些出家人行逕。諸事不可躁性，省得被人看破了。」表示以後也來山上入夥。「千萬拜上魯、楊二頭領！」

張青夫婦為武松設想得非常周到，武松果然可以安全地在官府的眼皮底

下逃到二龍山。張青為人謹慎仔細，他勸武松少吃酒、休要與人爭鬧，諸事不可躁性，點到武松的三大致命缺點。但武松就是要重犯這三個錯誤，還差一點為此丟了性命。

孫二娘具有兩面性，一面殺人賣人肉饅頭，殘忍而兇惡，一面具有俠義的品格。這個藝術形象具有歷史的真實，社會上具有兩面性的人不少。

矮腳虎王英想老婆和古代婚姻制度

再說宋江自別了武松，轉身投東，望清風山路上來，行了幾日，因貪看沿路景色，貪走了幾程，不曾問得宿頭。他連夜趕路，被強盜抓去，押到山寨裏。近半夜，三個大王：錦毛虎燕順、矮腳虎王英和白面郎君鄭天壽獲知被抓的是宋江，一齊跪下，人為欽敬。宋江自到清風寨住了五七日，每日好酒好食管待。那天王英擒獲乘轎去墳頭為亡母化紙的清風寨知寨劉高的恭人，要逼她當壓寨夫人。宋江想此婦是花榮同僚之妻，我不救時，明日到那裏須不好看，就硬勸王英放掉這個婦人。宋江承諾日後為他另選良配。

當年，魯智深在桃花村救了小霸王周通強娶的小姐，但周通正式下了聘禮、隆重迎娶，王英心急，有婦之夫也搶來，當場逼著求歡。可是這些強人雖然打家劫舍，卻多數不愛女色，絕不欺負女性而多願救助落難的女子，確是當時的英雄。除了王英，其他想老婆的好漢，也都以鄭重的態度正式結婚，而且都是一夫一妻。

梁山英雄中，林冲、徐寧、花榮、秦明等眾多軍官，都是有妻無妾，可見古代中國的男子並非如有些人所說的，全是「三妻四妾」的好色者，一夫一妻是多數男子的選擇。至於有一些人娶小妾、有外遇和玩女人等，是古今中外共有的現象，並非中國古代所獨有。古今一樣，娶妾養二奶、追求牆外桃花或野花，都要經濟實力和空閒工夫，甚至還極費心機，一般人沒有這個條件，少數人即使想要，也心有餘而力不足。而大量的男子忠於愛情，重視家庭幸福，為家庭和妻兒負責，真心擁護一夫一妻制度。更且，中國是極其講究「孝」的國度，多數古代男子對母親的孝心，極為真摯，兒子對母親的保護作用，不可低估。父親對女兒的摯愛，也是不可磨滅的天倫之情。所以，正常的家庭，女子是不會隨便受到男子的欺負的。中國古代基本上是和諧社會，男女親情、愛情的真摯、和諧，是其中重要的一個組成部分。此外，胡適說，中國男子有「怕老婆」即懼內的傳統。「怕老婆」是一個不可忽視的現象，古代的不少有關記

載也頗為生動。李京淑《新「懼內」主義顛覆傳統夫妻關係》一文中專列《中國具有悠久的「懼內」歷史和文化》一節闡發這個議題，頗見精彩。崑劇名著《牡丹亭》第三十八出《淮警》用幽默筆調描寫強盜李全怕老婆：「未封王號時，俺是個怕老婆的強盜，封王之後，也要做怕老婆的王。」又精心刻畫杜麗娘的父親、高官杜寶對待妻子是尊重的、愛護的，他沒有兒子，連獨女杜麗娘也死了，但他堅不娶妾，不為生子而娶妾。如果讀書仔細，就會發現，古代筆記、小說和戲曲作品多有此類描寫和記載。

孔氏兄弟和武松的惹禍性格

當初，宋江和武松分別之後，又在柴大官人莊上住得半年。白虎山孔太公特地使人迎來宋江，住了半年。孔家有兩兒：毛頭星孔明、獨火星孔亮，宋江得意地告訴武松：「因他兩個好習槍棒，卻是我點撥他些個，以此叫我做師父。」宋江的武功極為有限，所以孔氏兄弟的本事可想而知。

孔亮性急，好與人廝鬧，但在酒店中倒是武松因買不到肉吃，先動手打店家，打得半邊臉都腫了，半日掙扎不起。孔亮跳起身來，指定武松道：「你這個鳥頭陀好不依本分，卻怎地便動手動腳！」武行者道：「我自打他，幹你甚事！」那大漢怒道：「我好意勸你，你這鳥頭陀敢把言語傷我！」武行者聽得大怒，便把桌子推開，走出來，喝道：「你那廝說誰！」孔亮笑道：「你這鳥頭陀要和我廝打，正是來太歲頭上動土！」便點手叫道：「你這賊行者！出來！和你說話！」

孔亮見武松行兇，立即相勸，卻也開口就罵人，武松那天餓急了，又惱恨店家，魯莽的舊習復發，雙方出言不遜，硬碰硬，馬上大打出手。孔亮遠非武松對手，結果被武松痛打一頓，丟入寒溪中。

武松和孔亮都是脾氣急躁爆裂的硬漢，語言一句不合就不分青紅皂白，動手開打。這樣脾氣的人，在社會上和江湖上對己對人都要惹禍。這次爭端，孔亮如無人接應，要被武松打成重傷甚至喪命；武松酩酊大醉後，被孔亮帶人來報仇，如非巧遇宋江，孔亮命人把這「禿賊」一頓打死，一把火燒掉。此時武行者心中略有些醒了，理會得，只把眼來閉了，由他打，只不做聲，只好任人宰割。武松忘記張青的勸導，這樣的人生教訓是極其深刻的。

武松在宋江的教育下，本已改掉不少野性，做事漸漸穩妥而周全，尤其是偵破武大郎的情殺案和處置殺人犯的過程，思維周密合理，行動穩當有序，令

人讚歎。可是他在遭到張都監之流的暗算，連受挫折後，心理受到強烈刺激，急爆性格重占上風，又兼喝醉了酒，終於喪失理智，和人廝打，三個錯誤併發，造成人生危機。幸虧及時相遇宋江獲救，孔氏兄弟知道他是打虎英雄後，大家化敵為友，皆大歡喜。

武松在孔太公莊上，住過了約半個月，宋江和武松辭別孔太公，兩人在瑞龍鎮的三岔路口分手，武松投二龍山去，宋江去清風寨花榮處。

武松去二龍山當強盜，宋江勸誡道：「入夥之後，少戒酒性。如得朝廷招安，你便可攜掇魯智深（和楊志）投降了，日後但是去邊上一槍一刀博得個封妻蔭子，久後青史上留得一個好名，也不枉了為人一世。」點出武松的兩個人生關鍵：酒要誤事，人走正路：到邊境上為國立功。可見不是逼上梁山，英雄們是不想當強盜的。

揭陽三霸和宋江遇險

宋江在去江州的一路上充滿了驚險，也結識了不少好漢。先是在揭陽嶺李立的酒店中被麻翻，差點被殺了，做成人肉饅頭，就此結識前來解救的混江龍李俊和催命判官李立、出洞蛟童威與翻江蜃童猛兄弟。

接著在揭陽鎮看到病大蟲薛永賣藥賣武藝，宋江讚賞並給以銀子，得罪了當地穆家莊的小郎。從此他又踏入險境，金聖歎批道：「此篇節節生奇，層層追險。節節生奇，奇不盡不止；層層追險，險不絕必追。真令讀者到此，心路都休，目光盡滅，有死之心，無生之望也。如投宿店不得，是第一追；尋著村莊，卻正是冤家家裏，是第二追；掘壁逃走，乃是大江截住，是第三追；沿江奔去，又值橫港，是第四追；甫下船，追者亦已到，是第五追；岸上人又認得梢公，是第六追，舢板下摸出刀來，是最後一追，第七追也。一篇真是脫一虎機，踏一虎機，令人一頭讀，一頭嚇，不惟讀亦讀不及，雖嚇亦嚇不及也。」總結《水滸》本篇極高的藝術構思、情節設計的水平。具體情節為：

宋江在鎮上吃飯、住宿到處被拒，說是小郎關照不許接待。宋江和押解差人便拽開腳步，望大路上走。看見一輪紅日低墜，天色昏暗，宋江和兩個公人心裏越慌。三個商量道：「沒來由看使槍棒，惡了這廝！如今閃得前不巴村，後不著店，卻是投那裏去宿是好？」忽然見到燈光，原來是一個莊園，剛由太公安排吃飯、住宿，那小郎回家找哥哥　起報仇，原來此處正是他們穆家，三人立即挖壁出逃，慌不擇路地走了一個更次，望見前面滿目蘆花，一派大江，

滔滔滾滾，正來到潯陽江邊。只聽得背後喊叫，火把亂明，吹風呼哨趕將來。三人心裏越慌，腳高步低，在蘆葦裏撞。前面一看，一帶大江攔截，往前不能逃，側邊又是一條闊港，橫裏又不能逃。宋江仰天歎道：「早知如此的苦，權且住在梁山泊也罷！誰想直斷送在這裡！」

宋江遇到危急關頭，就又想到上梁山了。

宋江正在危急之際，只見蘆葦中悄悄地忽然搖出一隻船來。宋江急著上船，沒有想到岸上追殺的人與艄公商量：「原來是張大哥！你見我弟兄兩個麼？」雙方「乃是一路，一發可駭」。岸上那長漢道：「我弟兄兩個正要捉這趁船的三個人！」那艄公道：「趁船的三個都是我家親眷，衣食父母。請他歸去吃碗『板刀麵』了來！」

追來的這弟兄兩個富戶是此間人，哥哥沒遮攔穆弘，兄弟小遮攔穆春，是揭陽鎮上一霸。宋江剛才遇到的是揭陽嶺上嶺下李俊和李立一霸；現在急著上船，艄公是潯陽江邊做私商的張橫，他與兄弟張順兩個一霸；一共有「三霸」，宋江都領略厲害了，所以驚嚇不斷。

揭陽三霸的描寫，真實反映了古今社會部分鄉鎮惡黑勢力的猖獗的狀況。古代制度，國家政權到縣為止，鄉村由當地士紳組織管理。管理能力的強弱不同，鄉鎮的面貌即大有區別。

張橫招待宋江的板刀麵和餛飩

《水滸》描寫宋江逃上小船後，那艄公搖開船去，離得江岸遠了。三個人在艙裏望岸上時，火把也自去蘆葦中明亮。宋江正心中慶幸獲救，只見那艄公搖著櫓，口裏唱起湖州歌來：「老爺生長在江邊，不愛交遊只愛錢。昨夜華光來趁我，臨行奪下一金磚！」

宋江和兩個公人聽了這首歌，都酥軟了。那艄公放下櫓，說道：「你這個撮鳥！兩個公人平日最會詐害做私商的心，今日卻撞在老爺手裏！你三個卻是要吃『板刀麵』，卻是要吃『餛飩』？」宋江道：「家長，休要取笑。怎地喚做『板刀麵』？怎地是『餛飩』？」那艄公睜著眼，道：「老爺和你耍甚鳥！若還要『板刀麵』時，俺有一把潑風也似快刀在這板底下。我不消三刀五刀，我只一刀一個，都剁你三個人下水去！你若要吃『餛飩』時，你三個快脫了衣裳，都赤條條地跳下江裏自死！」宋江求他「饒了我三個！」那艄公喝道：「你說甚麼閒話！（金批：臨死討饒，謂之「閒話」，可發一笑。）饒你三個？我半個也不

饒你！——老爺喚作有名的狗臉張爺爺！來也不認得爺，也去不認得娘！你便都閉了鳥嘴，快下水裏去！」宋江又求告道：「我們都把包裹內金銀財帛衣服等項，盡數與你。只饒了我三人性命！」

宋江竟然不知，強人殺了你是殺人滅口，省得你事後報告官府，殺你之後，隨身財物當然得手，無所謂用財物換性命。

小說寫的張橫的話，富有強人的生氣，生動逼真，極其符合人物的性格和當時的情景。張橫和書中的李逵等下層社會的粗野之人，罵人都用「鳥」（音、形皆諧男性生殖器「屌」）字。罵人固然粗魯，不文明，不應該，但相比晚清至當今的粗魯男子的「國罵」，以女性做罵語，還不及古代的粗人有陽剛之氣，則顯得更等而下之了。

緊急關頭，李俊帶著童氏兄弟飛舟來尋宋江，將他救出。宋江鑽出船上來看時，星光明亮，金批分析《水滸》的高明寫作手段說：「此十一字妙不可說。非云『星光明亮』，照見來船那漢，乃是極寫宋江半日心驚膽碎，不復知天地何色，直至此，忽然得救，夫而後依然又見星光也。蓋吃嚇一回，始知之矣。」結合景色，分析人物陷入絕境和獲救後的心理，非常精彩。

李俊介紹：「這個好漢卻是小弟結義的兄弟」船火兒張橫，「專在此潯陽江做這件穩善的道路。」聽到如此幽默有趣的代稱和比喻，連剛才吃盡驚嚇的宋江和兩個公人都笑起來。但金聖歎笑不出來，他極為沉痛地感慨：「言之可傷。以極險惡事，而謂之『穩善』，豈非以世間道路，更險惡於『板刀麵』耶？」深刻揭示皇朝末世缺乏治安，社會動盪，世情險惡的實情。但是古今中外的治安皆是艱巨任務，現代社會中殺人越貨的情況也時有發生。

張順的耐心和智謀

李逵正要大打出手，張順正來賣魚，喝止李逵，李逵猛打張順，宋江、戴宗過來喝止。李逵跟了宋、戴便走，行不得十數步，只聽得背後有人叫罵：「千刀萬剮的黑殺才！老爺怕你的不算好漢！走的不是漢子！」李逵聽了大怒，吼了一聲，搶轉身來。張順誘得李逵上船，進入江心，兩隻腳把船隻一晃，船底朝天，英雄落水。江岸邊早擁上三五百人在柳陰底下看；都道：「這黑大漢今番卻著道兒！便掙扎得性命！也吃了一肚皮水！」宋江、戴宗在岸邊看時，只見江面開處，那人把李逵提將起來，又淹將下去；兩個正在江心裏面，清波碧浪中間；一個顯渾身黑肉，一個露遍體霜膚；兩個打做一團，絞做一塊。江岸

上那三五百人沒一個不喝采。

張順挨打時，用理智的堅韌的耐心支撐，待緩過氣來，就迅即抓住時機報復。張順用己之長，克敵之短，陸戰不利，引誘李逵水戰，從而一舉獲勝。

在宋江、戴宗的請求下，張順再跳下水裏，前去相救。李逵正在江裏探頭探腦，假掙扎赴水。張順帶住了李逵一隻手，自把兩條腿踏著水浪，如行平地；那水不過他肚皮，淹著臍下；擺了一隻手，直托李逵上岸來。江邊的人個個喝采。宋江看得呆了半晌。李逵喘做一團，口裏只吐白水。

這批看客，免費看白戲，第一次喝彩聲中彌漫著倚強凌弱的飆勁，金批怒斥：「每見人看火發喝采，看杖責喝采，看廝打喝采，嗟乎！人之無良，一至於此！願後之讀至此者，其一念之也。」後來魯迅在日本留學時看教學電影，看到「我久違的許多中國人了，一個綁在中間，許多站在左右，一樣是強壯的體格，而顯出麻木的神情。據解說，則綁著的是替俄國做了軍事上的偵探，正要被日軍砍了頭顱來示眾，而圍著的便是來賞鑒這示眾的盛舉的人們。」魯迅看後極其憤慨和痛心，他說：「凡是愚弱的國民，即使體格如何健全，如何茁壯，也只都做毫無意義的示眾的材料和看客，病死多少是不必以為不幸的。所以我們的第一要著，是在改變他們之精神。」

那李逵在性命交關之時，聽到喝彩聲，與看客結下了生死冤仇。看客們第二次喝彩時，李逵的狼狽腔反襯張順光彩奪目的踩水絕技，震耳的喝彩聲更使習慣逞強的李逵狼狽之極，可憐之極，憤怒之極，但只好隱忍不發，滿腔怒火，憋在心底。

接著宋戴李張順四人互作介紹，戴宗道：「你兩個今番做個至交的弟兄。常言道：『不打不成相識。』」李逵道：「你路上休撞著我！」張順道：「我只在水裏等你便了！」四人都笑起來。大家唱個無禮喏。

李逵自知理虧，當然原諒了張順，但他對看客的惡氣，則長存胸中，總有一天會爆發。而張順在劣境挨打時的忍耐和思圖反擊的精密思維，頗有啟發意義。

霹靂火秦明的急爆性格

清風山好漢擊敗黃信，救出宋江和花榮，黃信逃走，劉高被抓，當夜即死於非命。

黃信逃回，慕容知府即請本州兵馬統制霹靂火秦明率軍圍剿清風山。花榮

定計，故意四處派兵引誘，秦明來戰，他們卻隱蔽不見，秦明到處來回追趕，筋疲力盡，怒火中燒，卻無人可戰。夜晚，官軍人困馬乏，花榮派兵不斷騷擾、引誘，秦明怒極，四處追趕不著，卻被亂箭、火炮、火箭射死不少兵丁。三更時分，眾軍馬正躲得弓箭時，上溜頭滾下水來，一行人馬卻都在溪裏，各自掙扎性命。爬得上岸的，盡被小嘍囉撓鉤搭住，活捉上山；爬不上岸的，盡淹死在溪裏。

秦明此時怒得腦門都粉碎了，卻見一條小路在側邊。秦明把馬一撥，搶上山來；要想捉拿在山上飲酒的宋江和花榮，行不到三五十步，和人連馬，攧下陷坑裏去。兩邊埋伏下五十個撓鉤手，把秦明搭將起來，剝了渾身衣甲，拿條繩索綁了，解上清風山來。花榮利用霹靂火的急爆性格，用計引誘他奔走撲空，怒火大發，方寸大亂，兵敗被擒。

花榮等眾好漢好酒款待秦明，向他解釋劉高陷害宋江經過，大家敦勸他歸順，秦明堅不同意。那五位好漢輪番把盞，陪話勸酒。秦明一則軟困，二為眾好漢勸不過，開懷吃得醉了，扶入帳房睡了。一覺直睡到次日辰牌（9～11時）方醒；離了清風山，取路飛奔青州來。到得城外看時，原來舊有數百人家，卻都被火燒做白地；一片瓦礫場上，燒死眾多男子、婦人。秦明看了大驚。他大叫開門，只見城邊弔橋高拽起了，都擺列著軍士、旌旗、擂木、炮石。城上早有人看見是秦明，便擂起鼓來，吶著喊。秦明叫道：「我是秦總管，如何不放我入城？」只見慕容知府立在城上女牆邊大喝道：「反賊！你如何不識羞恥！昨夜引人馬來打城子，把許多好百姓殺了，又把許多房屋燒了，今日兀自又來賺哄城門。早晚拿住你時，把你這廝碎屍萬段。」「你如今指望賺開城門取老小？你的妻子今早已都殺了！你若不信，與你頭看！」軍士把將秦明妻子首級挑起在槍上教秦明看。秦明是個性急的人，看了渾家首級，氣破胸脯，分說不得，只叫得苦屈。城上弩箭如雨點般射將下來。秦明只得迴避。

原來宋江連夜派人冒充秦明來打城殺人，用反間計，逼得秦明毫無退路，只好隨順。宋江做主，將花榮之妹許配給秦明為妻。

反間計對於昏庸的敵手有很大的殺傷力，往往屢試不爽，極為有用。歷史上最有名的反間計是抗清英雄袁崇煥被崇禎冤殺，明朝因此而加速了滅亡。

而脾氣暴躁的將領，必定會被人激將法、激怒法等，跌入各種圈套而失敗。

秦明到清風寨，說服黃信歸順。王英乘機抓了劉高老婆，要占為己有，燕順拔出腰刀，將她一刀揮為兩段。

　　宋江與眾好漢商議，官兵如來大肆圍剿，難以抵擋，提議一起上梁山入夥，於是就整隊出發前往。

　　宋江帶領的「義軍」為了戰勝敵人，不惜殘害百姓，《水滸傳》寫出了歷史的真實。古今一律，20世紀的美軍和蘇軍在二次大戰中也是如此。

石秀的精細、靈秀與兇狠

　　《水滸》中另有一位用獨立篇章描寫的英雄人物是石秀。與李逵等眾多好漢的「粗」和魯達、武松等人的「闊」相反，聖歎處處批出石秀的「細」。《水滸》作者極其讚賞石秀，聖歎則對石秀有十分厭惡之處。為什麼？因為石秀的「細」固然體現為精細、機警、乖覺，但同時又體現為心地狹窄和由此派生的生性尖刻有時辦事狠毒。具體表現在石秀受楊雄信任，卻因巧雲的誣陷和挑撥，受到冷淡。石秀識破巧雲偷漢的隱秘，為表明自己心跡，殺了頭陀和姦夫，也在楊雄處誣陷巧雲有殺夫計劃，代楊雄設計審出巧雲的過錯，石秀看出楊雄心軟，有放巧雲生還之意，在關鍵時刻煽起楊雲怒火，並墊上兇器，挑唆楊雄殺死妻子和使女，又剖心挖肚，慘不忍睹。聖歎對此踐踏法律，用私刑和莫須有罪名殺害罪不當誅婦女的行為，十分痛恨，故於四十五回回前總評析判說：

> 　　前有武松殺姦夫淫婦一篇，此又有石秀殺姦夫淫婦一篇，若是者班乎？曰：不同也。夫金蓮之淫，乃敢至於殺武大，此其惡貫盈矣，不破胸取心，實不足以蔽厥辜也。若巧雲，淫誠有之，未必至於殺楊雄也。坐巧雲以他日必殺楊雄之罪，此自石秀之言，而未必遂服巧雲之心也。且武松之於金蓮也，武大已死，則武松不得不問，此實武松萬不得已而出於此。若武大固在，武松不得殺金蓮者，法也。今石秀之於巧雲，既去則亦已矣，以姓石之人，而殺姓楊之人之妻，如何法也？總之，武松之殺二人，全是為兄報仇，而已曾不與焉；若石秀之殺四人，不過為己明冤而已，並與楊雄無與也。觀巧雲所以污石秀者，亦即前日金蓮所以污武松者。乃武松以親嫂之嫌疑，而落落然受之，曾不置辯，而天下後世亦無不共明其如冰玉也者。若石秀，則務必辯之：背後辯之，又必當面辯之，迎兒辯之，又必巧雲辯之，務令楊雄深有以信其如冰如玉而後已。嗚呼！豈真天下之大，另又有此一種讒刻狠毒之惡物歟？吾獨怪耐庵以一手搦

一筆，而既寫一武松，又寫一石秀。嗚呼，又何奇也！

聖歎對比武松，批評石秀，缺乏寬宏善良的美德，很有警示意義。

石秀智破盤陀路

金聖歎對石秀雖有厭惡之處，卻並不以偏概全。他罵石秀是「惡物」，又評他為「上中人物」，但同時又讚揚「石秀寫得好」（皆見《貫華堂第五才子書水滸傳·讀法》）。聖歎讚賞石秀的優點方面，首先是「一生執意」，並以此作為對他的總體評價。石秀在初遇楊雄時自我介紹說：「自小學得些槍棒在身，一生執意，路見不平，便要去相助，人都呼小弟作『拼命三郎』。聖歎在「一生執意」後面夾批：「是石秀，是又一樣人物。」正是這「一生執意」的人生態度，培養了石秀辦事頂真，精細過人的性格特點。石秀策動楊雄投奔梁山並為梁山起義事業屢立奇功，全賴這個特長，聖歎對此極為讚賞」接連批為：「寫石秀精細出入」，「石秀寫得色色出入。」尤其是宋江一打、二打祝家莊都大敗，正在無可奈何之際，石秀前來入伍參戰，全賴他出色的偵察，探明敵情，致使義軍攻進祝家莊全殲頑敵。小說極其精彩地曲折寫出石秀深入敵營的全過程，聖歎也一一批出其中的妙處：

石秀剛踏進祝家莊這塊神秘莫測的險地，便驚覺地發現「四下裏灣環相似，樹木叢密」，「路徑曲折多雜」、「難認路頭」，「石秀便歇下柴擔不走」。聖歎急批：「是石秀，此等處，一山泊人都不及也。」石秀生計找人問路，他遇見一位老丈，唱個喏，這麼敬老有禮，立即引起老漢的好感，聖歎批：「是石秀。」又連連表揚他請教老丈的一連串問題「問得好，又精細。」「問得精細」。「問得緊。」老丈見這位挑柴漢子謙恭小心，知理識禮，就指點他盤陀路的厲害，「石秀聽罷，便哭起來，撲翻身便拜，（金批：「是石秀，機警之極。」）向那老人道：「小人是個江湖上折了本錢歸不得的人，（金批：「妙絕。是石秀方說得出，能令老人下淚也。」）倘或賣了柴出去，撞見廝殺，走不脫，卻不是苦！爺爺怎地可憐見，小人情願把這擔柴相送爺爺，只指與小人出去的路罷！」金批：「妙絕。是石秀方說得出。」老人留他酒飯，石秀飯後拜謝道：「爺爺，指教出去的路徑。」聖歎接批：「是石秀，只記本題，寫得機警」……石秀對症下藥，利用老人對流落他鄉年輕人的惻隱之心，用巧妙的詢問探清敵情，令人讚歎。大哲學家、大軍事家毛澤東對《水滸》的這個戰績和石秀的調查研究工夫也極為讚揚，並作為典範教育讀者。聖歎此段批語探幽發微，又總結這段描寫「一以顯

石秀之獨能」。讚頌「石秀探路一段，描出全副一個精細人。讀之，蓋想耐庵七竅中，真乃無奇不備。」梁山好漢中逞勇能鬥者不乏其人。但像石秀這樣智勇雙全精細過人的英雄，除楊志外罕有匹敵。聖歎批出了石秀的性格特點，也批出他與楊志的不同。

吳用的妙計和無用的結局

吳用，表字學究，綽號智多星，道號「加亮先生」。他原本是山東濟州鄆城縣東溪村私塾先生，但通曉文韜武略，足智多謀。

吳用與晁蓋自幼結交，他為晁蓋出謀劃策，智取了大名府梁中書給蔡京獻壽的十萬貫生辰綱，因此上梁山。後憑藉其智謀，利用林冲火併王倫，幫助晁蓋奪取梁山。晁蓋死後擁戴宋江為新任梁山寨主。他參與和謀劃了梁山的全部戰役，消滅祝家莊，攻破曾頭市、大名府。協助宋江，收服許多頭領。梁山大聚義後，兩敗童貫、三勝高俅，又協助宋江推動招安進程。接受招安後，協同宋江指揮梁山軍隊南征北戰。平滅了幾方勢力後，被封武勝軍承宣使。得知宋江被害死後，與花榮一同自縊於楚州南門外蓼兒窪宋江墓前，葬於宋江墓左側，繼續與宋江作伴。

吳用在《水滸傳》中，其整體形象是智慧的化身，作者結合層出不窮的梁山發展和戰鬥的故事，把吳用的英雄才略寫得栩栩如生，熠熠生輝。其中寫得最精彩的情節之一是吳用設下騙局，騙李逵一起去北京愚弄盧俊義，逼誘他上梁山。當他冒充算命先生，搖搖擺擺，進入北京，李逵跟在背後，兩眼像賊，奇形怪狀，望市心裏來時，轟動了整個街市。吳用手中搖鈴杵，口裏念著口號道：「八字生來各有時。此乃時也，運也，命也。知生知死，知貴知賤。若要問前程，先賜銀一兩。」說罷，又搖鈴杵。北京城內小兒，約有五六十個，跟著看了笑。卻好轉到盧員外解庫門首，（金聖歎夾批：星卜賤伎，何至得動盧員外？故知得奇形怪狀伴當氣力不少。）一頭搖頭，一頭唱著，去了復又回來，小兒們哄動越多了。（夾批：寫得例若紙上活有吳用，活有李逵，活有群小兒，妙筆。○不惟活有而已，直寫得紙上吳用是一樣氣色，李逵是一樣氣色，群小兒是一樣氣色，妙在何處？妙在一頭搖頭四字。）吳用用這樣先聲奪人的手段，吸引盧俊義邀他算命，他用三寸不爛之舌，騙得精明過人的盧俊義入彀。

金聖歎精闢評論：「吳用定然是上上人物，他姦猾便與宋江一般，只是比宋江，卻心地端正。吳用明明白白驅策群力，有軍師之體。吳用與宋江差處，

只是吳用肯明白說自己是智多星；宋江定要說自己志誠質樸。宋江只道自家籠罩吳用，吳用卻又實實籠罩宋江，兩個人心裏各個自知。」

金聖歎分析了吳用精於權術，小說則展示其性格的複雜性。尤其是宋江和晁蓋產生矛盾後，他識時務者為俊傑，深知晁蓋不成大事，宋江的領袖才華遠超晁蓋，他在內心和行動中自然地傾向了宋江。因此作為軍師，他並不切實阻止晁蓋負氣攻打曾頭市等，因他知道晁蓋剛愎自用，是無法規勸的，展示了吳用的性格和智慧具有現實性。小說也表現了吳用的智慧的局限性。如戰烏龍嶺時，用計失誤，使梁山人馬折損等。

吳用的性格寬仁、重義氣，作為軍師，與眾英雄好漢和睦相處，能顧全大局。他具有忠君思想，故而在重大的招安問題上，始終附從宋江。在梁山上，忠君思想體現在對宋江的計劃有時雖不贊同，卻放棄原則，依舊服從；獲知宋江死訊，不惜以死相隨，體現了《水滸傳》的忠義意識。

吳用雖然智慧超群，但具有「村學究」的局限，所以接受詔安、放棄軍隊，被貪官計算，只能任人宰割，最終未能實現自己的愛國報國和拯救百姓以擺脫困境的宏偉理想。起義軍的失敗，不僅是領袖宋江的責任，軍師吳用的膽略和智慧的局限——吳用的智慧無用，也起了很大作用。

女性人物新論

《水滸傳》描寫了多個女性人物，除了梁山英雄顧大嫂、孫二娘和扈三娘等，還有梁山英雄的家屬和市井婦女，雖然著筆不多，但形象鮮明，值得探討和評論。

王進母子和史進母子的不同命運

《水滸傳》開首描寫的第一個英雄是王進，第一個梁山英雄是史進。兩人是師徒關係，而名字相同。金聖歎特地將兩人做了對比，揭示了《水滸傳》描寫兩人的深意。

王進因為已故的父親當年在比武時擊敗高俅，就此得罪了高俅。高俅當上太尉，上任的第一天，就要報復王進。

王進回家報告母親，高俅上任伊始就要挾持私仇橫加迫害，母子二人抱頭而哭。娘道：「我兒，『三十六著，走為上著。』只恐沒處走！」王進道：「母親說得是。兒子尋思，也是這般計較。只有延安府老種經略相公鎮守邊庭，他

手下軍官多有曾到京師的，愛兒子使槍棒，何不逃去投奔他們？那裏是用人去處，足可安身立命。」當下母子二人商議定了。其母又道：「我兒，和你要私走，只恐門前兩個牌軍，是殿帥府撥來伏侍你的，若他得知，須走不脫。」王進道：「不妨。母親放心，兒子自有道理措置他。」王進找了藉口，將兩人打發出去，當夜母子二人收拾了行李衣服，細軟銀兩，做一擔兒打挾了；又裝兩個料袋袱駝，拴在馬上的。披星戴月逃離東京。

王進孝順和尊敬母親，遇到大事，馬上報告母親，傾聽母親的意見。王進老母遇到要滅門的潑天大禍，急得與兒子抱頭大哭，只是人之常情，但她依然冷靜理智，馬上想到硬抗不行，只有躲避，「三十六計走為上計」。兒子立即聽從，並提出去邊關投靠，母親馬上同意，又提醒兒子要引開兩個牌軍，避免引來追捕，才可出逃。

王進受到迫害，不是一個人輕快出逃，而是不怕累贅，帶著老母一起逃。王母頗有智慧，王進恭敬的聽從母親的意見。路上讓母親騎馬，自己牽馬步行。

王進知道無法抗拒權勢在握又是頂頭上司的姦臣，當機立斷，馬上帶著母親逃走，投奔邊關上的种略相公，意圖在守衛邊境中為國效力。

王進繼承父親的武藝，刻苦練習，恪守祖業，是一個優秀的禁軍教頭。他有一技之長，可在社會優裕生活。他平時尊敬和孝順母親，遇到姦臣兼仇人的迫害，老母很感煩惱，他善於勸慰，而且當機立斷，予以正確應對：放棄京城的安逸生活，立即逃到遙遠而艱苦的邊境度過一生。

路上因錯過宿頭，借住史家莊，受到史太公的熱情款待。母子二人，在史太公家借宿時，王進見了便拜。太公連忙道：「客人休拜。你們是行路的人，辛苦風霜，且坐一坐。」王進子母二敘禮罷，都坐定。王母也坐，史太公尊重婦女。

王母患病，太公道：「即然如此，客人休要煩惱，教你老母且在老夫莊上住幾日。我有個醫心痛的方，叫莊客去縣裏撮藥來與你老母親吃。教他放心慢慢地將息。」自此，王進母子二人在太公莊上。服藥，住了五七日。

老母年邁奔波，路上受了風寒病倒，只能滯留在史家，又得到史太公的真誠關心和幫助。感激之餘，王進願意點撥、指導史進的武藝，作為一種報答。

亡命途中，王進對母親關心備至，母親患病後精心侍奉湯藥。王進是父母的一個爭氣的優秀的兒子，生活原則和人生目標明確、正確。

覺道母親病奔痊了，王進收拾要行。太公大喜，教那後生穿了衣裳，一同

來後堂坐下；叫莊客殺一個羊，安排了酒食果品之類，就請王進的母親一同赴席。史太公對王母非常尊重、關愛。王進繼續上路時，請娘乘了馬，望延安府路途進發。

《水滸傳》第二個描寫的婦女是不出場的史進母親。她不出場，不是「被剝奪」與客人相見、歡談、聚餐的權利，而是因為她已亡故了。

史太公告訴王進：「老漢的兒子從小不務農業，只愛刺槍使棒；母親說他不得，一氣死了。老漢只得隨他性子。」

史進的母親在家有發言權和管教權，敢於管教兒子，史太公尊重其這些權益。她因兒子頑劣，不聽教導，氣死。母子兩人因價值觀、人生觀不同而產生分歧。史太公懦弱，是個慈父，讓兒子隨性所欲，但他們是積善之家，可以推斷，他對待夫人也是和善的。小說描寫史進因不聽母訓而步入歧途，大受挫折，表現了鮮明的是非觀。拙文《史進的忠厚老實和善良誠信》已有評論。

常言說：「慈母多敗子。」生活的實際情況是複雜的，史母是嚴母，兒子堅決不聽話，「棍棒底下出孝子」，看來因史太公懦弱，他們沒有實施棍棒教育，所以史進不務正業，終於燒掉莊園、丟棄田地，亡命天涯，最後做了強盜。

林冲娘子張氏，妻賢夫禍少

高衙內在陸謙的策劃和幫助下，騙來林冲娘子，林冲獲訊前來解救後，林冲拏了一把解腕尖刀，徑奔到樊樓前去尋陸虞候，也不見了；卻回來他門前等了一晚，不見回家，林冲自歸。娘子勸道：（金聖歎夾批：只一勸字，寫娘子貞良如見，若是淫浪婦人，必然要哭要死，要丈夫為報仇也。）「我又不曾被他騙了，你休得胡做！」林冲怒罵陸謙，還要尋機報仇。娘子苦勸，那裏肯放他出門。（金聖歎夾批：好林冲，又好娘子，真是壯夫良婦。）

金聖歎的批語讚譽林冲娘子勸阻丈夫報仇，是因為高衙內尚未得逞，林冲沒有必要與高衙內和陸謙拼命，犯下命案，要抵命，林冲娘子不忍丈夫喪命，避免家破人亡的慘重後果，是克制的，理智的。

林冲中計，誤入白虎堂後，被發配滄州牢城。公差押送林冲出開封府來。只見眾鄰舍並林冲的丈人張教頭都在府前接著，同林冲兩個公人，到州橋下酒店裏坐定。林冲執手對丈人說道：「泰山在上，年災月厄，撞了高衙內，吃了場屈官司；今日有句話說，上稟泰山：自蒙泰山錯受，將令愛嫁事小人，已經三載，不曾有半些兒差池；雖不曾生半個兒女，未曾紅面赤，半點相爭。今

小人遭這場橫事，配去滄州，生死存亡未保。娘子在家，小人心去不穩，誠恐高衙內威逼這頭親事；況兼青春年少，休為林冲誤了前程。卻是林冲自行主張，非他人逼迫。小人今日就高鄰在此，明白立紙休書，任從改嫁。並無爭執。如此，林冲去得心穩，免得高衙內陷害。」張教頭道：「賢婿，甚麼言語！你是天年不齊，遭了橫事，又不是你作將出來的。今日權且去滄州躲災避難，早晚天可憐見，放你回來時，依舊夫妻完聚。老漢家中也頗有些過活，便取了我女家去，並錦兒，不揀怎的，三年五載養贍得他。又不叫他出入，高衙內便要見也不能彀。休要憂心，都在老漢身上。你在滄州牢城，我自頻頻寄書並衣服與你。休得要胡思亂想。只顧放心去。」林冲道：「感謝泰山厚意。只是林冲放心不下。枉自兩相耽誤。泰山可憐見林冲，依允小人，便死也瞑目！」張教頭那裏肯應承。眾鄰舍亦說行不得。林冲道：「若不依允小人之時，林冲便掙扎得回來，誓不與娘子相聚！」張教頭道：「既然恁地時，權且由你寫下，我只不把女兒嫁人便了。」當時叫酒保尋個寫文書的人來，買了一張紙來。林冲請他寫了休書：「東京八十萬禁軍教頭林冲為因身犯重罪，斷配滄州，去後存亡不保。有妻氏年少，情願立此休書，任從改嫁，永無爭執；委是自行情願，並非相逼。恐後無憑，立此文約為照。」

　　正在閣裏寫了，欲付與泰山收時，只見林冲的娘子，號天哭地叫將來。女使錦兒抱著一包衣，一路尋到酒店裏。林冲告訴她已寫休書，「莫為林冲誤了賢妻。」那娘子聽罷哭將起來，說道：「丈夫！我不曾有半些兒點污，如何把我休了？」（金聖歎夾批：林冲娘子只說得此一句，下更無語，都是張教頭說，情景入妙。）林冲道：「娘子，我是好意。恐怕日後兩下相誤，賺了你。」張教頭便道：「我兒放心。雖是女婿恁的主張，我終不成下得你來再嫁人？這事且由他放心去。他便不來時，我安排你一世的終身盤費，只教你守志便了。」（金聖歎夾批：都是娘子心中話，卻不好在娘子口中說，故都借張教頭出之。）那娘子聽得說，心中哽咽；又見了這封書，一時哭倒，暈絕在地，林冲與泰山張教頭救得起來，半晌方才蘇醒，兀自哭不住。林冲把休書與教頭收了。眾鄰舍亦有婦人來勸林冲娘子，攙扶回去。（金聖歎夾批：真是如何回去，忽乘便從鄰舍二字上生出婦人來，見景生情，文章妙訣。）張教頭囑付林冲道：「只顧前程去，掙扎回來廝見。你的老小，我明日便取必去養在家裏，待你回來完聚。（金聖歎夾批：重將此句特特說。）你但放心去，不要掛念。如有便人，千萬頻頻寄些書信來！」林冲起身謝了，拜謝泰山並眾鄰舍，背了包裹，隨著公人去了。張教頭同鄰舍取路回，不在話下。

待到林沖上了梁山安了身，差人打探林娘子現狀時，「不過兩個月回來，小嘍囉還寨說道：直至東京城內殿帥府前，尋到張教頭家，聞說娘子被高太尉威逼親事，自縊身死，已故半載。張教頭亦為憂疑，半月之前染患身故。止剩得女使錦兒，已招贅丈夫在家過活。訪問鄰里，亦是如此說。打聽得真實，回來報與頭領。」林沖見說了，潸然淚下，自此，杜絕了心中掛念。晁蓋等見說了，悵然嗟歎。

明代著名文學家李開先的《寶劍記》傳奇中，林娘子叫張真娘，是京城第一美人，被高俅父子逼迫，進入尼姑庵出了家。明人寫的小說《靈寶刀》中，林娘子叫張貞娘，也是天下聞名的美人，為躲避高衙內，在尼姑庵中藏了很多年。

何九叔老婆和李小二渾家，兩個賢內助形象

《水滸傳》也塑造了對丈夫有幫助的賢內助形象。

何九叔老婆是丈夫遇到麻煩時，立即給以解決方案的賢內助。

西門慶害死武大後，企圖用錢打點負責驗屍的團頭何九叔，在火化武大屍體時，遮蓋過去。何九叔看到武大屍體時，假裝「中惡」昏倒。兩個火家又尋扇舊門，一逕抬何九叔到家裏，大小接著，就在床上睡了。老婆哭道：「笑欣欣出去，卻怎地這般歸來，閒常曾不知中惡！」坐在床邊啼哭。何九叔覷得火家都不在面前，踢那老婆道：「你不要煩惱，我自沒事。卻才去武大家入殮，到得他巷口，迎見縣前開藥鋪的西門慶請我去吃了一席酒，把十兩銀子與我，說道：『所殮的屍首，凡事遮蓋則個。』我到武大家，見他的老婆是個不良的人，我心裏有八九分疑忌；到那裏揭起千秋幡看時，見武大面皮紫黑，七竅內津津出血，唇口上微露齒痕，定是中毒身死。我本待聲張起來，卻怕他沒人作主，惡了西門慶，卻不是去撩蜂剔蠍？（金聖歎夾批：四字新豔，未經人道。）待要胡盧提入了棺殮了，武大有個兄弟，便是前日景陽岡上打虎的武都頭，他是個殺人不眨眼的男子，倘或早晚歸來，此事必然要發。」老婆便道：「我也聽得前日有人說道：『後巷住的喬老兒子鄆哥去紫石街幫武大捉姦，鬧了茶坊。』正是這件事了。你卻慢慢的訪問他。（金聖歎夾批：出得委婉有波紋。○偷姦奇事，金蓮卻會。通姦難事，王婆卻會。捉姦醜事何九老婆卻又打聽得。看他一群婦人，無不慣家，可發一笑。）如今這事有甚難處。只使火家白去殮了，就問他幾時出喪。若是停喪在家，待武二歸來出殯，這個便沒甚麼皂絲麻線。若他便出去埋葬了也

不妨。若是他便要出去燒化時，必有蹺蹊。你到臨時，只做去送喪，張人錯眼，拿了兩塊骨頭，和這十兩銀子收著，便是個老大證見。（金聖歎夾批：寫得曲折明畫，讀之字字有響。○何九豈見不及此，而必出自其妻，蓋作者之意，正欲與王婆、金蓮相映擊。一邊以婦人教婦人，一邊早又以婦人攻婦人，不用男子一言半句，惟恐不武也。）他若回來不問時，便罷。卻不留了西門慶面皮，做一碗飯卻不好？」（金聖歎夾批：反說至此句住，最妙。若定要替武家出力，便犯朱雷戴蔡腳色也。）何九叔道：「家有賢妻，見得極明！」

另一位李小二的渾家，是李小二自東京流落到滄州，投託的一個王姓酒店主人的女兒。小二幹活勤謹，安排的好菜蔬，調和的好汁水，來吃的人都喝采，以此賣買順當，主人家就招了他做女婿。如今丈人丈母都死了，只剩得小二夫妻兩個，權在營前開了個茶酒店。

林冲到滄州後重逢東京幫助過的酒生兒李小二。他請林冲到家裏坐定，叫妻子出來拜了恩人。兩口兒歡喜道：「我夫婦二人正沒個親眷（金聖歎夾批：寫李小二夫妻情分也。）今日得恩人到來，便是從天降下。」林冲得店小二家來往，不時間送湯送水來營裏與林冲吃。林冲因見他兩口兒恭敬孝順，常把些銀兩與他做本錢。林冲的綿衣裙襖都是李小二渾家整治縫補。李小二在店中接待了軍官打扮和走卒模樣的兩個客人，那人要小二去營裏請管營，差撥，兩個來說話，一起喝酒。小二獨自一個攛梭也似伏侍不暇。他們言行鬼鬼祟祟，打發李小二走開。小二自來門首叫老婆，道：「大姐，（金聖歎夾批：二字稱呼得妙，是做過賣時叫慣語。）這兩個人來得不尷尬！」（金聖歎夾批：是小二經心弔膽，而不嫌突然者，全虧前文許多親熱也。）老婆道：「怎麼的不尷尬？」小二道：「這兩個人語言聲音是東京人；初時又不認得管營；向後我將按酒入去，只聽得差撥口裏吶出一句『高太尉』三個字來，這人莫不與林教頭身上有些干礙？——我自在門前理會，你且去閣子背後聽說甚麼。」老婆道：「你去營中尋林教頭來認他一認。」李小二道：「你不省得。林教頭是個性急的人，摸不著便要殺人放火。倘或叫得他來看了，正是前日說的甚麼陸虞候，他肯便罷？做出事來須連累了我和你。你只去聽一聽，再理會。」老婆道：「說得是。」便入去聽了一個時辰，出來說道：「他那三四個交頭接耳說話，正不聽得說甚麼。只見那一個軍官模樣的人，去伴當懷裏取出一帕子物事，遞與管營和差撥。帕子裏面的莫不是金錢？只聽差撥口裏說道：『都在我身上；好歹要結果他生命！』」正說之時，閣子裏叫「將湯來。」李小二急去裏面換湯時，看見管營手裏拿著一封書。

　　他們離開後不久林冲來店，李小二請林冲到裏面坐下，說道：「卻才有個東京來的尷尬人，在我這裡請管營、差撥，吃了半日酒。差撥口裏吶出『高太尉』三個字來，小二心下疑惑，又著渾家聽了一個時辰。他卻交頭接耳，說話都不聽得。臨了，只見差撥口裏應道：『都在我兩個身上。好歹要結果了他！』那兩個把一包金銀遞與管營，差撥，又吃一回酒，各自散了。不知甚麼樣人。小人心疑，只怕在恩人身上有些妨礙。」林冲道：「那人生得甚麼模樣？」李小二道：「五短身材，白淨面皮，沒甚髭鬚，約有三十餘歲。那跟的也不長大，紫棠色面皮。」林冲聽了大驚道：「這三十歲的正是陸虞候！那潑賤敢來這裡害我！休要撞我，只教他骨肉為泥！」店小二道：「只要提防他便了；豈不聞古人云『吃飯防噎，走路防跌？』」

　　林冲大怒，離了李小二家，先去街上買把解腕尖刀，帶在身上，前街後巷一地裏去尋。李小二夫妻兩個捏著兩把汗。

　　李小二夫婦知恩圖報，日常照應林冲生活需要。李小二夫婦主動留意林冲的安危，為林冲打探到切實的信息，林冲因此而確知陸歉帶人來此加害自己，他不僅有了思想準備，還買了尖刀，做了切實防身準備。林冲日後避免受害，手刃仇人，李小二夫婦功不可沒。

金翠蓮父女落難受救和知恩圖報

　　金翠蓮，東京人，因同父母至渭州投親不遇，其母在客店裏患病身死，欠下店主債務。當地惡霸鄭屠，見翠蓮年輕美貌，寫了三千貫文書，並未付錢，虛錢實契，即將其強佔為妾，未及三個月被鄭屠之妻趕出，隨父流落街頭，無奈到酒樓賣唱，魯達、史進在酒樓喝酒，慷慨相救，贈其銀兩，助其返鄉。

　　魯達為翠蓮報仇，打死鄭屠後，亡命天涯，在代州雁門縣巧遇翠蓮的父親金老。翠蓮婦父女不敢回鄉，北上途中，遇到京師古鄰，由其做媒，嫁於大財主趙員外，養做外宅。翠蓮拜見恩人後，美酒美食款待，留他住下。魯達在這趙員外莊上住了五七日，金老發現有三四個做公的來鄰舍街坊打聽得緊。趙員外道：「若是留提轄在此，誠恐有此山高水低，教提轄怨恨。若不留提轄來，許多面皮都不好看。」他出大錢讓魯達上五臺山文殊院出家避難。

　　翠蓮父女生活安頓後，為魯達「寫個紅紙牌兒，旦夕一柱香」，父女兩個恭敬禮拜，心意虔誠。他們巧遇魯達後，給以切實的幫助，魯達得以安身立命，成功逃脫險惡的追捕。

潘金蓮不可避免的淒慘悲劇

不少美人嫁錯郎，就難免後悔抱怨。

潘金蓮是「眉似初春柳葉，常含著雨恨雲愁；臉如三月桃花，暗藏著風情月意。纖腰嫋娜，拘束的燕懶鶯慵；檀口輕盈，勾引得蜂狂蝶亂。玉貌妖嬈花解語，芳容窈窕玉生香」。

她原是清河縣大戶人家的一個婢女，因為外表漂亮被主家騷擾，潘金蓮不肯依從，跟主人婆告狀，主家因此惱怒，便賠錢把潘金蓮嫁給了武大郎。跟著他受盡嘲諷和欺負，也只得自認晦氣，忍氣吞聲。潘金蓮貌美聰明，面對不公的命運，只能徒呼奈何。

武大不僅短小醜陋（武松身長八尺，高於一米八十，武大不滿五尺，只有一米十高，而山東美人潘金蓮有至少一米六十的個頭的健美身材），而且身體虛弱，患有不育症，結婚多年沒有子息。金蓮如何能夠安心度日？

後來金蓮初見小叔武松這表人物，自心裏尋思道：「武松與他是嫡親一母兄弟，他又生得這般長大。我嫁得這等一個，也不枉了為人一世！你看我那三寸丁谷樹皮，三分像人，七分似鬼，我直恁地晦氣！據著武松，大蟲也吃他打倒了，他必然好氣力。（金批：便想到他「好氣力」，絕倒。）」她有這種想法，尤其是希望配偶身強力壯，可以滿足她的種種需要，是自然而正常的。但在紅顏薄命的舊時代，潘金蓮不管肯不肯認命，前景必然是悲劇。

武潘悲劇的製造者便是陽穀縣的一個精於欺騙和玩弄女人的成功人士西門慶。不少成功人士有錢有勢有閒，有玩弄女人的豐富經驗和智慧，很少有女子能夠最終抵擋住此類人由幕後策劃、當場奉承、花言巧語和威逼利誘等等配套組成的長期圍剿而不落圈套。

尤其是愛虛榮圖享受的女子，更容易經不起誘惑而墮落。莫泊桑《項鍊》裏的瑪蒂爾德・勒瓦栽勒夫人是真正難得的，她因追求打扮而不慎從小康跌入貧困，卻能用十年的誠實操勞償還欠下的債務，容顏變老而不悔，值得歌頌；而曹禺《日出》中的陳白露情願淪落風塵，最後依舊拒絕清貧的情人而選擇自殺。平心論之，潘金蓮不是愛虛榮的女子，否則她當初不會堅拒大戶的佔有，情願發配給武大。她對配偶的要求是合情合理的。可惜武大沒有自知之明，又不知趣，在免費享受美人一段青春後及時放手，讓她另找活路。清河縣的潑皮上門騷擾，是給了他黃牌警告，他卻只曉得搬家；潘金蓮勾引武松不成，雙方鬧翻，給了他紅牌警告，武大還是自作多情地要「維和」。

潘金蓮人美心高，聰明伶俐，口舌靈便，在武松出差前警告她時，自稱：「我是一個不戴頭巾男子漢，叮叮噹當響的婆娘！拳頭上立得人，胳膊上走得馬，人面上行得人！不是那等攛不出的鱉老婆！」又指斥武松：「你胡言亂語，一句句都要下落！丟下磚頭瓦兒，一個個要著地！」金聖歎的批語讚揚：「辭令妙品。」

在險惡的社會裏，她雖想剛烈做人，卻在王婆和西門大官人的通謀下，半推半就地飲下老娘的洗腳水，甘心受大官人的玩弄；又在他們陰謀的決策和唆使下，實施他們商定的毒計，做了殺人罪的共犯和實施者。

在潘金蓮制死武大時，金聖歎連批三個「特寫與天下有奢遮標緻妻子人看。」強調不要不自量力地貪圖美色，娶美人為妻要量力而行。

潘金蓮的悲劇是不可避免的：以公正的立場回顧她的一生，她如做大戶的小妾是悲劇，嫁於武大是悲劇，武大堅不遵循當時人人熟知、王婆提醒潘金蓮的「初嫁從親，再嫁由身」的婚姻原則（整個古代社會，女人都是有再嫁自由的），放她自由，她被武大死纏一輩子，終身受煎熬，難道不是悲劇？她想另找自由，遇人不淑，落到西門慶的陷阱裏，即使做上他的小妾，也是悲劇，《金瓶梅》就描寫了她的這個前景。西門慶又用威逼利誘手段迫使她做了殺人犯，這不是潘金蓮的初衷，而這個人命案件不僅西門慶、王婆，而且根據以上言及的原因，連武大本人都要共擔這個責任。

王婆的精明刁鑽和狠辣手段

前已言及，愚蠢的武大，在享受過美人的一段青春後，不肯及時結束這場不般配的婚姻，給滿腹怨怒的金蓮，放一條生路，另擇佳配，只想用搬家這種拙劣手段逃避壞人的緊逼，天下何處無壞人？結果正好搬到皮條高手王婆隔壁，又被當地惡霸西門慶纏住，終於走上不歸之路。因此，惡人無處不有，而智者應對有方。武大之死，也有其自身的原因，後來的人們要吸取他的沉痛教訓。

王婆此人「為頭是做媒，又會做牙婆，也會抱腰，也會收小的，也會說風情，也會做馬泊六。」小說精細、精彩地描寫王婆穩坐釣魚臺，誘使西門慶大出血本，她賺足外快，才胸有成竹地替他出主意，進一步賺取不義之財。王婆的計謀，針對性強，巧妙而周密，小說精細、精彩地描寫了這個情色事件和王婆前後設計的陰謀、親作導演的全過程。金批說：王婆拿足了銀子，就為西門

慶分析和設計「五件事、十分光來。一篇寫刷子撒奸，花娘好色，虔婆愛鈔，色色入畫。」

天下沒有不透風的牆，姦情暴露，武大捉姦，被踢成重傷，他警告金蓮，說如果兄弟知曉，必會報仇。西門慶聽了，卻似提在冰窟子裏，說道：「苦也！我須知景陽岡上打虎的武都頭，他是清河縣第一個好漢！我如今卻和你眷戀日久，情孚意合，卻不恁地理會！如今這等說時，正是怎地好？卻是苦也！」王婆冷笑道：「我倒不曾見你是個把舵的，我是趁船的，我倒不慌，你倒慌了手腳？」西門慶道：「我枉自做了男子漢，到這般去處卻擺佈不開！你有甚麼主見，遮藏我們則個！」王婆竟鼓動他們殺了武大，長做夫妻。西門慶道：「乾娘，只怕罪過？罷！罷！罷！一不做，二不休！」王婆道：「可知好哩。這是斬草除根，萌芽不發；官人便去取些砒霜來，我自教娘子下手。事了時，卻要重重謝我。」（金批：王婆本題。）王婆利令智昏，思維不周，殺了武大只是斬草，可是並未除根：武松即將回來，怎麼辦？西門慶和潘金蓮都是顧前不顧後的人，害怕但又忽視了武松其人的威力和能量。

潘金蓮和西門慶已經嚇得沒有自己的主意，他們面對的這種困境，缺乏應對能力，這時旁觀者清，如及時給以啟示和指導，善良的則可勸阻他們；惡毒的則唆使、鼓動他們繼續作惡。王婆一心只要錢，唯利是圖，唆使他們用犯罪手段「斬草除根」，然後「初嫁從親，再嫁由身」，潘金蓮可以嫁給西門慶長做夫妻，還具體出謀劃策，指引他們走向無邊的深淵。

王婆鼓勵和挑唆潘金蓮用砒霜毒殺武大，先具體指點如何騙武大喝毒藥，接著具體敘述中毒之人毒性發作時的病象、動作和後果，然後一一指點潘金蓮應對的辦法和工具，真是作案老手。金批不斷稱「奇」，王婆的這些殺人的知識和經驗，非常奇妙，讓人大開眼界。

王婆為了錢，喪盡天良，違背「寧拆一座廟，不拆一樁婚」的古訓和警告，幫助惡霸殺夫奪婦。王婆精明刁鑽，心狠手辣，結果被武松抓到官府，被判為「生情造意，哄誘通姦，唆使本婦下藥毒死親夫；以致殺死人命，唆令男女故失人倫，擬合凌遲處死」。吃了千刀萬剮，毒計和銀錢都付之東流，真是竹籃打水一場空。

閻婆兩抓宋江的心機和辭令

宋江沒有娶妻，他在縣城養了閻婆惜做外室，於是除父親宋太公和兄弟

宋清外，還有了這兩位不尷不尬的親人，即閻婆惜母女。

閻婆是個社會經驗豐富的中年女子，她對生活有著非常現實的把握。

首先，她認準宋江是個縣城中有稍高穩定收入、有能力養家活口的吏員，又認準宋江是一個講究信義、能夠維護家庭穩定、生活作風嚴謹的男人。缺點是其貌不揚，個子太矮，比女兒年齡大了十幾歲甚至近 20 歲，可是「姐兒愛俏，鴇兒愛鈔」，年齡大、事業穩定的男子容易靠得住，女兒嫁過去後生活的小康就必有保障。這個認識，古今一致。在古代社會，女兒是個賣唱女、戲子，等同於妓女，嫁到正經人家，做不上正房，只能做外室。在閻婆的意識中，這是天經地義的，她毫無異議，一切認命。

第二，女兒硬要和張三郎相好，閻婆沒有辦法，只好聽其自然。但閻婆認準這個小白臉三郎是靠不住的，他今日勾搭女兒，明日就會勾搭別的女子，而且此人經濟上不及宋江殷實，這是最大的弱點。孝義黑三郎雖不年輕、英俊，母女倆必須抓住這個供應飯食和日常開銷的固定戶頭，決不可放棄。

所以她在街上邂逅宋江，就毫不猶豫將他逮回家，要女兒和他溫存一番，堅決維護這個家庭，不能讓它隨便解體。閻婆的這個心機，無可非議。宋江也知她的這番良苦用心，給以理解和尊重。

閻婆在拖宋江回家時，為了不讓宋江掙脫、逃走，為了說服宋江回家，她一路上搶著說了一路的話，充分展現了閻婆的出色辭令。她起先叫道：「押司，多日使人相請，好貴人，難見面！便是小賤人有些言語高低，傷觸了押司，也看得老身薄面。自教訓他，與押司陪話。今晚老身有緣，得見押司，同走一遭去。」宋江推託縣裏事務忙，改日卻來。閻婆道：「這個使不得。我女兒在家裏專望，押司胡亂溫顧他便了。直恁地下得？」（金批：反責宋江下得，虔婆成精語。）她包庇女兒，反而責怪宋江不回家，辭令得體。宋江道：「端的忙些個，明日準來。」閻婆道：「我今日要和你去。」便把宋江衣袖扯住了，發話道：「是誰挑撥你？（反責宋江受人挑撥，虔婆成精語。）我娘兒兩個下半世過活都靠著押司。外人說的閒是閒非都不要聽他，押司自做個主張，我女兒但有差錯，都在老身身上。（又包辦一句，虔婆成精語。）押司胡亂去走一遭。」她反而責怪宋江受人挑撥，還包辦一句：差錯都在老身身上，巧妙保護女兒。宋江道：「你不要纏。我的事務分撥不開在這裡。」閻婆道：「押司便誤了些公事，知縣相公不到得便責罰你。這回錯過，後次難逢。押司只得和老身去走一遭，到家裏自有告訴。」（又糊塗一句，虔婆成精語。）又含糊拖一句「有事相告」，成功抓獲宋

江，將他拖回家中。

宋江被閻婆抓獲回家後，看到婆惜的惡劣態度，一直要逃離，也因閻婆的出色辭令，而無法逃走。

閻婆道：「這賊人真個望不見押司來，氣苦了。恁地說，也好教押司受他兩句兒。」（金批：一場官司反打在宋江屋裏，婆舌可畏如此。）她表面責怪女兒，卻將責任派給宋江。

閻婆就床上拖起女兒來，（金聖歎夾批：拖起了，然仍在床上，如畫。）說道：「押司在這裡。我兒，你只是性氣不好，把言語來傷觸他，惱得押司不上門，閒時卻在家裏思量。我如今不容易請得他來，你卻不起來陪句話兒。顛倒使性！」（金聖歎夾批：一句是憑空生出「語言傷觸」四字，便將宋江一向不來緣故，輕輕改得好了。一句是當面生出「顛倒使性」四字，便將婆惜日常相思氣苦，明明顯得真了。靈心妙舌，其斯以為婆哉！）她將宋江一向不來的緣故改成「語言傷觸」，掩蓋了女兒有第三者的實情；又硬說女兒平時想念宋江，今日是「氣苦了」而「顛倒使性」，巧妙地挽回女兒冷落宋江的尷尬場面。

閻婆一生中的最大失誤是沒有嚴格管教好女兒，溺愛女兒，所以女兒行事自以為是，不聽老娘的勸導：「我兒，爺娘手裏從小兒慣了你性兒，（說得女兒嬌稚可憐之極。）別人面上須使不得！」婆惜道：「不把盞便怎的？終不成飛劍來取了我頭！」那婆子倒笑起來，（一個「笑」字。嚇人語，不得不笑。）說道：「又是我的不是了。（其語太唐突矣，便如飛一笑，引歸自己。）押司是個風流人物，不和你一般見識。（一邊又去如飛溫住宋江。）你不把酒便罷，且回過臉來吃盞酒兒。」

她一面穩住宋江，一面勸說女兒，一面還識破突然闖入的唐牛兒的鬼話，打走唐牛兒，三面應付，不慌不忙，應對得當。

次日早晨，閻婆見宋江殺了女兒，她不哭不鬧，還倒過來安慰宋江，假裝商議後事：「這賤人果是不好，押司不錯殺了！（成精虔婆。）只是老身無人養贍！」宋江道：「這個不妨。既是你如此說時，你卻不用憂心。我頗有家計，只教你豐衣足食便了，快活半世。」閻婆道：「恁地時卻是好也！深謝押司！我女兒死在床上，怎地斷送？」（成精虔婆。）宋江道：「這個容易；我去陳三郎家買一具棺材與你。我再取十兩銀子與你結果。」婆子謝道：「押司，只好趁天未明時討具棺材盛了，鄰舍街坊都不要見影。」宋江道：「也好。你取紙筆來，我寫個票子與你去取。」閻婆道：「票子也不濟事；須是押司自去取，便肯早早發來。」（成精虔婆。）宋江道：「也說得是。」兩個下樓來，婆子去房裏

拿了鎖鑰，出到門前，把門鎖了，帶了鑰匙。（細婉之文。）宋江與閻婆兩個投縣前來。

此時天色尚早，未明，縣門卻才開。那婆子約莫到縣前左側，把宋江一把扭住，發喊叫道：「有殺人賊在這裡！」

閻婆自知自己一人抓不住宋江，故意麻痺他，穩住他，到了縣衙門前，公差值班之處，才叫抓人，宋江完全中計。如果沒有唐牛兒正好撞上，他幫宋江逃走，宋江馬上就會落入法網。

閻婆和王婆一樣都是出色的人才，富於機智。閻婆欺騙和籠絡宋江，情有可原，王婆為財而唆使殺人，情不可恕，只能償命。

閻婆惜，可愛而又可恨的美貌戲子

閻婆惜本是一個美貌可愛的女子。小說歌頌她的美貌：「花容嬝娜，玉質娉婷。鬢橫一片烏雲，眉掃半彎新月。金蓮窄窄，湘裙微露不勝情；玉筍纖纖，翠袖半籠無限意。星眼如點漆，酥胸真似截肪。金屋美人離御苑，蕊珠仙子下塵寰」。

閻婆道：「我這女兒長得好模樣，又會唱曲兒。省得諸般耍笑；從小兒在東京時，只去行院人家串，那一個行院不愛他！有幾個上行首要問我過房了幾次，我不肯。只因我兩口兒無人養老，因此不過房與他。不想今來倒苦了他！」她年輕貌美，聰明伶俐，善於唱曲調笑，是個可愛的女子，可惜未能嫁到一個如意郎君，是她最大的終身遺憾。

婆惜嫁給身矮、臉黑、年齡又大了好多的宋江做外室後，本也想好好的過日子。她沒想到宋江並不愛她，這個家庭很快就毀了。

婆惜被張三引誘失足後，將宋江看作為自己追求幸福的障礙，抓住宋江通「賊」的把柄後，她說：「且不要慌！老娘慢慢地消遣你！」氣焰十分囂張。

婆惜生性精乖和言辭伶俐多變，她在擠兌、諷刺、勒逼宋江時，柳眉踢豎，星眼圓睜，說道：「老娘拿是拿了，只是不還你！你使官府的人，便拿我去做賊斷！」她連開三個條件：自由改嫁張三，所有衣服、房屋、器物全部送她，「還有那梁山泊晁蓋送與你的一百兩金子，快把來與我，我便饒你這一場『天字第一號』官司，還你這招文袋裏的款狀！」宋江那兩件倒都依得，但這一百兩金子確實未拿，「若端的有時，雙手便送與你。」婆惜道：「可知哩！常言道：『公人見錢，如蚊子見血。』他使人送金子與你，你豈有推了轉去的？

這話卻似放屁！『做公人的，那個貓兒不吃腥？』『閻羅王面前須沒放回的鬼！』（金批：一篇中，如「飛劍」句、「五聖」句，「閻王」句，確是識字看曲本婦人口語。）你待瞞誰？便把這一百兩金子與我，值得甚麼？你怕是賊贓時，快熔過了與我！」宋江要求三日內「將家私變賣一百兩金子與你，你還了我招文袋！」婆惜冷笑道：「你這黑三倒乖，把我一似小孩兒般捉弄！我便先還了你招文袋、這封書，歇三日卻問你討金子，正是『棺材出了討挽郎錢！』我這裡一手交錢，一手交貨！你快把來兩相交割！」宋江道：「果然不曾有這金子。」婆惜道：「明朝到公廳上，你也說不曾有金子！」

宋江尊稱婆惜為「好姐姐」，句句討饒，處處退讓，婆惜斥宋江為「黑三」，步步緊逼，不依不饒。凡事都要適可而止，婆惜的兇狠和過度索要，將宋江逼到了死路。她堅持「不還！再饒你一百個不還！若要還時，在鄆城縣還你！」雙方在搶奪罪證時，那婆娘見宋江搶刀在手，叫「黑三郎殺人也！」提醒宋江殺人滅口，所以婆惜的死，是以常理度人，不知變通；處事愚蠢，咎由自取，自取滅亡。

宋江私通「盜賊」，犯了死罪，他為了不暴露這件犯死罪之事，殺人滅口，結果再犯了一次死罪。

白秀英，可愛而可憐的色藝雙絕藝術家

白秀英是又一位山東美女。她出生青州，芳齡約二十，身高約 160 公分。古代女子的身高應該比現代的要矮小，男子也如此，這是成長時期營養條件決定的。

作為美麗的戲曲演員，很難找到合意的婚姻對象，而廣大的觀眾中不乏有錢有勢的，要欺凌或包養她們。在這樣的境況下，白秀英「與鄆城新知縣相好已久」，相好的到鄆城任職，她「遂到鄆城開勾欄，歌舞吹彈」。

鄆城的觀眾，盛傳：「有個東京新來打踅的行院，色藝雙絕，叫做白秀英。如今見在勾欄裏，說唱諸般品調。每日有那一般打散，或是戲舞，或是吹彈，或是歌唱，賺得那人山人海價看。端的是好個粉頭！」

白秀英色藝雙絕，她的美色，小說歌頌：「羅衣迭雪，寶髻堆雲。櫻桃口，杏臉桃腮；楊柳腰，蘭心蕙性。歌喉宛轉，聲如枝上鶯啼；舞態蹁躚，影似花間鳳轉。腔依古調，音出天然，高低緊慢按宮商，輕重疾徐依格範。笛吹紫竹篇篇錦，板拍紅牙字字新姓名。」後半首歌頌了她的才藝。

小說描寫白秀英才藝出眾的精彩演出：鑼聲響處，那白秀英早上戲臺，參拜四方，拈起鑼棒，如撒豆般點動，拍下一聲界方，念了四句七言詩，便說道：「今日秀英招牌上明寫著這場話本，是一段風流蘊藉的格範，喚做豫章城雙漸趕蘇卿。」說了開話又唱，唱了又說，合棚價眾人喝采不絕。

鄧雲鄉評論：「試看白秀英出場的形象，寫得多麼光彩奪目，這裡沒有多餘的描寫」，也沒有具體的描寫，「但白秀英從容的台風，嫻熟而瀟灑的演技，嫋娜的體態，甜美的歌喉，磁鐵般地吸引著觀眾的神情，場中鴉雀無聲的氣氛，哄然而起的采聲，只在念完了空場詩（應為定場詩）之際，已經浮現在紙上了。」〔註2〕《水滸傳》達到世界一流水平的天才描寫，鄧雲鄉揭示無餘。

這麼一位色藝雙絕的可愛的少女，在江湖上成功謀身，讀者極其憐愛，接著因雷橫態度的蠻橫，引起生死爭執而喪命，令人歎息。本書前已詳論，此處不贅。

潘巧雲的婚外情悲劇

潘巧雲，屠夫潘公的女兒。生於七月七日，所以取了個小字叫巧雲。她本是薊州王押司之妻，王押司身故後，這個風韻寡婦，改嫁病關索楊雄。楊雄經常在牢中守夜，當值不歸，潘巧雲對床第空虛，很不甘心。當石秀結識楊雄，住在楊家後，她便對石秀常常說些風話，主動勾引，無奈石秀只以親嫂一般相待，不為其所誘。

王押司去世兩週年時，潘巧雲祭日請下報恩寺僧人裴如海等來家裏為前夫做功德法事。楊雄因為晚上要值公差，就委託石秀照看家裏。潘巧雲趁著做法事的間隙和裴如海眉來眼去，互送情愫。家裏做完法事後，潘巧雲以還願為藉口，和父親潘公上報恩寺。裴如海趁機以看佛牙為藉口，將潘巧雲引入自己的臥室，共枕歡娛。接著潘巧雲收買自己的侍女迎兒，每天在家裏後門伺候，若是楊雄晚上不在家，就擺出一個香桌，燒起夜香，作為可以偷歡的暗號。裴如海則收買了一個報曉頭陀，讓他五更時到潘巧雲家後門大敲木魚，大聲叫佛，以免偷情後睡過了時間被人發現。二人偷情了一個月。

石秀在做功德時就看穿兩人的偷情心思，十分生氣，但沒有證據，只能將懷疑埋在心中。後來石秀得知他們勾搭成奸，向楊雄告發，不料她反咬石秀，誣其調戲自己，使得楊雄誤信，兩位好漢間發生不快。石秀為了昭示自己的清

〔註 2〕 鄧雲鄉《水流雲在雜稿》，北嶽文藝出版社，1992年，第126頁。

白,也為了使楊雄日後免遭潘巧雲和裴如海的謀害,殺死了裴如海。人證物證俱在,楊雄明白了真相,和石秀一同將潘巧雲及婢女迎兒哄至翠屏山殺死。

中國古代是人性化的社會,婦女有再嫁的自由。可惜潘巧雲由於選擇的餘地小,當時未能找到十分滿意的,再嫁楊雄,遇到一個不懂溫存、風情的粗人,還執著於值夜,經常讓巧雲獨守空床。巧雲紅杏出牆,固然應該譴責並給以適當懲罰,但遠不是死罪。她又遇到心細而狠毒的石秀,遭到開胸剖膛的毒辣報復,還連累侍女迎兒。前已論及,金聖歎怒批石秀。

懷著一定的同情,後人編戲,上演潘巧雲的悲劇。民國時期,越劇有古裝戲《潘巧雲》,1942 年由越劇皇后筱丹桂首演。另有 1945 年黃鶴改編的五幕同名話劇演出,等等。

劉高夫婦的自尋死路

宋江剛到清風寨與花榮見面,就炫耀自己救了劉高之妻,花榮反而責怪宋江:「近日除將這個窮酸餓醋來做個正知寨:這廝又是文官,又不識字;自從到任,只把鄉間些少上戶詐騙;朝庭法度,無所不壞。小弟是個武官副知寨,每每被這廝嘔氣,恨不得殺了這濫污賊禽獸。兄長卻如何救了這廝的婦人?打緊這婆娘極不賢,只是調撥他丈夫行不仁的事,殘害良民,貪圖賄賂。正好叫那賤人受些玷辱。兄長錯救了這等不才的人。」宋江勸道:「賢弟差矣!自古道:『冤仇可解不可結。』他和你是同僚官,雖有些過失,你可隱惡而揚善。賢弟,休如此淺見。」

宋江的回答不僅迂腐,將「殘害良民,貪圖賄賂」講成「有些過失」,將花榮對此不滿曲解為私人「冤仇」,而且還要花榮對這個貪官隱惡揚善,儼然一個是非不分的和事佬。宋江的這種「淺見」,馬上就要自食其果。

元宵燈節,宋江到街上觀燈,劉知寨的老婆於燈下認得宋江,便指與丈夫道:「兀!那個笑的黑矮漢子,便是前日清風山搶擄下我的賊頭。」劉知寨一驚,便喚親隨六七人,把宋江捉到寨裏,用四條麻索綁了,押至廳前。

宋江自辯不是強盜,是鄆城縣張三,劉高老婆咬住他是強盜,宋江說:「恭人全不記我一力救你下山,如何今日倒把我強扭做賊?」那婦人大怒,指著宋江罵道:「這等賴皮賴骨,不打如何肯招!」劉知寨道:「說得是。」喝叫取過批頭來打那廝。一連打了兩料。打得宋江皮開肉綻,鮮血迸流。叫把鐵鎖鎖了,明日合個囚車,把做鄆城虎張三解上州里去。

　　有趣的是，宋江在危急關頭，自稱「張三」，把勾搭閻婆惜的「情敵」的雅號供了出去，這絕不是巧合，而是在他的潛意識中對張三的劣跡懷恨在心。

　　花榮聞訊大驚，立即寫信，請劉高放人：「所有薄親劉丈，近日從濟州來，誤犯尊威，萬乞情恕放免，自當造謝。」劉高大怒，把書扯的粉碎：「花榮這廝無禮！你是朝廷命官，如何卻與強賊通同，也來瞞我。這賊已招是鄆城縣張三，你卻如何寫濟州劉丈！俺須不是你侮弄的！」

　　花榮聞訊，急得立即帶兵沖進劉高寨裏，軍漢們從廊下耳房裏尋見宋江，他被麻索高弔起在梁上，又使鐵索鎖著，兩腿打得肉綻。花榮連夜送宋江出逃，被劉高料中，劉高派兵半夜在半路將宋江再次截獲，並星夜飛報青州府慕容知府。知府即派本州兵馬都監黃信前來，黃信與劉高合謀，騙花榮來飲酒，當場擒獲，與宋江一起押往州府。半途，清風山的三位好漢攔住黃信，將宋江和花榮救上山去。

　　劉高夫婦恩將仇報，無事生非地捉拿宋江，硬誣他是強賊，這種為人處事的態度，無疑是自尋死路。

　　這是從梁山好漢的立場說話。如果換位思考，從維護國家利益的角度，抓捕造反的犯人，劉高夫婦是不錯的。但是，花榮向宋江介紹劉高其人「這廝又是文官，又不識字；自從到任，只把鄉間些少上戶詐騙；朝庭法度，無所不壞」。劉高夫婦是出於打擊花榮的私利而抓捕宋江。

盧俊義夫人賈氏與僕人偷情害夫的罪有應得

　　賈氏，河北大名府員外盧俊義的妻子。小說描寫她初次出場是盧俊義決心去外地避災，燕青苦勸不聽，於是，屏風背後，走出娘子賈氏來，也勸道：「丈夫，我聽你說多時了。自古道：出外一里，不如屋裏。休聽那算命的胡說，撇下海闊一個家業，耽驚受怕，去虎穴龍潭做買賣。你且只在家裏收拾別室，清心寡欲，高居靜坐，自然無事。」盧俊義道：「你婦人家省得甚麼！我既主意定了，你都不得多言多語。」

　　賈氏表面工夫比較好，她假意勸說盧俊義不要外出。而盧俊義則開口就訓斥，可見平時並不尊重和喜歡賈氏。

　　盧俊義準備出行，要管家李固同行，李固藉故推託，盧俊義大怒道：「養兵千日，用在一朝！我要你跟我去走一遭，你便有許多推故！若是那一個丙阻我的，教他知我拳頭的滋味！」李固嚇得只看娘子，娘子便漾漾地走進去，燕

青亦更不再說。

李固和娘子的情態，已露出兩人的親密關係。

第三日燒了神福，給散了家中大男小女，一個個都分付了，當晚先叫李固引兩個當值的盡收拾了出城。李固去了。娘子看了車仗，流淚而入。金聖歎夾批：「看他寫娘子流淚仍在今日，不在明日，妙筆。○極猥褻事，寫得極大雅，真正妙筆也。」金批分析，今日李固出行，娘子流淚；明日丈夫出行，她反而不流淚，可見她與誰有感情。

次日五更，盧俊義起來，沐浴罷，更換一身新衣服，吃了早膳，取出器械，到後堂裏辭別了祖先香火；（金批：出門景色，一部所無。）臨時出門上路，分付娘子：「好生看家，多便三個月，少只四五十日便回。」賈氏道：「丈夫路上小心，頻寄書信回來！」說罷，燕青流淚拜別。

盧俊義臨走在辭別祖先香火之後，即吩咐娘子好生看家，他將娘子當做女主人。娘子這時不流淚，燕青流淚。這樣細微的描寫，手段高明。

盧俊義被梁山好漢抓獲後強留，分付李固道：「我的苦，你都知了；你回家中說與娘子，不要憂心。我若不死，可以回來。」盧俊義對娘子是信任的，還是把她當做女主人。

自離北京是五月的話，不覺在梁山泊早過了兩個多月。但見金風淅淅，玉露冷冷，早是深秋時分。盧俊義一心要歸，告別下山，路遇燕青。燕青說道：「自從主人去後，不過半月，李固回來對娘子說：『主人歸順了梁山泊宋江，坐了第二把交椅。』當是便去官司首告了。他已和娘子做了一路，嗔怪燕青違拗，將一房家私，盡行封了，趕出城外；更兼分付一應親戚相識：但有人安著燕青在家歇的，他便捨半個家私和他打官司：因此，小乙在城中安不得身，只得來城外求乞度日。」燕青告誡盧俊義說：「若主人果自山泊裏來，可聽小乙言語，再回梁山泊去，別做個商議。若入城中，必中圈套！」盧俊義喝道：「我的娘子不是這般人，你這廝休來放屁！」燕青又道：「主人腦後無眼，怎知就裏？主人平昔只顧打熬氣力，不親女色；（夾批：倒補員外。）娘子舊日和李固原有私情；（夾批：倒補娘子。）今日推門相就，做了夫妻，主人回去，必遭毒手！」

小說在這時寫出賈氏和李固的私情，且由燕青口中說出。燕青以前不說，他知道盧俊義不會相信；此時才說，因形式緊急危險，不得不說。盧俊義果然不信，反而叱罵燕青。

　　盧俊義大怒，喝罵燕青後，奔到城內，逕入家中，只見大小主管都吃一驚。李固慌忙前來迎接，請到堂上，納頭便拜。盧俊義便問：「燕青安在？」李固推諉不說，（夾批：李固語與娘子語不差一字，寫兩人一路，絕倒。）賈氏從屏風後哭將出來。盧俊義說道：「娘子見了，且說燕青小乙怎地來？」賈氏道：「丈夫且休問，端的一言難盡！辛苦風霜，待歇息定了卻說。」盧俊義心中疑慮，定死要問燕青來歷。李固不答，先安排飯食與盧員外吃。盧俊義方才舉箸，只聽得前門門喊聲齊起，二三百個做公的搶將入來，盧俊義驚得呆了；就被做公的綁了，一步一棍，直打到留守司來。

　　其時梁中書正在公廳，左右兩行，排列狼虎一般公人七八十個，把盧俊義拿到當面。李固和賈氏也跪在側邊。（夾批：俗本作賈氏和李固，古本作李固和賈氏。夫賈氏和李固者，猶似以尊及卑，是二人之罪不見也；李固和賈氏者，彼固儼然如夫婦焉，然則李固之叛，與賈氏之淫，不言而自見也。先賈氏，則李固之罪不見；先李固，則賈氏之罪見，此書法也。）

　　梁中書審訊，見盧俊義否認，說：「見放著你的妻子並李固告狀出首，怎地是虛？」李固道：（夾批：看他寫李固道，賈氏道，一遞一口，儼然唱隨，讀之醜不可堪。）「主人既到這裡，招伏了罷。家中壁上見寫下藏頭反詩，便是老大的證見。不必多說。」

　　賈氏道：「不是我們要害你，（其他版本為：自古丈夫造反，妻子不首，）只怕你連累我。常言道：『一人造反，九族全誅！』」盧俊義跪在廳下，叫起屈來。李固道：「主人不必叫屈。是真難滅，是假難除。早早招了，免致吃苦。」賈氏道：「丈夫，虛事難入公門，實事難以抵對。你若做出事來，送了我的性命。不奈有情皮肉，無情杖子，你便招了。也只吃得有數的官司。」

　　賈氏在一旁看著盧俊義身受杖刑，幸災樂禍地勸他趕快認罪，她可與管家李固公開通姦，並侵吞盧俊義家私，快活過日。他們合夥陷害盧俊義私通梁山、企圖謀反的真面目才公開暴露。

　　在公堂之上，盧俊義對於私通梁山、企圖謀反的誣陷，開始時予以否認。知府梁中書下令毒打，盧俊義被打得皮開肉綻，受刑不過，只得被迫招認，被打入死牢待斬。

　　宋江率領梁山好漢智取大名府，救出盧俊義，並抓獲賈氏，把李固、賈氏釘在陷車內，押上梁山。宋江便叫大設筵宴，飲酒作樂。盧俊義起身道：「淫婦姦夫，擒捉在此，聽候發落。」宋江道：「我正忘了，叫他兩個過來！」眾

軍把陷車打開，拖在堂前，李固綁在左邊將軍柱上，賈氏綁在右邊將軍柱上。宋江道：「休問問這廝罪惡，請員外自行發落。」盧員外拿短刀，自下堂來，大罵潑婦賊奴，就將二人割腹剜心，凌遲處死；拋棄屍首，上堂來拜謝眾人。眾頭領盡皆作賀，稱讚不已。

賈氏和李固的婚外情，與前面潘金蓮、潘巧雲和閻婆惜寫得不同，不仔細描繪她們的過程，而直接敘寫結果，手法變換，頗適應盧俊義被逼上梁山的情節的需要。

賈氏背叛信任她的丈夫，李固背叛重用他的主人，他們誣告盧俊義謀反大罪，死有餘辜。他們在公堂上逼盧俊義認下死罪，兩人配合，說辭要而不繁，描寫精簡而精彩。

但是盧俊義「平昔只顧打熬氣力，不親女色」，與宋江對待閻婆惜一致，不珍惜和不愛自己的女人，引起女方的怨恨，讓歹徒趁虛而入，結成私情。這種人生教訓，梁山第一頭領宋江和第二頭領盧俊義是一樣的。《水滸傳》這樣的描寫，是公正的，也是深刻的。

老鴇毒害史進的理由

梁山義軍攻打東平府，九紋龍史進自告奮勇，起身說道：「小弟舊在東平府時，與院子裏一個娼妓有交，喚做李睡蘭，往來情熟。我如今多將些金銀，潛地入城，借他家裏安歇。約時定日，哥哥可打城池。只待董平出來交戰，我便爬去更鼓樓上放起火來。裏應外合，可成大事。」宋江道：「最好。」史進隨即收拾金銀，安在包袱裏，身邊藏了暗器，拜辭起身。

史進轉入城中，逕到西瓦子李睡蘭家。大伯見是史進，吃了一驚；李睡蘭引去樓上坐了，便問史進道：「一向如何不見你頭影？聽得你在梁山泊做了大王，官司出榜捉你。這兩日街上亂哄哄地說宋江要來打城借糧，你如何卻到這裡？」史進道：「我實不瞞你說：我如今在梁山泊做了頭領，不曾有功。如今哥哥要來打城借糧，我把你家備細說了。我如今特地來做細作，有一包金銀相送與你，切不可走漏了消息。明日事完，一發帶你一家上山快活。」李睡蘭葫蘆提應承，收了金銀，且安排些酒肉相待，卻來和大伯商量道：「他往常做客時，是個好人，在我家出入不妨。如今他做了歹人，倘或事發，不是耍處。」大伯說道：「梁山泊宋江這夥好漢，不是好惹的；但打城池，無有不破。若還出了言語，他們有日打破城子入來，和我們不干罷！」虔婆便罵道：「老蠢物！

你省得甚麼人事！自古道：『蜂刺入懷，解衣去趕。』天下通例，自首者即免本罪！你快去東平府裏首告，拿了他去，省得日後負累不好！」大伯道：「他把許多金銀與我家，不與他擔些干係，買我們做甚麼？」虔婆罵道：「老畜生！你這般說，卻似放屁！我這行院人家坑陷了千千萬萬的人，豈爭他一個！（金聖歎夾批：院中大本領語，讀之可畏。）你若不去首告，我親自去衙前叫屈，和你也說在裏面！」大伯道：「你不要性發，且叫女兒款住他，休得『打草驚蛇』，吃他走了。待我去報與做公的先來拿了，卻去首官。」

且說史進見這李睡蘭上樓來，覺得面色紅白不定。史進便問道：「你家莫不有甚事，這般失驚打怪？」李睡蘭道：「卻才上胡梯，踏了個空，爭些兒跌了一交，因此心慌撩亂。」爭不過一盞茶時，只聽得胡梯邊腳步響，有人奔上來；窗外吶聲喊，數十個做公的搶到樓上，把史進似抱頭獅子綁將下樓來，（金聖歎夾批：畫出史進。○從極狼狽時，畫出極雄健來，奇甚。）逕解到東平府裏廳上，長枷木送在死囚裏。

在妓院裏，俗語謂「鴇兒愛鈔，猱兒（一作娘兒，年輕的妓女）愛俏」，老鴇喜歡錢財，妓女喜歡俊俏的嫖客。史進兩方面都給以滿足了，所以深受歡迎。可是史進現在是朝廷通緝的強人，烏龜大伯頭腦清醒，一則「梁山泊宋江這夥好漢，不是好惹的；但打城池，無有不破。若還出了言語，他們有日打破城子入來，和我們不干罷！」得罪不得。二則，「他把許多金銀與我家，不與他擔些干係，買我們做甚麼？」他堅守公平交易和信譽。老鴇則頭髮長、見識短，只顧眼前，而且心裏沒有出賣顧客的壓力，她認為：「我這行院人家坑陷了千千萬萬的人，豈爭他一個！」還感到理直氣壯。雖然說妓女無情，實際上普通百姓，敢於擔當的少，見錢眼開和膽小怕事的多，史進天真老實，送命是必然的。幸虧遇救，十足的靠僥倖而已。

女英雄顧大嫂、孫二娘和扈三娘的不同表現

梁山英雄中有三位女英雄，年齡不同，面貌不同，性格不同，表現不同，真實表現了綠林女豪的獨特形象。

母大蟲顧大嫂，性格潑辣，以屠夫為生，隨身攜帶貼瘦尖刀，是梁山上的女將之一，梁山泊第 101 位好漢，上應地陰星。

顧大嫂，山東登州人，年齡不詳，名亦不詳。她原與丈夫孫新，在登州城東門外十里牌，開一酒肆，兼營殺牛放賭。但她不稱孫二嫂，而稱顧大嫂，或

姓顧，抑或前夫姓顧。

顧大嫂生得眉粗眼大，胖面肥腰，為人豪爽，性情易怒。有時怒起，提井欄便打老公頭，忽地心焦，拿石碓敲翻莊客腿。生來不會拈針線，正是山中母大蟲。

她原本日子倒也快活，忽一日大伯孫立之小舅樂和到店，言及表弟解珍、解寶，為豪強毛太公所陷害，打入大牢，恐有大難。她成功營救自己的表弟，去劫了死牢，於是不得不投靠梁山。

她剛到梁山時，宋江攻打祝家莊，兩次未能得破，便與孫新、孫立設計，攻陷了祝家莊。顧大嫂破莊時殺盡莊中婦人，正式加入梁山。加入梁山後，宋江與吳用安排顧大嫂夫婦到南山經營酒店。不僅為山寨賺錢，而目廣聚各路英雄，傳遞打探信息。顧大嫂不甘心一輩子煮酒燒菜，要求上陣殺敵。宋江最初並不同意，但顧大嫂堅持，終獲同意。顧大嫂常常和扈三娘夫婦、孫二娘夫婦一起上陣作戰，立下了不少戰功。顧大嫂有勇有謀。智取大名府時，她們夫婦以看燈為名，混入北京城中為內應。顧大嫂打扮成貧婆，給舊主送飯，向陷在牢中的史進遞送消息，裏應外合，取得勝利。

兩贏童貫時，顧大嫂在九宮八卦陣中位於中央陣，統領陰兵，與孫二娘同為扈三娘的副將。三敗高俅時，顧大嫂與孫二娘扮做送飯婦人，混入濟州城，火燒濟州造船廠。

征討遼國時，顧大嫂隨趙樞密留守檀州。後與扈三娘、孫二娘等人攻破太乙混天象陣中的太陰陣，殺散天壽公主部下女兵。征討田虎時，顧大嫂與扈三娘合戰女將瓊英。三人交戰二十餘合，招式如「風飄玉屑，雪撒瓊花」，看得兩陣軍士眼花不已。

征討王慶時，顧大嫂參與南豐之戰，在九宮八卦陣中帶兵出戰，與扈三娘、孫二娘一同管領五千馬步軍，並參與圍堵王慶，將淮西軍殺得「四分五裂，七斷八續，雨零星散，亂竄奔逃」。

征討方臘時，顧大嫂夫婦扮作逃難百姓，在獨松關下山間尋到一條小路，而後引著李立、湯隆、時遷、白勝，從小路摸上獨松關，放火驚走賊軍，並合擒守將吳升。

在征討方臘後，梁山 108 將死傷 70 餘人，只有 30 多人幸存，而顧大嫂是其中之一。江南平定後，顧大嫂作為幸存偏將，被封為東源縣君。後隨孫立、孫新返回登州。

母夜叉孫二娘，性格橫暴，與丈夫菜園子張青在孟州大樹十字坡下開黑店，眉橫殺氣，眼露凶光，專賣人肉包子，心狠手辣。但在遇到武松後，經過惡鬥，兩人化敵為友，張青還與武松結拜為兄弟。

武松於鴛鴦樓殺了張都監等人後，她幫助武松改扮行者，投二龍山，不久她與張青亦去入夥。三山聚義打青州時同歸梁山，做了打聽聲息邀接來賓頭領，仍開酒店為山寨做耳目，並常參與戰鬥與官軍廝殺。

宋江攻打北京時，孫二娘為扈三娘副將，用詐敗伏擊了梁中書手下李成。攻打大名府時，她與張青等扮作鄉村夫妻，潛入大名府，與梁山軍裏應外合救出了盧俊義。攻打東平府時，她與扈三娘等使用絆馬索，合力擒獲了雙槍將董平。大聚義時，孫二娘為「地壯星」，仍舊與張青在西路酒店打探消息。三敗高俅時，她與顧大嫂等扮作送飯婦人，潛入高俅船廠，將其戰船燒毀。征遼時，她初時在檀州守禦，而後與扈三娘等攻打太陰右軍陣，殺敗天壽公主；征田虎時，孫二娘隨盧俊義征伐；征王慶時，孫二娘參與伏擊匪首王慶。征方臘時，孫二娘作為偏將隨盧俊義出征。張順死後，孫二娘協助朱全攻打杭州菜市、薦橋等門。梁山軍攻杭州不利，損兵折將，吳用用計讓孫二娘與扈三娘等人扮作梢婆，通過給敵人押解糧船潛入城中，然後裏應外合奪取了湧金門。最後攻打清溪縣時，孫二娘被方臘手下大將杜微用飛刀殺死。戰後，朝廷加封孫二娘為「旌德郡君」。

一丈青扈三娘，使兩口日月雙刀，性格剛烈，武藝高強，是梁山上的女將之一，排名第 59 位。

她是獨龍岡扈家莊扈太公的女兒，與祝家莊的祝彪訂親，宋江攻打祝家莊時，扈家莊派兵救援祝家莊，扈三娘於陣前俘獲了梁山的王英，又被林冲所擒。

宋江派人連夜將她送上梁山，交給其父宋太公看管。三打祝家莊後，她成了宋江的義妹，又被指婚給王英，成為梁山一員女將。梁山大聚義時，排名 59，星號地慧星（或地彗星）。與丈夫王英共同擔任「專掌三軍內探事馬軍頭領」。

梁山好漢攻破祝家莊時，祝彪逃往扈家莊，扈成派人抓住，要獻給宋江，卻在路上遇到李逵，李逵一斧頭砍了祝彪，又追著扈成要砍，扈成棄家逃命。李逵殺紅了眼，衝到扈家莊裏，殺了扈家莊一門老幼。

扈三娘的全家無辜遭到李逵的屠殺，對此血海深仇，因梁山是正義的一方，扈三娘只能暗吞淚水，無可奈何。她還囿於封建禮教落後的一面，兼之孤

身無靠，只能聽從宋江的安排，高大俊美、武藝高強的她，只能嫁給武藝平平、矮小醜陋的矮腳虎王英，遭遇可悲。

後來梁山的多次征戰，扈三娘大多參與。呼延灼帶兵攻打梁山時，扈三娘曾用紅棉套索捉住其副將彭玘。但與呼延灼交戰僅十個回合，便戰敗而逃。梁山與關勝軍隊交戰時，扈三娘打出「女將一丈青」的旗號（金聖歎本則將旗號改為「美人一丈青」），後來又用紅棉套索捉得關勝的副將郝思文（金聖歎本為宣贊）。打東平府時，扈三娘和孫二娘一同捉住了董平。兩贏童貫、三敗高俅的戰爭中，扈三娘與王英也都帶兵參與。

梁山大聚義、排座次，扈三娘的石碣排名為第五十九，星號地慧星（金聖歎本為地彗星），與丈夫王英共同擔任專掌三軍內探事馬軍頭領。

後來梁山受招安後，南征北戰，扈三娘與王英參與了征遼、征田虎、征王慶、征方臘的戰爭。征遼時，扈三娘與遼國天壽公主答裏孛交戰，兩個打成一團，王英趁機將答裏孛活捉。在征田虎時，扈三娘殺對方將領盛本。而與對方女將瓊英對戰時，王英色心大發，被擊敗，扈三娘大罵瓊英「賊潑賤小淫婦兒」，與之交戰，但占不了上風，於是顧大嫂也來助陣，三女將鬥到二十餘合，瓊英撥馬便走，扈三娘在追趕時手腕中了瓊英一顆飛石，撇下一把刀便回本陣。

征討方臘時，征方臘階段，扈三娘仍然常與王英一同作戰，活捉「江南十二神」中的「弔客神」範疇和「杭州二十四將」之一溫克讓。後來王英與鄭彪交戰，戰到八九合，鄭彪突然用法術變出一個金甲神人，嚇得王英手忙腳亂，被刺下馬。扈三娘急忙來救，與鄭彪打了一合，鄭彪回馬便走，扈三娘追趕時，鄭彪用一塊鍍金銅磚打中她面門，扈三娘被打落下馬而死。書中哀歎：「可憐能戰佳人，到此一場春夢」。死後被追封花陽郡夫人。

從王英與瓊英對戰時就色心大發看，如果兩人不死，王英一定會對別的美女花心，扈三娘「女怕嫁錯郎」，命運很壞。

《水滸傳》描寫的三位女將，出身不同，顧大嫂是酒店女主人，孫二娘是黑店女主人，扈三娘是莊園小姐，反映了起義軍的來源的多樣性。她們的性格同中有異，戰績不弱於男將。尤其是孫二娘開黑店、專賣人肉饅頭，起義軍頗多這樣前科不佳的人員，反映了歷史的真實。

此外，《水滸傳》後半部還有女英雄瓊英，她是田虎手下的女將，後成為梁山好漢天捷星張清的妻子，武藝高強，戰功赫赫。

綜上所述,《水滸傳》對女英雄的描寫,真實而自然生動,對女性是尊重的。

配角人物新論

《水滸傳》的次要人物的描寫也琳琅滿目,達到很高的藝術成就。

智真長老和智清長老的不同態度和不同地位

《水滸》描寫了不少寺院、道觀的場景和眾多僧道人物,生動而有趣。小說中記敘五臺山智真長老筆墨不多,但卻描寫得神采奕奕。魯達進寺為僧時,智真顯然已知他出家的因由,依然對他優禮殊厚,連法名也親替他取為「智深」,長老與他的法名竟然是師兄弟的排行,對其極為尊重。眾僧反對魯達入寺,說:「這個人不似出家的模樣,一雙眼卻恁兇險」。長老一面焚香入定,代佛宣言:「此人上應天星」,決定同意魯達出家,將他救出被追捕的險境,一面又評價他「心地剛直」,極見閱人的功力。智深兩次酗酒鬧事,破壞佛門清規,智真皆能因勢利導,因人制宜,好言慰勸,讓智深情緒平靜下來,口服心伏。第一次大鬧佛寺後,長老一面嚴斥智深,一面「留在方丈裏,安排早飯與他吃」。金批一面調侃「然後知百丈清規,為下輩設也」。一面急批:「降龍伏虎,盡此數言」。充分肯定長老的非凡能耐。小說又寫長老還贈他衣鞋,聖歎又批:「不受上罰,反加上賞,畏之乎?愛之耳。我做長老,亦必爾矣」。長老在堅持佛門清規的原則性的同時,顯示出愛護和敬重落難英雄、用誠心感化剛直之士的教育手法的靈活性,顯現了這位高僧的仁厚心地和博大胸懷。

而大相國寺智清長老呢,則利慾薰心,俗氣很重。初見智深,自稱「我這敝寺」,將方外聖地等同於名利場俗處,竟然用起「謙稱」來,謙得好笑,而「我這敝寺」,將神聖的寺廟作為他的私產看待,妄自尊大,又狂妄得可笑。清長老當場還在眾僧面前責怪師兄推薦,又極其鄙視智深的經歷和為人;最後還向眾僧交待,如回絕他則怕傷了師兄的情面,如留下他又怕亂了寺內清規。他將這個左右為難的想法向眾僧公開,一是推卸責任,二是難以遏止而公開厭惡智深其人。

《水滸傳》用生化妙筆述寫五臺山令人肅然起敬的高僧形象,又寫出善於算計、庸俗奸滑的東京法師,性格鮮明,栩栩如生。金批說:「無如此算計,便住持五臺山;有如此許多算計,便占坐東京。」在品定兩僧品格高下雅俗之

分的同時，揭示正直的大才反而屈下，無才無德的狡獪之徒反易佔領要津的規律性的現象。智清背後厭惡智深，當面則表示籠絡，也留他在方丈裏歇了，聖歎的批語斥穿其用心說：「二老一樣方丈裏，一樣留智深，而一個平等慈悲，一個機心周密，其賢不肖，相去真不可算。嗟乎！佛法豈可以門庭冷熱為低昂哉！」可見到處都有私利奸滑之徒，理應清靜的宗教聖地也無可避免。而金聖歎的批語，將《水滸傳》描寫的這兩個容易忽視的人物的精彩和偉大成就揭示無餘。

金翠蓮丈夫趙員外的出色表現

《水滸傳》描寫趙員外此人，細膩而生動。趙員外將金翠蓮養為外室，沒有娶回家中，說明趙員外的一個態度，她讓翠蓮生活在熱鬧的市鎮，偏僻的鄉下是過於寂寞了。但他非常喜歡翠蓮，所以他愛屋及烏，敬重和愛惜魯達。也許是他不得罪正妻，所以小妾養在外面，不讓她登門入室。

他聞報翠蓮秘密接客，就帶上多人包圍和攻打，後知是翠蓮的恩公，就盛情款待。又因官府偵查、追捕得緊，就請魯達到離此間十里多路，地名七寶村的農莊去隱蔽，隱蔽不成，設計讓魯達到五臺山出家為僧。於是趙員外說通長老，出資安排一切，為魯達找到一個萬全的安身之地。

魯達舉辦出家儀式的次日，趙員外要回，告辭長老，留連不住。早齋已罷，並眾僧都送出山門。趙員外合掌道：「長老在上，眾師父在此，凡事慈悲。小弟智深乃是愚鹵直人，早晚禮數不到，言語冒瀆，誤犯清規，萬望覷趙某薄面，恕免，恕免。」長老道：「員外放心。老僧自慢慢地教他念經誦咒，辦道參禪。」員外道：「日後自得報答。」人叢裏，喚智深到松樹下，低低分付道：「賢弟，凡事自宜省戒，切不可託大。倘有不然，難以相見。保重，保重。早晚衣服，我自使人送來。」智深道：「不索哥哥說，洒家都依了。」（金批：二語有深厭趙員外東喞西噥之意。○爽直自是天性，定無食言，且今日依，是真正依，後日吃酒打人，是另自吃酒打人，亦並非食言也。）當時趙員外相辭了長老，再別了眾人上轎，引了莊客，託了一乘空轎，取了盒子，下山回家去了。當下長老自引了眾僧回寺。

臨別前，趙員外細心叮囑魯智深一番，情誼深厚，極負責任，而且方法精當：「人叢裏一句，到松樹下一句，低低說一句」，三句描出一位精細員外來。通過幾天交往，他深知智深自小缺乏禮儀教養，也深知他「託大」的性格容易得罪外人。「你從今日難比往常。」含無數不好說的話於此八字，寫盡匆匆難

盡。且又關心周到，知他平時喜好吃喝，所以強調會使人送「衣服」（衣服已經為他準備得非常充裕），暗示會用衣服夾帶酒肉。後來魯智深發牢騷說：「趙員外這幾日又不使人送些東西來與洒家吃，口中淡出鳥來！」可見已經多次暗送過酒食。

最後，趙員外也惱怒魯智深敗壞寺門規矩，打壞寺內設施，得罪全寺僧眾，難怪趙員外聞訊後好生不然，回書來拜覆長老：「壞了金剛，亭子，趙某隨即備價來修。智深任從長老發遣。」智深兩次鬧事，後果和影響已經壞到不可收拾，長老只能遣他去別處，趙員外只能到此放手，智深也深知兩人都已做到仁至義盡，故無怨言，服從安排和發配。

王教頭和林教頭比武的啟示

王進和林冲都是東京八十萬禁軍教頭。兩人比武時的表現，給讀者以很大的啟示。

王進與史進比武時，史進氣勢洶洶，進攻主動：史進看了一看，拿條棒滾將入來，逕奔王進。（金批：寫史進負氣，好笑。）王進托地拖了棒便走。（金批：不是尋常家數。）那後生輪著棒又趕入來。王進回身把棒望空地裏劈將下來。（金批：不是尋常家數。）那後生見棒劈來，用棒來隔。（金批：史進好笑。）王進卻不打下來，對棒一掣，卻望後生懷裏直搠將來，只一繳。（金批：不是尋常家數，妙絕。只一棒法寫得便如生龍活虎，此豈書生筆墨之所及耶！）史進的棒丟在一邊，撲地望後倒了。

在柴進莊上，柴進與林冲喝酒，洪教頭進來，見了林冲極其傲慢無禮，還當面譏諷林冲冒充槍棒教頭，來投莊上誘得些酒食錢米。接著主動挑釁，要與林冲比武。

柴進應允後，只見洪教頭先起身道：（金批：驕極。）「來，來，來！（金批：三字一笑。）和你使一棒看！」洪教頭先脫衣裳，拽扎起裙子，掣條棒，使個旗鼓，喝道：「來，來，來！」（金批：又此三字，可笑可惱。）林冲就地也拿了一條棒起來，道：「師父，請教。」（金批：儒雅之極。）洪教頭看了，恨不得一口水吞了他。林冲拿著棒使出山東大擂（金批：四字奇文。）打將入來。洪教頭把棒就地下鞭了一棒，來搶林冲。兩個教頭在月明地上交手，使了四五合棒。

接著柴進賄賂公差，打開林冲的枷鎖，重新開始，洪教頭見他卻才棒法怯了，肚裏平欺他，便提起棒，卻待要使。洪教頭深怪林冲來，又要爭這個大銀

子，又怕輸了銳氣，把棒來盡心使個旗鼓，吐個門戶，喚做「把火燒天勢。」（金批：棒勢亦驕憤之極。）林冲也橫著棒，使個門戶，吐個勢，喚做「撥草尋蛇勢。」（金批：棒勢亦敏慎之至。）洪教頭喝一聲：「來，來，來！」（金批：只管來來來。）便使棒蓋將入來。林冲望後一退。洪教頭趕入一步，提起棒，又復一棒下來。林冲看他腳步已亂了，把棒從地下一跳。洪教頭措手不及，就那一跳裏和身一轉，那棒直掃著洪教頭臁兒骨上，（金批：寫得棒是活棒，武師是活武師，妙絕之筆。）撇了棒，撲地倒了。柴進大喜，眾人一齊大笑。洪教頭那裏掙扎起來，（金批：來來來。）眾莊客一頭笑著扶了。洪教頭（金批：來來來。）羞慚滿面，自投莊外去了。

兩人都武藝高強，也都智謀過人。小說寫林冲「往後一退」，王進「拖了棒就走」。俗語說：「先下手為強，後下手遭殃。」但高手臨敵，神閒氣定，喜歡後發制人，顯示「大智量人退一步法」的為人器度和鬥爭風度。

李小二搭救林冲的前因後果

樹欲靜而風不止，林冲本想在滄州安然活命，高太尉卻派人前來追殺。

首段描寫林冲當年出力、出錢救助了一個初犯偷竊的青年。這個青年自東京流落到滄州，他酒家打工勤謹，安排的好菜蔬，調和的好汁水，來吃的人都喝采。他有這份手藝，是幹活勤謹，又善於學習——在自己的這一行中處處做有心人，才能做到的。他因此有了一份家業，開酒店安然過活。

給年輕的初次輕微犯法者的適當挽救，對影響和改造人的心靈往往是非常有效的。《水滸》的這段描寫，揭示了這個重要的原則和經驗，具有首創性。後來法國文豪雨果的驚世巨作《悲慘世界》也有相似描寫：小說的主人公善良老實的貧苦青年冉阿讓，為了偷了一片麵包送給忍不住飢餓的小外甥，最終被判 19 年監禁的重刑。他在出逃路上，出於窮極無聊和報復社會，偷竊了好心招待他的卞福汝主教的銀餐具，主教沒有惱恨他，在警察抓獲他後，反而保護他，放他逃生。臨別時主教說：「您拿了這些銀子，是為了去做一個誠實人用的。」「我贖的是您的靈魂，我把它從黑暗的思想和自暴自棄的精神裏面救出來，交還給上帝。」這個善舉，使本已憤世嫉俗、甘心墮落的冉阿讓享受到難得的心靈溫暖，懂得人間中善的可貴和力量，他從此改惡從善，成為維護社會正義、救助窮弱的義士。

林冲在滄州無意中與他重逢，從此常去他的酒店，受到這個知恩圖報的青

年的款待，其妻則為他整治縫補衣服，給發配來此的林冲很大的幫助和感情上的溫暖。

陸謙自東京來此，約牢城的差撥、管營在李小二酒店秘議，被他看出端倪，小二對妻子道：「這兩個人語言聲音是東京人，初時又不認得管營；向後我將按酒入去，只聽得差撥口裏吶出一句『高太尉』三個字來，這人莫不與林教頭身上有些干礙？──我自在門前理會，你且去閣子背後聽說甚麼。」老婆道：「你去營中尋林教頭來認他一認。」李小二道：「你不省得。林教頭是個性急的人，摸不著便要殺人放火。倘或叫得他來看了，正是前日說的甚麼陸虞候，他肯便罷？做出事來須連累了我和你。你只去聽一聽，再理會。」其妻留意偷聽了一個時辰（2個小時），聽到差撥關鍵的一句話：「都在我身上；好歹要結果他生命！」他立即報告林冲，讓林冲提高警惕。

李小二遇事認真、負責，積極、主動，也重情義，所以，他能夠敏銳地觀察、發現東京來客的蹊蹺，而且根據不起眼的蛛絲馬蹟，馬上聯想到林冲的命運，主動、積極地應對──派妻子耐心偷聽，主動、積極地幫助林冲避免受害，起了重要的提供情報的作用。林冲後半生的命運轉折，於此顯現，小說的描寫是非常高明的。

從王倫看「秀才造反，三年不成」

古代有一句名言說：「秀才造反，三年不成。」意指秀才只能紙上談兵，實際無用。中國最有名的農民起義：黃巢、李自成、太平天國，都與落第秀才造反有關。黃巢和洪秀全本人是落第秀才，李自成的主要謀士宋獻策也是落第秀才。這些人才華有限，所以科舉考試屢次不中。他們不怪自己讀書不精，不怪自己無能，只恨考官「不公」，進而對當局懷恨在心。同時，對名利的嚮往之心則非常強烈，於是就鋌而走險，冒險造反。這些最著名的造反都失敗了，證明他們的才華的確不足，胸襟也窄。不少書生，用功讀書，熱心科舉，是懷著愛國憂民之心，想在治國平天下的事業中舒展才華，同時也有光宗耀祖思想，這種人即使考試不利，決不會產生造反之念。

《水滸傳》描寫秀才造反的有兩個人，王倫和吳用。他們的造反都先後失敗。

白衣秀士王倫領導造反，是梁山事業的創始人。但他自己沒有武藝，智謀短缺。他自知這些弱點，所以妒才忌能。他的妒忌賢能，因為排斥林冲而

暴露無遺，臭名遠揚，連阮氏三雄也聞說此事，他們因此而打消了上山聚義的打算。

當初林冲無處可以安身，身處絕境，賴柴進介紹，來到梁山。王倫接待林冲時傲慢無禮，更怕壓不住他的才華而被奪權，甚至還公開疑忌林冲是否「來看虛實」，將他說成是官府派來臥底的奸細。金批說：「白衣秀士經濟，每每如此。」白衣秀士，指讀書不精，考不取功名的落第秀才。金批譏諷此類人的智慧和胸襟就是如此短淺狹窄。林冲沒有退路，只好聽從王倫的無理要求，三天之內殺得一人，弄個「投名狀」。後來與楊志惡鬥，王倫見楊志的武藝與林冲一樣高強，想將兩人一起留下，讓兩人互作對頭，互相制掣，他可以平衡力量，從中得利。楊志不肯落草，王倫的如意算盤落空。當然，即使楊志留下，王倫的陰謀也不一定能得逞。

最可笑的是王倫不懂如何掌權，如何培育和經營骨幹隊伍、團結和使用人才，所以手下沒有強將，更無貼心之人。當林冲尖刀相逼之時，王倫疾呼：「我的心腹都在那裏？」結果無人敢於和能夠相救。金批嘲笑說：「活秀才。」

有的人同情王倫，說王倫沒有大的罪惡，不該遭到殺害。殊不知強盜窩裏沒有溫良恭儉讓的儒家道德傳統，沒有公正公平（費厄潑賴）的競爭體系，有的是爾虞我詐、你死我活的勾心鬥角。梁山義軍比一般的強盜要好一些，但本質上還是如此，只要看吳用逼降秦明的殘酷手段，晁蓋臨死的誓言：為他報仇成功的才可繼任山寨領袖，即可知。這次不殺王倫，焉知王倫以後不會使用陰謀或邪惡手段報復林冲，或尋找機會反過來奪權？

武大郎可以逃脫的飛來橫禍

武松之兄長武大郎，身材極矮，面目醜陋，頭腦可笑；清河縣人見他生得短矮，起他一個諢名，叫做三寸丁谷樹皮。他靠賣炊餅（沒有餡子的淡饅頭）為生。

潘金蓮則本是清河縣裏一個大戶人家的使女，年方二十餘歲，頗有些顏色。因為那個大戶要纏他，這女使只是去告主人婆，意下不肯依從。那個大戶以此記恨於心，卻倒陪些房奩，不要武大一文錢，白白地嫁與他。這個大戶生性刁鑽還不乏黑色幽默：你不肯順從我，我就逼你嫁一個又矮又丑、身體衰弱而且也不年輕的窮漢，相當於是殘疾人，讓你終身窩囊煩惱，受苦受難，狠狠地折磨你一輩子！其用心何其惡毒也！其報復也夠徹底的了。儘管《水

滸傳》使上浪漫主義的筆法：賣炊餅的窮漢竟然在陽穀縣城的「市中心」擁有體面的兩層樓房為家，與茶館店主王婆和縣衙師爺等人為鄰。如果窮如武大也租賃得起這樣的房子，宋朝的市鎮居民全已脫貧了。這當然是不可能的，所以，照理武大夫婦應該住在破屋陋棚裏，金蓮的日子就更其困苦了。《水滸傳》寥寥幾筆就寫出這個大戶的細密惡毒、富有「獨創」意味的用心，正是大手筆。

潘金蓮嫁給武大，真是一朵鮮花插在牛糞上，不僅千古善良讀者為之暗中扼腕，小說裏的旁觀者目睹金蓮的伶俐和秀色，更其歎息惋惜。但人以群分，清河縣裏的幾個奸詐的浮浪子弟們，卻來他家裏薅惱。那武大是個懦弱本分人，被這一班人不時間在門前叫道：「好一塊羊肉，倒落在狗口裏！」清河縣的流氓地痞沒有鮮花插糞之類讀書人的文雅思維，他們講的是宋元時期的市井口吻，將「秀色可餐」用真正的白話文表達，而且符合他們的處世哲理，連為美女叫屈也講究經濟實惠：羊肉竟然落在狗口裏，讓狗東西大快朵頤，人倒無福消受，豈不心癢眼饞！因此，武大在清河縣住不牢，搬來這陽穀縣紫石街賃房居住，每日仍舊挑賣炊餅。

武大受騷擾，還是小事，而那金蓮「見武大身材短矮，人物猥瑣，不會風流」，心中惱恨，她猶如度日似年！而中外古今，何處沒有一批精於接近、討好、欺騙和玩弄女人的奸詐閒漢（舊上海所謂的小白臉、白相人）和成功人士？在他們的暗中策劃、輪番勾引和蓄意陷害下，閒在家中無所事事的金蓮，便「無般不好，為頭的愛偷漢子」了。

武大郎雖然免費抱得美人歸，似乎拾到了天上掉下的餡餅，可是天下並沒有免費的午餐，他的婚姻是一個飛來橫禍：抱回的是一顆「人體炸彈」，他的悲劇從天而降。一個無財無勢、長相一般（更何況醜陋）、不夠高大強壯（更何況矮小虛弱）的小市民要做美人的丈夫是極其不容易的，武大郎雖然免去婚姻的昂貴首付，但長年的日常生活的「高利息」卻無力支付：一是被不少虎視眈眈、挖空心思想討便宜或者明搶暗奪的覬覦者包圍著，綠帽飛來，紅顏遭污，是經常發生的事情。二是不少美人的生活成本高：她們自感美麗的女子身價高，心高氣傲，所以衣食住行要求高，還喜歡打扮和遊玩，這是一般人能夠養得起的？武大沒有文化，缺乏心機，在危機四伏的處境中，認不清形勢，不肯及時放棄，用一紙休書放金蓮自由，讓她自擇良配。武大死纏金蓮到底，即使有打虎英雄保護，畢竟不是貼身保鏢（即使有也保不住），只能聽天由命，只等這

顆人體炸彈引爆、悲劇降臨了。

武大捉姦時被西門慶踢成重傷，如果此時放手，給潘金蓮休書，讓她自由，才是上策，還來得及保住性命，還可以等武松回來請他報仇。可是死到臨頭，武大還執迷不悟，還要垂死掙扎：他懇求潘金蓮伺候他，給他治病吃藥。他不僅沒有許願，如果金蓮伺候他傷癒，就讓她離異、自謀出路，還威脅她武松回來如何如何，他還要保持已經死亡的婚姻，在保持已經死亡的婚姻的前提下想保住垂死的生命，其愚已不可救藥，直到由緊鄰王婆安排，吃了西門慶提供的毒藥一命嗚呼，才肯罷休。

因此，武大之死，殺人犯固然必須承辦，但他自己的過失造成慘死也屬事出有因。

精於獵豔終於喪命的西門慶

西門慶原來只是陽穀縣一個破落戶財主，就縣前開著個生藥鋪。從小也是一個奸詐的人，使得些好拳棒；近來暴發跡，專在縣裏管些公事，與人放刁把濫，說事過錢，排陷官吏。因此，滿縣人都饒讓他些個，人都喚他做西門大郎。近來發跡有錢，人都稱他做西門大官人。實際上是個暴發戶和大惡霸。

潘金蓮黃昏時要關家門，先向門前來叉那簾子。卻好一個人從簾子邊走過。她正手裏拿叉竿不牢，失手滑將倒去，不端不正，卻好打在那人頭巾上。小說認為，自古道：「沒巧不成話。」是湊巧，金聖歎則懷疑潘金蓮故意將叉竿打在他的身上，這兩種解釋各有道理。再說那人立住了腳，意思要發作；回過臉來看時，卻是一個妖嬈的婦人，（金批：因緣生法，福倚禍伏，真有如此。）先自酥了半邊，那怒氣直鑽過「爪哇國」去了，變作笑吟吟的臉兒。不但不發作，還一頭把手整頓頭巾，一面把腰曲著地還禮，道：「不妨事。娘子閃了手？」反而關心金蓮是否將手弄疼了。

西門慶癡迷潘金蓮之初，無門可入，像熱鍋上的螞蟻，急得頭頭轉，死纏著求王婆出手相助，果然將金蓮鉤到手。

西門慶作為情場老手，初次與金蓮交談時即大露「才華」，引誘她入殼。針對潘金蓮被惡勢力所迫害錯嫁給武大的窘況，他不露聲色地讚美說：「前日小人不認得，原來卻是武大郎的娘子。小人只認的大郎，一個養家經紀人。且是在街上做買賣，大大小小不曾惡了一個人，又會賺錢，又且好性格，真個難得這個人」。用似是而非的反話假作表揚，促刻而有力地譏諷武大的地位卑

賤、貧窮和怯弱無能，他又可藉此顯出自己的身價，並煽動金蓮對丈夫更深的厭惡，真有一箭三鳥之毒。聖歎批道：「賊人惡口，明明贊之，明明擠之，明明搊（chōu，束緊，收緊）之，明明羞之」。金蓮窘困萬狀，只好應道：「他是無用之人，官人休要笑話。」聖歎急忙在這兩句答話中夾批：「『他』字妙，『無用』字妙。如出香口。〇好婦嫁得呆郎，第一怕人提起，氣不得，不氣不得，真有此六字（按即『他是無用之人』）之苦。」藥店老闆兼採花大盜西門慶善於揣摩美人芳心而對症下藥的惡毒心腸和豐富經驗，以及勾引美人的刁鑽手段，潘金蓮心靈善辯和被打中要害後的滿懷苦衷，窘相畢露的曲折心理，皆被聖歎用精細之筆曲曲批出；同時，對飽嘗婚姻苦水的可憐婦女的同情之心，也跳躍於字裏行間。

武大來捉姦時，西門慶嚇得便鑽入床底下躲去，在金蓮的訓斥下才敢於腳踢武大，奪門而逃。後來想到武大有個打虎的兄弟，也實實害怕。在王婆的鼓動、打氣和策劃下，他們一起合謀害死了武大，他賄賂何九叔，要他遮蓋包庇。武松在獅子橋下酒樓尋仇時，西門慶見來得凶，便把手虛指一指，早飛起右腳來，正踢中武松右手，那口刀踢將起來，直落下街心裏去了。西門慶見踢去了刀，心裏便不怕他，右手虛照一照，左手一拳，照著武松心窩裏打來，被武松一把抓起，丟下樓去，跌得半死，直挺挺在地下，只把眼來動。武松按住，只一刀，割下他的頭來。西門慶色膽包天，奪人美妻的下場就是橫死街頭。

紫石街和陸謙街坊的不同表現

陽穀縣城和武大郎所住的紫石街，因為武家的關係，成為熱鬧的場所。金聖歎甚至羨慕：「第一番看迎虎，第二番看人頭，陽穀縣人何其樂也。」可是紫石街諸鄰卻一度陷入恐怖之中，當四家鄰居被武松拉到武大家中看他殺嫂報仇時，個個嚇得嗦嗦發抖。其中賣冷酒店的胡正卿「原是吏員出身」，一開始「便瞧道有些尷尬」，原本不肯來的。被武松硬拖來後，剛飲三杯酒，「便要起身」，聖歎批道：「好，活畫乖覺人」。因他於司法是內行，早知要出事，趕緊想溜。又被武松留住，命他執筆記錄供詞。他雖嚇得聲音發抖，但與眾人相比尚屬鎮靜，被武松指定為記錄人後，討水磨墨，「拿著筆，挪那紙道：『王婆，你實說』。」聖歎接批：「妙極。活是等寫之語。」「四家鄰舍中，只胡正卿插口說一句，妙。」揭示出他吃過公事飯，見過世面的性格特色和原有的職業習

慣。他們被動地做了證人。

王婆是武大郎的貼隔壁鄰居。武大死後，在商議料理後事時，王婆道：「只有一件事最要緊。地方上團頭何九叔，他是個精細的人，只怕他看出破綻不肯殮。」西門慶馬上請何九叔喝酒，並送上銀子。何九叔心中疑忌，肚裏尋思道：「這件事卻又作怪！我自去殮武大郎屍首，他卻怎地與我許多銀子？這件事必定有蹺蹊！」看到武大屍首時，何九叔大叫一聲，望後便倒，口裏噴出血來，但見指甲青、唇口紫、面皮黃、眼無光，他裝做中邪，躲避此事。小說用驚懍的筆調展示這位市井中智者的性格和智慧。他回家與妻子商議，決定暗取證據，為自己擺脫干係。武大火葬後，他揀兩塊骨頭拿去撒骨池內只一浸，看那骨頭酥黑，知是中毒而死，就趁人不備，將這兩塊骨頭帶回家中，把幅紙都寫了日期、送喪的人名字，和這銀子一處包了，做一個布袋兒盛著，放在房裏。當武松請他喝酒、追問時，就將這些證據交給了武松。他是主動的證人。

林沖把陸虞侯家得粉碎，將娘子下樓。出得門外看時，鄰舍兩邊都閉了門。金批說：「用鄰舍閉門，補寫上文驚天動地。」總評又說：「『四邊鄰舍都閉了門』，只八個字，寫林沖面色、衙內勢焰都盡。蓋為藏卻衙內，則立刻齏粉；不藏衙內，則即日齏粉，既怕林沖，又怕衙內，四邊鄰舍都閉門，真絕筆矣。」這是偶然的現象，但某人《新說水滸》胡說這就是宋朝的日常景象，批評宋朝的社會很不安定。而日本名著《宮崎市定說水滸：虛構的好漢與掩藏的史實》指出，小說中宋徽宗「頻頻出入青樓而似無半點懼意」，足以說明當時「國都開封府風氣之良好，百姓生活之安樂」。

紫石街和陸謙街坊都不肯做看客，遠躲禍事，必要時就做證人，富於理智。

唐牛兒的呆板和代價

《水滸傳》除了賣炊餅的武大郎，還著重寫了三個市井小販，各有特色。

第一個是鄆城縣一個賣糟醃的唐二哥，叫做唐牛兒，時常在街上只是幫閒，常常得宋江齎助他；但有些公事去告宋江，也落得幾貫錢使；宋江要用他時，死命向前。這一日晚，正賭錢輸了，沒做道理處，卻去縣前尋宋江，尋不見。街坊都道：「唐二哥，你尋誰，這般忙？」唐牛兒道：「我喉急了，要尋孤老（做生意的客人），一地裏不見他！」眾人見他尋宋江，道：「我方才見他和閻婆兩個過去，一路走著。」唐牛兒道：「是了。這閻婆惜賊賤蟲！他自和張三

兩個打得火塊也似熱，只瞞著宋押司一個。他敢也知些風聲，好幾時不去了；今晚必然吃那老咬蟲假意兒纏了去。我正沒錢使，喉急了，胡亂去那裏尋幾貫錢使，就幫兩碗酒吃。」一逕奔到閻婆門前，見裏面燈明，門卻不關。入到扶梯邊，聽得閻婆在樓上哈哈地笑。

唐牛兒捏手捏腳，上到樓上，板壁縫裏張時，見宋江和婆惜兩個都低著頭；那婆子坐在橫頭桌子邊，口裏七十三八十四只顧嘈。唐牛兒閃將入來，看著閻婆和宋江，婆惜唱了三個喏，立在邊頭。宋江尋思道：「這廝來得最好！」把嘴望下一努。唐牛兒是個乖巧人，看著宋江便說道：「小人何處不尋過！原來卻在這裡吃酒耍！好吃得安穩！」宋江道：「莫不是縣裏有甚麼要緊事？」唐牛兒道：「押司，你怎地忘了？便是早間那件公事。知縣相公在廳上發作，著四五替公人來下處尋押司；一地裏又沒尋處。相公焦躁做一片。押司便可動身。」宋江道：「恁地要緊，只得去。」便起身要下樓。吃那婆子攔住，當場拆穿他的造謊，唐牛兒便道：「真個是知縣相公緊等的勾當，我卻不曾說慌。」閻婆一面訓斥，一面跳起身來，便把那唐牛兒劈脖子只一叉，踉踉蹌蹌，直從房裏叉下樓來。唐牛兒道：「你做甚麼便叉我！」婆子大聲喝罵：「你不曉得破人買賣衣飯如殺父母妻子！你高做聲，便打你這賊乞丐！」唐牛兒鑽將過來道：「你打！」這婆子乘著酒興，又開五指，去那唐牛兒臉上只一掌，直顛出廉子外去。婆子便扯廉子，撇放門背後，卻把兩扇門關上；拿拴拴了，口裏只顧罵。那唐牛兒吃了這一掌，立在門前大叫道：「賊老咬蟲！不要慌！我不看宋押司面皮，教你這屋裏粉碎，教你雙日不著單日著！我不結果了你不姓唐！」拍著胸，大罵了去。

閻婆夜裏並不鎖門，外人可以隨便摸入，可見宋朝的治安環境很好。唐牛兒雖然乖巧，但是編謊的手段不高，一聽就不真實，未起效果。他的習氣不好，賭錢喝酒，渾噩過日，小處乖巧，大處糊塗。

鄆哥的機警和乖巧

宋江當夜殺了婆惜，早晨被閻婆揪往衙門，恰好唐牛兒托一盤子洗淨的糟薑來縣前趕趁，正見這婆子結扭住宋江在那裏叫冤屈。唐牛兒見是閻婆一把扭結住宋江，想起昨夜的一肚子鳥氣來，便鑽將過來，喝道：「老賊蟲！你做甚麼結扭住押司？」婆子道：「唐二！你不要來打奪人去，要你償命也！」唐牛兒大怒，那裏聽他說，把婆子手一拆拆開了，不問事由，又開五指，去閻婆臉

上只一掌打個滿天星。那婆子昏撤了，只得放手。宋江得脫，往鬧裏一直走了。婆子便一把卻結扭住唐牛兒叫道：「宋押司殺了我的女兒，你卻打奪去了！」唐牛兒慌道：「我那裏得知！」閻婆叫公人抓他，眾做公的故意放走宋江，拿住唐牛兒，把他橫拖倒拽，直推進鄆城縣裏來。

知縣要出脫宋江，也放過宋江，只把唐牛兒再三推問。唐牛兒供道：「小人並不知前後。」知縣道：「你這廝如何隔夜去他家尋鬧？一定你有干涉！」唐牛兒剛要分辯，知縣道：「胡說！打這廝！」左右兩邊狼虎一般公人把這唐牛兒一索捆翻了。打到三五十，前後語言一般。知縣明知他不知情，一心要救宋江，只把他來勘問，禁在牢裏。後來宋江逃走，知縣只把唐牛兒問做成個「故縱凶身在逃」，脊杖二十，刺配五百里外。

唐牛兒不問事由、不知前後，就插手幫人、救人，很不乖巧，結果害了自己的終身。

第二個是鄆哥，年方十五六歲，是陽穀縣賣水果的小販，生得乖覺，西門慶常作成他的生意。鄆哥尋到王婆茶館，找西門慶賣梨時，被王婆打出門外。他氣惱之極，要壞王婆的「生意」作為報復，所以向武大揭秘，告訴他潘金蓮的姦情。一般來說，夫妻的一方有了外遇，大家都傳得沸沸揚揚，幾乎人人都知，往往只有此人的配偶一人不知。武大遲鈍，就更被瞞在鼓裏了。鄆哥告密，挑動他捉姦，要中斷王婆財路，向她報復。他知道武大無用，還為武大捉姦定計。

鄆哥的計策果然有效：為了讓武大順利衝入內房，鄆哥故意向王婆挑釁，逗起雙方吵罵，他道：「便罵你這馬泊六，做牽頭的老狗，值甚麼屁（金批：四字奇文，才子罵世，只是胸中有此四字耳。）！」那婆子大怒，揪住鄆哥便打。鄆哥叫一聲「你打我！」就把籃兒丟出當街上來。接到這個信號，武大馬上沖進來，那婆子卻待揪他，被這小猴子叫聲「你打我」時，就把王婆腰裏帶個住，看著婆子小肚上只一頭撞將去，爭些兒跌倒，卻得壁子礙住不倒。那猴子死頂住在壁上，武大乘機衝入。金批說：這一小段描寫「自成無數曲折，真是以手忙腳亂之事，寫得妙手空空，奇才妙筆」。精彩分析了《水滸傳》了極高的藝術成就。

賣糕老漢的自我辯護

武大郎因老婆偷漢，被鄆哥戲稱為「鴨子」，這是當時的市井語，即今人所說的「烏龜」、「帶綠帽子」。又被王婆蔑稱為「搗子」（光棍）。鄆哥的計策是

好的，結果還是武大無用，沒有力氣抓住姦夫淫婦，讓他們活生生地逃掉，自己反而受重傷，真正是賠了夫人又折兵。

鄆哥主動幫助武大，在武松請他幫助時，他倒反而推託。武松帶著何九叔找他時，那小廝也瞧出了八分，便說道：「只是一件：我的老爹六十歲沒人養贍，我卻難相伴你們吃官司耍。」武松道：「好兄弟。」——便去身邊取五兩來銀子。——「你把去與老爹做盤纏，跟我來說話。」鄆哥自心裏想道：「這五兩銀子如何不盤纏得三五個月？便陪侍他吃官司也不妨！」便跟了二人出巷口一個飯店樓上來。武松叫過賣造三分飯來，對鄆哥道：「兄弟，你雖年紀幼小，倒有養家孝順之心。卻才與你這些銀子，且做盤纏。我有用著你處，事務了畢時，我再與你十四五兩銀子做本錢。你可備細說與我：你怎地和我哥哥去茶坊裏捉姦？」鄆哥才說出詳情，並跟著武松到官府作證。後來武松果然將十二三兩銀子與了鄆哥的老爹。

鄆哥向武松要錢，為了他要養家糊口，不能因別人的官司連累老父沒人贍養，這也是他的乖覺之處，理直氣壯。小說處處不動聲色地寫出他的乖覺，真是大手筆。

一般小市民並無是非觀念，關鍵時候為人出力，總想得些錢財。「拿人錢財，替人消災。」但唐牛兒和鄆哥的性格和智力不同，結果就完全不同。

第三個是賣糕老漢。石秀智殺裴如海後，本處城中一個賣糕粥的王公，其日五更，挑著擔糕粥，點著個燈籠，一個小猴子（小孩子）跟著，出來趕早市。正來到死屍邊過，卻被絆一交，把那老子一擔糕粥傾潑在地下。只見小猴子叫道：「苦也！一個和尚醉倒在這裡！」老子摸得起來，摸了兩手腥血，叫聲苦，不知高低。幾家鄰舍聽得，都開了門出來，點火照時，只見遍地都是血粥（金批：奇文！），兩個屍首躺在地上。眾鄰舍一把拖住老子，要去官司陳告。

到了薊州官府，老子告道：「老漢每日常賣糕麼營生，只是五更出來趕趁。今朝得起早了些個，和這鐵頭猴子只顧走，不看下面，一交絆翻，碗碟都打碎了。相公可憐！只見血淥淥的兩個死屍，又吃一驚！叫起鄰舍來，倒被扯住到官！（金批：「倒被」妙，活是不知高低老子。）望相公明鏡辦察！」金批：「重訴跌碎碗碟，輕帶兩個死屍，妙得經紀老子情性。知此，則聽訟直易易也。」「只訴自己吃驚，不管兩人被殺，妙妙。」

雖然禍從天降，老漢卻能臨危不亂，口齒清晰，分辯有力，成功申訴反映自己是一個毫不知情而慘遭損失的無辜者。

宋江的「情敵」張文遠

小說寫：一日，宋江不合帶同房押司、後司貼書張文遠，人稱小張三，來閻婆惜家吃酒。此人生得眉清目秀，齒白唇紅；平昔只愛去妓院賭場，飄蓬浮蕩，學得一身風流俊俏；更兼品竹調絲，無有不會。這婆惜是個酒色娼妓，一見張三，心裏便喜，倒有意看上他。那張三精通此道；見這婆娘眉來眼去，十分有情，終於勾搭成奸。

所以，破壞這個家庭的第二個罪魁禍首是張三。他是個小吏，地位低，收入少，娶不到才貌雙全的妻子。即使有了家庭也守不住，他生性風流，喜歡勾搭人家的妻、女，頻繁進出風月場所，到處玩弄女人。他無力娶到滿意的妻子，索性單身，鬼混著打發日子。他善於勾引女子，現在他把婆惜騙到手，誘使閻婆惜與宋江徹底決裂，甚至成為仇敵。

婆惜慘死，張三安然無恙，繼續過著他的花天酒地的生活。晚明著名戲劇家許自昌創作的崑劇《水滸記》有《冥感》一齣，描寫閻婆惜死後，她的鬼魂不忘舊情，思念情人，夜裏尋到張三郎家裏，將他活捉進陰間，以求團圓。這也滿足了讀者、觀眾的期待心理——痛恨張三，希望他惡有惡報，張三一死，觀眾抱恨之心便釋然了。這場戲既是全劇的壓臺戲，也是崑劇舞臺上至今常演的著名折子戲，戲名則索性改為《活捉》，京劇也有改編本。

徐朔方教授認為，張三郎和閻婆惜的私情，不同於一般的才子佳人愛情，也不是理所當然、值得讚賞的對幸福的追求。他倆都不太認真嚴肅，但程度大有區別。張三郎是典型的風流浪子，閻婆惜是對愛情的正當要求。張三郎不是她的理想情人，然而她又別無選擇。這才是她的真正悲劇。不是《王魁負桂英》那樣的「活捉」，一個被遺棄女人的陰魂向負心漢報仇雪恨，而是被害女人的陰魂執著地繼續她生前的追求，雖然對方配不上她。這是既無前例、又無來者的獨特創造。她因受環境而沾染的不良習氣在慘死中得到淨化。徐教授的以上分析是精闢的。

張三被活捉時感到奇怪：「冤有頭，債有主，你該尋宋江，怎麼來尋我哩！」在他想來，宋江殺了她，她就該尋宋江報復、索命。婆惜卻回答：「奴家今夜不為討命而來」，而是要與他一起在陰間同享愛情，因為張三曾向婆惜發誓同生共死。這個戲，補充了《水滸傳》的缺憾之處，也是藝術上的大手筆。

古今中外，都不乏愛好免費玩女人、「獵豔」的色鬼；也不乏以騙取、敲詐女性的錢財來享受或向上爬的「吃軟飯」的人，舊上海稱為「小白臉」，因

此類人多膚白貌俊，身材挺拔，對女性有吸引力。中外古今的有關名著不少，西方如《紅與黑》和卓別林主演的電影《凡爾杜先生》等。

宋太公的舐犢情深和無聲幫助

宋江的這個家庭被毀，首先是宋江不珍惜這個家庭。宋江如果過正常人的生活，他娶了閻婆惜原本可以建立一個美滿的家庭，但是他冷落她，不珍惜婆惜母女的終身拜託。閻婆珍惜這個家庭，她既尊重宋江，又善於在家中起調節作用。

宋江冷落閻婆惜，原因是他愛使槍弄棒，要練武藝，所以與婆惜的「關係」淡了。可是宋江並無高強武功，沒有人承認他是武將。他的所謂練武，並因此而疏遠婆惜，毫無意義。

其次是他缺乏識別壞人的眼光，作為政治家，連每日相處的小吏張三這種市井無賴的人品也識不破。他將張三帶上門，引狼入室。蒼蠅不抱沒縫的雞蛋，是宋江讓他乘虛而入。

第三，宋江為「強盜」通風報信，私通梁山，犯了大罪，處於被追索、偵破的角色，已經淪落為罪犯。這事遲早要發作的。這會連累家庭。

所以宋江家破人亡的原因全在他自己身上，宋江害得許多人家破人亡，害人必害自己，他自己也家破人亡。當然他本來已與婆惜視若寇讎。許多人站在宋江立場上，一味苛求婆惜，是不公正的。當然，閻婆惜在遭到宋江冷落之後，和張三勾搭成奸，於是厭惡宋江，後來抓住宋江「通敵」把柄後又過度勒索宋江，閻婆惜成為破壞家庭的禍首，她的被殺也是咎由自取。

宋江自己的小家庭破滅了，只剩下他與父親、兄弟這個家庭，他對這個家庭是極為珍惜的。宋江遭到追捕和圍捕，因為朱全和雷橫的幫助，他得以脫逃，亡命天涯，他的這個家庭也父離子散了。

小說描寫宋江在萬般無奈的情勢下殺掉閻婆惜受到追捕之後，只好在兄弟的陪同下背鄉離井，倉皇出逃。臨行時拜別宋太公，只見宋太公灑淚不住，又分付道：「你兩個前程萬里，休得煩惱」。金聖歎批道：「自家灑淚，卻分付別人休惱，老牛愛犢如畫」。《水滸》原作確是妙筆，寥寥數字即寫出人物神韻，又妙在即使父子生離死別，也能寓精神於平淡之中，令人不覺其妙。聖歎熟諳人情，在別人熟視無睹的平常描寫中，體會老年人的舐犢深情。

宋江雖然稱為孝義黑三郎，他卻因胸懷大志而無法盡其孝心。沒有任何

舉動證明他是孝父的。做公的拿著搜捕公文到宋家村宋太公莊上，宋太公道：「上下請坐，容老漢告稟。老漢祖代務農，守此田園過活。不孝之子宋江，自小忤逆，不肯本分生理，要去做吏，百般說他不從；因此，老漢數年前，本縣官長處告了他忤逆，出了他籍，不在老漢戶內人數。他自在縣裏住居，老漢自和孩兒宋清在此荒村守些田畝過活。他與老漢水米無交，並無干涉。老漢也怕他做出事來，連累不便；因此，在前官手裏告了。執憑文帖在此存照。老漢取來教上下看。」

宋太公假裝痛恨宋江，表面上與宋江斷絕父子關係，暗中卻掘了一個地窖，讓他藏身；宋江亡命江湖時，他命陪伴自己的小兒子宋清陪同宋江出逃，情願自己孤身在家，做空巢老人，可見他平時一貫給宋江以無聲的支持。

何濤、何清兄弟和古代嚴密有效的司法、刑偵制度

去年生辰綱被劫的案子還未破，蔡太師聽說今年生辰綱又被劫走，大驚，派人到濟州府立等要抓獲犯人，十日內不破案，要將府尹押送沙門島充軍。府尹嚴令三都緝捕使臣何濤偵破，否則先將他判送到遠惡軍州，並當場在他的臉上刺字：「迭配……州」。他與手下三二百公差一籌莫展：沒有線索。何濤回家和妻子說起自己被嚴令追捕盜賊而陷入絕境，正在此時其弟何清來混。此時，何濤、何清兄弟已經長期交惡，因為弟弟不學好，行為不端，何清不僅不自省，反而責怪哥哥對他的教育。何清聽說哥哥犯難，他卻正好有此案線索，哥哥有求於他，於是他道：「嫂嫂，你須知我只為賭錢上，吃哥哥多少打罵。我是怕哥哥，不敢和他爭涉。閑常有酒有食，只和別人快活，今日兄弟也有用處！」

如果站在公正的立場看，何濤在官府負責捕盜，照理應該是社會正義的代表，但他有壓榨鄉民、接受賄賂這樣的劣跡，也的確應該批評。但何濤對於家庭來說，有正當職業和收入，何清則游手好閒，不務正業，酗酒賭博，沒有出息，作為哥哥對他嚴加管教，弟弟不聽，於是不予資助，與他保持距離等等，也是合情合理的。酗酒賭博，又沒有生活的正當來源，最後或結交匪類，或淪落街頭，對於這樣的自甘墮落、不聽教育之人，是家庭和社會的敗類。

但小說寫何清因賭博而獲得線索，金批：「何濤罵兄弟好賭，不謂賊人消息卻都在賭博上撈摸出來。看他逐段不脫『賭』字，妙絕。」賭博時在賭場接觸的人多，容易得到各類信息，尤其是犯罪的信息。

小說又寫何清幫助小二登記住店客戶姓名，而得到確切情報——何清告訴何濤：「為是官司行下文書來：著落本村，但凡開客店的須要置立文薄，一面上用勘合印信；每夜有客商來歇息，須要問他『那裏來？何處去？姓甚名誰？做甚買賣？』都要抄寫在簿子上。官司察照時，每月一次去里正處報名。（金批：可見保甲之當行也。）為是小二哥不識字，央我替他抄了半個月。」當時的保甲制度的嚴密和對治安的有效作用，與此可見。而作者熟悉各種世情、深入生活的功力，也由此可見。

小說又寫公差半夜三更突然衝到白勝家搜查，就地取出一包金銀。隨即把白勝頭臉包了，（金批：又包其頭臉，恐或有人見之，機密之至。）帶他老婆，扛抬贓物，都連夜趕回濟州城裏來，卻好五更天明時分。（金批：到白家是三更，到州城是五更，三更則人都睡著，五更則人都未起，皆機密之至，更無走漏消息也。）抓捕疑犯的機密程度，可見當時司法和刑偵制度與手段的成熟。除非有內線，案情不會洩露。本案就是內賊報信，才讓案犯逃走的。

梁中書夫婦和蔡九知府

《水滸傳》敘寫高官子弟，共有四人：高俅的叔伯兄弟2人和蔡京的子女各一，都是貪官和紈絝頑劣子弟。

第一個是高俅的伯叔兄弟、過房兒子高衙內，他看中林冲娘子，陷害林冲，最後逼得她自殺。

第二個敘寫梁中書夫婦，太師蔡京的女兒、女婿。蔡京將女婿提做北京大名府留守司，管軍管民，最有權勢。楊志殺了牛二，發配到大名府。梁中書原在東京時也曾認得楊志，問知情由，留在廳前聽用。梁中書見他謹勤，有心要抬舉他，號令演武試藝。梁中書看來還頗識人才，他手下的將領也頗為了得。可是他還是在關鍵時刻忘了楊志：

時逢端午，梁中書與蔡夫人在後堂家宴，酒至數杯，食供兩套，（金批：八字寫盡驕妻弱婿之苦。）只見蔡夫人道：（金批：蔡夫人道，寫盡驕妻；只見，寫盡弱婿。蔡夫人道者，言梁中書不敢則聲也；只見者，言梁中書不敢旁視也。）「相公自從出身，今日為一統帥，掌握國家重任，這功名富貴從何而來？」梁中書表示：「提攜之力，感激不盡！」蔡夫人道：「相公既知我父恩德，如何忘了他生辰？」梁中書忙說數日之間，即可打點停當，差人起程。一日在後堂坐下，只見蔡大人問道：「相公，生辰綱幾時起程？」梁中書道：「禮物都已完備，明後日便可起身，

只是一件事在此躊躇未決。」蔡夫人道：「有甚事躊躇未決？」梁中書道：「上年費了十萬貫收買金珠寶貝送上東京去，只因用人不著，半路被賊人劫將去了，至今無獲；今年帳前眼見得又沒個了事的人送去，在此躊躇未決。」蔡夫人指著階下，道：「你常說這個人十分了得，何不著他委紙領狀送去走一遭？不致失誤。」梁中書看是青面獸楊志，大喜，隨即令他去送生辰綱。梁中書夫婦不放心楊志，派老都管同去，行監視之責。壞事後，老都管並幾個廂禁軍推卸責任，誣告楊志約會強盜做一路，劫了生辰綱。梁中書夫婦相信了他們，以受騙告終。

梁中書夫婦，缺乏為國為民辦事的能力和責任性，他們只知回報大貪官蔡京的提攜之恩。

第三個敘寫蔡京的兒子蔡九知府。他是否與梁中書夫人是一母所生，小說沒有交代。這是一個愚笨的紈絝子弟，雖當官，卻什麼也不懂，全靠黃文炳一系列的識破和點撥，他自己猶如一個傀儡，聽任黃文炳指揮行事。

最後一個是寫高唐州的知府高廉。他最有本事，宋江和梁山義軍與他作戰，吃了大虧，連仙女送給宋江的萬寶「天書」，也不起作用。高廉是高太尉的叔伯兄弟，倚仗他哥哥勢要，無所不為，侵害百姓。高廉的內弟殷天錫依仗姐夫權勢，也無所不為。他要占柴皇城的花園，毆打和氣死柴皇城，後被李逵當場打死。

江湖黑道人物的能耐

《水滸傳》前半部分描寫的江湖黑道人物有魯智深遇見的鄭屠、賊道丘小乙和崔道成，武大的鄰居王婆四人。

鄭屠欺凌外來弱女，還連手客店小二，嚴加看管。魯達為救助弱女而到狀元橋鄭屠的肉店尋釁，鄭屠恭敬接待。魯達先說要要十斤精肉，切做臊子，不要見半點肥的在上面。並且不許鄭屠差遣手下動手，要他親自切。鄭屠道：「說得是，小人自切便了。」自去肉案上揀了十斤精肉，細細切做臊子。這鄭屠整整自切了半個時辰（一個小時），用荷葉包了，道：「提轄，教人送去？」魯達道：「再要十斤都是肥的，不要見些精的在上面，也要切做臊子。」鄭屠道：「卻才精的，怕府裏要裹餛飩；肥的臊子何用？」魯達睜著眼，道：「相公鈞旨分付洒家，誰敢問他？」鄭屠又選了十斤實標的肥肉，也細細的切做臊子，把荷葉包了。整弄了一早晨，卻得飯罷時候。魯達道：「再要十斤寸金軟骨，也要

細細地剁做臊子，不要見些肉在上面。」鄭屠笑道：「卻不是特地來消遣我！」魯達聽得，跳起身來，拿著那兩包臊子在手，睜著眼，看著鄭屠，道：「洒家特地要消遣你！」把兩包臊子劈面打將去，卻似下了一陣的「肉雨」。鄭屠忍耐到此，禁不住大怒，出手與魯達決鬥。鄭屠待客恭謹盡心，幹活乾脆利落，而且技藝精湛，可見他開肉店倒是名不虛傳的行家裏手。

智深在離開五臺山到東京的途中，路過瓦官廢寺，與飛天藥叉丘小乙和生鐵佛崔道成這兩個霸佔寺廟、欺凌眾僧和良家婦女的賊徒相遇並相鬥。那賊道丘小乙買酒肉而歸，一路還得意地唱歌：「你在東時我在西，你無男子我無妻。我無妻時猶閒可（「猶閒可」三字，說得好笑），你無夫時好孤凄！」金聖歎夾批：「並不說擄掠婦女，卻反說出為他一片至情，如近日有諧語云：『有人行路，見幼婦者，抱持而嗚咂之。婦怒，人則謝曰：我復何必，誠恐卿欲此耳。』是一樣說話。」丘小乙的強盜邏輯，蠻橫而好笑。

武大的緊鄰王婆，為頭是做媒，又會做牙婆（買賣人口的中間人），也會做助產婆和接生、說風情和拉皮條。小說精細、精彩地描寫王婆看透西門慶癡迷潘金蓮、定要自己出力的心理，巧妙地舒展守株待兔的方法，誘使西門慶大出血本，她賺足外快，才胸有成竹地替他出主意，進一步賺取不義之財。王婆的計謀，巧妙而周密，小說精細、精彩地描寫了這個情殺事件和王婆前後設計的陰謀、親作導演的全過程。金批說：王婆拿足了銀子，就為西門慶分析和設計「五件事、十分光來。一篇寫刷子撒奸，花娘好色，虔婆愛鈔，色色入畫。」王婆害人的智謀，高深精密，令人驚恐。

牢中獄吏的兇惡嘴臉

林冲來到滄州牢城營內，卻有那一般的罪人，都來看覷他，說道：「此間管營、差撥，都十分害人，只是要詐人錢物。若有人情錢物送與他時，便覷的你好；若是無錢，將你攧在土牢裏，求生不生，求死不死。若得了人情，入門便不打你一百殺威棒，只說有病，把來寄下；若不得人情時，這一百棒打得個七死八活。」正說之間，只見差撥過來問道：「那個是新來的配軍？」林冲見問，向前答應道：「小人便是。」那差撥不見他把錢出來，變了面皮，指著林冲便罵道！「你這個賊配軍！見我如何不下拜，卻來唱喏！你這廝可知在東京做出事來！見我還是大剌剌的！我看這賊配軍滿臉都是餓紋，一世也不發跡！打不死，拷不殺的頑囚！你這把賊骨頭好歹落在我手裏！教你粉骨碎

身！少間叫你便見功效！」把林冲罵得那裏敢抬頭應答。

林冲等他發作過了，陪著笑臉，送上豐厚的銀子，差撥見了，看著林冲笑道：「林教頭，我也聞你的好名字。端的是個好男子！想是高太尉陷害你了。雖然目下暫時受苦，久後必然發跡。據你的大名，這表人物，必不是等閒之人，久後必做大官！」還指點林冲：「少間管營來點你，要打一百殺威棒時，你便只說你一路有病，未曾痊可。我自來與你支吾，要瞞生人的眼目。」差撥走後，林冲歎口氣道：「『有錢可以通神』，此語不差！端的有這般的苦處！」

差撥落了五兩銀子，只將五兩銀子轉送管營。管營拿了賄賂，免了林冲殺威棒，還給他一個輕鬆的美差。

武松殺嫂後被發配到孟州牢城，早有十數個一般的囚徒來看武松，說道：「好漢，你新到這裡，包裹裏若有人情的書信，並使用的銀兩，取在手頭，少刻差撥到來，便可送與他，若吃殺威棒時，也打得輕。若沒人情送與他時，端的狼狽。」接著差撥果然訓斥武松道：「你也是安眉帶眼的人，直須要我開口？說你是景陽岡打虎的好漢，陽穀縣做都頭，只道你曉事，如何這等不達時務！——你敢來我這裡！貓兒也不吃你打了！」武松道：「你到來發話，指望老爺送人情與你？半文也沒！（金批說：妙語。因為沒錢至於一文也沒，已到極點，而半文錢，連乞丐也不要。偏說半文也沒，強調決不給錢。）我精拳頭有一雙相送！碎銀有些，留了自買酒吃！看你怎地奈何我！沒地裏到把我發回陽穀縣去不成！」（金批：絕倒語，非武松說不出。）那差撥大怒去了。又有眾囚徒走攏來說道：「好漢！你和他強了，少間苦也！他如今去，和管營相公說了，必然害你性命！」後因小管營施恩有求於武松，武松反而在獄中享福。

牢中的黑暗和獄卒的兇惡，由此可見一般。

董超、薛霸的老練凶刁

押送林冲的公差董超、薛霸，是經驗豐富老到的利害腳色。

陸謙請兩人到酒肆喝酒，道：「你二位也知林冲和太尉是對頭。今奉著太尉鈞旨，教將這十兩金子送與二位，只就前面僻靜去處把林冲結果了。」董超道：（金批：一個不肯。凡公人必用兩個為一夥，便一個好，一個不好。蓋起發人錢財，都用此法，切勿謂董優於薛也。）「卻怕使不得；開封府公文只叫解活的去，卻不曾教結果了他。亦且本人年紀又不高大，如何作得這緣故？倘有些兜搭，恐不方便。」薛霸道：（金批：一個肯。）「老董，你聽我說。高太尉便叫你我死，也只得依他；（金批：妙語。不知圖個甚麼，死亦依他也。今人以死博名，類如此矣。）莫說使

這官人又送金子與俺。你不要多說，和你分了罷。落得做人情。日後也有照顧俺處。（金批：薛霸賊。既得隴又望蜀，寫小人如畫。）」

他們在陸謙金子收買時，配合默契，應對得當，精通「起發人錢財」的靈通方法。

他們在路上捉弄林冲也善於做好作歹，機心周密，動作熟練，不動聲色。他們用計燙傷林冲的腳，令他受苦，難以走路，在杳無人跡的野豬林果斷地痛下毒手。

最有趣的是，他們在結果林冲性命之前的最後關頭，特地將指使他們的密人密語，即高太尉和陸謙的陰謀，都講出來，既解釋了林冲必死的原因，接著又藉此勸導林冲早點受死，作為「長痛不如短痛」的勸慰：「便多走的幾日，也是死數！只今日就這裡倒作成我兩個回去快些。」竟然還「兼顧」雙方的「利益」，真是非常有「說服力」，難怪夾批說：「此即是善知識語，細思之，當有橄欖回甘之益。」最後再鄭重重新提醒：「休得要怨我弟兄兩個；只是上司差遣，不由自己。你須精細著」，一再推卸自己的責任。夾批說：「惡人殺人，又怕其鬼，每每如此，寫來一笑。」意思是惡人對作為弱者的活人雖然兇惡，但對他們死後成為的鬼，則非常害怕，更怕鬼來報復。不僅小小公差如此，皇帝老子和皇后娘娘也都如此。《舊唐書‧玄宗諸子傳》記載，唐玄宗在楊貴妃之前，最寵愛的是武惠妃。武惠妃為了消滅異己，挑唆皇帝將太子和兩個王子廢為庶人，並害了性命。接著「武惠妃數見三庶人為祟，怖而成疾，巫者祈請彌月，不瘥而殂。」她被這三個鬼魂纏住，唐玄宗特請巫師做法，她還是嚇死了。古時之人，絕大多數相信受屈而死的鬼魂會向仇人報復的，而善良的人則「日間不做虧心事，半夜不怕鬼叫門。」

魯智深救出林冲後，他們恭敬相問：「不敢拜問師父在那個寺裏住持？」狡猾地打聽他的來路，回去後可向高俅報告，被智深識破而訓斥。

太師府奶公的精細和毒辣

監視楊志押送生辰綱的老都管即奶公，是個極其厲害的角色，楊志敗於奶公的歷史性教訓，令人警省。

楊志為防強人劫奪生辰綱，大熱天催逼挑擔軍漢趕路，觸犯眾怒，落了個怨聲載道。奶公出於妒忌楊志的得寵，乘機利用矛盾，打擊楊志。在雙方爭執的緊要關頭，這個老奴才貌似不偏不倚地對楊志說：「我自坐一坐了走，你自

去趕他眾人先走」。金批：「其言既不為楊志出力，亦不替眾人分辨。而意旨已隱隱一句縱容，一句激變，老姦臣滑，何代無賢」。老都管敷衍楊志，楊志迫於情勢，只好出此下策，趕打眾人上路，他喝道：「且住，你聽我說，（金批：「二句六字，其辭甚屬，『你聽我說』四字，寫老奴託大，聲色俱有」。）我在東京太師府裏做奶公時，（金批：「嚇殺丑殺，可笑可惱。」「一句十二字，作兩半句讀，『我在東京太師府裏』，何等軒昂，『做奶公時』何等出醜，然狐輩每每自謂得志，樂道不絕」。）門下軍官見了無千無萬，（金批：「四字可笑，說大話人每用之」。）都向著我喏喏連聲。（金批：「太師威焰，從官諂佞，奴才放肆，一語遂寫盡之。」）……」「量你是個遭死的軍人，相公可憐，抬舉你做個提轄，比得芥菜子大小的官職，值得恁地逞能！休說我是相公家都管，便是村莊一個老的，也合依我勸一勸！只顧把他們打，是何看待！」他翻楊志的底牌，以此貶低楊志，假裝同情士兵，不准楊志打趕他們上路。楊志道：「都管，你須是城市里人，生長在相府裏，那裏知道途路上千難萬難！」老都管道：「四川、兩廣，也曾去來，不曾見你這般賣弄！」楊志分辯說：「如今須不比太平時節」。都管道：「你說這話。該剜口割舌！今日天下怎地不太平」？聖歎批道：「老奴口舌可駭，真正從太師府來。」這個老奴才不僅慣於狐假虎威，且又善於「上綱上線」，納人之罪，翦滅異己。老奴慣使手腕老奸巨滑，還表現在即使為主子辦事時，也因平時享受慣了，吃不得苦，並不肯為主子真正出力。他支持軍漢也實為自己怕熱怕累，不肯吃力趕路。金批分析其刁猾、驕橫和虛弱，生動而又深刻。

在雙方爭執時，老都管和兩個虞候便當場反駁和譏刺楊志只管把強盜猖獗這話來驚嚇人，夾批：「真有此語。」「如國家太平既久，邊防漸撤，軍實漸廢，皆此語誤之也。」

老都管的怒斥一句比一句厲害，最後深文周納，也即從政治上上綱上線，欲置楊志於死地，就在這一刻，楊志還來不及回答，森林中的可疑人出現了，於是白熱化的爭執場面立即轉移到波詭雲譎的智取豪奪場面，楊志最後無可奈何地敗於奸滑刁鑽的老奴手中。

莊客的醜惡表現

《水滸傳》中描寫了眾多莊客。莊客本是農民，應該善良本分，但書中描寫的多是麻木不仁、狐借虎威、兇狠蠻橫的凶徒。

史進為抵禦少華山強人的侵犯，召集本村的莊戶，組成武裝隊伍準備打

仗。眾人都說：「我等村農，只靠大郎做主，梆子響時，誰敢不來？」莊客當然也全體俯首聽命。金翠蓮父女邀請恩公魯智深來家歡宴，趙員外誤以為她紅杏出牆，帶著二三十個莊客前來廝打。這些莊客只知為主子效勞而不問是非，有的麻木不仁，如毛太公的莊客，聽從主子之命，為虎作倀，把解珍、解寶綁送官衙。

再說史進莊上有個為頭的莊客王四，此人頗能答應官府，口舌利便，史進派他與少華山強人聯絡。他大受款待後，酩酊大醉，躺倒在半途草地上，被獵戶李吉偷走強盜給主人的信件。他怕史進懲罰，自道：「若回去莊上說脫了回書，大郎必然焦躁，定是趕我出來；不如只說不曾有回書，那裏查照？」李吉將這封信告到官府清賞，官兵秘密出動，包圍史家莊。史進措手不及，只好燒了莊園，放棄地產，逃竄江湖。莊客王四的貪酒和狡猾，害了主人的終身。

魯智深去東京大相國寺途中，錯過宿頭，欲借桃花莊投宿一宵，被莊客斷然拒絕。智深再次相求，莊客道：「和尚快走，休在這裡討死！」智深道：「也是怪哉；歇一夜打甚麼不緊，怎地便是討死？」莊家道：「去便去，不去時便捉來縛在這裡！」強人強娶劉太公的女兒，今晚就要成親。所以金批說：「莊主苦不可言，莊客已使新女婿勢頭矣，世間如此之事極多，寫來為之一笑。」魯智深大怒道：「你這廝村人好沒道理！俺又不曾說甚的，便要綁縛洒家！」莊客也有罵的，也有勸的。智深待要發作，正巧劉太公走將出來，喝問莊客：「你們鬧甚麼？」莊客道：「可奈這個和尚要打我們。」他們竟然反咬一口。

林冲逃離草料場，途中遇到柴進的守夜莊客，請求烤火。烤火沒有什麼損失，他們同意了。林冲肚饑，又向他們討點酒喝，他們不肯，還呵斥：「去！不去時將來弔在這裡！」林冲打走他們，喝得大醉，被他們叫來眾莊客抓獲。眾莊客把林冲高弔起在門樓下，一齊擁上，狠命的打。柴進聞聲而來，問道：「你等眾打甚麼人？」眾莊客答道；「昨夜捉得個偷米賊人！」金批說：「輕輕加一罪名，天下大抵如此。」

當然在兩宋清平世界，此非普遍性的現象。但莊客是底層無權小民，一旦因某種機緣，也會如此迫害弱者。此類人不讀經書，缺乏仁義教育，有的借著主人的勢利，狐假虎威，乘機害人，也是常有的現象。反倒是史太公、劉太公這些地主，仁厚愛人，樂於助人。